U0728954

岁月留痕

散文随笔集

宋福祥

文匯出版社

图书在版编目（CIP）数据

岁月留痕 / 宋福祥著. — 上海 : 文汇出版社,
2023. 3
ISBN 978-7-5496-3983-0

Ⅰ. ①岁… Ⅱ. ①宋… Ⅲ. ①散文集-中国-当代
Ⅳ. ①I267

中国国家版本馆 CIP 数据核字（2023）第 042465 号

岁月留痕

著　　者 / 宋福祥
责任编辑 / 熊　勇
装帧设计 / 书香力扬

出版发行 / 文匯出版社
上海市威海路 755 号
（邮政编码 200041）
经　　销 / 全国新华书店
印刷装订 / 成都兴怡包装装潢有限公司
版　　次 / 2023 年 3 月第 1 版
印　　次 / 2023 年 3 月第 1 次印刷
开　　本 / 710×1000　1/16
字　　数 / 435 千
印　　张 / 20. 5

ISBN 978-7-5496-3983-0
定　　价 / 58. 00 元

留下岁月的痕迹

宋福祥

人在日月星河之中，显得极其渺小，就像流星划过夜空的一瞬；人在茫茫人海之中就如同一粒细微的尘沙，即使随风而起，也不知何时飘落在何处。而一瞬间所产生的光亮，未必会被人瞧见；两粒细微的尘沙能够在时空中相撞，那才真是缘分。其实“岁月留痕”看起来是一个并不张扬的词汇，而细想起来却也十分旷达。在历史的长河中，在浪花淘尽英雄的历史进程中，真能岁月留痕的人又有几许？

《岁月留痕》是一部散文随笔集，大多是2019年之后写就的一些文章，那期间我经常奔波在旅途，上四川下湖广，去河南上北京，到广西跑成都。所到之处我都会记下所经历的事和同行的人，以及思考问题时迸发出的思想火花。

2015年3月27日，是我从湖北恩施飞往广东东莞虎门的日子，我开始沿着民族英雄陈连升将军的足迹一路追寻，亲自登上了虎门威远炮台、靖远炮台，沙角、大角炮台，上官涌山、去增城营，踏浪磨刀洋、穿鼻湾；深入海战博物馆、鸦片战争博物馆、虎门销烟池旧址。虽是一路艰辛，但也收获颇多，历经六年奔波和潜心创作，终于完成了长篇纪实文学著作《陈连升传》，真实鲜活地再现了中国近代史上第一位民族英雄陈连升将军的爱国主义情怀，也算是完成了我文学创作生涯中的一件大事。

2018年5月，我去了河南，在驻马店找到了我的老连长黄廷银和战友柳保山。又从驻马店驱车出发，前往周口看望指导员龙振忠，与相约赶到周口的李振松、赵文生、甘国林、符山海、鲁爱华、张铁桩相聚。几十年后老战友相见拥抱、激动流泪的场景，真是让人难以平静。要说在我成长的历程之中，最为关键的两个人，应该是我的老连长黄廷银和指导员龙振忠。黄廷银是一名训练有素的军人，有气魄有胆量，是经过对越自卫反击战硝烟炮火洗礼的军事主官，我在老连长黄廷银身上学到了很多东西。而我的指导员龙振忠，是一个永远充满正能量的人，他思想先进、品德高尚，并且关心战士，会做思想政治工作。因为我是连队的电台兵，所以和连长、指导员走得近，感情深。在他们身上学到的很多东西，让我受益一生。

2019 年是对越自卫反击战胜利四十周年，我应邀参加了“对越自卫反击战胜利四十周年”纪念活动。5 月中旬，我们沿着当年南下广西实施战前训练、深入穿插进入越南参战的路线走了一遍，个中情形让人无比激动，四十年前那些惨烈的场景历历在目。于是我按照活动的时间顺序，记录下了那些精彩的瞬间。《南疆之行忆当年》一经发表，立刻受到参战老兵们的追捧，引起了强烈的社会反响。这对于我来说也是一种鼓励，让我懂得了作为一名老兵，应该怎样面对人生、面对诱惑而砥砺奋进。

2021 年是建党 100 周年的伟大时刻，那些带领人民群众脱贫致富奔小康的基层党员干部，那些在平凡中创造辉煌业绩的精英人物，也一直是我关注的对象，为他们记录下人生的奋斗历程，也是作家的责任。同时对一些社会现象的分析与思考，引导人们树立正确的世界观、人生观，也是作家的职责所在。这便是我坚持创作这部《岁月留痕》的初衷。

随手记下身边的人和事，留下岁月的痕迹。

是为序。

2023 年 4 月 8 日于恩施滨江花园

目　录

再去成都

蜀道已不再难

在去成都的前夜，我待在恩施的家中，特地找出《唐诗三百首》，仔细品读了唐代大诗人李白的名篇《蜀道难》：“蜀道难，难于上青天，蚕丛及鱼凫，开国何茫然。尔来四万八千岁，不与秦塞通人烟。西当太白有鸟道，可以横绝峨眉巅……蜀道之难，难于上青天！使人听此凋朱颜。连峰去天不盈尺，枯松倒挂倚绝壁。飞湍瀑流争喧豗，砯崖转石万壑雷……”一遍又一遍读着诗仙的诗句，我的脊背上早已渗出汗珠来。我在想：如果我出生在诗仙李白那个时代，我无论如何也不愿去闯蜀道的。

五年前，要从恩施直接西行，只能走318国道，一路上还真能体验一下蜀道难。而当初最快捷的西行方式便是从恩施坐飞机到省城武汉，然后转机去成都。当然也可以从武汉坐火车西行。可是作为一个恩施人，又何必绕这么一个大圈？现在好了，蜀道已不再难！其实我来成都完全可以自己驾车，走沪蓉高速公路，从恩施出发到利川过万州直接西行。可我儿子说：“现在的大都市停车原本就很困难，您又何必开车独自西行去挤成都的市民！”于是我儿子打开电脑，就在网上给我订了一张恩施到成都的卧铺票。他让我在火车上好好睡一觉，天一亮就到了成都东站。我仔细一想，也就依了儿子的选择。

体验一下在自己家门口坐上火车，走一趟西南的畅快，那是一件乐事。可我在火车上睡不着，车窗外的万家灯火勾起了我的许多联想：旧时的蜀道真难！可自从宜万铁路从恩施穿过，蜀道已不再难！尽管万嶂千峰奔腾扑来，夜色朦胧，大雾弥漫，但只要奔驰的列车一声长啸，我在弹指一挥之间已过关山千重。

更为凑巧的是，我启程来成都的日子，正是“嫦娥三号”发射升空奔向月球的日子。这一天是2013年12月2日，农历十月三十。“嫦娥三号”发射升空的时间是凌晨一点，而这时我乘坐的火车正在一声长啸之后，驶入了四川南充火车站。

早晨八点多钟的时候，天已大亮，火车驶入成都东站。车窗外晨雾朦胧，座座摩天大楼在晨雾里展示着这座西南大都市的繁华与气派。而成都火车东站，也是我所见过的最为豪华与气派的火车站，建筑独具风格，在前卫的设计理念中融入现代高科技手段，透着现代化的气息。

可当我走下火车，来到站台时，就被涌动的人潮推进了出站的廊道，而且站在出站的电梯台阶上一下再下。我突然意识到这不是出站，而是钻进了大地的深处，疑是走错了巷子，欲转身而不能，因为身后的人潮还在不断地涌来。于是我就在想，随大流而去，定能找到出路。几经辗转之后，我被人潮推进了成都地铁的站口，排队在自动售票机上购了票，就随人流钻进了地铁站。只听一声轰鸣，豪华的地铁便呼啸而来。等车停稳，开了自动车门之后，我竟下意识地钻了进去。地铁起步奔驰之后，我有些不踏实，就操着一口带着方言味道的普通话去问我身边的一位警察老弟：“你好！请问去牛王庙是这趟车吗？”警察老弟先是一惊，然后操着一口纯正的四川话对我说：“咯老子的！你把车坐反了撒！你赶快在下一站下车，在对面坐二号线去牛王庙就对了！”我望着警察老弟笑笑，道声谢谢后下了车。又是几经辗转，我才从地铁深层的廊道里钻了出来。站在牛王庙街口，成都的街景让我眼前一亮，心里一怔。真是车如潮涌，人如流水。可让我心里一怔的不是别的，成都街上的人个头都很矮小，他们的生活节奏很快，来去匆匆，都像些西部精灵。我突然想起在河南洛阳当兵时，四川洪雅县的那些战友来了。他们的个头竟只有1.55米，刚够当兵的身高条件，穿五号小军装都还要跑到街上的裁缝店里去改裤脚。

走在成都街上，我这个一百八十多斤，在土家族中只能算个中等身材的汉子，竟像个彪形大汉，挺着肚皮，翘着屁股的自身形象到让我有些拘谨起来。四川人的个子小，他们身上有一种不可战胜的精神，有着无穷的智慧。有一条真理就是这样表述的：凡是浓缩的都是精品。成都的大街小巷，都种着一排排银杏树，金黄色的银杏树叶随街巷的轻风飘然落下，装点着宽敞的街景，真是“黄金满地”的景致，像一片金色的梦境。

蜀道已不再难！这是地球人都已经知道的秘密。四川是天府之国，成都是天府之都，发展太快了！变化太大了！这正是改革开放的成果，也是西部大开发的杰作。美丽的成都，是我神往的地方，我为你欢呼，也为你歌唱！蜀道已不再难！西部正在崛起。

崛起的映秀

记得2008年汶川大地震之后，于5月23日，我随几位写报告文学的作家去四川慰问，当时的所见所闻真是撼人心魄，让人撕心裂肺，常处在一种极度的悲伤之中，整个成都被尘埃笼罩着，也被悲伤笼罩着。七万多同胞的生命聚集成的西南大悲，是举国哀伤的国殇，十三亿国人的亲情与援助铸成了民族大爱。五天的灾区之行，我们先在都江堰滞留了一天，然后几经周折才去了映秀。在前往救灾的解放军官兵历尽艰辛打通的这条生命线上，我们感受着余震带来的惊悸，也感受到了大爱的力量。但由于多种原因，我们没能如愿到达汶川县城。而从都江堰到映秀的这段日子，是我这一生之中最为震撼悲情的时刻。许多年后我依然言及映秀便心生悲情，目睹灾区情形而受到强烈刺激后裂开的创伤至今难以愈合，抚之隐痛且有股血渗出。记得我们一行数人撤离四川、离开成都的那天早晨，我的眼里含着泪，心里一直在想：等心情平静了，等一切都好起来的时候，我一定再来成都，再来四川看看。

可当我时隔5年之后，再来成都，再去映秀的时候，原来的映秀镇秀坪社区、中滩堡村、枫相树村、鱼子溪村、黄家村、张家坪村都不见了，却有一个崭新的风景如画的映秀东村展现在我们的面前。

站在“映秀东村”的牌楼前，你会发自内心地慨叹：这里真是一个村庄么？牌楼雕梁画栋，四块雕刻讲究的垫石之上立着4根红色的粗亮的柱子，楼顶的青瓦在冬日的阳光下熠熠生辉。两道横穿的平面上嵌着羌绣织锦，花色鲜艳，光彩夺目。吊于门楼中间的长短看柱，是精雕细刻的细木。“映秀东村”的大红门牌嵌于看柱横穿之间。远远望去，牌楼高大气派，牌楼翘角与亭子的斜角相映成趣，如同伸向大自然的手臂。顺着牌楼中间的大道望去，一排排葱茏树木在冬日里支起一片绿影，鲜亮如一幅立体的水墨画，与远方的苍山连成一片梦境。驱车前往，疑是驶入画中。我在想：那传说中的仙境也不过如此吧！陪同我们去采风的同志告诉我们：这里是藏羌文化长廊的起点。

映秀东村是灾后重建的杰作，总体分为南区、北区和中区三片。南区是以现代农耕文化为主题的农业观光、时尚休闲区域；北区是以民俗、非遗文化为主题的展示、体验区域；中区则是以主流文化为主题的地震文化，爱国主义教育展示、参与区域。这 3 个主体功能区的设计建设主旨是弘扬文化、传承文明、发展文旅、富裕百姓。整个东村透着“功能明晰化，产业集聚化，文旅融合化”的气息。

走进北区，广东东莞援建纪念碑耸立着，碑座上记录着援建的基本情况。这里是非物质文化遗产主体文化创意园区，又叫小东村，传承展示着独特的非遗文化，同时向人们展现着非遗美食。来到中区，你会清晰地看到，这里是地震文化的集中展示区，有漩口中学遗址、地震博物馆、“5・12”祭台、国际学术交流中心、学术报告厅，展示抗震救灾历史，恢复重建成果，发展振兴经验，诠释着中华民族大爱和先进文化，是典型的“三基地一窗口”。进入南区，你会眼前一亮。这里是一片时尚文化休闲度假区、以原黄家村、张家坪村、振源新村为联合体，合并打造出了农耕文化休闲度假区，地震文化旅游产品加工区，以休闲农业与乡村旅游为主体，培育时尚农民，发展时尚农业，建设时尚农村。今日映秀东村，是绝美的人居佳境；今日映秀东村，是一片让人振奋的非遗圣地。东村是映秀的亮点，映秀是东村的依托。

如果说东村展墙是东村中的一道风景，那么藏羌绣坊便是东村非遗项目的神来之笔。羌族刺绣主要流传于汶川、茂县、理县等区域，是羌族民间传统工艺的传承与延续。挑花、纤花、纳花、链子扣是羌绣的针法。针在绣娘手里，那便是七彩的画笔，既能纳出清秀明丽的长卷，又能绣出刚健淳朴、粗犷豪阔的大作；既能绣出山水相依的自然景观，又能刺就花鸟虫鱼，飞禽走兽，是人间妙手的巅峰之作，更是西南境地的传神技艺。

看过藏巴拉手工藏毯，欣赏了被联合国教科文组织认定为世界非物质文化遗产的唐卡艺术——觉囊唐卡之后，有人建议我们一定要去看看映秀的“豆腐饮食一条街”。豆腐者，豆之精华也。我在想：天下之人，谁都尝过豆腐的味道，可我们又有几人知道，豆腐是“始于禹王，兴于刘安，传于鉴真，盛于康熙，闻于映秀，光华于五湖四海，三山五岳，远传南夷北岳，万国诸邦”。更让我们为之一震的是：此来映秀，方明白治水的大禹，他的故乡竟是汶川。

既然这样，不去品尝一下映秀的豆腐，那还算来过映秀么？驻足品尝，映秀豆腐果然芳香诱人，鲜软异常。观之，色如凉月，香如酊芷，淡素绵长；触之，若青云托月，凝脂带露，荠荷吐蕊；尝之，如流风拂面，弱雪微澜，轻纱绕指，鹤绕渚翔。映秀的豆腐硬是余味盈盈，齿颊留香。哈咯咋（恩施土家族方言，表感叹）！我们土家族人也是吃过几百年的豆腐的，这映秀豆腐竟是映秀饮食文化中的上品。

现在的映秀，有三个特别定位：世界温情旅游小镇、震中纪念地、防震减灾示范区。映秀东村历史文化积淀深厚，是羌、藏、回、汉等多民族融合区。在恢复重建中，将民族特色与保存完好的生态环境融为一体，继续保留和传承了多民族和谐融合的特色，建成了具观光、休闲、度假、娱乐、科考等相融合的世界温情小镇，给人以美的享受，让人流连忘返。同时，映秀东村是“5·12”汶川大地震遗址、遗迹及地震博物馆。植根于大地的地景式建筑，自然，平和，静谧。碧绿的草坪，沉稳的建筑，块石铺成的廊道，庄重的标志牌，属于映秀镇纪念体系中新建的纪念项目，是人与自然、抗震技术等内容的教育场所，也是缅怀、感恩的重要纪念地。

映秀东村是汶川原址重建时汇聚全球智慧进行规划建设的缩影，也是世界长期关注的现代抗震建筑的博物馆、抗震减灾示范区。这里山水相依，新旧衬托，乱石包围着青山，新村遥望着旧址。这里汇聚着人类智慧，也展示着光明与希望。

映秀还有许许多多值得一看、值得一品、值得思索的好景、好艺、好去处。这次我对映秀的总体印象是：经历“5·12”大地震后的映秀“雄起”了，他们化悲痛为力量，在中华民族大爱的沐浴之下，重建家园，创造出了人间美景，也创造出了人间奇迹。

杜甫草堂

从映秀回到成都的时候已是中午，我给带队的同志打了招呼之后便开了小差，随力扬文化传播有限公司的老总赵娟及文学编辑龙丽到成都“蜀府宴语”豪华餐厅里去品尝成都的特色美食。记得电视剧里有一位名叫大长今的女医官曾经说过：“饮食的最高境界，是色香味美的食物、优越的环境和称心的人缘共同营造出来的。”我今天的心情很好，在西南成都“蜀府宴语”的豪华餐厅里，由两位漂亮洒脱、才华出众的川妹子陪着，一边品尝着西南风味的美食，一边谈论着文化圈内那么些事情，就有了“他乡遇故知”的亲近感。人这一辈子，有的为生活而食，有的为食而生活，在各个不同的层面而一日三餐，又有几人真正体验过“饮食的最高境界”呢？我很幸运，今天在成都算是再次在愉悦的气氛中达到这种境界了。

赵娟是一位很精明的文化人，她把成都力扬文化传播有限公司经营得红红火火，与全国各地很多文化名人和文化团体有着密切的联系。赵娟所带领的力扬文化团队是一支实力雄厚、人才济济的队伍。她们以编书、印书为事业，我是以读书、写书为人生追求，席间谈得很投缘。探讨了有关“文化如何与市场接轨”的问题，特别是在影视文化和网络文化飞速发展的今天，如何守住传统图书这块阵地，在市场上挤出一席空间的问题上，我们有着很多相同的观点，有着很多体验与共识。

龙丽是一位很单纯的川妹，她来自四川绵阳最南端的一个小镇，大学毕业后就在省城成都求职工作，很不容易，她人如其名，天生丽质且能力很强，是赵娟的得力助手。我很欣赏龙丽的才华，也从心底里赞美她的气质和美丽。我虽未见过杨过，可常称她是“小龙女”。

从“蜀府宴语”里出来，站在街口，我向赵娟提出想要龙丽陪我去一趟杜甫草堂的事。赵娟的大眼睛闪动了几下，用目光征求了一下龙丽的意见之后，答应了我的要求，并对龙丽说："你去吧，好好陪陪宋老师，作家到了成都，杜甫草堂那是非去不可的！"我微笑着向赵娟点点头，感谢她能够理解我的心情，同时也感谢她能够准许龙丽去陪我。与赵娟在街口话别后，我与龙丽驱车前往杜甫草堂。

在车上，望着繁华的街景，我想起了诗圣杜甫的那首《茅屋为秋风所破歌》的诗来了，那份感伤，那份凄凉，让我心生几分痛情。心里量想：杜甫草堂也应该是杜甫曾经住过的"茅屋"吧。我禁不住小声念道："八月秋高风怒号，卷我屋上三重茅。茅飞渡江洒江郊，高者挂罥长林梢，下者飘转沉塘坳。南村群童欺我老无力，忍能对面为盗贼，公然抱茅入竹去。唇焦口燥呼不得，归来倚杖自叹息……"念到这里，我的眼睛竟然有些湿润了。哪知道龙丽望了我一眼之后，用一口流利的四川话接着念道："俄顷风定云墨色，秋天漠漠向昏黑。布衾多年冷似铁，娇儿恶卧踏里裂。床头屋漏无干处，雨脚如麻未断绝。自经丧乱少睡眠，长夜沾湿何由彻。安得广厦千万间，大庇天下寒士俱欢颜……"龙丽的声音很清晰，有一丝低沉。那口原汁原味的四川话，仿佛让我听到了杜甫当年吟诗时那哀伤的心境。就这样一路念着，一路走着，不一会儿就到了杜甫草堂的大门口。

杜甫草堂坐落于成都市内的浣花溪，是唐代大诗人杜甫流寓成都时的故居。据资料介绍，公元759年冬天，诗人杜甫为避"安史之乱"，携家来到成都，在风景秀丽的浣花溪畔营建茅屋而居，杜甫始称其为"成都草堂"。杜甫曾先后在此居住了四年，他在这里创作的诗歌流传至今的就有240余首。这些不朽的诗篇赋予成都草堂深厚的文化底蕴，使之成为中国文学史上的一处圣地。杜甫草堂占地20万平方米，是中国现存规模最大、保存最完好、知名度最高、最具特色的杜甫行踪遗迹地。

走进杜甫草堂，给我的第一感觉是：能选择这样一处闹中取静且风景秀丽的空地搭建草堂而居，在唐代应该还是一件很奢华的事情。《茅屋为秋风所破歌》中的茅屋，应该不是成都草堂，因为在这里怎么也感觉不到"床头屋漏无干处，雨脚如麻未断绝"的那份凄凉来。杜甫草堂应该是杜甫中年时期，事业较为成功，生活较为殷实的居所。

沿着浣花溪的岸坎向右绕去，我和龙丽就到了草堂前的柴门。用茅草盖顶，用木料柱头立起的门框旁，用竹木扎着弧形的篱笆，围着两片开阔的花园，绿色的矮壮花木簇拥着木与竹。绿色的藤蔓，拥挤的芳草，稀疏的芭蕉，向我们呈现着画一般浓绿苍翠的景致，却没有冬日水冷草枯的萧条景象。这草木和植被显然不是唐代的遗存，但草堂依旧，遗韵尚存，诗人的文思与雅怀仍然凝结在这片宁静的幽处。

站在浣花溪的岸坎，隔着水竹和花木再望草堂，那是一片令人神往的境地，古诗词的光芒与天地灵气融合在一起，构成了一片鲜活意境。站在这片意境里，我嘴里念叨："杜甫老先生，你怎么就不在这里长住，稳定地过清静的日子，却要为写诗而去漂泊，老来还要去江边再建茅屋而居呢？这难道就是诗人所追求的豪放吗？"

杜甫草堂的3间正房里设有客厅、书房和卧室，两间耳房里设有厨房和餐厅。房屋的西头还有一间厢房，圆形塔基连在飞檐旁边，上面安放着石凳石桌，那是中秋赏月，炎夏纳凉时与来宾或家人饮茶叙旧的去处。整个草房分了正房和厢室，虽然没有搬爪和翘角，却与土苗山寨里所建的"钥匙头"屋十分相似。

立于杜甫的书房门前，望着他的书桌和坐椅，还有立于壁前的书架，看得出杜甫的身材一定不是很高大，伏案蘸墨写诗，或背手踱步、拂须吟诗，都显得桌案矮小，空间狭窄。笔筒里的毛笔许多年没有蘸过墨汁了，案头的墨迹早已经被岁月擦亮，一幅古画不知是文友相赠，还是杜甫自己所作，仍然挂在墙上，或许这画还是诗圣当初最为昂贵的一份财产。在书房墙边的地上，还能依稀读出诗圣的脚印，还能依稀望见诗圣穿着粗布长衫，站在篱前，眺望秋月时那瘦弱矮小而因长期伏案读书写诗，早已弯曲的背影。真想他突然转过身来，抬手扶起花白的长须，眯缝着眼，皱着眉头问我一句："你怎么也选择了文人这个行当？那你们现在文章发表时的稿酬是怎么计算的呀？"

我坦率地说，我是怀着一颗朝圣的心走进杜甫草堂的，耳边回响着诗圣不朽的绝句名句。用心灵与他对话，用意念去幻想诗圣在草堂生活的细节……但让人觉得不可思议的是：这样一间简易书房，却能耀射出不朽的历史光辉。

驻足东头的厨房前，木窗透着光亮。灶台上一大一小两口锅深嵌在灶身里，木板削成的锅盖还泛着油光。打水的木瓢，淘米的竹箕，盛水的石缸，简易的碗柜，展示着古人简洁质朴的生活品位。那张漆成黑色的实木餐桌旁，放着两条同样漆成黑色的板凳。由此可以想象杜甫在草堂居住期间，家眷并不很多，平常即使有文友来访，每次也不会超过两人。因为客人来得太多了，餐桌旁两条板凳怎么坐得下呀？

客房和卧室里就更简洁了，一张竹席支在客厅里，像北方取暖的炕，中间是竹几，大概也是脱鞋入席，盘腿而坐，二人对面攀谈吧。我估计能够坐上诗圣家如炕竹席的人，在唐代文化圈里也没有几个人。

走出草堂的大门，两步台阶下到宽敞的塔坝里，龙丽慨叹道："哎哟，好美！草堂外的绿草、树梢托起了天际和迷雾！"我转过身望着她那红润的脸蛋儿，有些不解地问道："你是诗兴发作，还是借景抒情呀？"龙丽的脸蛋儿更红了，却没有回答我的话。或许她也是在那片意境中看到了诗圣杜甫瘦弱矮小而且早已经驼了的背影吧。漫步在草堂前弯曲流畅的小道上，每一株小草，每一棵树木似乎都在向我们诉说着什么，因为我已经听到了一种极其奇妙的声音，似是从远古传来，流淌在了今人的心里，直到今人再又变成古人。我回过神来，连忙取出数码相机递给龙丽，要她帮我在柴门前留张影。这将是一张珍贵的照片，也将是我的一份珍藏。

我们从唐代遗址大坑外廊里进去，不经意间就到了茅屋故居，再转入少陵草堂、碑亭、水竹居。然后从柴门走出转到浣花祠。再沿花径向西步入大雅堂、草堂别馆，回转到史诗堂，看过"诗圣著千秋"陈列室之后，从正门走出。我意犹未尽，一步一回头，差点与前来旅游的几位新加坡美女撞了个满怀。龙丽微笑着，把相机递给了我。离开杜甫草堂，在回天紫界的路上，我就一直在想：浣花溪水可以流了一千多年后再流一千多年，水竹居的竹能长一千多年吗？按照竹园的生长周期，六十年一回园，这一千多年过去，浣花溪畔的水竹和水竹居邻近的水竹，均已不是杜甫早在公元759年建设草堂时栽植的那批水竹了。既然竹已经不是当初的那蔸竹，树也未必就是当初的那棵树。那么在当初，草堂周围的风景又是什么样子的呢？

不管我们心底里再生出多少疑问，但草堂的格局，花园的布局，柴门的位置，小径的走向都应该是诗圣杜甫当初亲手绘制的草图。因为有些唐代的建筑师也未必想得出来，而在诗人的想象中，一切奇妙的景象就随灵感跃然纸上了。

很长时间里，在我的脑海里都涌动着杜甫的诗，像湖面涨潮，难以平静；在我的眼前始终浮现着杜甫草堂里的风景，绿叶在轻风里摇曳，浣花溪的水在静静地流淌。柴门敞开着，花径旁的竹篱上歇着几只鸟儿，与歇在茅屋脊上草垛顶端的几只鸟儿一唱一和，像在倾诉一种感情，用清脆的鸟语交流。也不知它们是在向对方求爱，还是在相互诉说生活的甜蜜……

与龙丽话别的时候，她对我讲："听圈内的人说，您在老家一个名叫铁敞坪的地方建了一栋漂亮的书斋是么?"我一脸惊喜，望着她点点头说："是的，还算漂亮精致。哎哟喂，小龙女你是不知道哩，在铁敞坪破土动工修建书斋的前夜，我就梦见诗圣杜甫了，站在明亮的月光下，我问他：'我这书斋叫个啥名好呀?'杜甫手抚长须，凝神望望地上如霜的月光后对我说，就叫'凝霜书斋'吧，于是我就依了诗圣的指点，还请我们恩施州的州长周先旺先生为我题写了'凝霜书斋'的匾牌，算是有些规格了，想去看看吗?"龙丽眨了几下美丽的眼睛之后，很认真地对我说："想去看看！等有机会了，一定到您书斋里去小住几天，也好顺便去看看土苗山寨里的美丽风光。"我爽朗地说："要得！要得！你可别让我等得老了，'归来倚杖自叹息'哟!"龙丽笑着用四川话对我认真地说："啷个会哟！我们四川人说话是算数的哦!"

龙丽与我儿子同岁，也不知她是该称我叔还是称我伯了。高等学府里造就出来的才华和气质溢于她的言行举止之中，让我有了一个期待她来我书斋里看看的念想。

我与作家邓斌的交往

一、初识邓斌

1992 年春上，我正在鹤峰县小园乡政府工作。那个时候，党报党刊的发行任务也很重，每一个行政干部最起码都订有一份《半月谈》。有些老同志还有这样一种说法“半月谈，谈半月，半月常谈一月事”。而在乡镇担任主要领导职务的干部，都还必须订阅一份《半月谈（内部版）》。跑乡的邮递员都知道：只订一份《半月谈》的那一定是个一般干部，而订了《半月谈》后还追加了一份《半月谈（内部版）》的那一定是乡镇领导干部。有的人宁做鸡头不做凤尾，能当上基层的官，那也是人生的一种成就和荣耀。我先说这些话的目的，是因为正是在《半月谈（内部版）》的阅读过程中初识了作家邓斌先生。

在《半月谈（内部版）》1992 年第一期上，我读到了一篇题为《赛马序曲》的精美散文，文中写了“悲鸿马”从画中跑出来了。这马是何等尊贵的好马！可到了凡间马群中就与俗马站在了一起，有时候不仅显现不出尊贵来，而且时常还被俗套的东西给“俗”之门外。伯乐相马时也忽略了它们的尊贵，赛马场上还对其加以限制，甚至埋没了它们。

其实作家所写的就是当下的现实情形，那一纸“赛马须知”不正是那个时期一些手握权柄的人惯用的伎俩吗？那段时日，我一直把这篇散文带在身边，一有空就拿出来读。《赛马序曲》不仅文字优美精当，而且寓意深刻。反复研读，便从这篇散文中读出了作家的才气，读出了作家的傲骨，也读出了作家怀才不遇的辛酸与无奈。

可这时，我却并不知道邓斌是何方神圣，邓斌的名字就是通过《赛马序曲》走进了我心里，且认为这位“邓斌”一定与梁庄写《红旗谱》的梁斌、与湘西的沈从文老先生有同样的品位和性情，不会是等闲之辈。不然，他一定想象不出“悲鸿马”就从画中跑出来了。这是才气的展露，这是思维的境界。

记得那年春季，我到县里去参加三级干部会议，晚上休息的时候我到张泽洲书记家里去看望他。张书记问我：“最近发表了什么文章没有？”“乡镇的工作繁忙，但写东西的事得挤时间进行，万不能丢，丢了可惜！最近邓斌写的那篇散文在《半月谈（内部版）》发了出来，反响不小！邓斌是个人才！”我顿时瞪大眼睛，十分惊讶。直到这时，我才从张泽洲书记那里知道，邓斌就是恩施石窑人，现在鹤峰县容美镇中学教书。这时让我惊讶的不是别的，而是鹤峰县中学的一名教师，竟能写出这么好的文章来！我的脑海里立刻闪现出“马甲”念出来的“赛马须知”上的条条款款。张书记好像看出了我的心思，就叹了声长气说：“邓斌有才，而且有大才，我是很想用他！可有人坚决反对，说邓斌的脾气怪怪的，生性傲慢，不好领导，万不可用！”我望着张书记脸上的表情，心里在想：怎么连县委书记也有办不到的事情？也有无奈的时候？

自那天晚上，邓斌的形象就在我的脑海里明晰起来。而起初的印象是：邓斌有才，而且有大才。可脾气怪怪的，生性傲慢，不好领导！不过我有时候也暗自在想：有才的人，而且是有大才的人不傲慢，谁还能傲慢得起来？

自那以后，我开始关注和搜集邓斌的作品，陆续在报纸杂志上读到邓斌的很多文章。其中《想起了故乡的子母潭》《“施鹤要”，我的摇篮》《核桃梦》《老人・箫声・冷竹林》《生命在这里发源》等。每每看到邓斌的文章，我都会拿在手里、带在身边，甚至从报纸上剪下来，贴在一个精致的本子上，一有空就拿出来认真地品读。也许是他的文章越写越深、越写越美的缘故，他的“怪”与“傲”在我的印象中就没有从前那么重要了。于是在我心底里产生了一个冲动：下次进县城的时候，一定要到学校去拜访一下这个怪怪的老头儿。虽然这时候我并不知道他的年纪，只是从心里觉得：能写出这么深刻、富有哲思、精美耐读好文章的大作家，就一定是一位饱经风雨沧桑的老头。

仲夏的一个日子，我到县交通局去借公路测设的仪器设备，中午休息的时候正好顺道，一拐弯就到了容美镇中学的门口。这时，中学的大铁门紧锁着，门卫老头坐在沙发上打盹。我敲了几下门之后，门卫老头被惊醒了，伸了懒腰扯了哈欠之后眯缝着眼从门缝里望着我问："现在正是学生午休的时候，你找谁？"我告诉门卫老头儿："我找学校的邓斌老师，他是住在这儿吗？"门卫老头儿脸上顿时掠过一丝怪异的表情，不屑一顾地问我："你找邓斌是想买点腊肉呀，还是买点鸡蛋呀？如果要买这两样东西，你就到海通大市场去，午休的时候他准在那儿。"我有些生气地瞪了那老头儿一眼，心里骂道："你还真是狗眼看人低！我来拜访邓斌，最起码也是以文会友，怎么就与腊肉鸡蛋扯上关系了？"我一生气，也就掉头走了，没有见着邓斌。

后来在街上一打听才知道，邓斌那时生活很艰苦，两个孩子正在读书，生活负担很重，爱人是农村户口，没有商品粮，常在石灰窑老街贩些腊肉和土鸡蛋到县城里来卖，赚点钱贴补家用，久而久之，他爱人就成了名副其实的生意人。

虽然这回未与邓斌见面，但我对邓斌的了解又略为深了一层，起码知晓了一些基本情况。没多时，我又去了张泽洲书记的家里。我们常去张书记家里，是因为他是当时恩施州八县市的县长、书记中唯一一位在省级大刊发表诗歌散文的人，所以他对我们这些经常写点文章的人就格外亲近随便，并与我们常来常往。坐在张书记家客厅里说着话，不经意间就又提到了邓斌。我告诉张书记说："听说邓斌生活压力很大，生活也很艰苦！"张书记感慨地说："可不是嘛！两个孩子读书，爱人又是农村户口，四个人吃一个人的商品粮，能不困难吗？"停顿了一下之后，张书记接着告诉我："前几天，邓斌也到我这里来了，只谈了一些关于文学创作的话题。至于他的困难，却只字不提，这就是他的性格。他走的时候，我站在后面的阳台上一直望着他走下百步梯，走过广场，消失在人群中……"

我似乎从张泽洲同志话语中听到了邓斌的希望。可是，每当领导要起用邓斌时，都会有人站出来全力阻止。伯乐相中了这匹千里马，却总有人大声高喊：“他是从徐悲鸿画中跑出来的，不够资格啊！”就这样，邓斌如他文中马乙说的那样，只能在三尺讲坛来回奔忙，走着无穷无尽的“O”型路！

一晃，许多年就这样平静地过去了。1997 年 3 月之后，我举家迁到恩施，开始了刊物编辑和文学创作之路。这期间常听到文化圈内的人提起，说邓斌调到鹤峰县一中教了几年书之后，终于忍不住办了停薪留职，也跑到州城恩施编书写书来了。而这期间，我们虽然同住清江边，同饮清江水，但各自为了自己的理想和生计奔忙，从未见过面。顶多只能算是通过文学作品，初识了作家邓斌先生。

二、再识邓斌

有史料为证，我真正认识作家邓斌，准确地说，也就是与他见面的那个日子，是 2000 年 9 月 2 日。那天州内的一些作家共有 20 多人，被通知或被邀请到恩施土家族苗族自治州政协会议大厅，去参加邓斌散文集《凉月》的研讨会。落座之后仔细一看，见州委宣传部的领导都来了，还有时任州委常委、州政法委员会书记张泽洲同志也来参加会议。于是我在心里想：邓斌这人果然不同凡响，一本《凉月》竟弄出这么大的动静来。

其实这一天我也感到非常荣耀，算是借《凉月》研讨会在州里正式亮了个相，并把我已经出版的长篇小说《军嫂》和报告文学集《土家苗寨公仆情》两本书，赠送给了与会的领导和作家，让大家知道了我的存在。

邓斌端坐在重要位置，对散文集《凉月》的创作和出版情况作了专题介绍。然后是州里的领导和作家们分别发言，对作家邓斌的文学创作和散文集《凉月》提出了中肯的意见。而我那时自觉在文化圈子内还太嫩，脸上也没有自信，因此没敢发言说点什么，就静坐在那里，听那些文学大家和有威望的老领导发言。中午在州政协餐厅用餐的时候，大家相互寒暄，相互握手问候。邓斌满面红光走到我面前与我握手，并激动地说：“哎呀，你就是宋福祥！”

我也同样激动地说：“哎呀，你就是作家邓斌先生！”

那时候，我与邓斌都有了手机，并相互留了手机号码，偶尔也一起小聚，可尽说些客套恭维的话，绝对没有现在这么坦诚。

而这期间，我到处奔波采访写作报告文学作品，靠稿费养家糊口维持生计。文化圈内很多人并不理解我当时的处境，有人还在背地里骂我的那些文章“充满了铜臭”，有些评论家偶尔也给我的文章写几篇评论，大多认为我的散文写得不错，但每当说起我写的那些报告文学作品时，大多用“颇有微词”一语带过。而作家邓斌却是个直爽人，他多次直接给我说：“文章并不在于多，而在于尽可能地把文章打造成精品力作！”我当然理解他的意思，他邓斌并不是容不下我本人，而很多时候是不喜欢我的某些篇什中所写的那些人。那几年，我几乎是一年要出一本书，饱尝艰辛与苦痛。一些思维传统的老作家也拿我没办法，见了我总是很客气地说：“你是首先把文学推向市场的人。”其实我心里明镜似的 ，这个时期的我，正是作家邓斌笔下那匹从“悲鸿”画中跑出来的马。

作家邓斌个子高大，宽阔的大脸上五官端正，一副宽大厚实的近视眼镜几乎遮盖了他的半脸，有些凸起的眼球挤鼓了眼窝，高鼻梁下稍厚的嘴唇轮廓分明，说话声音洪亮，底气十足。他腰粗膀圆，肚皮肥大，走路笨拙木讷乏力，腿脚绝对没有嘴皮子利索。每天坐的时间过长，患了腰椎间盘突出的病痛。他年轻时，弯架打杵不离身的时候，也曾经是一个身手不凡、力大无比的山里大汉。

2002 年 9 月 4 日，我和作家邓斌、田苹、覃国平被清江开发公司宣传部邀请到水布垭去参加文学笔会。我们与北京、武汉、宜昌的 20 多位作家、记者一道，参观水布垭水利枢纽工程建设工地，穿山谷、爬岩檐，进隧道、入库区。活动期间，我们同船漂清江，同游香炉石，到渔峡口，过招徕河，上廪君祠，读夷城天书。

活动结束的那一天是 9 月 7 日，早晨我们与各地作家话别之后，我对邓斌说：“到水布垭来一趟也不容易，我们应该到盐池温泉泡一泡再回恩施去。”邓斌、田苹、覃国平立即响应。于是我们就从三友坪宾馆出发，直奔盐池温泉。

这时的盐池温泉已不再是上池居男，下池居女，燃香为界，露天野浴。而是修了豪华的楼堂馆所，把上池和下池都圈在楼堂之内……在馆所的前厅提前稍作休息之后，田苹和覃国平就被一个漂亮的女服务生带去了下池。我和邓斌被一个男服务生带到了上池的一间屋子里脱光了裤褂，趿着拖鞋走进池堂里，两个白冬冬的肥胖男人望着热气腾腾的池子里散发着硫黄味道的温泉之水，有些不知所措。邓斌顺着台阶小心翼翼地爬到池沿，弯腰伸手试试水温后，慢慢下到池中，哈哈大笑一声之后，爽朗地说："哈咯咋，舒服!"

我比邓斌的动作就要轻捷多了，扑通一声坐进池里，溅起一朵水花正好打在邓斌的额头上。顺着水花望到他的脸上，发现他摘下高度近视眼镜后的脸部有些变形，凸起的眼珠子鼓而欲出。两个大块头男人，就这样赤条条地面对面坐着，让那些硫黄气体熏着面孔，让那热腾腾的温泉水浸泡着身子，享受着那份从未感受过的舒坦。我捏着鼻子向下滑去，潜入水中，让温泉泡了脸部和头发。等我从水里钻出来的时候，望着作家邓斌有些怪异的模样问他："我们这叫什么?"他爽朗地笑过之后，认真地说："这叫什么?就叫赤诚相见吧!"我淡淡一笑说："差不多就是这么一回事!"

许久之后，我们恋恋不舍地从温泉池子里爬出来，一个两个红光满面地聚在馆所的前厅。田苹和覃国平先一步出来，正站在镜面前整理湿漉漉的头发。听见我们出来的脚步声，覃国平一转身凑到我跟前低声说："这回总算把你身上的尘埃洗得干干净净了不?舒服么?"我笑着说："真舒服，只可惜终不能与你赤诚相见。"邓斌一听这话，扑哧一声笑了，弄得覃国平一头雾水。

我们聚在美人山前合影之后，邓斌坐着他的车走了。我车上只带了田苹和覃国平两位美女作家，沿 318 国道朝州城进发。田苹晕车，我开的轿车走得很慢。在车上，我们三个人自然也议论过作家邓斌的人品与作品。而我们三个人对他的看法虽有争议，但我们首先还是肯定了邓斌的作品。他的作品文字精美，富有哲思。

自从那次与作家邓斌在盐池温泉"赤诚相见"之后，我们之间的关系似乎有了微妙的变化。再到一路的时候，也不再像往常一样直呼其名，他称我"小宋"，我称他"邓老师"。他在我面前已不再"怪"，也不再"傲慢"。我在内心深处虽对作家邓斌有了好感，但称呼他"邓老师"的时候，却并不认同他就是我的老师。要我真正佩服或认同一个人真的很难，因为在我骨子里也有一种看不见的"傲慢"。年轻时代的我，身上还真有不少带刺的棱角。

记得我出第一本报告文学专著《土家苗寨公仆情》的时候，我的老师王月圣提笔给我写序。他好像是把我比作了“深山毛栗子”，并在文中说：“只有那遍山的栗子树，冬来枝摇，秋来叶落，夏来浓荫，春来绿郁，一树树结成坨的栗子毛茸茸的，且长着密匝匝的细刺，不小心被它扎了，又疼又痒还会出血。只是那果实黄黄的，用火烩了烤了吃，极香……”

自那以后，我便很勤奋，也很低调，也尽量在磨砺身上的棱角，生怕自己身上的毛刺扎了人。也正是在这之后我才发现：把作家邓斌搬来和自己一比，他就什么毛病也没有了。作家邓斌身上全是闪光的东西。有一次，我夫人骂我说：“你身上的那点儿光鲜都是从粪堆里长出来的！你如果真敢做一个里里外外都光鲜的文化名人，就得改了为官时的那些毛病，好好向作家邓斌学学，人家那才是真正做学问的品德和样子！”我当然知道夫人骂我是什么意思，是因为在我身上有她最恨的一个毛病。我虽然瞪了她一眼，但我没有暴跳如雷，是怕我身上的毛刺扎着人家了。

至此，我开始感受到自己的渺小。回望过去，我真的不知道自己是怎样稀里糊涂混进作家行列里的。我只是“文革”期间一个极其可怜的高中毕业生，在校读书的九年间，初中时有一年回村里当了“赤脚医生”，高中时有一年又到县文工团学戏去了。其余的七年我们被当时的“开门办校”整得死去活来，不是除草采茶，就是爬山采药，有时还干脆提前回去当了农民，几乎没有学到什么东西。与作家邓斌、田苹、覃国平那么一比，我除了有些勤奋之外，基本上就没有才华可言了。于是，我骨子里那一点看不见的“傲慢”也就平静地消失了。

要说我对邓斌真正产生敬仰之意的时间还是 2004 年 7 月间。那时州文联、州作协联合组织州内的一些作家，到宣恩小茅坡营这个苗家山寨去体验生活，并同时召开民族文学笔会。邓斌的腰椎病当时十分严重，走路很艰难，很痛苦，但他仍然牙关紧咬，坚持与大家一起爬山顶、下河谷，访问苗家山寨里的趣闻轶事。在一次很正式的讨论会议上，邓斌深有感触地说：“我们要想真正写出精品力作，深入生活接地气体验生活，细读生活大书是一个方面，更重要的是我们必须多读书，多读些好书。只有这样，我们对文字的驾驭能力才能提高。其次是我们必须立足土家族苗族的本土文化，热爱八百里清江两岸这片热土，才能真正打造出独具特色的精品力作。”

从在座的二十多位作家的面部表情来看，很多人对邓斌的发言不以为然，或许心里在说：“这些东西还用得着你说吗？这是谁都知道的。”其实这正是文化人的弱点，明明知道别人的话无比正确，也要从表面上显示出抵触的情绪，不愿接受。而这次，邓斌的一席话却真正地打动了我，并在我心灵深处掀起了波澜。因为他的教诲，正像一位高级教师在给学生传授一种心得和观念。

在小茅坡营民族文学笔会期间，我们都居住在苗民家里，吃农家饭，喝大碗茶。小茅坡营满山的楠竹撑起一片片厚重的绿荫，饱蓄灵气，苍翠欲滴。夏秋相交的时月，天气炎热。傍晚，从茫茫林梢间摇起的轻风沿着山口、河谷吹进了苗家小院，也把山间的蝴蝶、蚊虫送进了我们安在吊脚楼上的居所。夜间，我与王月圣、邓斌、龚光美、胡飞扬躺在一户苗民的木楼上，夜半三更，有人鼾声大起，也有人彻夜难眠。

又一个月明风清的夜晚，我与邓斌、龚光美沿盘山公路散步，不经意间走上山腰，走进竹林深处……月光下竹影婆娑，如一片朦胧的梦境。我们三个人都没有言语，是怕打搅了这片宁静。我随在其后，望着前面戴着近视眼镜、一胖一瘦的两个身影，顿时从心底里跳出这样一个念头来：我面前的这两个人，不正是率先闯入我文学大梦的精灵吗？回转的路上，我依然走在最后，像一个书童跟随着他们，也走进了这片梦境的深处。

随后的一段日子，我们又去彭家寨，去庆阳街。接着是湖北省少数民族文学创作基地在恩施挂牌。紧接着是利川大型文学笔会召开。我们游大水井，钻朝阳洞，划龙船漂清江，乘轿车通幽处。腾龙洞的惊奇险峻，卧龙吞江的磅礴气势，齐岳山的蓝天白云、肥草良马及干烧的羊排，都给作家们留下了难忘的记忆。

这一年，恩施文坛可谓好戏连台，力作纷呈，一种潜在的热力被激发出来，一种良好的氛围正激励着作家们去潜心创作、努力冲刺，恩施作家群已是旗帜高扬。为此，王月圣和邓斌付出了辛勤的汗水，他们都是扛旗子的人。我敢肯定地说，是王月圣和邓斌把恩施的作家带出了文学创作低谷，营造出了奋发向上的创作氛围。

作家邓斌经常生病也坚持创作，带病参加各种活动。自小茅坡营笔会之后，他的病情一度加重，但他仍然咬紧牙关，从没掉过队。他对文学创作的热爱，他对文学事业的执着，感染着周围的人。他把“作家”的名号视为自己人生的荣耀。自散文集《凉月》出版之后，他又相继出版了《雨巷》《远去的诗魂》《邓斌评论集》《巴人河》《爱与忧患》《邓斌散文选》《家事马拉松》等多种长篇文学作品和文集，他还发起创刊、同时主编了学术季刊《巴文化》，组织编辑出版了十二卷本的《白虎文丛》与八卷本的《巴风文丛》，主编和参与主编了《中国恩施》《龙船调的故乡》《直立人遗址》《绿色恩施》《走进恩施》《风情恩施》《神画恩施》等多种文集与画册。尽管病痛不时折磨着他，各方面的社会压力冲击着他，但他仍然顽强地支撑着、坚韧地奋斗着。

记得有一次，我与职院副教授谭庆虎驱车陪邓斌回家乡红土，去看望他已经八十多岁的老母亲。一路上，邓斌讲了许多关于他年轻时代的艰辛与苦难，讲了他母亲的宽厚与勤劳。我们亲眼目睹了邓斌笔下的“子母潭”，亲手触摸到了那棵“核桃树”。傍晚时分，周围的亲朋与乡邻们都会聚在邓家垭的木屋里，是想亲眼目睹一下作家邓斌今日的风采。

他的老母亲笑得合不拢嘴。老人拉着我们的手，向我们叙说着邓家垭曾经的艰辛与苦难。邓斌是老人家的长子，也是老人家的希望与荣耀。当老人家与我们说起，邓斌的父亲在世时，常给她念《凉月》中的文章。念着念着，两位老人忍不住抱头痛哭，文中叙写的那些经历，那些苦楚，那些细节，常勾起老人难忘的记忆……此时此刻，我看见两行浑浊的老泪从她老人家的眼角慢慢滚到她那多皱的脸面上，也不知她是在思念已故的老伴，还是在为长子邓斌今天的成就而欣慰感动！片刻之后，老人家扬起脸，笑着对我和谭庆虎说：“小时候，邓斌天天抱着书本看，别人看着他不顺眼，就责骂他将来就吃书！没想到邓斌还真是与书有缘，读书、教书、写书、编书、评书……还真是‘吃’了一辈子的书！”

第二天早晨，当阳光从山坳上喷薄而出时，邓家垭风景很美。邓斌带着我和谭庆虎去看了他们家曾经经营过的责任田。山头有一园龙竹，屋后是一片松林。田园和山地的风景里，到处都有邓斌的影子，到处都有邓斌少小时的足迹。我站在邓家垭的山口，望着那色调蓝蓝的远处，心里在情不自禁地高喊："感谢两位饱经风霜的老人，感谢邓家垭这方水土，为我们土家族养育出了邓斌这么一位优秀的作家！"

邓斌很健谈，在离开石窑与红土，开车回恩施的山路上，邓斌向我们叙述了很多并不如烟的往事。讲到动情之处，他会忍不住痛哭着落下泪来。从这往后的日子，我与邓斌的交往变得更加密切了，常常无话不谈。谈文学创作，谈生活起居，谈家庭琐事，谈人生境界，当然也谈自身的梦想与憧憬。

三、仰视邓斌

其实，我对邓斌敬仰是从一件小事开始的。那天吃过早饭之后，我们从邓家垭出发，第一站是去石灰窑镇上。邓斌的母亲也说要去石灰窑街上看看。邓斌理解老母亲的心思：一是舍不得儿子离开，想送上一程；二是老人家活到八十多岁，还没坐过小轿车，很想体验一下坐上小轿车的乐趣。

我们绕过山湾，走到停放轿车的水泥公路时，邓斌上前一步拉开车门，接着转身把母亲搀扶着，让老母亲坐上了前座的位置。再一看，跟来的其他人加上我们三人，车已严重超载。邓斌非常无奈地对我说："就几公里路，挤一挤罢！"我的脑海里浮现着邓斌搀扶母亲上车的情景，只是点了几下头。他打开后座车门，招呼其他人挤上去，后座一下挤上去五个人。身材高大的邓斌被挤得气喘吁吁，小轿车被压得吱吱作响。由此，我看出了邓斌的孝心。

邓斌的父亲是一位非常聪明的手艺人，一生走南闯北行走江湖，雕刻图章，修理钟表，对中国汉字各种字体烂熟于心。他雕刻图章的手艺十分精湛，不需使用模卡，不需用笔写字，一旦问清客户姓名，即左手拎起精巧的章坯就能用右手持刀行手刻写，正草隶篆，无不清晰典雅。邓斌的父亲一辈子嗜烟嗜酒，但对子女从不娇惯，任他们在苦难中磨砺。邓斌的父亲于 2003 年 1 月病逝后，邓斌主持丧事将父亲风光大葬。

数年之后，邓斌站在父亲的坟前对我们说："将来我离开这个世界后，就葬在父亲的墓旁。墓碑越简单越好，上面就刻'作家邓斌之墓'六字即可。"话语虽很简单，但我们看到了他那颗淳朴的孝心，也读懂了他对生死的那份坦然与超脱。

在我看来，邓斌最大的成就，不仅仅是他见诸报刊数百万言的文学作品，不仅仅是他那十几部文学专著与数十部编著，而是他从教40年间，培养了成千上万社会性人才，包括将他自己的两个孩子培养成颇具专业才能的一流人才。邓斌既是中学高级教师、特级教师，又是大学教授。他数十年如一日焚膏继晷，殚精竭虑，言传身教，著书立说，潜心研究地域民族文化，用良好的品德与丰富的学识启迪来者，在鄂西南恩施这片土地上，真正起到了为社会添文化之砖、加文明之瓦的作用。

2004年到2007年，我同着邓斌出席了若干笔会与研讨会，如宣恩小茅坡营笔会、巴东茶店子笔会、利川笔会、咸丰坪坝营笔会等。此后，邓斌系统总结他进行田野文化调查的丰富素材，投入到长篇文化散文《巴人河》的创作过程之中，常常白天四处奔走，夜晚灯下击键著述，始终处于勤奋与繁忙之中。

2007年秋后的一个早晨，我突然接到邓斌的电话，要我赶快到恩施职院他主持的巴文化研究所办公室去一趟。待我开车到达办公室，只见邓斌倒在地板上爬不起来，他的腰椎病令他疼痛难忍。我急忙扶起他，可他不能站立，也不能落座，额上豆粒大的汗珠直往下滚。我连忙关了电脑，扶他出门，使出全身力气背他下了四楼将他扶上车。他咬紧牙关不发出一声呻吟，我扶着他到州中心医院做完检查后，医生告诉我："病人椎间盘突出十分严重，必须马上手术，否则，可能会下肢瘫痪！"我一着急，泪都流出来了！

就这样，邓斌躺在医院里，他的夫人汪敏放下手头的生意从鹤峰赶到恩施照料。邓斌腰部开刀后，专家说他的手术非常成功，出院后很快就能站起来，但完全康复尚需要一段时间。听到这个消息，我很欣慰。因为我认为：邓斌绝对不能倒下，他手头的许多事情尚在进行之中，谁也替代不了，他必须尽快地站立起来，支撑着往前，风雨兼程！

忍受着工作劳累与病痛折磨的邓斌，那几年恰好捷报频传。2003年至2007年，他先后两次获得湖北省文联、湖北省作协、湖北省人事厅联合表彰为文化战线先进工作者；2005年，他主持编辑的十二卷本《白虎文丛》出版发行，他与向国平合著的《远去的诗魂》荣获第八届全国少数民族文学骏马奖；2006年，他又荣获湖北省文化精品生产突出贡献奖、第三届湖北省少数民族文学荣誉奖；2007年，他的《巴人河》出版后，先后荣获第四届湖北省少数民族文学奖、湖北文学奖提名奖；2008年，他被中共恩施土家族苗族自治州委、州人民政府授予具有突出贡献的专家称号；2009年到2010年，他的《爱与忧患》《邓斌散文选》《家事马拉松》等专著先后面世……

还记得2003年12月，在恩施土家族苗族自治州建州二十周年的庆祝大会上，大会主持人用热情洋溢的普通话诵读大型广场歌舞《清江放歌》主持词，听着其内容贯穿恩施土家族苗族自治州五千年人文历史且文辞优美、诗意盎然的主持词，某位省主要领导激动地问州长周先旺："这篇主持词出自何人之手?"周州长说："出自我们自己土地上的作家之手，他叫邓斌。"省领导当即大加赞赏："这台歌舞与这篇主持词，均达到了国家级乃至国际水平!"

是的，他叫邓斌。他曾经在恩施石灰窑乡村中学教书多年，曾经在鹤峰县城初中与高中学校教书多年，后又被州委、州政府"发掘"出来，到恩施职业技术学院出任巴文化研究所所长。他还是那个曾被人说成"脾气怪怪的、傲慢清高、不好领导、不可重用"的邓斌。

邓斌是一个特别勤奋的人。他自14岁开始，就有广泛涉猎各种书籍与写日记的习惯。"文革"中，曾有几十本日记被查抄没收。他年复一年，宁可吃糠咽菜，断油断盐，也不能一日无书可读。据他自己介绍，在没有条件买书藏书的时候，看到精美的文章与辞赋，他都会千方百计借读直至认真背诵下来，将美辞佳篇烂熟于心，让其成为小草与高树，在他心灵深处开出花，结出果。尽管邓斌已过花甲之年，但能随口背出若干古今中外的名篇，如《离骚》《九歌》《报任安书》《孔雀东南飞》《出师表》《陈情表》《滕王阁序》《长恨歌》《琵琶行》《赤壁赋》，以及拜伦、雪莱、泰戈尔等人的大量名章，正所谓"冰冻三尺，非一日之寒"！他从苦读中吸取精华，他用哲人的思维去捕捉人间万象，他用文学的精美语言去描述大千世界。邓斌从大量读书、执着教书到潜心著书，可以说，自启蒙读书以来的半个多世纪，从无一日离开过书。邓斌不烟不酒不赌不舞，并非不食人间烟火，而是为了省下每一个铜板、每一缕光阴去买书读书与写书。

邓斌每到一座城市，书店是他必定光顾的地方。多少年来，邓斌守望清贫仰望“凉月”，来去匆匆穿行“雨巷”，上天入地般四处搜求“远去的诗魂”，泪眼迷离、情意酣畅倾诉他的“爱与忧患”，不倦跋涉悠长悠长的“家事马拉松”，终于用他的汗水、泪水与血水，汇成了一条奔腾涌流的“巴人河”，并结集成以他的名字命名的厚厚的“评论集”“散文选”（引号中所引内容均是邓斌长篇文学作品或作品集的名称）。勤奋是作家走向成功的阶梯，勤奋是人们铸就辉煌人生的基石。邓斌所付出的辛劳与汗水难以想象，他用超人的勤奋打造了无数作品，无数言论，也把他自己打造成为一个顶天立地的大写的“人”！

邓斌是一个重感情的人，他心地善良，情感丰富。无论是在日常生活中还是在创作过程中，他常常因生活中人们的苦难或作品中人物的命运潸然泪下，甚至失声痛哭。也许是因为他自己经受过太多艰辛、苦难与误解、中伤，每当他谈起现实生活中某人的不幸遭际时，往往伤心得泪如泉涌。他见不得惨烈血腥的场面，是因为他经历了太多不幸与悲苦。他教书数十年，能够做到爱生如子；他一生未能走上官场，不是官员，但行走在山乡村寨，特别能够感知民间疾苦，同情弱者。他之所以能写出感人肺腑的佳作，都因为人间的诸多苦难与不幸在他的心室里铸成了大爱，笔笔都是民间事，字字牵连众生情。现实生活中，也许是木秀于林，风必摧之的缘故，邓斌在生活中受到许多不公正的待遇，甚至不乏造谣中伤，但他从来不去中伤别人，包括对伤害自己的人。他的夫人曾经认为他这是懦弱、老实，他却莞尔一笑，说：“不，我奉行的人生准则是善良、宽容！”

邓斌是一个正直的人。他的骨子里没有一丁点儿溜须拍马、阿谀奉承的因素，不懂得如何向权势者施恩行惠、投其所好。他虽然在官场内外都有不少朋友，但他信奉的是君子之交淡若水，情谊真切久而长。他看不惯社会上钱权交易一类丑行，言谈与作品中免不了出语辛辣，针砭无情，故常常引来暗箭中伤。在现实中，一个人若想独善其身，做一个正直又不至受到伤害的人实在太难。想到这一层，我开始懂得邓斌为什么会被某些人认为“脾气怪怪的，傲慢清高，不好领导，不可重用”了，一个不会察言观色和投其所好、不向权贵低头、不为五斗米折腰的人，不正是某些人描述的那种情形吗？所以，在历史的长河里，许多人为正义献身，也有许多人因为正直而付出代价。

邓斌就是为正直而付出代价的一个典型。

邓斌是一个高尚的人，一个纯粹的人。从教几十年，他为人师表，严守师德即灵魂工程师的信条，养成了不说粗话脏话、不开下流玩笑的习惯，从来不做有伤仁爱儒雅、有伤风化的事情。他视文学为神圣的殿堂，为一生的崇高追求，他密切关注恩施故土文学事业的发展与文化建设，倾情扶持新人，为同行铺路搭台，促共同进步，共同提高，具有顾全大局的意识。他以严谨的态度积累学识，以谦虚的风格奉献才华，虽是一身傲骨，却没有丝毫傲气。

提起作家邓斌的人品，提起作家邓斌的作品，我时时感到自己渺小。我知道自己笨拙的文笔不足以写好邓斌，我也知道自己的作品较为粗浅，人品也是一身芒刺，不足以渲染与大师的故事。也许正是因为自己渺小，我才真正感受到了作家邓斌的伟岸与高大。

在一个朝霞漫天的早晨，我站在清江岸边，望着远方那一缕缕奔腾的云霞，竟看到了《赛马序曲》之中从徐悲鸿画中跑出来的那一群奔马。它们的身上淌着热汗，身披金冠，头戴花冠，正强劲地奋蹄，努力地奔向美好的梦境……

我从初识作家邓斌，到认识作家邓斌，再到仰视作家邓斌，已经历了二十二年这样一个漫长的过程。我们之间的交往绝对清淡如水，而我们之间的情谊却又像一壶陈年腊酒，清香之中带着一种辣丝丝的味，仔细去品，却又在绵柔之间溢出一股清凌凌的甜。我与作家邓斌的故事仍在继续，因为我们彼此间依然共同坚守着文学之梦。我真诚地祝福邓斌能够健康长寿，等到我也到了花甲之年、古稀之年，希望他仍然是一个精神矍铄的“比我老的老头”(黄永玉语)。

乙未初春飞南粤

2014年秋后，恩施土家族苗族自治州原州委常委、秘书长、老作家田开林同志就一直为撰写《陈连升传》一书的事，约我前去虎门沿海，实地采访考察鸦片战争和虎门销烟的具体战况。搜集整理相关史实，再现民族英雄陈连升参加禁烟、销烟，攻打磨刀洋，亲自指挥官涌战役，最后与六百勇士在沙角炮台以身殉国的惨烈壮景。可由于琐事缠身，一直未能成行，最后从甲午年推到了乙未年的二月上旬，终归如愿前往。州作协主席杨秀武先生与我们同行，组成了三人采访组，一同前往广东东莞市虎门镇。经过认真准备后，在州委宣传部、州文体局分别开具了介绍信。于2015年3月27日，农历乙未年二月初八上午，由我儿子宋九龙开车送我们三个人去了机场。也就是从跨入机场候机大厅的那一刻开始，我们一行“乙未初春飞南粤”的故事开始了。

一、我到哪儿去了?

临行前，恩施州政府的领导同志特意交代我和作家秀武陪同已经八十高龄的老领导、老作家田开林同志，整个行程之中我们的第一要务就是确保老秘书长的安全。走进恩施机场候机大厅，我把简单的行装送到贵宾厅后，让秀武陪老秘书长喝茶休息，我拿着三个人的身份证前去领取登机牌。老秘书长和秀武的登机牌很顺利地办了出来，轮到我的时候，窗口的工作人员冷冷地说：“您可能走不了啦！因为您订机票的名字叫宋福禅，而身份证上的名字是宋福祥，就这一字之差就出了个不小的麻烦。”我一听这话，又急又气恼，心里火气一涌而起，暗自啧啧地说："我的臭名有谁不知？是谁这么粗枝大叶，敢把'祥'字改成'禅'了？"我急急忙忙跑回贵宾厅，向两位同行告知了这一情况。老秘书长急了，望着秀武说："怎么搞的？他如果走不成，我们去了何益？时间还有半小时，快去想办法采取措施吧！"

秀武连忙就给订机票的地方打电话说明情况，可人家说责任不在他们，用手机发过去的信息上明明白白地写着"宋福禅"。秀武更急了，因为这责任一下子就追到了他的头上。他挂断电话就在手机上翻阅订机票时自己发出的信息，果然是他手一哆嗦，就把"祥"字打成了"禅"。我更是恼火，对着秀武就闹开了，说："杨武儿啊杨武儿！你一天到晚都处在诗的激情里，啊！鄂西！走到哪里都是带着清江上路，还声称童年时我把作品发在心壁上，少年时我把作品发在田野上，读高中和师范时，我把作品发表在给女同学的恋爱信上（结果女同学看不懂退稿了）。我真有些不明白了，你这么'祥''禅'不分，居然还加入了中国作家协会，居然还得到了少数民族文学骏马奖！你赶快去想办法吧！如果我登不了机，误了行程，我跟你没完！"秀武看到我这般恼怒，不但没火，反而咯咯地笑起来，伸出右手做了一个坚定的手势后一脸认真地说："你莫急！不是还有半个小时吗？保证不误你的行程。不是我吹，在恩施，就没有我杨武儿办不好的事情，你信不？"

秀武一路小跑就去了机场派出所，三言两语果真就把派出所所长搬动了。派出所长赶到窗口，打出了"宋福禅"的登机牌，然后叫作家秀武把我喊到了民警室。一名年轻的警察拿着相机要我站在指定位置，给我拍了一张证件照，不到五分钟，一张名叫"宋福禅"的临时身份证就办好了。所长拿在手里仔细看了一眼，然后对着我笑着说："您把自己原来的那张身份证收好了，硬是不要拿出来，从这里登机到武汉天河机场停留，直到广州的白云机场，一路上都用这张临时身份证。"我无奈地摇了摇头，也就只能如此了。

我拿着那张登机牌和临时身份证，再次走进机场贵宾厅的时候，老秘书长松了一口气，并安慰我说："只要能登机就行！"秀武在一旁吃吃地笑着，一脸得意的神情，抽出一支大中华香烟递给我说："抽支纸烟吧，宋福禅！别往心里去。人家陈连升原来也不叫陈连升，也是后来才改成陈连升的嘛！"一想也是，我也不再责怪他了，连忙提了背包进入登机口去安检。

我们乘坐的航班是南航波音737飞机，感觉比原来从恩施飞往武汉的那种小飞机强多了。飞机起飞后连续拉升，我们被送上了万米高空。透过机舱的窗口，我看到了一幅绚丽的画卷，山脉清晰可见，屋舍星星点点，森林葱茏绿郁，田园镶嵌其间，河流道路如交织的网，流动的云彩如升腾的梦幻，真是一幅奇妙的景致。当我仔细在这幅美丽画卷中搜寻到清江的身影时，心情无比激动，竟转过脸来望着坐在走廊右排的秀武大喊一声：“啊！清江！”听到这个声音，作家秀武回过神来四处张望，竟然是一脸幸福自豪的神情，还以为是天上的神仙也在诵读或慨叹他的诗作了。我却急忙转过脸来，装作若无其事的样子。

这时，飞机在对流的大气之中颠簸了几下，经过再度拉升后驶出了茫茫云海。阳光照在云朵之上亮晶晶的一片，那景致真是奇妙得让人痴迷，让人陶醉。可等我从这奇妙梦幻之中再度回过神来时，却从心底里升腾起了一种莫名其妙的伤感。因为这眼前的经历都是那个叫宋福禅的人所拥有的，与我似乎没有多大的关系。我甚至有些焦虑起来，心里反复在问：“我到哪儿去了？我宋福祥究竟到哪儿去了？”

高空之中又是一番奇妙的梦幻，天空浅浅的蓝，大地深深的蓝，这幅图景给人一种被气化的感觉。可是这种景致也是昙花一现，迎面有一片乌云掠过，夹着猎猎的寒浪，机翼被撞得啪啪地响，飞机颠得有些厉害。大概是机长为了躲避这道寒流，机身再度昂起头，又在持续拉升。可这时，我的心情就很沉重了，想到了儿时爷爷叫我切记的那句话：“富贵不下水，高低不离地。”而我现在都离地多高了？我的身上顿时感到了一阵从未有过的寒栗，心里颤抖了几下，无奈地从右边的衣袋里摸出那张临时身份证仔细瞧着，脑海里竟然飘过一缕可怕的想法：很可怕！假若这个航班失了事，宋福禅的几百万元航空保险一时找不到受益人，我却白搭了一条性命，儿女们分文取不成！想到这里，我的头脑里“嗡”的一声之后就什么也听不见了。

约莫迷糊了五分钟，空姐从廊道里走过，来给我们分发航空饮料时把我惊醒了。我连忙拔出吸管，一口气喝完了饮料，并用配发的湿纸巾揩了手擦了脸，顿时清醒了许多。等我用清洁袋收好纸质饮料盒和用过的纸巾等物后，再次透过机舱窗口向外鸟瞰时，外面又是一个美丽的世界。金灿灿的阳光照亮了天空和大地，在苍穹之间折射出七彩光环。当我仔细辨认时，看到了绿油油的麦苗和金灿灿的油菜花，滚滚长江变成了一根淡蓝色的粗线条。我知道，飞机这时已经航行到了江汉平原上空，心里便立刻恢复了平静，把“宋福禅”的那张临时身份证又小心翼翼地放回了衣袋里。

在武汉天河机场作短暂停留时，我们走下飞机，把老秘书长护送到贵宾厅里坐下，并给他添了一些茶水。然后我示意秀武照护好老秘书长，我要去一趟洗手间。哪知道秀武又上劲了，嘻嘻地笑着说：“宋福禅啊宋福禅！你怎么一点儿也不知道浪漫？人家都说飞机上打皮盘一日千里，你却不晓得在飞机上撒泡尿浸润一下苍生万物！”听了他这话，老秘书长一脸奇异的微笑。我没有回答什么，转身朝洗手间走去，只在嘴里嘀咕道：“杨武儿啊杨武儿，你可真是一个骚客！”

再度登机向南飞行的时候，我就一直在想：我们现在可以坐飞机，几个小时就能飞抵广州。可陈公连升当年需要人背马驮，翻越关山千重，一路跋山涉水，车马劳顿，需要多少时日？又要吃多少苦头？再往下想，就更让我伤感悲情了。陈公连升这一路走去的时候，大概也想过告老还乡的那一天，他一定也忘不了邬阳关的风景，忘不了茶莲河轻悦的水声……可他这一去，竟然再也没有回返！南粤风景很美，大海涛声宏阔雄浑，营垒生活简单而又清洁，长子陈长鹏带兵操练的身影也一定令他骄傲。在他心里一定时常涌动着思乡的情感，端起饭碗就一定想起了邬阳关的紫皮大蒜，端起茶杯时就一定想起了邬阳关那甘醇甜润的罐罐儿茶。他吃不惯腥味浓烈的海鲜鱼虾，时常也想嚼一把猪老官岩檐上长出的山板栗，放一串嘎嘣脆的通肠屁……而这一切对于陈公连升来说早已身不由己。只能是心底里的一种奢望，而且是一种遥不可及的奢望。

陈公连升从山娃子到清江放簰汉，再从清江放簰汉到将军，一生戎马天涯，出生入死。尽管他早就看透了清朝政府腐败无能，看清了清军队伍的薄弱与落后，但是为了这个国家，为了这个民族，他依然挺胸昂首，走出了八面威风，被英吉利军人誉为“东方战神”。他爱兵如子，且拜子为将，大义忠贞。他爱马如手足，处处用真情，才铸就了黄骠节马的德操，让敌人都叹为观止……

想到这些，我的眼眶湿润了，心里喊道：“陈公啊陈公！我是专程从郧阳关上出发，前往南粤古邑看望您来了！我要沿着您当年的足迹，追寻您的身影。而且尽我所能展现您当年的英雄气概，为您树碑立传，以告慰陈公您的在天之灵。”

飞机又有了几下轻微的颠簸，让我从这波伤感的悲情之中醒来。极目舱外，茫茫云海已被我们远远地甩在了身后，脚下是一片美丽的疆土，城市高楼矗立，乡村诗情画意，一片美丽风光……飞机在广州白云机场着陆的时候已是下午四点。走出机舱，我们眼前一亮。停机坪上停着的飞机一眼望不到头，密密麻麻地相拥着。我心里就想：“恩施机场的飞机寥寥无几，武汉天河机场的飞机有些拥挤，但也还屈指可数。可到了广州白云机场，你会由衷地感叹：哎呀！这里简直就是一个‘机窝’。”

走在机场的大厅里，拿出手机给女儿和小乔报了平安之后，我故意耸了耸肩膀，抖了抖精神。那意思是在向作家秀武宣告：宋福禅已经只是一个精短的记忆了，我终归变回了我自己。

二、夜宿虎门

按照我们起初的行程安排，在广州白云机场下了飞机之后，应该夜宿东莞市。可秀武的朋友乐超是个重情重义的企业家，属恩施红土的精英。乐超这时虽然远在新加坡考察，却安排他的副总和司机专门前去广州接机，为了方便我们的行程，节约时间，便在虎门翔凯悦容宾馆给我们订好了房间。就在我们走出机舱的那个时候开始，秀武的手机就一直没有断过线。我们三个人却在不经意间跟着一群旅客走到了机场二号出口，司机却把车开到了三号出口久等，取得联系后司机好不容易才把车子在机场内环绕一圈找到了二号出口。我们在廊道上等着，突然，一个机灵瘦弱的小个子站到了我们面前，开口就问：“杨老师？”我用手指指作家秀武，才算是对上号了。

司机拿起一只大些的行李箱引着我们走向出口，看到他像是把那只行李箱放在了一辆中巴车上，我便有些纳闷。就接我们三个人，有必要开这么大一辆中巴从惠州赶到广州再把我们送到虎门吗？因为头一天惠州下了大雨，那辆车被泥水糊着，也没看清车的标志。可等司机拉开车门，我们先把田老秘书长扶上车的时候，大概我们三个人都已经傻眼了。田老秘书长第一个慨叹道：“怎么用这么高档豪华的房车来接我们？太破费了！太破费了啊！”接下来老秘书长告诉我们，这种规格的房车是接待省部级以上领导的，他在州里当了许多年秘书长，也是头一回坐上这么高档的房车。司机给我们打开正面的大屏幕彩电后关上了车门，到前面驾驶舱开车去了。或许是出于领导谈话内容保密，或是出于机要安全考虑，车后座与驾驶室完全隔离，而且做过严密的隔音处理。车窗是双层防弹玻璃，里面还装了一层天蓝色绸缎窗帘。真皮坐椅柔滑光亮，红木扶手厚重气派。车的两边有如柜台沿子一般，上面可放茶具或文件，车的顶棚之上装有豪华灯具，亮敞的内室简直就像是一间精装的房屋，所以谓之房车。

我的确有些受宠若惊的感觉，庆幸自己这辈子选择了作家这个行当，不然怎么会秃子跟着月亮走，沾上这么大一回光。我们三个人都是心知肚明，如果不是因为前去的是三位作家，人家随便安排一台上档次的轿车接送一下就行了，又何必讲这么大个排场？

虎门是东莞市下辖的一个县级镇，从地理位置、板块大小到财政收入，都是名副其实的“中国第一镇”。虎门镇也可以说是中国第一，世界闻名，总面积约为63平方公里，财政收入已突破300亿元。这里是改革开放的前沿阵地，也是中国城镇化建设的样板田。从古至今，虎门就是兵家必争之地，海防驻军始于唐宋。虎门销烟壮举彰显了中华民族的气节，鸦片战争失败又使东方雄狮蒙受了百年耻辱。

这里海蓝蓝天蓝蓝，虎门大桥横空跨海，像一道钢蓝色的彩虹，凝固在海天一色的奇妙与梦幻之间。海浪拍打着金沙，航船乘风破浪，街道洁净如洗，不染尘埃。一排排、一片片古榕树轰轰烈烈地在长长的海岸线上支起厚重的绿影，簇拥着热带雨林。木棉树布满了整个街道，布满了整个虎门，整齐得像一队队驻守海防的兵勇。而这种木棉树的特性则是叶未散花先红。二月初春，正值木棉花开，鲜艳殷红的花朵呈羽毛球状，五瓣花片伸展向上，顶端散开成梅花之态。鲜活的木棉花乱哄哄地开，果真是：英雄鲜血染木棉，万杆红旗迎春来。或许也只有木棉花的颜色，才能诉说虎门曾经的惨烈，才能承载历史的悠远，才能唤起人们的记忆，才能展现当下的鲜活。因此虎门镇把木棉花作为“镇花”广泛栽植，向来客展示着虎门那曾经血染的风采。

房车驶入虎门不久，老秘书长田开林就从绸缎窗帘的缝隙间看到了街道交叉口的一块路牌，并惊喜地转过脸来告诉我和秀武说：“虎门镇有连升路，这说明虎门人民没有忘记我们的民族英雄陈连升!”就此，陈公连升在虎门的身影顿时进入到了我们的视线。据后来详细了解，虎门镇的连升路全长15公里，并以镇中心“太平”为轴心分南北两段，北段6.9公里，南段8.1公里，与沙角炮台那条太沙公路相连贯。

从广州到虎门98公里，可行驶80公里的高速路，全程并无堵车之象。房车进入虎门镇后七弯八拐，把我们送到订房的宾馆时约为五点半钟。司机把车停稳后下车来到房车右侧，按开保险门锁，请我们下车。可就在我们提着简单行装下车的时候，一个奇异现象发生了。很多虎门当地的司机弃车朝我们乘坐的这辆房车走来，一会儿就围了很多人，嘴里在不停地唏嘘，似也不曾相识。只听他们指指点点，伸出拇指叽里咕噜，表现的是赞叹之意。我有些纳闷，就停下脚步凑拢去，总算听出点眉目来了。原来我们乘坐的这辆房车是一辆顶配的豪华大奔。他们并不知道，前来的只是几个“写儿匠”，还以为是朝廷又派钦差到了虎门……

在翔凯悦容宾馆前厅办理入住手续拿房卡的时候，老秘书长执意要秀武住单间，他要我与他住标间。秀武的脑壳摆得下水来，就是执意不从，最后还是依了秀武。就在热情话别司机之后乘电梯上宾馆15楼的当儿，我望着秀武露出了一个诡异的笑脸，并在心里说：“杨武儿啊杨武儿！这回你可怪不得我了。我的鼾声在邬阳关也是出了名的，你要和我住一屋，这可是你自讨苦吃，恰好让我报了‘禅’字笔误之怨。”

晚餐过后，我对二位说：古人云，三人行必有我师焉。可这回就不同了，是三人行都是我师焉。吃过晚饭后，二位先回宾馆休息，我想独自出去转转，了解一些虎门街市的情况，也好安排明天的行程。我的建议得到了秀武和老秘书长的应允。只在分道的时候，秀武望着我说：“注意点儿，不要单独溜进了红灯小巷，到时候要我和老秘书长拿钱取人!”我猛摇了几下头，转身顺街走了。

这时的虎门已是灯火通明，繁华夜市迎送着八方宾客，洁净的马路上车来人往，秩序井然，仍然没有杂乱拥堵之象。我步行穿越几条街巷，也相继进了十几家店铺，想买一份地图，也想买一份报纸，结果一无所获。最后走进一家百货商店，老板是湖南湘潭人，他坦诚地告诉我说："广东沿海人大多没有读书看报的习惯，男女老少都只有一门心思把钱捞。"

我又走了一条街道，却怎么也找不到一个报亭，想买地图和报纸的事就这样落空了。不过还是有收获，总算了解到了威远炮台和海战博物馆的具体位置，可以乘坐交通车前往，也可以花 40 元钱乘坐豪华轿车前去。在回翔凯悦容宾馆的路上，我想起了有人曾经说过："东莞是文化的沙漠。"我初来乍到，不想得罪在这"千年古邑"之地生息淘金的民众。只是觉得这千年古邑的文化底蕴确真丰厚，但改革开放以来，全民经济空前发达，大众文化略有滞后。

据了解，近年来东莞正在着力实施文化精品战略，自 2011 年起，以音乐剧、文学、音乐、舞蹈、动漫、群众文艺等领域为重点，以出名家、产名作、作名画、办名节为核心，推出了一批反映千年古邑地方特色，在省内外产生广泛影响的精品力作。

虎门的夜永远也不会宁静下来，街上车少人稀了，但天空的航线仍然忙碌着，一阵阵飞机的轰鸣之声从空中飘落而来。虎门大桥上车辆仍然奔驰着，街口的店铺关门了，但海上的航船正在加速航行，雄浑的船笛从远处传来，同在这里交织成不眠的夜曲。

等我整理了一些资料，记了一些笔记，熬到深夜之后正准备躺在宽敞的床铺上，施展一下我的噗鼾战略时，邻近的床铺上顿时鼾声大起，恰似鬼哭狼嚎、瘦驴拉磨、油锯划木、摩的爬坡。我无奈地抬起头望了作家秀武一眼，真是哭笑不得。躺在枕上，我显得孤立无援，哪知道他杨武儿还是真人不露相。这世上的各行各业，还真是强中还有强中手啊。

三、虎门威远炮台

在没去虎门的时候，我一直以为虎门炮台就是一个炮台而已。当我身临现场极目远眺，方明白“虎门炮台”只是虎门海岸整个海防的总称。沙角北遗为官涌，沙角炮台、鹅夷炮台、威远炮台在整个虎门海防体系中形成了一个扇面海防圈。威远炮台的炮台群又和沙角炮台形成两大体系，就像两把铁锁，牢牢地锁在虎门之上，并由沿海岸边若干个炮阵地组成。通过实地察看，然后用军人的思维来辨析，就可以清楚地看出威远炮台、沙角炮台，不仅是整个虎门海防的前哨阵地，也是整个南海海防的前沿阵地，因此就有了“虎门第一隘”的美称。

从清朝海防及整个鸦片战争的布防分布来看，虎门与澳门、香港形成一个三角形。沿途布防就有虎门、厦门。进入东海便经历过镇海之战、乍浦之战、定海大战、吴淞之战。再往上行进入黄海、渤海，整个海防布防的总兵力为 60 万人（与解放战争“三大战役”中我军投入“淮海战役”的总兵力完全相符），而整个英军投入鸦片战争的总兵力只有 20 万人，是一场 60 万对 20 万的较量。但为什么号称“天朝”的清政府却惨败，连陈连升、关天培这样的高级将领都战死沙场，为国捐躯？一个最根本的原因就是清朝政府腐败无能。当然也有人一味地说是武器装备落后，在没去虎门实地察看前沿阵地的时候，我没否认过“武器装备落后”的说法。那个年代，我们的大炮都是“顺德造”，用火药做基药，我们的炮弹都是实心铸铁弹，重约 20 公斤，没有击中目标后二次爆炸的威力，就好比是用力扔出去一块石头，砸到玻璃上，那扇玻璃碎了，如果砸到坚硬的墙体上或是铁板上便只有一声脆响，没有巨大的杀伤力和破坏作用。

而更重要的是，一门火炮打完之后，炮身的温度升到 500 多摄氏度，必须经过两个时辰后才能完全冷却，然后再装填火药和炮弹点火发射第二炮。而炮身的后坐力和声响都大得骇人，有时候还怕炮管自身爆炸，所以炮兵点火手，手持檀香火把点燃导线后，也要赶快撤离到隐蔽的战壕里。而海上的目标是活动的，火炮射出的时间有快有慢，所以命中率也很难有所保证。

我坐在炮位上仔细研究过那些火炮，其实就是与我们土家族猎人用的琢子火枪一个原理，而且还没有猎人的琢子火枪那么先进。琢子火枪用头发丝揉团掩药，然后填弹装上鸡毛引子，一扣扳机，琢子击发洋硝辗成的引子，枪就打出去了。可那些炮都是几多笨重的钢铁，最重的有 28000 多斤，最轻的也有一吨多重，当然也有八千司马斤的重炮数门。那些相当于火箭筒的小炮也不低于600斤，二炮手扛炮的可能性根本没有。而英军的炮就先进了许多，它的炮管长，射程远，炮弹小而轻，且有二次爆炸的功能，每发炮弹击中目标后还能发挥五枚手榴弹捆在一起爆炸的威力。但尽管这样，我们的陈公连升仍然打出了八面威风，击沉了多艘英军舰船，让英军闻陈公连升之名号而落魄丧胆。在林则徐、关天培、陈连升看来，只要清朝政府硬气，鸦片战争就绝不会失败，中华民族也就绝对不会蒙受百年耻辱。

走近威远炮台，我的心被强烈地震撼了。我完全赞同关天培与陈连升当初的看法。我们的海防工事全部都用坚硬的巨石垒成，大多为碉堡式构建，用煮熟的糯米掺石灰与海沙搅拌为浆泥砌成，可以坚不可摧。这些堡垒，大多修造于清朝的康熙盛世，动用的全部都是国库银两。

整个威远炮台的外弦长度约500米，成扇形状，整个外壳铁桶一般，坚固处的墙体厚度超过2米。从炮台的前沿向后延伸，渐渐出现了一个巨大的海湾，滩口堆满了金黄色的米沙，成陆面积不超过几十亩。就是这么一块小小的地方，却是跨海登陆作战的理想之地，驻守岸堤上的中国守军也不少于两个加强营的编制。仔细察看壁垒上的枪孔也就有120个之多。我们不妨设想一下作战时的情景：一队120名士兵填药装弹列队跪式射击完毕，起立持枪撤到后壕重新装填弹药，二队跟进、三队跟进、四队跟进，最后五队、六队依次跟进，而且依轮次循环往复。就这么一个简单的角落，防守的兵勇至少也要720多名。那么再加上搬运弹药的部队，负责后勤保障的部队相加起来，总共就要一千余人才能顶住这么一块小小的海滩。照此推理，鸦片战争时，沿海海防布置60万兵力的数字一点不虚。

炮台的墙体建在坚固的岸堤之上，高大的榕树长在厚实的墙体之上，成为自然的掩体。战时做炮台，平时是风景，上溯数百年是如此，未来数千年仍如此。

看完威远炮台的基本轮廓时已到晌午，我叫老秘书长和作家秀武就在出口那个亭子里休息，我还要转回进口从头再看一遍。因为在我头脑里至少还有两个问题没有弄明白：一是驻守炮台的那么多兵勇的营房在哪里？伙房在哪里？不可能日夜都守候在露天场地里。南粤的雨水多，海面的风浪大，也不可能全部都驻扎在当时还较为简陋的木船上。二是炮台上这么多门大炮，还有兵勇手里的火枪用的都是火药，这火药到底是就地加工生产，还是从别处生产加工后运输到炮台？加工生产也好，外地运输也好，到了炮台之后又怎么储存？怎么调拨分发？总不能乱哄哄的，到处弄得都是火药。

老秘书长对我认真的工作态度是满意的，向我挥挥手说："好，你再辛苦一下，我和秀武就在这儿等你！"于是我又沿着炮壕后面的那条廊道朝海边走去。没多久我就找到了现在驻守虎门的海军营房，是一栋依山而建的两栋二层楼房，门前还立了一块牌子，上写"军事重地，闲人莫进"。几条健硕的用铁链拴着的军犬守候在楼梯口，请我进去，我都不敢，更何况那些闲散的游客？

凭我在炮兵军营里待过几年的经历，我很快就在两棵巨大的古榕树下找到了清军的部分营房。为什么说是部分营房呢？因为仅有两栋一层的房子，成两排对峙着，中间是一块宽敞的院坝，支着许多石凳，是供兵勇休息的地方。营房的结构十分坚固，块石砌成墙体，窗户较窄，门与现代房屋的高矮差不多。再细看那房顶便会清楚地知道，这也是经过特殊处理的，空间略呈拱形。几乎与修造石拱桥的原理相似，但缝隙间仍然是用煮熟的糯米掺石灰与海沙搅拌后浆砌而成，至今仍如铸铁般坚硬。这样坚固的营房，即使英军入了近海，射出的炮弹落到房顶，营房也会毫发无损。在仔细触摸墙体和观察营房的结构之后，我又突然在想一个问题：这样坚固的营房，应该不是一般兵勇能够享用的，或许这里正是清军水师提督关天培将军的住所。

按照威远炮台所处位置的地形地物推断，大片营区应该建在炮台以东那片隆起的海滩之上，后面有高矗的山体作为天然屏障，营区内有一排排榕树掩映，海面呈弧形紧贴在堤岸之上，像是昔日的军港，可停靠千只海船。官兵驻扎于此便于出击，便于机动，而且后续的给养和弹药可以从大后方源源不断地调运到前沿阵地。我心中的第一个疑问似乎就这样有答案。

我爬上威远炮台的一个制高点，背向大海观察主炮台后面的山体时发现是一面石壁，表面黄里透红，像是坚硬的麻砂骨石。山体的拐角处似有一个缝隙般的凹槽。山根脚有一处长满青苔的石墙，像是房舍，又像是城墙，门洞口上方顶端的那块巨石上还能隐约看见三个大字。我连忙用相机接近那三个大字，拉近距离仔细进行辨认，原来这里就是“火药局”。按照我的推断，凹槽的根底一定藏有一个不小的山洞，不是天生便是人造。

从制高点绕道下来，穿过一段很长的掩体后，我钻进了那个门洞，里面阴森森的。越过廊道走向深处，便是存储火药的库房。欣喜之余，又一个新的疑问随之而来：为什么这个地方要称为火药局呢？贺龙在鹤峰闹革命的时候部队里设有“枪炮局”，为什么涉及武器弹药的时候都以“局”作为单位？而后来到了我们当兵的时候，部队里就没有这局那局了。枪炮局也好、火药局也好，他们到底承担哪些任务？负责哪些工作呢？历史与现实之间的这个推演过程，可能只有到军事发展的史料中去寻找答案了。

国家强大，民族复兴才是中国梦之根本。在撤出威远炮台的路上，我一直被历史的惨痛失败深深地震撼着。国家兴亡，匹夫有责，这也是炎黄子孙的立身之本。在伤感悲情之中，我开始理解关天培、陈连升等驻守海防的60万官兵，那时候所处的危局和所拥有的无奈心情。他们一定是对腐败的清廷恨之入骨，而对国家和民族又爱得深沉，爱得壮美。也开始理解钦差大臣、后任两广总督林则徐的雄才大略和远见卓识，以及身为民族栋梁的那一份担当和责任。

与老秘书长和秀武会合之后，我们交流了思想，对获取的部分资料进行了认真甄别。老秘书长对工作认真严谨的态度和对历史事件真实性的追索，都让我们心存敬意。

四、走进海战博物馆

海战博物馆在威远炮台东面，也就是我先前推断的那片营地东侧。

正午的阳光炽热起来，我们两个人跟着老秘书长的脚步边走边谈。路边到处都是落下后被阳光烘烤着的木棉花，殷红殷红的花朵吸收着地面的温度。我拾起一朵木棉花定睛细看，那殷红的颜色与鲜血的颜色完全相合。我有些惊讶，世上哪有这样惊人的巧合呀？在英雄殉国之地偏偏就有这样一种鲜艳的花朵，是世间万物相生相克而又相生相吸的缘故么？

远处有几声沉闷的船笛传来，扭头眺望，我看见一艘巨大的货轮缓缓驶过近海的洋面，把钢蓝色海面上那几只悠然漂移的小船荡得不停地摇晃。

没等我从近海美景的陶醉之中回过神来，就听秀武"哎呀"一声叫唤，只见他立在那儿，一脸痛苦的表情。我和老秘书长朝他围拢，关切地询问情况。秀武告诉我们说："右脚大趾头剧痛！"我忙问他是不是痛风犯了，他摇摇头告诉我和老秘书长说，他根本就没有痛风这毛病。老秘书长安慰秀武说："那不要紧，可能是骨膜拉伤，也可能是关节风湿，一定没有大碍。"

秀武一步一颠向前走去。步入海战博物馆前大厅，我仔细观察了一下，里边并没有设立游客休息的区域，只得从入口绕楼梯爬上二楼。二楼向左进去是一展厅和二展厅的交叉口，这里有一个宽敞的前厅，放了几把条椅。我与老秘书长就劝秀武在此休息，他无奈地应允了。我从随身的小包里找出几片止痛药递给秀武之后，就与老秘书长分两路前行。老秘书长示意我先去大厅，他随一个旅游团队在导游的引领下进入了二展厅，他想听听导游的解说。

海战博物馆的方位我已经说过了，它背山面海，环境极其优美，占地面积 20.4 万平方米，建筑面积 1.2 万平方米。由陈列大楼、宣誓广场、观海长堤等组成建筑纪念群体。馆内的基本陈列由鸦片战争海战陈列和《虎门海战》半景图为基点，以艺术的形式和科技的手法，生动形象地展现了 1840 年至 1842 年鸦片战争时期中英海战的悲壮场面。

从第一展厅进去，首先映入眼帘的是清军的武器装备，与英军武器装备形成鲜明对比。清军陆战部队大多使用火枪、刀剑，也还有弓箭等武器。火枪很长，仍然是装药填弹点火；大刀很笨重，铸造工艺较为简单；剑有长柄，就像梭标的形状，短兵相接时，兵勇可以用这种剑在保护自己的有效距离内刺杀敌人；弓箭则沿袭着古代兵器的制作手法，但没有古代兵勇所用弓箭的威力大，因为箭之厉来自兵之力，兵勇的体质弱便拉不开强硬之弓，射不出锋利之箭，战斗力自然就发挥不到极致。英军的轻武器装备轻巧精湛一些，看起来也很精致。但与现在的轻武器装备进行比较，那也不过是一些古董。

当然在海战博物馆中，也陈列着中英两军的重型武器，火炮居多。那才是"天朝遭遇帝国"的真实见证：我们中国的实心炮弹像无籽西瓜般大小，有的是纯铸铁疙瘩，也有的是铁疙瘩，表面较为光滑圆实。但看得出在所有陈列的炮弹之中也有从炮管射出后从战场上捡回来的，扁扁歪歪，像烂了半截的葫芦。不难想象，炮膛里装了足量的火药，炮响时产生了巨大的热能，早已把打出去的炮弹烧得炽热滚烫，待击中目标后虽不能二次爆炸，但也威力不小。在与坚固的目标碰撞时，炮弹贬损变形的概率很大。

在陈列室的一角，我看到了一件比炮小了许多，又比枪大了许多的中型武器，它杀伤力一定很大。从制炮的工艺来看应该是清军的武器，以实木把为枪柄枪壳，枪管用打制的钢箍捆着，它的重量应该与现代的火箭筒或重机枪差不多，虽不能连发连射，但每射出一枪也会威力巨大。

站在《虎门海战》这幅半景图前面，看到那满是硝烟烽火的场景，脑海里立刻闪现出兵勇们手持这些轻重武器，与英军奋力拼杀得血肉横飞的惨烈壮景。在那个划时代的历史分界线上，我们的国家，我们的民族，我们的人民遭受了欺凌，受尽了屈辱，背负了百年耻辱。但我相信每一个有良知的中国人，望着眼前的图景，忆想当年的惨烈，心灵都会受到强烈震撼，心底里也一定会升腾起热爱中华民族的激情来。

看到清军的官服和兵勇军服的时候，我有些惊讶。仔细观察服装的长短、粗细后发现，那时候我方兵勇的个头一定很高大，古人的骨骼比我们现在的要粗要长，不然那一条军裤就能把一个小个子的士兵从头到脚全部笼进去。那些军服质地粗糙，也很单薄。再回想起那个时代的许多战争场面，我们的兵勇大多只穿裤子，没穿过军服，也许是因为海岸线上气候炎热，冲锋陷阵的兵勇在捕杀时，哪里还讲究得好整齐的军容？有时候裸着上身，把辫子往脑后一甩，抡起刀枪就冲向了敌阵。

再往前行，我看到了英国军舰的模型和中国军舰的模型，两舰相比虽有差距，但从舰船的构造及规模来看，也是各有千秋。海战博物馆里还有几处开阔的战争场面，让人看了十分震撼……

可当我走近陈公连升雕像前的那一刻，我的心颤抖了几下，眼眶湿润了。我伸手抚摸他的身躯，抚摸他挂在腰间的那把大刀。他的身子很枯瘦，脸面上有着饱经风雨沧桑之后留下的皱褶，眉宇间有一个皱起的疙瘩，或许那便是被鸦片烦心所致。他挺起的鼻梁下双唇紧闭，下巴上有浓厚的长须，两道有神的目光透着刚毅。我选择了各种方位给他拍照，当时是想选择一张好些的照片请一位大师级的艺人为陈公复活一张肖像。可当我一字一句读完陈公连升的简介后，我惊呆了！原来我们在邬阳关的时候，只知道陈公连升贵为“三江协副将”，大伙儿常常聚在一起七推八比，总认为陈公连升只是一个师职军官。今天看了他的简历我才明白，陈公连升属于朝廷二品官员，相当于现在省部级的职务。

陈公连升在指挥官涌战役的时候，任增城营参将，那时的确只是一个正三品军官。看到这些，我激动了，站在陈公连升的雕像前深深鞠了一躬之后，就大声在那里喊：“陈公啊陈公！我是专程从邬阳关出发，前来虎门看望您了，您是我们的亲人，您是我们邬阳关人的骄傲，您也是我们邬阳关人永远的牵挂……”及至我最后声泪俱下，我的喊声还没落停，博物馆内的一群安保人员听到动静不知出了什么状况，连忙围拢来。见我声泪俱下，知道是陈公连升的家乡来人了，连忙给我拿纸巾揩泪，并承诺满足我的所有要求。从那一刻开始，别人不准拍照，我却可以拍照了，别人不能触摸的东西我可以触摸了，谁叫咱是陈公连升的家乡人呢?

我从第一展厅出来的时候，老秘书长也从第二展厅出来了。我们去二楼与秀武会合，相互交流了一些情况和观后感想。但我们此行的目的还并非参观访问，搜集材料才是我们的中心任务。老秘书长看得十分认真仔细，我也不敢马虎。秀武的脚趾仍在剧烈疼痛，表情里透着几份无奈的伤感。一看时间已经快要下午两点，我们决定先回镇里吃午餐，然后安排下午的行动。从海战博物馆的陈列大楼出来，我们漫步在宽阔的宣誓广场，各自争相发言，谈了许多观后的见解。站在观海长堤上，我的眼前出现了烽火硝烟的战争场面，耳边响起了火炮的巨响和兵勇们奋勇拼杀的呐喊声……

从海战博物馆到虎门镇中心只有25分钟的车程，我们在虎门镇的街口找了一家餐馆。席间我对老秘书长和秀武说：“下午我想再去威远炮台一趟，认真搜寻一下我们所需的资料，再拍几张像样的照片。您二位就回宾馆里休息，整理一下笔记，阅读一下资料。”老秘书长秀武都表示赞同，于是我用完午餐之后便立刻驱车前往。

五、夜游虎门镇

等我再次返回威远炮台，进行仔细辨析搜集遗漏的相关材料时已是下午三点。炽热的阳光烘烤着大地，让我感觉到了早来的盛夏季节。为了抵御强烈的光线，我在进口的摊位上拿了一顶礼帽样式的遮阳帽戴在了头上。搜集了一些相关的材料，补拍了一些照片之后，我到了虎门大桥下的那片海滩。一个专业的摄影师向我走来，用一口普通话对我说："老板！您这么好的身材，这么好的气质，不在这海边美景里留一张照片，那该是多么可惜呀！"我答应了摄影师，并说了我的要求，然后一连拍了几张。当我走进他们简易棚子里去领取刚洗印出来的照片时，这才惊奇地发现：海边的景色真是太美太美！而让我非常遗憾的是在那些清晰的照片里，却怎么也没有看出我的身材和气质来。挺起的肚皮扇起的腰，肥厚的大脸下还夹着个下巴。我诡异地瞧了那个瘦弱矮小的摄影师一眼，本想嘀咕他几句。可转念一想，我这么肥头大耳，还戴着这样一顶礼帽，看上去真是一身的匪气，又怎么能怪摄影师呢？就立刻收住脸上那诡异的表情，令他再去拍几张纯粹的风景照来，说我们编书的时候要用。摄影师很高兴地去了，我就立在海滩的一角看那些海军巡逻的舰船，心里踏实地想，我们的国家现在强大了，民族兴盛了，试看天下谁能敌？

取了那些珍贵的风景照片，慢慢撤出威远炮台的时候，我的内心深处竟然生出一种自豪感来。我虽然并没有那么好的气质，也没有那么好的身材了，可我有民族的自尊和责任，可我有土家族人的胆量与胸怀！再说我是陈公连升的正宗老乡，在虎门这块地盘上我就格外自信！于是我迈开大步甩着肚皮，十分自信地朝虎门街口走去。

等我乘车回到翔凯悦容宾馆的时候已经下午六点半。老秘书长和秀武早已下楼在一楼大厅等候，是准备去用晚餐。可就在我走进宾馆大厅的那一刻开始，老秘书长和秀武就用一种惊异的目光望着我，好像有些陌生的感觉。我最终明白都是头上的这顶帽子惹了他们的眼，就连忙解释说："我下午在威远炮台，因为阳光太炽热，所以顺便买了一顶帽子遮挡一下阳光。"老秘书长微微一笑说："这帽子很好，很洋气，也很帅气！"秀武望着我，略作沉思状。我知道他是在头脑里搜寻贬损我的词儿，就没搭理，放下随身的小包后就坐在了他对面的沙发上。秀武点点头，诡异地一笑说："不是洋气，也不是帅气，你现在是一身邬阳关的匪气。下次再拍《湘西剿匪记》的时候，土匪鲁连贵的那个角色再就不让王月圣出演了，你比王月圣更像土匪。"秀武说我是邬阳关的土匪，其实我一点儿也不气恼，因为我本来就是邬阳关的土家族爷们，身上没得一点儿匪气倒像是缺了点什么味道。

晚餐的时候多了两张新面孔，秀武把我们早晨在宾馆三楼吃自助早餐时认识的领班小褚带上了。小褚名叫褚开琼，是湖南张家界人，几论几迁扯，小褚便把我们当成了武陵山区的老乡。结果小褚又带了宾馆总服务台的领班张敏，湖南桃江人，是一个很漂亮很阳光的女孩。用餐的时候，秀武对我们说："我今天找了两个免费的向导，晚上就在虎门镇到处走一走，看一看。听说这里到处都是服装厂，我们都去买几件薄衬衣，免得明日采风的时候热起痱子来。"我望了秀武一眼，又看了看老秘书长的表情，尽管下午已经跑得很累，但我没有反对，心想买几件薄衬衣也算是一件正事，不然明天阳光炙热的时候，总不能像清朝的兵勇那样赤膊上阵吧，也就表示赞成。

虎门镇南面邻海，珠江流出黄埔之后，江面豁然开阔，而到了出海之处却又突然收窄，像突肚的瓶口一样。恰好两岸高山突出，江面又有"大虎""小虎"两山对峙，形成虎踞，日夜守护珠江门户，故称虎门。广州是中国的南大门，虎门则是广州的屏障，要保护广州，必先守住虎门。虎门是阻止外敌骚扰与侵入的雄关要塞。换句话说，虎门也是中国的南大门。虎门外的洋面上有上下横档岛旅游区，有沙角炮台、鹅夷炮台、威远炮台形成三角之势。境内有海战博物馆、鸦片战争博物馆，蒋光鼐故居和虎门公园。在东北方向还有虎门村头村遗址。这里有着悠久的人文历史，有着壮阔的军事史诗，文化底蕴极其丰厚。东与孙中山的故乡长安镇相邻，西与近海门户沙田镇相连接，北与厚街镇、大岭山镇接壤。虎门既是军事之门又是经济之门，与深圳、香港、澳门相近邻，年财政收入已突破 300 亿元，在中国的行政级别中是一个县级镇。据了解，在虎门镇一个名叫"郭武村村民小组"的地方，拥有 10 亿元以上固定资产的村民就有 12 户之多。真是不到广东就不知道自己的钱少。

虎门镇城区规模很大，到处是工厂，到处是商铺，也到处都是老板，到处都是商客。一路看着走着，不觉到了一个服装批发市场，我们直奔衬衣销售专柜，几经交谈，这里的商品价格真是非常便宜。我与秀武分别根据自己的喜好，挑选了两件衬衣之后，又朝繁华的街市走去。快到我们入住的宾馆时，我实在有些累了，就对秀武说："我先送老秘书长回去休息，你们再去转转。"老秘书长也迎合着我的意思微笑着说："那好，那好！"于是我们就在街口分了手。我在心里默想：秀武今晚恐怕是不会回宾馆来了。

可让我们没想到的是，约莫十点多钟的时候，秀武竟然兴高采烈地回到了宾馆的房间里。我问他为何这般高兴，是不是两位老乡给你进行了"特殊招待"？他瞪了我一眼之后高兴地对我讲："与你和老秘书长分手之后，小褚陪我去了一趟洗脚城，竟把我的右脚彻底治好了。我这脚既不是痛风，也不是风湿，你猜怎么着？"我急忙反问："怎么着？"秀武绘声绘色地说："原来是我脚趾上的那个指甲尖角长到肉里头去了，走路一用劲，指甲尖角刺破了肉皮，所以才钻心地疼痛。"我埋怨他说："这就是你自己的问题了，指甲该修剪的时候你又不修剪，那跟不修边幅有什么分别？"秀武仍然笑眯眯地说："你是不知道哩！都是为陈连升的那组长诗给闹的，只顾着写了，竟然三个多月没修剪过一次指甲！"我望了他一眼，只觉得他的这句话表达得有问题，就顺竿一爬损了他一句："哎呀，你真是了不起！在古今诗坛之上，除了诗仙李白之外也恐怕就是你了！"秀武眼前一亮，连忙转过头来问我："怎么回事？除了诗仙李白之外也就是我了？！"我认真地回答说："不是吗？你写诗的时候不用电脑，也不用手写，是用那右脚趾握笔写作。自古以来，不就听说过诗仙李白在唐朝的皇宫大内里用脚趾握笔写过诗吗？"秀武知道上当了，一个仰翻叉倒在床上，望着天花板上的那盏吊灯，把那剧痛之后变得舒服轻松的右脚一翘一晃，伸手在床头柜上摸了一根香烟点着，吐起了烟雾，半晌没有作声。

我刚洗完澡穿了内衣出来，就听门外有人敲门，开门一看是老秘书长到我们的房间来了。秀武连忙坐起来给老秘书长装烟，并说了在洗脚城里把脚修好的事。他们一边抽烟一边谈话，我没有插言。最后扯到下一步的工作时，老秘书长反复强调："官涌，一个非去不可的地方。"我与秀武附和着秘书长的意见，也赞同地说："官涌，一个非去不可的地方。"

渐渐地，夜已经很深了，我们的鼾声此一阵彼一阵，好不容易安静了那么一会儿。可等我刚要眯着的时候，一只夜蚊子嗡嗡地在我耳边盘旋着。那嗡嗡的声音好熟悉呀！这分明就是邬阳关上夜蚊子嗡鸣的声音。起初我一惊之下还以为是邬阳关的夜蚊子跟随我撵到广东来了，就猛地一个翻身把它拍在了洁白的床单上，连忙打开电灯借光细看，那身材与样貌与邬阳关的夜蚊子还真是没得二两盐找。哪知这一掌拍去，不仅拍死了夜蚊子，而且还把秀武拍醒了。他翻过身来知道我是拍打夜蚊子的，就在那里讥讽着说："你作为一个很有实力的作家，也太没有生活了吧！要知道这并不是邬阳关的夜蚊子跟着你撵到广州虎门来了，而是天底下的夜蚊子原本都是这么一个哼腔。"说完这话，他一个翻身滚过去就又睡着了。那鼾声如同驴子打呛，一声赶着一声地吼叫个不停。

我一笑之后就怎么也睡不着了，正是这只夜蚊子的嗡鸣之声勾起了我对邬阳关的许多记忆。最后我竟然在想：当年陈公连升睡在官涌的营房里时，也一定听到过夜蚊子的嗡鸣之声，而这熟悉的嗡鸣之声也曾勾起过陈将军对邬阳关许多往事的回忆么？

六、官涌，一个非去不可的地方

官涌的具体位置在沙角炮台北，与沙角炮台后面的扯旗山相连接。这是一道隆起的山梁，与龙鼓、筲洲、长沙湾、赤沥等处外洋相连接。站在九龙尖沙咀北眺官涌，那是一座并不是很高的山。正是因为尖沙咀洋面群山环抱，浪静风恬，开阔的海湾地势良好，所以英军才想把这里建成巢穴后，长期作为基地使用。而在英军的高层看来，要占据尖沙咀洋面，必须首先占领官涌山。

其实，在英军想把这里建成巢穴之前，一些鸦片贩子早就集中在这里，十分猖狂地走私鸦片，无所不为。从穿鼻洋之战中败阵，狼狈逃窜的英舰"窝拉疑"号和"海阿新"号，当时就驶去澳门，并把盘踞在澳门的英国人一齐带回尖沙咀，借这个港湾停泊休整，停棹修理，准备再度进攻，负隅顽抗。林则徐获得探兵回报后，料到了英军和鸦片贩子的意图，严令断绝一切对其接济，并传令陈连升严令官涌山各营：“固垒深沟，相机剿办。”

其实，英吉利人这些意图也早已被驻扎在官涌山的增城营参将陈连升将军看得一清二楚，随令官涌山守备伍通标睁大眼睛，日夜坚守，其他官兵连续修筑防御工事。

1839 年 10 月 6 日，英舰“窝拉疑”号和“海阿新”号回到尖沙咀洋面后，用望远镜反复侦察官涌山一带守军的动静，隐约看见官涌半山腰尘土飞扬，大量中国守军在修筑工事。在穿鼻洋之战遭到重创的英军官兵害怕再次遭受俯攻，于是稳住舰船，多次放出舢板派侦察兵偷偷驶近山边，弃舢板爬上官涌山坡来侦察情况，窥探虚实。守备伍通标立刻将这一重要军情报请参将陈连升。陈连升立刻命令守备伍通标派兵截拿。伍通标振作精神，速选精兵 30 余人沿官涌山梁而下，打伤英兵数名，缴枪数支，其余英兵在慌乱中滚下山崖，摔死 7 人，其余 5 人驾舢板逃走。

时隔不久，于 1839 年 11 月 4 日夜里，英国武装商船趁洋面大雾，守军不宜发现之机，一字形排列在海面上。然后船跟船依次跟进，偷越近海，到达有效射程之内后发出攻击信号，向官涌山营盘发起猛烈炮击。哪知早有准备的中国军队，在参将陈连升的统一指挥下，已经撤出营盘，坚守在了炮台之上。他们居高临下，猛烈反击，以守为攻，击毙英军数十名，一连打退了英军的 8 次进攻，打得武装商船落花流水。

这一仗取得胜利后，中国守军士气大振，群情激昂。参将陈连升亲临阵前，骑马挥刀，面对列队整齐的官兵大声吼道：“我们中华儿男，当有雄心铁骨！我们的美好河山岂能容强盗践踏，我们的华夏民族岂能容外夷侵蚀！当下，英吉利小儿犯我疆土，危害我民族，我等岂能答应！勇士们，振作起来，打起精神，紧握刀枪，准备剿杀来犯之敌！”参将陈连升的话音刚落，列队阵前的数千名官兵齐声大吼：“保卫海疆，保卫国土……”那喊声真是气壮山河，威震敌胆。紧接着守备伍通标，进一步在阵前鼓舞士气，安排守备事宜，并随令增城右营千总刘明辉、前营千总陈长鹏，轮番执守前沿，准备随时歼灭来犯之敌。

随后，一连几天几夜，尖沙咀洋面上风平浪静，薄雾轻绕。守备伍通标来到参将陈连升的帐前请求指示。陈连升紧锁眉头，一脸凝重，抬起手掌屈指起了一个“乌鸦数”，掐了一个“生死掌”之后，对部将伍通标说：“你火速派一队兵勇回增城营一趟，多调些猪肉和牛肉前来，给兵勇们打牙祭加餐，让所有官兵吃饱喝足，养足精神，近日必有大战！”伍通标退后三步，行了军礼，嘴里吐出一声“喳”！

伍通标离帐而去，急挑兵勇回增城营办差，众官兵一听陈将军要慰劳他们，顿时军心大振，群情激昂，阵前一片欢呼。

增城营里，听到参将陈连升急令购买肉食犒劳的消息后，官涌官兵顿时欢腾雀跃。众将了解陈参将的为人，深知他是一个重情重义的将军，既然犒劳官兵，必然大战在即，从上到下呈现出一派严肃活跃的景象。而这一消息不胫而走，很快传遍全城，增城民众争相送来鸡鸭鱼肉。他们知道，陈连升将军虽来增城时间不长，但为人仗义，热爱民众，且从不扰民。这回陈参将驻守官涌前沿阵地已有数月，还接连打了几个胜仗，增城军民更是欢欣鼓舞，正愁找不到机会慰劳前沿阵地的官兵。一时间，增城营里的肉食菜蔬差不多堆成了小山，留守官兵挑选了上等肉食菜蔬，按照守备伍通标传达陈参将的命令，一一备齐发出，运往官涌各营。

11 月 7 日早晨，各营伙房收到了按人分拨下来的肉食菜蔬，按照次序先后下锅煮米炒菜。各营伙房正按守备伍通标的命令，把分发到各营的黄豆芽菜，用大锅煮成清淡的葱花汤。并传陈将军令，战时不能饮酒。伍通标灵机一动，就用豆芽菜汤代酒助兴。官涌守军将士从中午一直乐到傍晚，各自吃饱喝足之后接到传令：哨兵加强巡查，其他官兵早些熄灯安睡，养足精神、准备战斗。

11 月 8 日清晨，官涌营里号声大起，各自集合入阵，进入一级战备状态。上午，英船果然又发动进攻，只见一艘大船从正面驶入阵前，首先向官涌守军开炮。列队的数十艘小船，从大船两边包抄过来，借着大船的炮火掩护，并乘海潮涨水之机抢滩登陆，并有百余人登陆成功，冲上山冈，开枪击伤中国兵勇 2 个。陈参将传令守备伍通标出击。伍通标即令增城右营千总刘明辉率军截击。正面炮火早与大船交战，打得几多激烈顽强。千总刘明辉率领兵勇布阵，手持大刀、火枪，从下一路杀出，砍死打伤英军数十名。不到半个时辰，英兵登岸的百余人已经死伤大半，其余英兵吓破了胆，见势丢枪弃甲，狼狈逃窜。顿时，官涌山前沿阵上喊声大起，形成一道震撼洋面的和声……

11 月 9 日，英船死不甘心，又到官涌东面胡椒角开炮试探，准备再次抢滩登陆，从东翼包抄，夺取官涌阵地。参将陈连升果断迎敌，传令守军用大炮、抬炮一齐回击，势如排山倒海，英军措手不及难以抵挡，调转船头落荒而逃。

11 月 10 日，威远炮台守备马民，带领关天培增拨给官涌营的 200 多名官兵和 6 门得力大炮赶到官涌，在炮台后的操场向参将陈连升交点完毕之后，分五路增兵到达指定位置，准备主动进攻。下午 4 时左右，英军潜入近海，用望远镜侦察官涌营盘之内还在安装炮位，立即填装炮弹，准备深入近海趁其不备，打官涌营守军一个措手不及。次日凌晨，英军凭着海雾的掩护闯入近海洋面，先行打炮攻击。已经等候半夜的中国兵勇沉着迎战，五路大炮以排山倒海之势一齐射向英船。参将陈连升站在高处，隐约听到炮弹击破之声接连不断，心中大喜。用手拍拍黄骠马温热的额头说：“逮好了！打死你们这些来犯的英吉利小儿！”接着骑马奔袭至官涌前沿阵地，传令前哨炮位重磅出击，压倒英军气焰，一阵猛烈炮击。一开始英军还在开炮抵抗，一个时辰不到，英军大败。只听遥远的洋面上有叽里呱啦的叫喊之声，再无能力回击。各船灯火相继熄灭，偷偷开船潜逃。天亮时，只见英军船只已经逃去大半。一条双桅三板舰船被官涌守军击沉，翻在海面上呈半浮半沉之态。参将陈连升见状哈哈大笑说：“英吉利强盗，你们也不过如此嘛！”阵地前的官兵顿时士气大振，列队站在炮台前沿，望着逐渐下沉的舰艇和 10 余艘退到远处的英船欢呼，并齐声高喊：“保卫海疆，保卫国土；保卫海疆，保卫国土……”

11 月 13 日，在九龙之战中被陈连升将军打断手腕的英军败将得忌刺士对中国参将陈连升恨之入骨，不甘心失败，又纠集十几只舰船组成船队，向官涌逼近，计划伺机偷袭，想报断腕之仇。参将陈连升得到军报后，即令守军分赴五路在山梁迎敌，并反复强调：“炮不可空发，要等英船到达大炮射程之内后方可开炮。”此战中英军“多利”号连中两弹，船身急剧摇晃，只得仓皇逃窜。一只探水划船被击翻，船上兵丁哇啦怪叫，后面参与偷袭的英船见状，惊恐万分，连忙调头逃跑。得忌剌士大惊失色，知道又是遇到了东方战神陈连升，怪叫道："又是陈连升，又是陈连升，我们又遇到了东方战神陈连升！快撤，快撤！我们又遇到了东方战神陈连升……"

官涌战役大捷的战报陆续送到两广总督府，林则徐大喜，感叹道："陈连升将军果真是一位智勇双全的帅才！算我林则徐没有看错人！"感叹之后，林则徐连忙叫来纸笔，书写奏折上奏道光皇帝，提升功臣陈连升为"三江协副将"。奏章写好后盖了官印，速令六百里加急，连夜传送进京。

官涌战役接连 6 仗，陈连升将军亲率部将大获全胜，被称为"官涌大捷"，共歼敌 1400 余人，击沉英军舰船 9 艘，缴获排枪 80 余支，火枪 120 余支，粉碎了英军和鸦片贩子夺取官涌山梁，企图把尖沙咀洋面作为侵略基地的计划……

走在官涌山的古道上，我们仿佛看到了陈公连升的背影，第一次听到了他铿锵有力的声音。从官涌山半腰古道上下来的时候，我对老秘书长和秀武说："我可能还要再来官涌。"秘书长不解地问："来一趟不容易，你如果还有什么地方需要考察的，我们就在广东多待一天，你为何要独自再来官涌？是想感受一下那些烽火狼烟的战争场面？"我非常认真地说："明天接着再来，恐怕效果不佳。陈公连升调来广东时，首先就是连阳营游击，然后升任增城营参将，他的居住和生活大多都在增城。官涌只是战时的前沿阵地，官涌往南是沙角炮台后面的扯旗山，早与官涌相通。那么从官涌山梁后沿就一定还有一条通道直达增城营。"秀武觉得我的说法很有道理，就坚定地说："你想什么时候来就什么时候来，我们一定支持你！"

我们今天很累，但很有收获。我望着老秘书长艰难的脚步，就想起了他昨晚那句温和中透着坚定的话语："官涌，一个非去不可的地方！"

七、硝烟池旁话当年

清雍正七年，公元 1729 年，清世宗帝胤禛就察觉到鸦片的祸害，颁布了中国历史上第一个禁烟令。但鸦片仍可以作为药材进口。公开的鸦片贸易被禁止了，非法的鸦片走私却日益猖獗。1821 年道光帝继位，为了拯救江河日下的清王朝，一开始就把严禁鸦片作为大事来抓，几乎年年颁布禁烟谕令。遗憾的是，一个多世纪以来，尽管清朝政府屡次禁烟，而且愈禁愈严，但是清朝禁令始终禁不住外国殖民者的贪欲和野心。他们不断变换花样，采取各种手段破坏清政府的禁令，使得一切禁令形同虚设，致使鸦片输入量有增无减。到了 19 世纪 30 年代，鸦片烟毒的泛滥已经不是一个单纯的鸦片问题，而是一个关系到国家和民族生死存亡的重大事件。

眼见烟毒弥漫，危害中华，国人无不痛心疾首，许多有识之士更是忧心如焚。“严禁鸦片”“杜绝毒源”的呼声日益高涨。

在这样的历史大背景之下，林则徐等一批爱国人士挺身而出。林则徐是鸦片战争时期杰出的政治家和民族英雄，他在 1832 年出任江苏巡抚时就公开提出了禁烟主张。调任湖广总督后，在湖北境内雷厉风行地查禁鸦片，取得显著成效。同时，林则徐多次上书朝廷，痛陈鸦片的祸害，一针见血地指出：“若犹泄泄视之，是使数十年后，中原几无可以御敌之兵，且无可以充饷之银。”林则徐这番针砭时弊的慷慨言辞，像一枚重磅炮弹，令道光皇帝心悸服懔。因为道光帝也深知：军队和财政是大清皇权的命根子，“无兵”不能保其位，“无银”不能享其位，从维护封建统治的利益出发，道光帝决心严禁鸦片，并立刻委派林则徐为钦差大臣，节制广东水师，前往烟患最为严重的广东办理禁烟事宜。

1839 年 1 月 8 日，林则徐从京师出发，日夜兼程，于 1839 年 3 月 10 日抵达广州。当时，广州是对外通商的中心。伴随着鸦片的侵入，广州自然成为中外毒枭相互勾结，鸦片烟毒集散泛滥的场所，百姓深受其害，积怨日甚。1838 年 12 月 12 日，广州地方官吏在外国商馆前的广场上对在中国贩卖鸦片的罪犯执行绞刑，英美鸦片贩子竟拥入刑场，拆毁绞架，殴打执刑官兵。外国人在中国土地上如此飞扬跋扈，激起广州人民的无比愤怒，约有 1 万人包围了外国商馆，强烈抗议外国鸦片贩子们的滔天罪行。广州人民蓄积已久的禁烟激情一下子爆发出来，有力地推动了禁烟运动开展。

对于广州人民来说，林钦差的到来恰如久旱逢甘霖，无不欢欣鼓舞。这位林钦差也果然不同凡响，他一到广州，就会同两广总督邓廷桢、广东水师提督关天培，增城营参将陈连升，以雷霆万钧之势开展禁烟活动。一方面，传令水师提督关天培派兵扼守港口，加强海防；另一方面，授命陈连升将军加紧明察暗访，缉拿烟犯；并传谕外商，限令他们3日之内交出所有鸦片，并写下保证书，声明以后来船“永不夹带鸦片，如有夹带，一经查出，货尽没收，人即正法”。特别值得一提的是，林则徐对外商还采取了恩威并重，分化瓦解的策略，即根据情况区别对待。凶顽者重办，老实者从宽，甚至奖励，对正当贸易则一律加以保护和鼓励。此举不仅有利于收缴鸦片，也能在国际上站住脚跟，而不会因行为过激而授人以柄。在当时的历史环境下，对于一个封建社会的封疆大吏而言，能制定出如此明智的策略，实在难能可贵。然而，以英国鸦片贩子颠地为首的洋贩们对此却置若罔闻。他们以为，中国官吏办事向来是虎头蛇尾，不足为惧。岂料这位林钦差却与众不同，他庄严声明：“若鸦片一日未绝，本大臣一日不回，誓与此事相始终，断无中止之理。”他言出法随，逮捕了61名勾结殖民者的重要烟犯。当林则徐得知颠地是为拒交鸦片的祸首之后，立即下令缉拿。英国商务监督义律粗暴干预，叫嚣着要动用武力。林则徐不但不怕，反而果断下令：炮舰巡沿海，停止中英贸易，并且派大兵封锁洋馆，撤走洋馆中的中国雇员，断绝洋馆的交通。林则徐还亲自起草了一份告示贴在洋馆门口，一方面谴责鸦片贸易“真是谋财害命”“正人君子莫不痛心疾首”；一方面警告他们，中国人民“多抱不平之气，众怒难犯，赶快全部交出鸦片”。这些严厉的措施，给蜷伏在商馆内的侵略者和鸦片贩子以极大的压力。在林则徐不卑不亢，有理有节的打击之下，义律无路可走，只得被迫答应呈交20283箱鸦片。林则徐原计划于3月31日至4月2日亲临虎门，会同关天培、陈连升逐船验收，后考虑到鸦片太多，“决非一两日所能缴完”，才改变初衷，制定了《收缴趸船烟箱章程》，规定收缴鸦片的地点设在龙穴岛。4月10日，林则徐会同邓廷桢、豫坤从广东出发，11日上午抵达虎门，当天收缴鸦片烟土50箱。为了加强收缴工作的指挥和督促，翌日早饭后，林则徐赶赴沙角炮台，调度缴烟。14日，将行李移至“新会”一号船上，直到5月7日鸦片收缴接近尾声之时，才移居岸上，在船上住了24天。由于地处穿鼻洋门户的龙穴岛风高浪急，不利缴烟，因此，在收缴鸦片的第5天，林则徐下令英美烟贩在沙角呈交鸦片，尽管在收缴鸦片的过程中遇到不少困难，加上义律借故拖延等，但在林则徐严厉督促之下，收缴工作仍然顺利进行。到 5 月 18 日短短 38 天内，共收缴鸦片 19187 箱又 2119 袋，与义律原来上报的数目相比，大约超出 1000 多袋。

收缴的鸦片，都临时贮存在虎门寨水师提督署和附近的民房庙宇。由于鸦片箱比较大（3 尺×1.5 尺×1.5 尺），一间大房子只能装四五百箱。房屋不足，只好分片搭建新的厂棚，外面加筑围墙。为了防止鸦片偷漏，林则徐在厂棚内指派文职官员 12 名，分棚看守；在厂棚外指派武职官员 10 名，带领士兵 100 多人昼夜巡逻。

针对收缴来的鸦片如何处理的问题，林则徐原打算将鸦片运往北京，由道光帝验明之后，再加以销毁。但是，如此巨量的鸦片从虎门运往北京，路程遥远，运费繁重，又担心途中偷漏。于是道光皇帝谕旨林则徐在虎门海滩当众销毁。在销毁鸦片的方法上，林则徐着实费了不少心血。用火焚烧，林则徐在湖广总督任内曾采用过，但不彻底，残膏余沥渗透地下，如果挖土取泥，再行煎熬，仍可提炼出二三成鸦片。经过多方采访考查，林则徐从陈连升口中得知鸦片最忌用盐卤和石灰煮化。这种方法虽然比焚烧科学，但不适合大规模销毁，因为需设锅灶成百上千，且速度太慢。后来由陈连升献计，终于采纳“开池化烟”之法，即用水池替代铁锅，以盐卤水加生石灰销毁鸦片。林则徐雇请民工在虎门镇口的海滩上高处挖了两个长宽均为 15 丈余的大水池，池底平铺石板，四周栏栅钉板，前面设一涵洞，做排放鸦片渣沫之用；后边通一水沟，以便车水入池。

1839 年 6 月 3 日，是一个历史永远镌刻的日子。这天，虎门镇海岸天空晴朗，当地居民从四面八方赶来，站在销烟池栅栏之外现场参观。下午 2 时左右，开始销烟。但见一群袒胸赤脚的民工由水沟车水进池，然后将盐撒入池中，酿成盐卤水，并将一箱鸦片搬运到销烟池边，开箱过秤、逐个切成四小瓣后，抛入池中浸泡半天，再将一筐筐烧透了的石灰倒下去。顷刻之间，整个销烟池沸腾开来，深褐色的鸦片上下翻滚，浓油上涌，渣滓下沉。所雇用的民工站在跳板之上，手拿铁锄木耙反复翻戳，使鸦片全悉尽化。等到海水退潮之时，开启涵洞，让所有的残渣污水随潮水汇入大海，再用清水冲刷池底，不让涓滴留存。就这样，两池轮番使用，直到 6 月 25 日才告结束，历时 20 余天，共销毁鸦片 2376254 斤。

当林则徐收缴鸦片的时候，外国商人根本不相信清政府会销毁鸦片。不少外国人断言：“中国人是不会销毁一两鸦片的。”义律也估计这批鸦片将作为政府专卖，而使今后的鸦片贸易合法化。可是他们都想错了，林则徐以石破天惊之势，将巨量鸦片化为乌有，并在销毁鸦片进行到第 11 天时发布告示，准许外国人现场参观。一些外国人怀着将信将疑的心情参观了销烟现场，在事实面前，他们不得不佩服中国人销毁鸦片的方式和办事认真负责的态度。美国传教士裨治文事后写道：“我们反复检查过销烟的每一个过程。他们在整个工作进行时细心和忠实的程度，远出乎我们的臆想。我们不能想象再有任何事情会比执行这个工作更为忠实的了。”一些西方人在记述虎门销烟时也给予高度评价：“鸦片是在最彻底的手段下被销毁了……全部事实的处理，在人类历史上也必将永远是一个最为卓越的事件。”

虎门销烟，是人类历史上旷古未有的销毁毒品的伟大壮举，是清政府抵制外国鸦片侵略的“顶点”。它沉重打击了英国殖民者的侵略气焰，伸张了中华民族的浩然正气，并向世界表明了中国人民反抗外来侵略的坚强意志，奏响了中国人民反抗外来侵略的正气歌，在中国近代史和世界禁毒史上写下了光辉的篇章。毛泽东主席在回顾中国人民反帝反封建的资产阶级民主革命全过程时，曾精辟地指出：“我们的民主革命……从林则徐算起，一直革了 100 多年。”虎门销烟，洗却了蒙在中国人头上的耻辱，揭开了中国近代反侵略斗争的序幕，吹响了中华民族抵抗英国侵略者的第一声号角！

虎门销烟，彪炳千古，永载史册！

八、陈连升父子血染沙角

官涌战役大获全胜后，林则徐的奏折如期送到道光皇帝案前，道光皇帝阅后大喜。对奏折中所奏提升陈连升为“三江协副将”的奏请照准，并赏赐“三江协副将陈连升二品顶戴花翎”。

由于林则徐的远见卓识，邓廷桢的密切配合，关天培、陈连升的积极备战，中国军队取得了鸦片战争前哨战——九龙、穿鼻、官涌之战的胜利，大大打击了英国侵略者的炮舰政策及掠夺野心，证明英国侵略者所自恃并借以横行于世界的坚船利炮，并不是不可抵御的。在中国军民奋力抵御之下，貌似强悍的敌人被击退了。前哨战的胜利，坚定了中国军民反对侵略战争的坚强决心。

鸦片战争前哨战英军的失利，殖民主义者狂妄自大的气焰暂时收敛了起来，不得不正视中国人民的抵抗力量。然而中国巨大的物质财富和广阔的贸易市场仍然深深地吸引着殖民主义者的每一根神经，使其欲罢不能。他们蓄谋发动大规模的侵华战争，企图征服中华帝国，迫使清政府承认鸦片贸易合法化，掠夺他们认为取之不尽的财富。

1840 年 1 月 16 日，英国维多利亚女王在国会上发表侵华演说，叫嚣中国禁烟使英商蒙受损失，触犯英王的尊严，明目张胆地鼓吹侵华战争。2 月，英国政府正式任命乔治·懿律和查理·义律为侵华的正副全权公使。4 月，英国议会通过侵华决议，决定向中国派遣一支由军舰 16 艘、载大炮 540 门、武装汽船 4 艘、运兵船 1 艘、运输船 27 艘、武装士兵约 4000 人组成的“东方远征军”。

1840 年 6 月 21 日，英国的“东方远征军”在其全权大臣乔治·懿律和海军司令伯麦的率领下，相继到达广东海面封锁珠江口，鸦片战争正式爆发。正如马克思所说，鸦片战争是一场英国资产阶级“旨在维护鸦片贸易而发动和进行的对华战争”。这场战争以保护肮脏的鸦片走私为直接目的，以武力为后盾，使中国成为英国的商品销售市场和原料产地。无论从哪方面看，这些完全由英国挑起的鸦片战争，是非正义的侵略战争。

英军到达广东洋面，见广东军民秣马厉兵，抗英激情如火如荼，不敢贸然进犯，只好派 5 艘军舰封锁珠江口，主力沿海北犯厦门，遭邓廷桢部击退，又北侵定海。占领定海后，英军直逼天津大沽口，威胁京师。道光皇帝被英军的炮舰政策吓坏了，慌忙派直隶总督琦善在天津与英军谈判。琦善待敌如客，答应只要英军退回广东，一切问题都好商量。英军得到了答复，更重要的是战线太长，兵力单薄，补给不上，且冬季来临对其战事不利，遂折回南方。

昏庸的道光帝被英军表面退兵的假象蒙蔽住了。他认为琦善办事得力，不费一兵一卒，一枪一炮，就把英军从天津赶到广东海面，真是“只字片言，连胜十万之师”；而林则徐办事不力，只会招致祸端。于是下令改派退敌有“功”的琦善为钦差大臣，前往广东继续谈判，并以办理不善之罪名，将林则徐、邓廷桢撤职查办。

琦善一到广东，力反林则徐所为，撤除暗桩，解散水勇，裁减水师，甚至听任英军派遣小艇探测内河水道。而且，琦善还一味与英军和谈，乞求停战。英国侵略者看透了琦善的怯懦心理，趁机向他提出了割地、赔款、增开口岸等侵略要求。琦善一一应允，只对割让香港一条表示不敢做主。为迫使琦善接受全部条件，英国侵略者明里假意与琦善继续谈判，牵着琦善的鼻子；暗里增加兵力，积极准备军事进攻。

英军起初想用进逼天津的伎俩，借军舰压境以施恐吓，不动枪炮就闯过虎门炮台直取广州。当英军“皇后”号及小船向沙角炮台驶去时，从官涌调往沙角的副将陈连升，即令沙角望楼附近新台上的守军向驶来的英舰开炮，把其赶至龙穴附近的铜鼓洋面，给英军当头一棒。义律见状，威胁琦善要陈连升赔罪并出具书面声明：以后见到英舰不得开炮。义律连逼带吓，琦善屈服，但陈连升决不赔罪，认为英军犯境，我军还击是每一个有血有肉的中国军人理所当然的正义举措。义律见此路行不通，则采取“战而后商”的策略，再次对虎门的海防发动了军事进攻。

1841 年 1 月 7 日上午 8 时，英国侵略军发出进攻虎门海口第一道防线的信号。1500 人左右的英军在伯拉特率领下，分左右两路进攻。右路由“加略普”号、“海阿新”号、“拉尼”号、“皇后”号、“进取”号、“马达加斯加”号、“复仇神”号 7 艘军舰组成，由荷伯特船长指挥，攻打沙角炮台；左路由“萨马兰”号、“都鲁壹”号、“摩底士底”号、“哥伦拜恩”号 4 艘军舰组成，由斯哥特船长指挥，攻打大角炮台。

陈连升，湖北鹤峰县邬阳关人，土家族，行伍出身，做过都司、游击，1838 年 10 月提升为增城营参将，1840 年 3 月又提升为三江协副将，7 月由官涌调守沙角炮台。由于他积极备战，沙角炮台已是一个很坚固的阵地。当时，右路进攻沙角炮台的英军兵力多，战舰多，有恃无恐。正面前锋在“海阿新”号的带领下直冲而来，向沙角炮台开炮；接着“加略普”号和“拉尼”号策应，亦从正面攻向沙角炮台。陈连升率领三江协兵和惠州兵共 1000 余人，面对疯狂进攻的英国侵略军毫不畏惧，沉着应战。沙角炮台居高临下，处于有利位置，加上炮台筑得坚固，新铸6000司马斤大炮尤为得力。因此，尽管“海阿新”号、“加略普”号和“拉尼”号的62门大炮轮番向沙角炮台轰击，陈连升将军指挥官兵还是以猛烈的炮火压住了英军的正面进攻。沙角左前方一带水域俗称穿鼻湾，防御兵力比沙角炮台薄弱。这时，在前来攻击的“皇后”号和“复仇神”号掩护下，英军陆战队前锋趁机分两路偷袭，自穿鼻湾抢滩登陆。由于汉奸带路，两小时后英军占领了穿鼻湾海岸的制高点，俯视整个沙角阵地。这样，沙角炮台处于腹背受敌的境地，增城前营千总陈长鹏在激烈的炮火中，与冲在前面的兵士一同中弹坠海，英勇殉国。在这危急关头，三江协副将陈连升并未退却，而是设法召集被英军冲散的士兵，锁定地域指挥战斗，多次打退敌人进攻。前方英舰蜂拥而至，背后英兵顺势扑来，守军不得不退入炮台阵地。随之，沙角炮台与威远炮台之间的联系、接济被敌人完全切断，处于孤立无援之境。英军前锋仗着炮火猛烈，人多势众，登梯闯入炮台，杀死游击张青麟。英国海陆军会合后，肆无忌惮地用排枪向炮台内扫射。陈连升身先士卒，英勇拒敌，不幸身中数弹倒地，血流如注，英勇捐躯。其二子陈举鹏见父亲英勇殉国，悲痛欲绝，面对穷凶极恶的英军，怒火万丈，挥刀横冲直杀，杀死杀伤英军数十名，虽身负重伤，血染战衣，仍勇战不止，最后英勇牺牲。大部分坚守炮台官兵也壮烈牺牲。经过近一天的血战，下午五时，沙角炮台终于陷落敌手！英军攻占炮台后，以陈连升顽抗为由，准备用军刀砍他的尸体泄愤，被伯拉特制止，只炸毁炮台和破坏了大炮。

左路方面，英军4舰涌向大角炮台，接连不断的炮火，使孤立海口外的大角炮台危急万分。守台千总黎志安率领守台将士孤军奋战，受伤数处，火药局中弹焚毁，延烧至兵房。英军见炮击得逞，立即强行登陆，从炮台缺口打入，黎志安见大势已去，赶紧将14门大炮推落海中，然后突围而出，大角遂陷。沙角、大角炮台的陷落，使虎门海口失去臂膀，虎门的形势越来越危急。

沙角、大角炮台虽然失守，但陈连升父子、张青麟等爱国将士同仇敌忾、浴血奋战、宁死不屈、誓与阵地共存亡的爱国气节和琦善之流妥协投降的卖国行径形成了鲜明对比，他们用自己的鲜血和生命捍卫了国家和民族的尊严，写下了感人肺腑的光辉篇章！后人为追思、纪念陈连升将军，在沙角炮台塑造了陈连升像和陈连升的节马铜像。

九、陈公忠魂耀苍天

由于我们对虎门的地理位置并不熟悉，道路四通八达，水道也是纵横交错，有时候钻错了巷子，一天到晚也找不到要去的地方。在威远炮台的时候，我们就仔细了解过沙角炮台的方位。有人告诉我们，可以直接从威远炮台坐船到沙角炮台，但我们最终还是没有选择走水路。那天早餐过后，两个湘妹子建议我们干脆包车前往，并愿意义务给我们当向导。就这样我们如愿成行，从虎门镇中心出发到达沙角炮台，也不过 40 分钟的车程。

进入沙角炮台的范围之后，我们首先去了“节兵义坟”，这里是掩埋沙角炮台 1000 多名官兵和义勇队员尸骨的地方，陈公连升与儿子陈长鹏、陈举鹏的尸骨也在其中。立于“节兵义坟”头前，我整理衣衫，两眼凝神，按照邬阳关土家族人最庄重的仪态，跪在义坟前额头着地，接连叩了三个响头。站立起来的时候，我怀着对陈公父子的敬畏之心，肃立于坟前，默哀了三分钟。突然一阵海风吹来，撩起了我额前的头发，抚摸着我的脸颊和肩背，就好像是陈公连升父子的忠魂知道他们盼望已久的邬阳关家乡的亲人终于在 174 年后的今天，来到沙角炮台看望他们父子了。

当我听到送我们前去的当地司机，讲述了掩埋节兵尸骨的情形后，我凄然泪下，心中涌起了无限的悲情伤感。原来沙角炮台失守之后，陈公连升中弹以身殉国后，最后的姿态仍然是他用军刀支撑着遗体。沙角炮台失守后，虎门战事越打越艰难，竟久久没有人前来打扫战场，为节兵们收尸。直到数月之后，沙角炮台一带散发出奇臭，且蛆虫满山，才被当地百姓发现，一位长者含泪组织百姓挖坑，清理所有尸骨，掩埋在了义坟之中。

一代忠烈，死得凄惨，忆想情形，裂人肺腑。我实在忍不住了，泪如抛沙一般。心想这正是清明节前，理当为陈公连升父子和 1000 多名节兵敬香烧纸，以告慰在天之灵。于是我一路奔跑，问遍了几十家商铺，竟没有一家出售香纸的。有一位当地老人对我说：“你不用再找了，香头纸火是敬神才用的，整个沙角炮台这一路都不卖这些东西。”我又问那位老人，附近有没有卖白酒的地方？他说好像有，你自己去找吧！我又接连跑了十几家商铺，都是些卖珍珠项链和游客纪念品的地方，没有找到一瓶白酒。

我作为陈公连升的家乡人，知道他一生好酒，在没有香头纸火的情况下，如果能够找到几瓶好酒，让陈公连升与他的部将开怀畅饮那该多好啊！可当我含着泪光，空手而回，再次来到节兵义坟头前的时候。老秘书长走到我的面前说：“你别伤感了，我理解你的心情！你现在就用这种情感去写《陈连升传》，就用这部书去告慰英烈的在天之灵吧！”秀武走上前来，认真地对我说：“今天找不到香纸和白酒不要紧啊！你回邬阳关之后选个日子，就在邬阳关为陈公父子敬香烧纸，燃放鞭炮，举行这么一个仪式之后开始动笔写作，以前很多作家也都这么做过。就用这种方式来祭奠陈公的忠魂吧！”我的心情豁然开朗，并决定就按照秀武的提议去做。

走进沙角炮台的前沿炮阵地，我们算是开了眼界了，炮位的建造与威远炮台大不相同，底部有三个大型炮坑，每个炮坑的内侧都有一个门洞与后面炮壕通道相连接。炮弹、火药、引线都可以通过门洞传递于炮位。炮台只是整个炮阵地的总称。炮台之内还根据地形地物安放着几十个炮位，而每一门大炮又至少有一小队兵勇操持。填药、装弹、装引、瞄准、点火，各有分工不同。就跟现在的炮兵班一样，严格地分有一炮手、二炮手、三炮手、四炮手。每个炮手在炮位上所站的位置，所做的动作和脚步，以及所行使的职责都各不相同。但又只有各位炮手配合默契，动作熟练，才能把每一发炮弹打得精准。

沙角炮台的主炮位上，安放的是一门可以360°转动的大炮，炮车托着炮身，底座是一个圆形铁炮车的四个大铁轮。炮管俯视洋面，可以选中目标瞄准射击。在整个炮群之中，唯有这门火炮是最为先进的，可见沙角炮台在整个虎门炮阵地群中处于极其重要的位置。

在炮台的前沿位置，大概也是英军用排炮扫射，三江协副将陈连升身中数弹的地方，立着陈连升高大的花岗岩雕像，右侧不远处立着陈公连升的坐骑黄骠马的铜像。我们肃然起敬，前往跟前跪拜。这尊雕像要比海战博物馆的雕像高大许多，那脸形和胡须却完全相似，也完全符合邬阳关人的相貌特征。于是我断定，这尊雕像与陈公连升的肖像应该基本吻合。我选择了各个不同角度和方位拍照，还是当初的那个想法，要请一个艺术大师为陈公连升还原一张肖像。

黄骠马铜像的腰身之上泛着金灿灿的光芒，也可能是长期被游客爬骑的缘故，马头高高扬起，正奋蹄朝它的主公奔来，节马的德操已传后世，主公的忠魂映照苍天。英雄配节马，天地铸忠坚，让我们无限地敬畏，无限地追思。

在陈公连升雕像的左侧立有一块巨大的石碑，上面的铭文这样刻写着：“陈连升（1777—1841），湖北鹤峰邬阳关人，土家族。行伍出身，做过把总、千总、守备、都司、游击等军官。1838 年 10 月提升为广东增城营参将，1840 年 3 月钦差大臣林则徐奏请道光皇帝获准，提升为三江协副将，1840 年 7 月由官涌调守沙角炮台……”

看着这块石碑，老秘书长十分兴奋，他一边抄录一边感慨地说：“好啊！好啊！这就接近真实了，这就接近真实了啊！”我也十分激动，连忙拿出笔记全文抄录了碑文。

今日的炮台已是古树参天，竹影婆娑，随着时间的推移，已经没有当年的血腥与硝烟。可我的眼前始终跳动着陈公连升的身影，在那海雾升腾的远处，在扯旗山葱茏的林梢间，陈公的忠魂就像一缕炽热的阳光，正展亮在天地之间。

有一种敬畏在我心里升腾着，有一种特殊的情感在我们心胸里流淌着。陈公连升从邬阳关走出来，从一个山娃到放簰汉，再从放簰汉到将军，人生里充满了艰辛与奋斗，也充满了节义、勇武、刚烈与悲壮。人是无法选择自己出生的时代的，如果陈公连升不是出生在那样一个清廷腐败没落的时代，那么他一定会有更大的作为。从 1840 年 3 月算起，到 1841 年 1 月间，陈公连升在三江协副将的任上只有 10 个月的时间。自 1840 年 7 月从官涌调守沙角炮台的时间仅 7 个多月。可以说他经历了人生之中最为艰难的时期，我们可以试想一下陈公连升当时的心情，当他升任增城营参将后不久，又被再次因为官涌战役大捷，被道光皇帝准奏提拔为高级将官时，也一定会站在这样一个十分显赫的位置上，回想一下自己所经历的人生，也一定想到了他出发的起点是鹤峰县邬阳关陈家棚，他也一定想起自己的祖父陈富，自己的父亲陈万星，一定想起了关于邬阳关的许多许多……

俗话说："铁打的营盘流水的兵。"174 年后，营盘依旧在，陈公连升这位年过花甲，已经年满 63 周岁，从军 47 年的老兵，没有解甲归田，告老返乡回到生他养他的邬阳关，而是血洒海疆，为国捐躯。我坚信陈公连升的忠魂一定还坚守在沙角，坚守在自己为之拼死血战的炮台阵地上。而在 174 年之后，我怀着一种敬畏之心，追思之情，从家乡邬阳关出发，前来寻找陈公连升当年的信息，以一颗真诚的心来接陈公的忠魂回家乡，并用一颗真诚的心来追寻陈公连升当年的人生轨迹，为他树碑立传，展现他的戎马一生。

走在沙角炮台陈公连升曾经走过的那些廊道上，我在心里一直念叨着："陈公啊！你坚守沙角 175 个年头了，您也应该看到了而今的海防坚固，国家强盛，您该放心了，也该歇歇了！就跟着我回邬阳关吧！回去看看家乡邬阳关的变化，也回邬阳关去感受一下家乡人对您的敬畏，对您的思念！"

可我此时此刻却怎么也找不到一种贴切的方式，来表达我内心的敬畏与追思。撤出沙角炮台的前沿阵地，我从捕鱼台门楼再往里走，想去看看临高台，也想去爬一爬扯旗山。沿着陡峭的山路爬上半山腰时，眼前出现了一种奇特的竹子。竹身很粗壮，竹节极短如鼓儿形，整个竹子的身材如一条玩倒立的大王蛇，只是那竹叶与其他竹种的竹叶相似，翠绿翠绿之间夹杂着几片快要脱落的黄叶，整个竹冠如一把撑开的大伞。竹梢间有气韵，竹竿上有气节，是一种从未见过的怪异竹，叫不出它的名字来，当地人告诉我，它的名字就叫竹子。临高台垒起的高墙之外长着茂密的南竹林，枝叶托起绿影，竹竿如刀枪林立，像是草木皆兵。整个海岸山体之上，除了榕树随处可见之外，也还长着一些其他的杂树，枝干挺拔，树冠常青，装点在海岸线上，一步一风景。

在临高台靠后不远处的山梁上，有一个十分精致的小院落，一棵枝繁叶茂的古榕树下有一排火砖砌成的老屋，四周有坚实的围墙，院坝中间设计精巧，奇花异木相互簇拥，透着一种高雅境界。我突然觉得，这里就是陈公连升曾经的居所。在这个固垒森严的前沿阵地上，也许只有他们的最高将帅才有可能居住这样精致的房舍，享用这样舒适的院子。我心里顿时有了一丝欣慰，有了一种找到了陈公连升家门的感觉。也许就在 1841 年 1 月 7 日，他从这栋屋里出门，走出这座高雅的院子之后，就再也没有回返。我驻足屋前，就仿佛听到了陈将军那铿锵的雄健足音。

扯旗山北遗是官涌山，我们前去官涌山时走的不是扯旗山这条古道，是乘车到达官涌山下之后往前爬山而行。曾经的古道虽然已被历史掩映，但古道上的金戈铁马之声仍然隐约可闻。今天的道路有时与古道重叠，有时又与古道交叉，但来去匆匆的脚窝里正沉积着一种无言的诉说。

站在临高台高处，看到了钢蓝色平静的大海。这里就是那个曾经炮火震天，杀声阵阵的战场。当初的血战，当初的搏杀，也许正是为了今天的和平与安宁。转过身来再望扯旗山上，那飘扬的已不再是大清国的龙旗，而是鲜艳的五星红旗，像一团火焰，照亮了整个扯旗山。

十、辞别南粤回清江

南粤十日，我们始终处在一种亢奋状态中。

在虎门销烟和鸦片战争的大背景下，在历史的烽火狼烟之间，我们追寻着民族英雄陈连升伟岸的身影，在长长的海岸线上，我们听到了他坚定铿锵的脚步声，他用鲜血和生命展现了一代英雄对国家的大爱，对民族的大爱。

躺在宾馆的房间里，我认真梳理着自己的记忆，因为这次行程中任何一个细节的遗漏，对于我们来说都会是极大的遗憾。从威远炮台、海战博物馆到鹅夷炮台、大角炮台、官涌山，再到沙角炮台，再到鸦片战争博物馆、林则徐纪念馆、销烟池旧址等地，仔细想来，我们该到的地方几乎都到了。可经过仔细梳理，还是觉得把“增城营”遗漏了。因为增城营是陈公连升升任参将时驻守广东的第二站，他在增城营一定有着很多鲜活的故事，而且我们还断定他的家眷也是否到广东增城来了，按照推断，陈公连升的家应该就安在增城县。一个朝廷的三品大员，调任升迁，不会独往独来。增城这个地方对于我们寻访陈公连升的足迹至关重要，这是一个不能忽略的地方。

通过甄别，在海战博物馆搜集到的资料中，又发现了一个很重要的问题：

陈公连升的长子陈长鹏是在沙角之战受重伤后坠海而壮烈牺牲，有资料记载：在沙角炮台牺牲的还有“陈举鹏”。在鹤峰，恩施的许多资料中所记载，陈公连升有四个儿子：陈长鹏、陈举鹏、陈展鹏、陈起鹏。而这些天有一个疑问一直在我的脑海里萦绕：陈公连升的三儿子陈展鹏、四儿子陈起鹏到哪儿去了？既然陈展鹏和陈起鹏还在，他们就应该有后人留下来。因为根据年龄的推断：陈公连升为国捐躯的时候是 63 岁，那么在这个时候，陈长鹏也好，还是陈举鹏也好，都应该是 40 多岁左右的年纪，早该娶妻生子，留有后人，怎么会直亲后人一个不存？对待历史，我们应该持科学严谨的态度，任何想象和猜测都是不符合历史真实的。

现在已经很明确了：从 1838 年 10 月至 1841 年 1 月，这段时间只有两年多，而且陈公连升又是从保康、广西左江镇调往广东的。陈连升从邬阳关出发时只有 16 岁，也就是说有关陈连升 13 岁离开邬阳关的说法也不确切。因为有一个陈连升在石门隙打虎的故事一直流传至今，他 10 岁习武，13 岁练成“石锁功”。这里面就有两种可能性：一种是陈连升出生于 1777 年的时间不准。如果确认他是 13 岁离开邬阳关，那么他的出生时间就应该是 1775 年。也就是说他终年就不是 63 岁，而是 65 岁。如果按这个时间一推断；陈连升被提拔为增城营参将，正三品官员时就应该是 58 岁，而不是 61 岁。这些疑问，我们都必须把它一一解开，忽略任何一点，都会影响历史的真实。

如果最终考证，陈连升确实生于 1777 年，那么他在邬阳关生活成长的 16 年，我们已经掌握了十分翔实的资料，再加上提升为“增城营参将”和“三江协副将”这两年多的时间，总共就有了他一生 63 年中的 19 年详情。还有从军路上的 45 年，陈连升究竟到过哪些地方，参与了哪些战斗，亲自指挥打了哪些战役，这仍然需要我们进一步沿着他的人生轨迹去查访，去追寻。

在邬阳关的时候，就曾经听老辈人说过，陈连升在施南协任千总之后，曾经参加过清江流域围剿白莲教的战役，我起初有些不信。但查阅清朝的史籍，是乾隆晚年当太上皇期间，嘉庆帝已经继位之后，白莲教起于川陕。清江流域也的确围剿过白莲教，水布垭后门寨洞的几百人就是冤死在围剿白莲教的时候。于是我认为：陈公连升有可能奉命去干这个差事。自古以来，军人便以服从命令为天职。陈连升是最早期的职业军人，是朝廷按年核发俸禄的武官，当然得听朝廷的指挥。

邬阳又称“五阳”，头顶朝阳，脚踩阴阳，手扳冠阳，身困邬阳，面向太阳。而在冠阳（今冠垭儿），朝阳坪和阴阳田一带境内的树林子里，到处都挖有古战壕，垒有掩体，是一个干过恶仗的古战场。也许这个时候，陈公连升还真的带着他施南协守备营的部属回过邬阳关……

也许这些疑问，我们终究能够一一解答，也许这些疑问会终究是个谜团。但我不会放弃，我一定会努力去探索和研究，让 174 年前关于陈公连升的那段历史归于真实。不然再过许多年之后，不仅陈公连升还是个谜团，就连我们这些人自己也都随之成为一个个谜团了。

有人曾经仔细研究过陈公连升的家庭婚姻状况，而且十分肯定陈公连升有过两次婚姻。第一次婚姻是与鹤峰州官的女儿肖氏结了婚，生了长子陈长鹏、二子陈举鹏。后来从宣恩调任施南协守备营千总之后，挂榜岩康家的小姐设擂台比武招亲，陈连升又凭着一身精湛的武艺，打下擂主之位，接住了康家小姐抛来的绣球，就又成了康家的女婿。那么鹤峰的结发妻子肖氏又到哪儿去了？休妻之说万不可能，只有一种解释接近真实，那就是肖氏英年早逝。好端端的一个女子怎么就早逝了呢？身为军人，如果妻子肖氏真的早逝了，长子陈长鹏、二子陈举鹏又由谁来抚养？按照常理，陈连升只可能把长子陈长鹏、二子陈举鹏送回邬阳关，由陈长鹏的祖父陈万星和祖母杨彩莲代养。等陈长鹏他们到了适当的年龄，又从邬阳关出发，一路寻父去远方，然后在父亲的营里当兵，也把自己锻炼成带着一身邬阳关豪气的军爷。那么，一个新的问题又出现了，陈长鹏、陈举鹏在邬阳关生活成长的情形又是怎样的呢？

其实做好文字资料的记载，对于一个地方、一个家族、一个自然人来说都是极其重要的，我们现在留下的只言片语，对于几百年之后的来者来说都是至关重要的。在这里，我们不妨做一个简单的设想：如果把当下的 2015 年 4 月 5 日作为一个分界线，把时间往后推 100 年，到 2115 年 4 月 5 日，现在活得好好的那一批人就都不存在了，包括今天刚出生的婴儿也已经年满 100 周岁，也许能够成为百岁老人，也许不能！所有的人都不复存在了，只有山水林田尚存，曾经发生过的事情都已成了一个传说。可见文史资料的记载是多么重要。一本家谱、一本日记、一部史籍，对于研究过去的人和事都是几多珍贵重要的东西。

也不知道是从哪个时候开始，我就满脑子都是陈公连升的身影，满脑子都是陈公连升的故事，也满脑子都是关于陈公连升的疑问。我的整个思维都在围绕陈公连升转，我的整个时间都在向陈公连升的故事倾斜。于是我坚信：一个真实高大的民族英雄陈连升将军的形象将被展现在 174 年后这个全新的伟大的时代。这也是我面向大海，望着那钢蓝色海面立下的誓言……

按照行程的安排，4 月 6 日中午我们一行三人就将离开虎门前往广州，夜宿广州白云机场旁边的丽湾酒店。因为次日 8 点 55 分，我们就要登机返回。我们虽然有些依依不舍，但还是收好了行装，锁好了宾馆的房间，就好像还要回来居住一样，轻轻地抽出了房卡。当我们挤进电梯，从 15 楼下到 1 楼大厅的时候，开着那辆豪华大奔的司机早已在大厅里等候。离开虎门翔凯悦容宾馆的时候，两位湘妹来给我们送行。当豪华大奔绕过门庭，缓缓开走的时候，两位湘妹站在街口向我们频频挥手，她们的眼里含着泪光，心里也一定是依依不舍。

之前在丽湾宾馆住下后不久，老秘书长田开林先生硬要出去散步，我和秀武只得随他走的方向跟去。机场周围没有高层建筑，这是在做城市规划的时候特意规定了的。走着看着，我们走进了羊城郊外的一片小树林，新绿吐翠，春意盎然。只是我们三个人，谁也认不得那是些什么树，那是片什么林。最后我钻进路旁的一处房舍，向那个当地农夫打听才知道，那是一片“龙眼”树林。我的眼前顿时一亮，我夫人不是最爱去超市里买“龙眼儿”吃吗？可她哪里知道“龙眼儿”竟是从这样一种低矮小树林里长出来的。我连忙掏出手机拍了几张照片，是想把它作为礼物给夫人带回去的。

可我们边走边谈的还是关于陈连升将军所经历的那些情节和细节，还时不时又有一个新的疑问冒出来。我们三个人各自发表意见，并发挥自己的想象，尽可能往真实的方向奔去，有时放逐的思维只跑到半路就又缩回来了，又调转到别的方向再往前奔去……这就是我们近段时间常常都会重蹈的覆辙。只是那飞机，每隔五分钟就从我们的头顶低矮地飞过一架，真比傍晚“鸡子上笼”的时候还要拥挤繁忙。可以想象，现在白云机场那个“机窝”里肯定就又拥挤得不行了。

次日，由于机场里的跑道繁忙，我们乘坐的8点55分的班机快到10点才起飞。不过这是一架新崭崭的“波音737”飞机，还真是迎合了我此时此刻还想在南粤多待一会儿的心情……飞机又在一次又一次连续拉升，把我的心境也升到了一个特定的高度……快到中午的时候，我透过机舱的窗口看到了美丽的清江，心里顿时兴奋起来，看到了清江，邬阳关也就不远了，因为邬阳关就在清江的身旁。

飞机着陆了，我的自豪感却升腾起来飘向了空中。那是因为清江边上的邬阳关，正是我与民族英雄陈连升将军共同的家乡。

陈公连升啊！您的热血洒在了海疆，您的忠魂耀射着苍天！我们对您无限敬畏，我们对您无限思念！您是我们土家族人的荣耀，您是我们恩施人的骄傲！

南疆之行忆当年

一、武汉相聚的时刻

按照这次南疆之行的约定，2019 年 5 月 9 日，是我们几个湖北战友在省城武汉相聚的时刻。我与钟祥战友刘家智分别从恩施和钟祥出发，4 个小时后，在汉口火车站相聚，然后打车到达一个名叫“艳阳天”的酒店住宿。武汉战友刘超英已经给我们订好了房间。等我俩领了房卡，入住房间后不久，刘超英赶到了酒店，与我们分别拥抱，距离一下子缩短了，回到了 40 年前在连队一起摸爬滚打时的情景之中。

刘家智是钟祥市纪委常委、纪委副书记，算是一个很有素养的干部，说话气魄足、嗓门大，待人热情豪爽，三杯酒下肚，说起话来水都泼不进去。他与老兵刘超英很有共同语言，每天晚饭不逮半斤酒到肚子里去，晚上的呼噜便没有惊恐之感。我不胜酒力，虽然很多人都说我身上有一种“匪气”，可与刘家智和刘超英相比，我顶多也只能算个巡山的小卒，人家那才叫“真匪”。

这次去广西，我们一行六个人，刘超英、刘家智、宋福祥、方登汉、陈方林、卢耀玉（方登汉的妻子）。陈方林夫妇与方登汉夫妇没与我们同住一个宾馆，相约 5 月 10 日在武昌火车站相聚。我们三个人在一起还有一个较为重要的任务，那便是看一看我们连队的副连长——战斗英雄吕圣文，他因一个特殊原因本次不便去广西。正当我们在宾馆房间里叙说离别之情时，战斗英雄吕圣文领着嫂子卢耀玲来到了宾馆。

吕圣文，湖北洪湖人，与方登汉、陈方林是同乡。对越自卫反击战中，吕圣文是战斗英雄，并火线提拔为副连长，是我部383团的战斗英雄之一。说起吕圣文，当年可是我们383团的一个风云人物。对越自卫反击战之前，他是团直82无后坐力炮连一排一班副班长，一炮手。他身材不高，但肩宽体胖，虽然没有很高的学历，但打炮却是少有的高手。

在班岗阻击战中，他肩炮射击，摧毁了敌人两个暗堡，而且每次都从枪孔中打进去，炮弹在暗堡内爆炸。其中一发炮弹直接打掉了暗堡内机枪手的脑袋。在随后的几次激战中，由于地形复杂，雨淋山滑，在瞄准镜和升降机均已失灵的情况下，他仍然采用肩炮射击，创下了肩炮射击11炮，打掉12个暗堡的纪录。在历次战斗中，一营长都指挥二、三班先上，把一班的吕圣文留在最后压阵。82无后坐力炮是打暗堡和坦克的利器，威力很大，每到关键时刻，一营长都会命令吕圣文上。

每次吕圣文领兵进入阵地后，根据地形地物，在没有条件安放炮架的情况下，吕圣文都会大声吼道："给我装弹，肩炮射击！"战场上的情形是分秒必争，速度决定生死。

在越方石及命高地的战斗中，吕圣文带着二炮手邱效真，按照指挥一连作战的副营长的命令，立即运动到右侧山腰距敌火力点二百米处，迅速架好火炮，转动高低机和方向机。不料，由于天下大雨，方向机和高低机因雨水浸湿而完全失灵。邱效真双眼注视着吕圣文大声问道："怎么办？"吕圣文仍然果断地回答道："肩炮射击！"他立刻取下炮身扛在了自己肩上。在多次战斗中，吕圣文都以这种果敢的决断消灭了敌人。在用炮火封锁班岗，掩护步兵强渡奇穷河的战斗中，吕圣文同样采取肩炮射击的方式，拔掉了敌人的火力点。吕圣文肩炮射击11炮，拔掉敌人12个火力点的传奇故事成为383团的骄傲。在战斗间隙，一营全体官兵为吕圣文请功。这就是吕圣文成为一等功臣，并火线提升为82炮连副连长的过程。

在简单回顾这些战斗经历的时刻，吕圣文两眼发亮，气魄十足。战友刘家智发表了一番对英雄的那份赞美，更让老吕精神起来。嫂子卢耀玲的脸面上红润着，似乎再次唤起了她当年崇拜英雄的那份激情，还反复对我们说：

“此生嫁给英雄无怨无悔!”倒是老兵刘超英几时都不给吕圣文留情面，开口闭口说可惜老吕没文化，不然这块“战斗英雄”的招牌会焕发出更加夺目的光彩。自信的老吕嘿嘿地笑着，他对刘超英的这种直言不仅没有反感，反而有认同的感觉，就好比生死兄弟之间的相互贬损，反而觉得更加亲切。当然，英雄吕圣文的倔强脾气仍然没有改，说话大大咧咧，偶尔还会发牢骚骂人。

我与战斗英雄吕圣文可以说是情深义重。在连队，我与老吕同屋住了两年，且是正宗的湖北老乡，平时相互照应无话不说，彼此间没有戒备心理，情感尤为纯真。那时候嫂子卢耀玲经常去连队，一住就是十天半个月，且多是我在陪伴她。她还教我怎样杀鸡子，怎样煮莲子粥。在我的心目中，嫂子是个最美丽的女人，她不仅样貌美丽，而且心灵手巧，贤淑善良，是一个标准的淑女。她嫁给老吕这个“最可爱”的人，真是受了很多委屈。老吕经常高声大嗓，脾气又犟又臭，嫂子仍然能够百般顺从，实属不易，或许这就是爱情的魔力。

曾记得，对越自卫反击战结束，各部队按序列撤回原驻地之后，《解放军报》《中国青年报》《河南日报》《广西日报》分别报道了战斗英雄吕圣文的事迹，这位“最可爱的人”顿时声名远播。每天给吕圣文寄来的求爱信和美女照片就有上百封，邮政局送信的人还专门用个袋子单独装着，多半日子又都是由我代收并提到我和老吕的房间。我们部队几个兵一到休息的时候就帮老吕读那些恋爱信，封封写得情真意切，爱意绵绵，句句入心入肺。因为这些向英雄表达爱情的女孩，大多都是一些在校的女大学生，不仅字写得漂亮，而且语言优美，时常还把老吕撩得神情飘然。但日子久了，老吕还是冷静了下来，有时候连美照和信件看都不看，就叫我们提到垃圾箱里点火焚了，我还暗自觉得怪可惜的。

说起当年在连队的那些事，我们总是激动不已，多少个精彩的情节和细节还在我们记忆里闪光。因为那每一个瞬间都凝聚起了战友的情谊，那是火热青春的写照。我们四十年后这次相逢，是对我们心灵的抚慰，也是对我们生命的奖赏，是美好的生命赐予我们再次幸会。

吃过午餐之后，我们一行来到武汉关江滩公园，一边享受着江岸的风景，一边继续诉说着离别之情。我们拍照留影，记录下这些相聚的美好时刻，把四十年的离别与相思化作一句句亲切的问候，一声声温暖的呼唤。

那天的晚餐安排得特别丰盛，刘超英和刘家智尽情地饮酒。我和老吕不胜酒力也就免了，在一旁听着超英和家智的豪言壮语，就仿佛回到了当年连队的食堂，找回了军人粗放干脆的感觉。那一夜，我与家智住在酒店的标间里，听着家智如雷的鼾声，我久久难以入眠，脑海里浮现出了当年在火热军营里那激情燃烧的岁月。

二、在南下的火车上

2019 年 5 月 10 日上午 9 点 22 分，是我们一行六人在武昌火车站登车的时刻。我与刘家智早早地起了床，匆匆地收拾好了南下的行装，就好比当年接到命令要去南方集结一样，耳边仿佛又响起了军号的声音。就在我与刘家智背上背包，准备到三楼去用早餐时，刘超英来到宾馆与我们会合。

按照艳阳天宾馆的规定，在宾馆住宿的人员持餐票供应早餐，我与刘家智持餐票进到餐厅，服务员却把刘超英给拦了下来。见此情景，我很是过意不去，觉得刘超英为我们安排了食宿，自己却没有着落。可刘家智却说："不管他的，武汉是他的家，还能把他饿着么?"就这样，我和刘家智心安理得地在餐厅里吃饱了肚子，背上背包乘电梯下到前厅退房时，刘超英还静候在那里饿着。等我们办完了退房手续，一起出了"艳阳天"的大门乘车前往武昌火车站时，嫂子才给超英买了一包早点送来。看得出她对超英疼爱有加，我心中的那份愧疚这才得以释然。

进入武昌火车站的候车大厅，我们的激情又被点燃。因为与分别四十年未曾见过面的三排长方登汉、九班长陈方林见了面。就在我放下背包的当儿，方登汉扑上来与我拥抱在了一起，激情化作泪儿涌出。片刻之后，我们松开双手，见陈方林和刘家智也拥抱着泪流满面。我与嫂子卢耀玉、九班长陈方林握手相认。

方登汉是湖北洪湖人，与吕圣文、陈方林是同乡。他是一个训练有素的军人，参战时是我们连队的三排长，参战后提为通讯连副指导员、指导员。他当年很精干，也很谦和，对我这个小老乡很爱护很关照。我是炮连的电台兵报务员，与通讯连的联系畅通，从军事联络和业务来讲，我们算是一个系统。方登汉有着很高的军事素养，对方位路道有着十分特殊的敏感性，熟知作战时的指挥系统。陈方林是一个很朴实的人，参战回到连队后不久就复员回到了洪湖，默默无闻地种着几亩责任田，但他始终保持着军人朴实坚韧的本色。

按照刘超英的安排，我们坐的是绿皮硬卧火车。这标志着我们要在火车上待20个小时。为这事我还曾经埋怨过刘超英，问他为何不买动车却让我们在这特快列车之上受长时间的颠簸之苦？刘超英嘿嘿地笑着说："就是为了让各位战友找到当年南下时的感觉。记得四十年前我们就是从河南郑州坐的闷罐子火车，自己打开被包在车厢里开地铺睡觉，各类大炮和军车都蒙上了伪装网。再说了，我们在绿皮车上好好地睡上一宿，天一亮我们就到达南宁了。"我虽然一开始对参战老兵刘超英的解释不以为然，但到最后我还是被刘超英的热情感动了，我们这次南疆之行的目的不就是为了追忆当年的感觉吗？

绿皮特快火车拉了一声长笛，缓缓地驶出了武昌火车站，其实这特快列车的速度也并不慢。我们聚在一起，一边追忆着当年的生活，一边欣赏着窗外的风景，也感到特别惬意与畅快。

在车上，我才真正地发现老兄刘家智是一个性情中人，他与刘超英一时时海阔天空吹得天花乱坠，他的嗓门挺大，当兵时一直沿袭至今的带着方言味道的普通话时常让我啼笑皆非。时不时还听刘家智用领导那种霸道的口吻，训斥那些在钟祥的战友和下属，在电话里摆足了领导的做派。而唯独听他念叨起自己的孙子时，便是一脸陶醉的感觉，这让我也想起了子夏和小乔。在我们这些老兵的心底里，纵使什么也不在乎，什么也不怕了，但孙子女在我们心中有着至高无上的地位，孙子女才是我们心目之中升起的太阳。

在特快列车上的午餐，我们吃的是鸡蛋面包和其他点心，没到餐车去用餐。到了午后，刘超英和刘家智就开始张罗晚餐的事了，每到一站停车的时候，刘超英都会跳下车去在站台上巡逻一阵，是准备买些白酒，到了晚餐时又好开怀畅饮。我这才终于明白，战友刘超英为何硬要安排我们坐这绿皮特快了，原来这种车上可以尽情地抽烟饮酒，可以安稳地睡觉。

当火车过了湖南长沙，出了韶关不久，就驶向了广西的地界。天渐渐黑下来的时候，绿皮特快列车上早已灯火通明，手推餐车在廊道上来回走动，乘务员吆喝着乘客就餐的声音勾起了我们的食欲。刘超英提着买回来的那一袋子酒瓶，领着我们朝餐车里走去。

等我们在餐车上选好位置落了座，厨师和上司得知我们几位都是参战老兵，此程正是前往广西到中越边境宁明为烈士扫墓时，顿起敬畏之心，对我们也就格外地热情起来。我们不断地给餐车炊事班的几个人装烟，他们就不断地给我们几个人加菜。几经寒暄得知，他们几个也是部队的“老转”，原来是铁道兵。餐厅里的气氛一下子就热闹起来，酒也喝得正兴。看到列车炊事班的几个老兵投向我们这些“参战老兵”的敬佩的目光时，我等越发飘然起来，像孩童得到了奉承，加上几杯酒下肚，便在餐车上无拘无束地欢腾着，开心快活地找到了年轻时的感觉。

在我们一同南下的六个人中，方登汉、刘超英、刘家智、陈方林和我五个人是老兵，方登汉的老婆卢耀玉是军嫂。而五个老兵之中就数刘超英和刘家智嗓门最大，加上酒壮英雄胆，硬有一种无所畏惧的态势。方登汉显得低调沉稳，从不高声大嗓，加上身体瘦弱，满口的牙齿也都掉光了，似乎没了当年的锐气。陈方林显得十分朴实沉稳，举手投足都是规规矩矩，不张扬不显摆，不饮酒不抽烟，仍然保持着革命军人艰苦朴素的优良传统，脸面上还时不时展露出焦虑之色，担心着家里的几亩庄稼。

而我却是思考得多，张扬得少，用心地观察着各自的变化和表现，分析着他们各自的处境和现状。即使偶尔也喝半杯酒，红润的脸色展露着不胜酒力的无奈，性情始终不显狂躁，也从不豪言壮语，尽量收敛和掩饰着自己身上的那一股“匪气”，尽量把自己装扮成一个文化人的模样，表现得斯文儒雅一些。可有时也在不经意间，还是把“匪气”的尾巴露了出来，胡侃海侃一会儿，把大家笑得前仰后合。

在绿皮特快列车上的二十个小时，我们过得很快乐，增进了相互的了解，加深了感情。四十年眨眼已过去，似弹指一挥间。40 年的光景，无论我们经历了什么，付出了什么，我们的心相近，情更浓，一声战友叫出来，一切都仿佛就发生在昨天。

夜深了，列车仍在准时准点地行进着。车厢内熄了灯，也有了一时的安静。可到了夜半三更，鼾声屁声大起，在车厢内吼起一阵雾烟，让我记起了当年军营里入夜后的情形，只是那声音完全没了当年的稚气与温良，变得厚重而沧桑。我一直没有睡着，心里在想：当一个人快要老了的时候，那鼾声也就变得厚重而狂燥了么？

三、抵达南宁的早晨

绿皮火车缓缓驶入南宁火车站的时候，刚好凌晨六点过五分，但天已大亮。我们提前收拾好了在火车上翻得散乱的东西，整理好了行装，依次下火车走出站口，我们的目标是广西军区招待所。刚刚走出火车站，便被拉客的面的司机把我们迎到了他车边。与其交涉，我们六个人刚好坐满，每个人十元钱车费便可直达广西军区招待所。方登汉连忙在手机上查看了地图，找到了“军招”的位置之后说：“有些仓促，坐公交车过去不要这么多钱哩！”刘家智掏出钱来递给司机说：“开车吧！六十块钱不算贵，就图个方便吧！”

到达广西军区招待所的时候约莫七点一刻，战友邓观容已在招待所的大厅里等候，在给我们订房间拿房卡的时候，司务长张晋标也起床出来迎接我们，让我们顿时找到了一种归队回家的感觉，心中涌起了一种温暖。等我们一行六人住宿安顿下来，洗澡换衣之后，就去军区招待所一号楼二楼餐厅用早餐。老连长曹满庭，指导员杨显德，还有副连长张学柱、老战友尹卓然、周汉平、高健、杨红、冯训虎、崔文彬、姜志亮、陈友群等聚在了一起，有的还是偕夫人前来。接着老连长王中林、老排长李洪探、赵文生相继抵达南宁，并在早餐桌上见了面。整个上午，战友们都沉浸在久别重逢的亢奋之中，各自拥抱握手，互诉离别之情。

快到午餐的时候，前来南宁参加“对越自卫反击战胜利四十周年”纪念大会的老兵已经基本到齐，会议筹备组给大家发放了军服和胸牌，当报到的每一个老兵都统一换上新发的军服，佩戴上“参战老兵”的胸牌时，气氛一下子就回到了从前，各自拉近了距离，四十年前连队的火热生活记忆已经跃然眼前。大家见面时先行军礼，然后拥抱，各自的眼眶红润着，满含着激动的热泪挤在一堆，时而合影留念，时而七嘴八舌回顾当年在连队的生活细节。

按照统一安排，“对越自卫反击战胜利四十周年”纪念大会将在晚饭前举行。从四点钟开始，张晋标和邓观容就在密集地清点与会的人数。经清点核实，我们连队从湖北保康出发，在襄阳乘火车南下的老兵柏正荣、李守义还在绿皮火车上；从河南郑州乘飞机来南宁的柳保山、程广杰也还未能抵达。我们共同期待着他们到来，就像一家人要在团聚的时候生怕落下哪个一样。期待中还有几分焦虑，那种情感，几乎难以用语言表达。

老连长曹满庭今年 77 岁了，当年对越自卫反击战时，他带领全连官兵上前线的时候才 37 岁。他一生之中最大的自豪便是：他带领全连官兵在越南战场激战 18 天，圆满完成作战任务后又齐装满员地把部队带了回来，除了十名战友光荣负伤之外，没有一个牺牲的。每每提起这一点，老连长曹满庭眼里都闪着激动的光芒，脸面上洋溢着自豪的神情。

老连长曹满庭为何一直惦记着保康的柏正荣呢？就因为柏正荣在战斗中身负重伤。柏正荣个子虽小，却是一个机智勇敢的老兵。可战争是残酷的，枪林弹雨，炮火硝烟，车轮滚滚，每一次冲锋，每一次阻击，都会有流血牺牲。而能够经历 18 天生死考验之后，还能把全连齐装满员地带回来，的确能让老连长曹满庭自豪一生。

正因为这个，全连官兵对老连长曹满庭也才格外敬重。那天下午我专门走进他的房间，与老连长进行了亲切交谈。他很霸气，但也很随和。尽管已经年逾古稀，但仍然精神饱满，时刻抬头挺胸，保持着军人的姿态，说话吐字清晰，简单明了，从不拖泥带水。对手下官兵严若父，爱若子，始终是一位让人敬畏的兄长。他对我感慨万千地说：“40 年后还能与大家相聚，并看到大家身体健康，事业有成，生活美满幸福，真是三生有幸了啊！”

出于对老连长曹满庭的敬重，我给他签名送了两本书，一本是散文集《绿叶爬进窗》，另一本就是长篇小说《身后那个村庄》。老连长拿着两本书仔细地翻看，然后一脸惊喜地说：“没想到我们连队还出了一位大作家，我此生还能得到你亲自签名的书，真是幸福和自豪啊！”看到老连长兴奋的样子，我也十分高兴，并十分诚恳地说：“请老连长多多指导，以后出了新的作品再给您寄。”老连长点着头，然后小心翼翼地把书收好，握着我的手含着热泪说：“现在年岁大了，看重了亲情和健康啊！看到你们的成长进步，我感到无比欣慰和荣幸啊！”

老连长曹满庭最大的嗜好就是抽烟，一根接着一根抽。正在我与老连长交谈的时刻，号兵刘超英进来了，他给老连长行了军礼，然后递给老连长 2 包香烟，嘿嘿地笑着用一口武汉话说道：“老连长你的烟瘾还是这么大，记得打仗上前线的时候，我一共给你带了 7 条烟，你也是一根接着一根抽。”老连长语重心长地说：“我就这么一个爱好，现在年岁已高，也不打算改变自己的生活习惯了。”

约莫五点钟，我们陆续进入广西军区招待所三楼一间豪华的大厅，随队的十几位军嫂也到了，大厅里洋溢着相逢的激情，讲台前挂着一条鲜艳的会标：对越自卫反击战胜利四十周年纪念大会。会前，老兵们争相合影，相互问候，好一阵闹腾。五点过十分，老政委邓党成前来看望大家并参加会议。已经年满 81 岁的老政委身体虽显瘦弱，但仍然很精神，并且还为这次战友聚会题写了一首诗：

七律　战友重逢南疆

邓党成

战友重逢茶酒敬，当年战场震天惊；
炮连战士英雄汉，万炮齐轰歼犯兵。
烈士碑前思战友，双眸溢泪到天明；
千言万语说不尽，梦萦魂牵总是情。

这首诗是一幅已经装裱好的字画，黄底黑字红印章，彰显着老政委邓党成饱满的激情。会议还没有正式开始的时候，我把已经签好名字的两本书递给了老人家，他一脸惊喜，连忙翻开我签名的扉页，望着我的名字说：“当年在部队，你就热爱写作，没想到还真的写出了名堂，写出了成果！”指导员杨显德连忙凑到老政委跟前介绍说：“他是我们 128 师 383 团出来的唯一一位成功的作家，已经创作出版了很多部专著。”哪知道老政委一听指导员杨显德这话竟然慌了手脚，把我送给他的两本书轻轻地放在沙发上，连忙伸手把他写的那首诗收了，嘴里说："遇到了大作家，我这破诗就真的不敢拿出来了！"

一听邓党成政委这话，我顿时慌了手脚，连忙扶着老政委说："您老人家这是见外了不是？我永远都是您的兵，您永远都是我的政委，您老人家这话说得我有点儿受不起呀！"指导员杨显德也连忙顺着我的话给老政委解释，老政委这才松开眉头开了笑脸。我连忙接过老政委手里的那幅字画顺轴散开，与政委邓党成、指导员杨显德，还有老兵刘家智一同掂着合了影，这个小插曲才算过去，我的心里也才得以释然。

最后步入大厅的是老首长潘业贤，在对越自卫反击战时他是383团团值执政股长，是团直通信连、特务连、100炮连、82无后坐力炮连、高机连的军事主官，正营职干部。对越自卫反击战结束后，潘业贤股长转业回到广西，从乡镇一级干起，最后在地师级人大常委会主任位置上光荣退休，他是我们383团军转干部中的一个楷模。他在我们这批老兵面前也是一位值得尊敬的长者，和蔼可亲，谦虚谨慎。他与前来广西参会的参战老兵一一握手问候，完全没有一个师厅级领导干部的派头，平静得像一个和善的老头。

会场上安静下来，王中林拿起话筒主持大会。他个头高挑，身材标直，英武干练不减当年。首先由指导员杨显德作这次纪念大会的主题报告，他饱含深情，认真回顾了我部参战时的基本过程，把与会的老兵代表们带回到了当年那炮火硝烟、枪林弹雨的历史场景之中。指导员杨显德的声音仍如当年那般清晰明亮，仍然保持着一个军队政工干部的亲切与和善，像一位受人敬重的兄长。

接着，老连长曹满庭讲了话，简单回顾了大家共同亲历的那场战争。但他讲话把侧重点放在了战后的四十年，对我和刘家智、柳保山等老兵复员后的拼搏奋斗作了充分的肯定，这给了我们极大的鼓舞。

最后老政委邓党成作专题讲话，他对网上误传的有关我们部队参战时的部分情节和背景作了纠正性的讲解，也说出了许多这40年我们未曾知晓的真相。老政委思路清晰，话语清楚明亮，让我想起了当年在河南巩义383团大院里他作过的那些报告。一位八十多岁的老人，仍然保持着军人姿态和气魄，让我们生出了敬畏之心，也为我们做出了标杆和表率。

这样的纪念大会真是让人热血沸腾，在追忆我们曾经的辉煌，并在追忆中展望未来。这样的纪念大会就好比我们人生道路上的加油站、充电宝，是向未来登程前的动员。随后，话筒转到了与会参战老兵代表的手中，我们各自简要地介绍了分别后的情况，就好比在向家人汇报这四十年的风雨沧桑。张学柱、方登汉、赵文生、李洪探、刘家智、柳保山、尹卓然、周汉平、姜志亮、杨红、崔文彬、陈方林等都发了言。我也拿起话筒简短地介绍了自己的情况。李洪探的笑还是那么特别，让人印象深刻。柏正荣和李守义两位战友的朴实真诚，让所有人感动。刘超英、冯训虎、程广杰三个人的语言风格各不相同，彩色普通话说得南腔北调，余味无穷，让人难以忘怀。

晚餐过后，我们一起涌出广西军区招待所，来到了南宁市的街口，与老政委邓党成、老执政股长潘业贤互道珍重，深情话别。

这是一个湿润清凉的南宁之夜，也是一个激情燃烧的夜晚，这个美好的夜晚所经历过的一切都让我们永世难忘。

四、出游青秀山

抵达南宁的那个日子，是一个阳光灿烂心情愉悦的日子。春夏之交的南宁早已火辣起来，街口吹着热风，地面有些滚烫之感。但南宁的空气湿润，热而不燥，是煮粽子、蒸馒头散发出热量的感觉，如同焖米粥、炖红薯。上午的那个时间空档，三排长方登汉邀我们去游青秀山，他向我们介绍说：“青秀山是南宁的八景之一，山虽不高，可青秀无比，各处景致宛若仙境，不去游上一回，便是枉来南宁。”

三排长方登汉嘴唇稍厚，平时言语不多，也是一个善于观察勤于思考的人，加上满口的牙齿都已全部下岗，说话吐字有些吃力，所以也就尽量含蓄，少费口舌。既然这青秀山在老方的嘴里都能赞不绝口，必是人间仙境，不去瞄上一眼，真怕日后懊悔。于是我便积极响应，邀了刘家智、刘超英、陈方林陪方登汉和卢耀玉夫妇出游青秀山。

青秀山还真是一个不错的去处，景区内有千年苏铁园、兰园、雨林大观、观音禅寺、友谊长廊、青秀山文化书院和东盟友谊园等七处景点。我们一行6人进入景区，望着高高的青秀山，望着山中的那一片热带雨林，我却并没有震撼和惊叹的感觉，因为这山再高水再灵，似乎都无法与我们家乡鄂西南的山水比美，倒是那些设施和雨林中的热带植物让我产生了浓厚兴趣。

山不高而秀，水不深而清，青秀山的景观特色在于南亚热带植物。林木青翠，花繁锦簇，泉清石奇，享有“绿城翡翠，壮乡凤凰”的美誉。且此处位于广西首府南宁的城市中心，邕江水岸，总面积 13.54 平方公里。青秀山历史悠久，也是历代文人墨客抵达南宁之后必到的去处。一千七百多年以来被誉为壮乡名山，拥有千年古寺，百年名塔，古道摩崖，董泉、箫台等丰富的人文景观。拥有见证中国与东盟各国友好往来的友谊园、纪念林和各国首脑的名树林。还有友好城市雕塑园、国树国花园、中泰友谊园等东盟元素的景观景点。拥有世界著名的千年苏铁园和独具特色的雨林大观，还有千姿百态的棕榈园和四季飘香的香花园等精品园林，是中国南方游赏景观植物，体验山地生态风景的最佳胜地。

当我初步了解到青秀山这些文化元素之后，我对有关“山”的概念有所改变，开始觉得咱鄂西南的山再大、谷再深，河水清若琼浆，可那只是山地幽深的景致，植物虽也丰富多彩，有华中药库之称，可名气远不如青秀山这么大。这时，我仅到此一游的想法有了改变，在青秀山门庭前与方登汉夫妇、陈方林、刘超英、刘家智合影之后，我便进入景区之内，决定轻装前行云游青秀山中。

按照线路顺序，我先进了兰园。先不说大石、流水的景致如何新奇灵动，也不讲陪衬兰花的那些热带植物如何娇美，目光却早已被那些亭台楼阁吸引过去，真是雕梁画栋，精美无比。再看那兰花，并不像我们鄂西南大山之中生长的兰花那么枯瘦娇弱，就好比是一种茂盛的水草，长得抽蔸拔节，那金灿灿的兰花也是毫无娇羞之意，在园中开得乱哄哄的。我开始搜肠刮肚，找寻那些描述兰花娇美的词汇：“皎洁无瑕之纯，超凡脱俗之媚，神奇药用之珍，幽远飘逸之香。”可用这“纯、媚、珍、香”都似乎难以言表。眼前的图景真是绚丽多彩超凡脱俗，散发着清香的兰花玉立在缥缈的雨雾之中，构成如梦似幻的仙境，让我体验到了绚丽多姿之艳。走出兰园，已有三分醉意。

再往前行，去了“千年苏铁园”，所谓“苏铁”，其实也就是一种名贵的铁树。“千年苏铁”那是何等的名贵与气派，走进其间，真是眼界大开。这里拥有树龄千年以上的苏铁就有近百棵，千岁“苏铁王”和神秘的“恐龙”，仿佛一下子就把我们带进了“中生代侏罗纪”的时空里。详细了解得知：这里是全中国景观最好、树龄最老、胸径最大、植株最高的苏铁专类园，更是世界闻名、中国第一的顶级苏铁大观园。

要说这千年苏铁就已经甚为古老了，可在青秀山之中还有“观音禅寺”可以把青秀山古老的年限再往前移。“宝相庄严，晨钟暮鼓”的观音禅寺始建于北宋年间，距今已有千年的历史。观音禅寺每日传来的晨钟暮鼓，就好比能够荡涤红尘烦恼的天音，让人的心灵远离喧嚣，归于宁静，是一个净化身心的绝好去处。观音寺外的观景台，给人一种高高在上的感觉，可以极目远眺南宁全城。

青秀山文化书院，是青秀山这个景点的灵魂，是一个高雅宁静的去处，整个书院散发着清新的墨香。其间，殿阁清幽风雅，诗画名作满庭，春秋文章精品，书声余音绕梁。文化书院，由人文艺术作品展示区、春山大讲堂、青秀山生态图书馆和生态园林特色艺术作品展示区组成。院落幽静，灵秀典雅，还不定期开展“青山文化我先行”的主题活动，展出国内外著名书法艺术家的作品数百件。在这里，自然与艺术相融相生，书香墨香怡人，灵气饱满，是文人雅士陶其心智的高雅去处。

从青秀山文化书院里出来，我进到了友谊长廊，顿时眼前一亮，雅怀陡升，心情愉悦到了极致。说是友谊长廊，其实也是一条长长的画廊。据了解，这是广西目前最长的长廊，廊内以广西各族和东盟国家的人文图片展览，渲染出浓厚的民族和异国的文化气息。廊体使用中国传统宫廷建筑风格，使用榫卯结构搭建而成，展露着高超的传统建筑工艺，雕梁画栋随处可见。置身于长廊之中，且走且欣赏，能够让人强烈地感受到广西民俗与东南亚风情的火花碰撞，怡然而自得，让人神灵空泛，超脱凡俗。

再往前行，步入中国-东盟友谊园。这里是见证中国与东盟各国深厚友谊的生态之园，是中国与东盟各国合作交流发展历程的一个缩影。园内设有东盟特色景观林，还有中国罕见的胸径达 3.1 米的佛教圣树——菩提。每年的郁金花展、玫瑰花展，竞相在园中进行，让世界游人流连忘返，是整个青秀山景区之中“锦上添花”的地界。

山不在高，有水则灵。青秀山景区之中的“雨林大观”，是这个景区之中最为灵动的地方，是名副其实的天然氧吧。其间雨雾飘绕，宛若烟波。这里还是奇妙的热带植物王国，让你在惊叹“植物绞杀、板根”现象之余，感受到自然界的生命力量。空气中的负氧离子含量高达每立方米 20000 个，绝对是一个融观赏性、趣味性、科学性和知识性于一体的地质奇观。

我原本不是一个喜欢游山玩水的人，从小对山对水有着畏惧心理。因我自幼生活在山险水横之地，深受大山阻隔之苦，尚有厌恶凶山恶水之情绪。可当我游了这广西南宁的青秀山，才使我对山的认识和态度有了根本改变，慨叹前人总结得不错：山不在高，有水则灵；山不在大，有文化灵魂之山，皆为宝山。我突然想到了一句文言：此山非彼山耳。

我对南宁青秀山有些流连忘返，但无奈时间紧迫，只得速速与方登汉夫妇、刘超英、刘家智、陈方林几个老兵在约定的地点集合，然后搭乘车辆，回到了广西军区招待所。

五、宁明县城的追思

2019 年 5 月 12 日早晨 8 点，我们在广西军区招待所大院内登车，前往中越边境的宁明县，去为对越自卫反击战牺牲的战友们扫墓，这是本次纪念活动的首要任务。

出发前，指导员杨显德在旅游大巴上进行了早点名，我们车上包括军嫂在内一共 39 人，准时准点满员登车。指导员杨显德示意尹卓然、周汉平、邓观容三个人清点了祭祀英烈的香纸和相关物品之后命令司机开车。在车上，老兵们的心情沉重。其实，大家想到宁明去看看已经在那里安息了四十年的战友。可大家又怕去，是怕找不到用什么方式与战友相见，更怕控制不住自己压抑了四十年的思念之情，而倒在战友的墓前。

大巴车在中越边境的高速路上奔驰着，让老兵们想起了 1978 年 12 月离开中原大地朝南线集结时的情形，车轮滚滚，气势如虹，耳边响彻着“再见吧！妈妈！”的乐章，还有那“血染的风采”。一路路一队队满载着兵员和装备的车辆轰鸣着，在边境卷起滚滚烟尘。在总攻前的几个日子，各参战部队接到命令，各自按照地图上标注的箭头到达指定位置，注视着，等待着总攻的信号弹升空。1979 年 2 月 17 日，是一个极其难忘的日子。这个日子在老兵们心目之中，比自己的生日都重要许多。

宁明，在老兵们心里是一个特殊的坐标，当年集结到这个县城时还真是雄赳赳、气昂昂，所有军车炮车全部罩上了军绿色伪装网，全部荷枪实弹，全副武装。当时宁明县城更是一片军绿色的海洋，沿河两岸坪坝里，全部集结着部队。军车、跑车、后勤保障车、通信车，还有指挥车都是整装待发。坦克和装甲车没有进入宁明县城，全部集结在了边境的村庄。

然而，当部队开赴前线经历了炮火硝烟的生死 18 天之后，参战部队有序撤回爱店、友谊关边境，宁明县城又是凯旋后的集结地。而这时却是另外一番情景，所有撤下来的人，已经没有一件干净衣裳，个个筋疲力尽，整个宁明县城成了一张大床，从高度紧张状态中松弛下来的官兵们抱着枪就地而眠。打得遍体鳞伤的军车炮车也糊得不成样子，野战医院里躺满了伤兵，从前线抢运回来的烈士遗体也摆放了一大片。那惨烈无比的情景，向人们昭示着战争的残酷，昭示着和平是多么的重要。

走进宁明烈士陵园，我的心被强烈地震撼了，战后 40 年，我们这些老兵都是第一次进入这个陵园。王中林连长首先站在纪念碑前发出了列队的口令，我们整齐地面向烈士纪念碑敬礼、默哀，然后敬献花圈，烧香烧纸，按照民族习俗怀念战友。当我们按照事先设计好的方案，举行完仪式之后，绕纪念碑一周，然后进入到了纪念碑后面的墓园里。墓园一共分为四区，就好比列队的官兵，整齐地排成了方队，凝聚起了永恒的军魂，在接受党和人民的检阅。

我眼含着热泪，拍下了一区、二区、三区、四区安放烈士的名单。一区安放烈士 249 名，二区安放烈士 249 名，一、二区以中间的走廊为界，两边整齐安放，横、直、斜都是一条直线。每位烈士的名字都镌刻在粉红色的大理石之上。右边上角是每一位烈士生前穿着军装的照片，青石板铺成的墓园里庄严肃穆，有一股浩然正气。每一位烈士墓前都有一棵翠柏，支起了一片生命的绿影。

三区和四区墓园要上五步青石铺成的台阶，四周围墙肃立，廊道庄严肃穆、宽敞，仍以中间廊道为界，左为三区，安放烈士 140 名；右为四区，安放烈士 150 名。三、四区墓园之中共安放烈士 290 名。四个墓园区域内总共安放烈士 788 名。据陵园中的标牌显示，安放在此的 788 名烈士当中，年纪最小的只有 17 岁，年纪最大的也才 27 岁。这些年轻的生命都是为了捍卫国家和民族的尊严而献身的英雄。

突然，一区的墓园之中传出号哭之声，我含着眼泪奔跑了过去，只见参战老兵冯训虎正扑在冯爵玉烈士的墓碑上痛哭着。他的妻子见老冯这样，也在伤心泣哭，老冯已是撕心裂肺。我被眼前的情景震撼了，冯训虎穿着一身白色的衣衫，在墓前打滚，真是悲痛欲绝。烈士冯爵玉，当年是与冯训虎同年同月同日来到军营，又一路南下集结后上了前线，结果从战场上撤下来的时候，冯爵玉却怎么也找不到了，然后就被安放在了这里，一躺就是 40 年。今日，老兵冯训虎算是找着老战友了，可是阴阳两隔，难以言状。

冯训虎身材魁梧高大，肩宽体健，是一名训练有素的军人，在战场上真如一只猛虎。我与老冯见面之后多次合影，我非常喜欢他那粗放勇猛的模样，留下了许多精彩瞬间。我们在一起回顾历史，也在一起畅想未来，一同追思烈士，一同敬畏英雄，彼此之间没有界线。在我眼里，冯训虎就是那种所向无敌的英雄，在他的骨子里有一种强大的力量，我们都十分珍视那块“参战老兵”的胸牌，将其视为荣耀，因为它代表着一个“参战老兵”的尊严。

可是，就是这样一位彪形大汉，就是这样一只战场上的猛虎，在他的内心之中却珍藏着对战友的无限深情，这是血与火锻造成的情怀，这是生与死浇铸起的忠诚。在我们怀着追思之意、敬畏之心纪念牺牲烈士的时刻，同样也应该向曹满庭、杨显德、吕圣文、李洪探、赵文生、王中林、方登汉、冯训虎、姜志亮、高健、杨红、陈方林、柏正荣、李守义、刘超英等这些活着的英雄致敬。

紧接着，我看到曹满庭、杨显德、方登汉、王中林、李洪探等一大批老兵在陵园中找到了当年与自己一起冲锋、一起蹲猫儿洞挖战壕、啃压缩饼干，一起经历生死血战的老乡和战友，个个泪流满面，放声痛哭。他们的内心被撕裂着，他们的灵魂被净化着。各位军嫂用羸弱的身子搀扶着这些老兵，与他们共同经受着灵魂的洗礼。眼前的一切都在向我们诠释着什么是军人的血性与情怀……

从墓园中出来，所有老兵脸面上都有着明显的泪痕。当我们结束了这次纪念活动，参观了宁明烈士陵园陈列馆出来，坐在廊道上休息时，老兵邓观容用一口广东话，给我们讲述了一位战友牺牲时的情景：那天阵地前沿下着大雨，山道泥泞湿滑，邓观容奉命送炮弹上山，当他途经兄弟连队的伏击区时，亲眼看到一位新战士中弹倒下，一发子弹从右耳门的后面打进去又从左耳后边钻出来，中弹战士伸出舌头扑倒在泥泞之中。就在这名战士倒下的当儿，敌人的子弹从邓观容的耳边嗖嗖飞过。邓观容从牺牲战友身上取下冲锋枪背着，继续送炮弹去了。夜晚，阵地前伸手不见五指，他领着那位牺牲战友的战友，前去寻找那位烈士的遗体，并把他抬了下来……

乘车离开宁明烈士陵园的时候，我在想着这样一个问题：作为军人，永远要做国家的脊骨，民族的脊梁。与那些在战火中倒下为国捐躯的烈士们相比，我们还有什么怨言？还有什么心气不顺？还有什么困难不能克服？至今为止，我们起码比他们多活了 40 年，享受着阳光，享受着亲情，享受着食物的美味……作为老兵，我们永远要向英雄看齐，始终拼搏奋斗，这才是英雄本色，这才值得敬重！

回到宁明县城的街口，我的心情终于释然。战后的 40 年，无论我们经历过怎样的艰难曲折，无论我们饱受过什么样的风雨沧桑，屈辱凄凉也好，享受荣光也好，与长眠于此的烈士们相比，我们都是活得无比幸福的人。

站在这片曾经踏上征程的故地，我与战友柳保山、刘家智、程广杰 4 人在宁明县城街口留下了一张特写的照片，作为 40 年后活着相聚的纪念。

六、前往爱店口岸

爱店是广西通往越南的一个出境口岸，这里地势险要，地貌奇特。当年我们部队就是从爱店口岸进入越南地界。说这里地貌奇特是因为边境上有两座公母山，以爱店为界，中国境内有一座公母山，越南境内也有一座公母山。

2019 年 5 月 12 日下午 1 点，我们从宁明县城吃了午饭之后登车出发，南行 40 里，到达了爱店口岸。在车上，我反复在看一段视频，就是在南宁广西军区招待所召开纪念大会时，指导员杨显德所作的主题报告，他的声音清晰明亮，充满深情："今天我们在南疆，共同纪念对越作战胜利40周年，在一起祭奠牺牲的战友，再叙战友之情。"

"这些年战友们天各一方，相互思念心相连，相互间的联系和各种形式的聚会，日渐增多，战友之情没有因为时光流逝而淡化，也没有因为相隔距离遥远而减弱，反而似陈年老酒，越陈越香，战友情谊更深，更浓。

"战友是没有血亲的亲人，已成为我们生命中时常牵挂、惦记、难以割舍的亲人。

"40年前的1978年12月，团直82炮连因部队扩编而组建。在团首长的率领下，部队从中原挥师南下。82炮连驻扎在扶绥县渠黎公社笆邦村，开展临战训练。训练不分白天黑夜，晴天雨天。战友们晴天一身汗，雨天一身泥，经过一个多月高强度的磨炼，脸晒黑了，体变瘦了，但人更精神了，个人的战术技术和体能有了明显的提高和增强，为完成作战任务打下了坚实的基础。

"1979年2月17日，对越自卫反击战打响，我们连在383团的编成内担负广州军区前线指挥部的预备队，随时准备机动作战。部队几次更迭机动至宁明双龙、长桥、思乐等地待命。战后，回撤至邕宁刘圩休整，南疆边陲留下了我们青春的脚步。

"2月26日，383团奉命出国对越作战。我们三个排分别配属到三个营，一排到一营，二排到二营，三排到三营，司机班配属到后勤，担负后勤保障勤务。全连战友在爱店附近，在祖国边境匆匆吃完出征前的最后一顿晚餐，战友们互道珍重，相约胜利凯旋时，我们再重逢。深夜，我们3个排分别随同各营跨过边界进入越南，开始了我们对越作战的生命历程。

"三个排随同各营对越作战，各排分别参加了长条山遭遇战，石及命、旦加班朱、砂尧、班绢攻坚战，穿插公母山，强渡奇穷河，班岗掏心战，520高地，390高地，巴当山防御战，龙头无名高地，612高地阻击战等战斗。圆满完成了对越作战任务，全连荣立集体三等功，一班荣立集体二等功，三个班荣立集体三等功，30多人荣立个人三等功。吕圣文同志荣立个人一等功，并火线提拔为副连长。一大批同志受到表彰和奖励。

"枪林弹雨方显军人本色，生死瞬间锻铸英雄豪杰。出境作战的18个腥风血雨的日日夜夜，全连战友历经生死，服从命令听指挥，不辱使命，英勇顽强，浴血奋战践行誓言，圆满完成了上级下达的作战任务。

“战场上，战友们团结一致，相互帮扶，协同配合，经历了战场的残酷和惨烈的战斗，克服了战区气候多变、地形复杂带来的艰难困苦，战胜了干渴饥饿和寒冷的严酷折磨，承受了伴随炮兵装备重，行动不便带来的极度劳累。

“战斗中，战友们机智勇敢，根据地形灵活果断地采用肩扛简易发射，及时准确命中摧毁敌人的火力发射点，为战斗胜利提供了强有力的火力支援。

“在战斗中，战友们采取发射即转移，不断变换发射位置，克服了火炮射击火光大、目标明显易遭敌人火力打击的劣势，多次躲过敌人疯狂火力的报复，消灭了敌人，保全了自己。值得大家欣慰的是，全连除十位战友不同程度的负伤外，全连战友全部活着返回祖国。把同志们安全带出去，完成作战任务，把战友们活着带回来，是我们全连干部的职责和愿望，在全连战友们的共同努力下，我们的愿望达成了，战友们全部活着回来了，我们连队没有牺牲一个同志。但与我们一同出生入死，浴血奋战，英勇拼杀的其他兄弟连队，有我们认识或不认识的战友，他们壮烈牺牲在战场，长眠在南疆，他们同样是我们的战友兄弟。40 年了，这次我们连队干部基本到齐，我们要以连队集体的名义，带领大家来祭奠他们。为英烈们鞠个躬，上炷香，告慰英烈。

“沧桑巨变，昔日的战场硝烟早已散尽，和平的阳光洒满大地。回首往事，是全体参战官兵浴血奋战，才取得了那场战争的胜利，共和国的旗帜上有我们血染的风采。日月穿梭，岁月无情，当年我们风华正茂，青春年华。如今已是两鬓斑白，满脸风霜。时光岁月在变，但不变的是我们在军营里、在战场上结下的深厚战友情谊，它与日月同在，似江河奔流……”

指导员杨显德在讲话中所说的“穿插公母山”，就是出爱店口岸之后面对的那座高山。越南境内的公母山地势险要，一上一下约莫 40 公里，可热带的桉树林中植被丰富，藤蔓缠绕，蚂蟥毒蛇遍地。边境湿气太重，坪处和洼塘多为乱泥糊，爬行十分艰难。加之，我们部队是炮兵，火炮弹药都是重载。因此，穿插公母山，部队经受了严峻的考验。

爱店口岸戒备森严，早已不是 40 年前的模样。我们下车进入口岸时，已经感受到了异国他乡吹来的湿风，边境集镇上所有房屋面墙之上插满了中国国旗。放眼望去，越南边境集镇上的房屋面墙之上也是一色挂着越南的国旗，尽管风相通，门相对，鸡犬之声相闻，但货不能私通，互通有无时必须履行严格的通关手续。

当我们这一群穿着中国军服、戴着“参战老兵”胸牌的老兵进入口岸时，中国守军的年轻战士未加盘问就把我们放了进去，还向我们投以敬畏的目光。但是穿着便装的两个老兵和一群军嫂却被拦了下来，对其身份和证件进行了严格的审查。

进入爱店口岸的老兵，不约而同地涌向“中国1224号界碑”，中越边境以此为界。为了这些界碑，中国军人付出了多少鲜血和生命。就在我们手抚界碑，面向祖国集体留影时，一片枯叶飘落下来歇在了我的手上。我深情地拾起这片枯叶放在手心时，立刻想起了民族英雄陈连升站在沙角炮台后山的岗亭上，手捧一片枯叶时所说过的那句话：“我手上的这片树叶，和我脚下的这片土地，都是我们自己的东西，岂能由外人践踏!”是的，英雄的话语表达出了我们这些老兵的心声：我们愿做国家的脊骨，民族的脊梁！只要祖国召唤，我们随时都会挺身而出！即使再过40年，我们无法完成穿插、阻击任务时，我们的子孙后代也会自告奋勇，毅然决然地穿上军装挺身而出。因为我们都是炎黄子孙中华儿女，我们都有一腔忠诚的热血！

老兵们那异常兴奋的表情慢慢平静一些之后，那公母山的记忆一定还会拿出来议一议的。我跟在老连长曹满庭身后来到国界线上，他重重地叹了一声长气说：“早如果有现在这般太平，也就不必打这一仗了。不过这场自卫反击战打得好，打得值。如果不打，越南当局就找不到利害祸福，改革开放40年也就没有那么安静。对越自卫反击战的全面胜利，给改革开放赢得了时间，赢得了和平的发展环境，值了!”老连长曹满庭一边感叹着一边往前走，一群老兵也跟了过来，似乎是在追寻40年前的一些信息。

王中林跟上来说：“这下好了，国内的公母山不用再爬了，修筑跨国高速公路时已经打通了隧道，可以直达爱店口岸，不用再绕那么大一个圈子了。”一边说着，老兵们就准备跨过去看看越南公母山下是不是也开通隧道了。曹连长在前面没走多远，就被几个守关的越南士兵拦了下来。姜志亮在背后低声说：“缴枪不杀!”指导员杨显德一把拉住姜志亮严肃地说：“这样的国际玩笑可就真的开不得！我们千万不能闯出祸来，给国家添乱啰！”听了指导员这话，我们连忙看了各自的脚下，退到了铁板国界线之内。

望着铁板国界线上的“中国”二字，我们的底气十足，心里坦然。我的耳边响起了伟大领袖毛主席的一句诗：“军民团结如一人，试看天下谁能敌。”毛主席这种气魄，正是中国人民永远的底气。

跟在曹满庭身后的一群老兵退回到了爱店口岸前沿的坪坝里，大家合影留念。最后听到三排长方登汉大声喊道：“三排的同志，我们一起合个影吧！”三排的都站了出来，我仔细一看，这次参加纪念大会的代表就数三排居多。接着杨显德把我和刘家智、柳保山、程广杰拉了过去，要我们四个和连队的全体干部合个影。合完影解散的时候，老兵刘家智低声在我耳边嘀咕道：“我们几个如果不提前复员回家，在部队混个连长营长的也是个玩意儿事！”我点点头，望着战友刘家智自信地说：“那倒也是！我们几个当时就是部队的精英。”程广杰好像听到了我和刘家智的话音，在那儿咋呼起来：“你两个如果不走，在部队弄个营长教导员啥问题没有。宋福祥当年在部队多利索的一个孩儿！”柳保山言语不多，他嘿嘿地笑着望着程广杰说：“你程广杰如果提干，顶多就是一个司务长，买菜做饭你在行，别的事儿你是个乱弹琴！”程广杰脸一红笑着说：“咱没文化，不像刘家智和宋福祥，一肚子水平！”

老兵们三三两两聚在一起，南腔北调，在各自回顾40年前的那天夜里穿插公母山时的情形，个中的艰难险阻仍然历历在目。

离开爱店口岸的时候，老兵们心中感慨万千，40年后能够再来爱店故地重游实属不易。但大家心知肚明，再过40年，还能再来爱店故地重游的恐怕所剩无几。但愿边境的和平景象永远持续下去，不再发生战火，让和平的阳光永远照耀世界大地，惠及我们的子孙后代。

车辆开动的时候，77岁的曹满庭一脸凝重，仍然扭头望着越南的公母山。他的眼里闪着泪光，心里大概在说：“公母山是我们曾经共同经历过生死的地方，未必今生还能再见！”

七、夜宿中越边境凭祥

凭祥市是中国南疆的一座边城，也是越南边民自由渗透最多的一座城市，夜间的走私活动较为突出。下车之前领队给我们宣布的纪律是：晚上 9 点钟之后不准外出，是怕惹上祸端；晚上 9 点钟之前外出也必须有 5 人同行。我突然感觉到了，虽然战火硝烟已经停止，但边境还是边境，不同的国度就有不同的法度。尤其是我们这些胸前别着“参战老兵”胸牌的人物就更引人注目了，进入凭祥这座边城，安全便是第一位的重大事情。

下车之后，我认真观察了凭祥城里的情形，街道还算清爽。等我们进到宾馆住下，再推窗一看，我一下子就愣住了：凭祥城里是一片国旗的海洋，每道街巷的两旁都是一条红杠，迎风招展，威风猎猎。我禁不住问自己：这就是边境的特色吗？这就是边境的标志吗？等我长舒了一口气息之后，又有了一个重大的发现，凭祥市里所有房屋都没有超过四层，一个疑问跃上了我的心头，这种规划设计又是出于什么样的考虑？

记得下车之前领队还曾告诉我们：6 点钟准时晚餐，用餐地点离我们住宿的宾馆 350 米，出宾馆大门右转直行。对于这些训练有素的参战老兵来说，领队发出的这些指令都是无需重复的，方位和距离都已经报告得很清楚，餐厅就是我们前往的下一个目标。

在这次整个行程之中，我与老兵刘家智都是同住一个房间，在凭祥也不例外。负责这次后勤保障的司务长对我和刘家智也算特别照顾，每回给我俩安排的房间都是临街临江临景，没有怠慢过我们。就在我记录笔记的时刻，刘家智抓紧时间搓衣洗澡，总是把自己梳理得整整齐齐，干干净净。我也还算勤快，做完笔记之后一会儿工夫，也就洗澡搓衣挂在了窗前。接着刘家智又从背包里取出昨天晚上洗的衣服抖出来挂上，听他惊叫了一声：“拐了，昨天洗的衣服没干，早上收了装在包里背了一天，臭了！”我也连忙散开昨天洗的那套衣服，结果症状一样，臭了！南疆的湿气很大，洗好的衣服没有三天是不会干的。记得在前线打仗的那段时间，官兵们的腋窝和裆部全部红了，先是红痒刺疼起湿疹，最后腐烂裂口，很不舒服。本次南疆之行的每一个生活细节，都能让我们回忆起四十年前的那些生活点滴，一切都仿佛就在昨天。

到了中越边境之后，很多老兵都想兑换一些越币带回去做个纪念。实际上我也萌生了这种想法，便与战友刘家智说起，他对兑换越币的事情不感兴趣，还鼓起眼睛说："兑换那玩意儿干吗呀？又没有什么用处！"我瞪了刘家智一眼，心里骂道："你呀！除了对酒感兴趣之外，好像对别的东西都不是那么感兴趣哩！"我知道，即使我把这句话骂出声来，刘家智也不会生气，战友之间就那样，喜欢逞能摆谱，也喜欢高声大嗓，但打断骨头连着筋，心里没有什么隔阂。

快要开餐的时候，我叫刘家智拿好房卡出去吃饭，然后一路出来在大厅与高健、刘超英、姜志亮会了合。在向右行进的那条大街上，我就看见了兑换越币的牌子，心想吃了晚饭出来，我是无论如何要做一笔交易的。刘超英去街上到处找酒，看来他又要逮上半斤了。让我感到不解的是，刘家智这回倒是安静了，没有到处去跟着找酒，是不想喝了呢，还是怕我骂出声来，也不得而知。

这间餐厅很大，我们一车 39 人坐 4 桌，只占了一点边角。不一会儿几十桌就都坐得满满的，而且全是清一色的老兵。我心里在想：让老兵们这么一抬举，广西中越边境的旅游就算是火了，40 年前的那场战争给边境民众带来了灾难，现在也算是抚慰创伤的时候了。战后 40 年，广西南疆发展速度很快，基础设施建设也搞得特别好，现在是发旅游财的时候了。

晚饭之后，我在街上那个门店里换了一叠越币揣在了身上，没与战友刘家智说起。有关凭祥城里房屋建筑楼层不高的问题，我也找到了答案：那是因为凭祥正处于中越边境的前沿，又正处在军用航线的坐标之上，出于边防建设的考虑，所以规定建房时只能在这个高度之内。

在凭祥住宿的这个夜晚收获很大，了解到了许多越南的国情。一个类型是越南贩卖过来的物品，有橡胶拖鞋、膏药、红木佛珠、红木摆件和家具等。第二个类型是由于多年战争，越南男性在战场上牺牲太多，造成了男女比例严重失调。

也许是相隔 40 年再来南疆的缘故吧，身份变了，看问题的角度也就变了，所以一切都充满了新奇，异域的风情，异国的民俗，对于我来说都有着浓厚的兴趣。我本来是想深入凭祥，更加深入地了解一些情况，但出于安全考虑，便没有独行。

约莫 8 点半钟，我和家智回到了房间，见他脱衣睡下，我便问他：“你今日怎么不喝酒?”家智叹了一声长气说：“超英那小子今日没邀我，我可不能追着赶着跟他去喝，那样有失体面。”我接着逗他说：“那你今晚恐怕睡不安稳，鼾声恐怕也就没有往常那么恐怖了!”刘家智机敏地瞪了我一眼，晓得我是在损他，就在那里冷不丁地掷出一句话来：“你扯淡！我的鼾声和屁声加起来也没得你的鼾大！你那鼾声不是恐怖，而是极其恐怖!”我知道家智兄的心里今天怨着刘超英，很不舒坦，也就扯开话题问他：“你买不买点越南的东西带回去呀?”家智兄平静地说；“买是要买一点，但不想买得太多。”

我们就这么闲聊了一会儿之后，时间不知不觉就到了 9 点多，突然传来 3 声枪响。我和家智都是一惊，相互对望了一眼，同时发问：“哪儿来的枪声?”待我们仔细再听时，便没有再响了。家智兄判断说：“可能是边防部队防止走私鸣枪示警，也可能是有人偷越边境，鸣枪警告。”我点头嗯啊了一声，以示赞同。

那一夜，我们躺在边境凭祥和平的环境里，脑海里却翻腾着 40 年前那硝烟战火的场景。我似乎突然明白了一个道理，战争往往就是和平的前奏，打得赢才有权力享受和平。还是毛主席说的那句话：“没有一个人民的军队，便没有人民的一切。”

八、崇左城里寻左江

2019 年 5 月 13 日，我们行动的目标是去友谊关和通灵大峡谷。但车子驶入高速公路行进很长一段时间之后，绕进了一座名叫“崇左”的城市，我们在那个服务站稍作休息。当我注视着标示牌上的“崇左”二字时，突然想起一件事情来。

记得 2015 年 3 月，我们前去广东东莞虎门，详细了解鸦片战争中的民族英雄陈连升从军 47 年的人生旅程时，其中就有一站是在广西左江镇任都司。当年中国近代史上第一位民族英雄陈连升将军，是从鄂西北保康守备营，守备将军任上领兵前来左江镇出任都司之职的。我被“崇左”之中的“左字”所吸引，这个“左”字与“左江镇”有什么内在的联系吗？

当年，陈连升将军奉命从保康营，调往左江镇出任都司将军的主要任务是扼制瑶民闹事。但我认为，调陈连升将军驻守左江并非一个单一的任务，如果左江镇真在崇左的地界之内，那么崇左离中国九大边关之一的友谊关只有 40 里，也就可以判定，陈连升的主要任务还是驻守边关。

崇左市是中国通往东盟最便捷的陆路大通道，是中越西部一圈和南宁–新加坡经济走廊的重要节点城市，广西北部湾经济区的城市之一，设有国家一类口岸三个，二类口岸四个，边民互市点 13 个，也是中国边境口岸最多的城市。

崇左市城市大致呈西北及西南略高，向东倾斜，地处北回归线以南，属亚热带季风气候区，有丰富的物产资源，被誉为中国糖都和锰都，是中国最大的甘蔗种植、蔗糖生产基地，境内居住着 28 个民族。

崇左为壮族先民骆越民族聚居之地。战国时期，岭南称为百越之地，崇左属百越的一部分，历史悠久，文化底蕴丰厚。

经过一番找寻，崇左市中确有一条名叫左江的河流穿过。崇左是一个地级市，在崇左市下辖的行政区划之中确有一个名叫“左江镇”的乡镇。

左江，是西江水系上游支流郁江的最大支流，古代称之为介南水、介员水，发源于越南与中国广西交界的枯隆山。左江上游在越南境内称之为“奇穷河”，又叫黎溪，于凭祥市边境平而关进入中国境内后称为平而河。流至龙州县城有支流水口河汇入，以下河段便称为左江。东流至龙州县上金，有明江汇入。龙州至上金段又称丽江。流经驮怀村与崇江市江州区交界处，又有黑水。

左江的风景很美，一年四季绿水清波，鱼游浅底，两岸风光无限美好。想当年陈连升将军驻扎在此也还舒适安逸，不过边关战事时常吃紧，内疆也有暴乱需平，不然朝廷绝对不会千里迢迢调陈连升将军领兵前来。到这时，一个新的问题又浮现在了我的脑海里，这次参加对越自卫反击战胜利 40 周年纪念大会，鄂西北保康就来了 2 个参战老兵。柏正荣和李守义就是从保康到襄阳，再从襄阳坐绿皮特快列车来的广西南宁，从襄阳到南宁就坐了 27 个小时。用这个实例来推理，陈连升将军当年是人背马驮，从湖北保康调防来到广西左江要经历多少艰辛？如果不是因为这个地方特别重要，朝廷随便从江浙福建一带调一个将军前来镇守左江即可，为何还要千里迢迢调陈连升将军到任？可见陈连升将军在这个时期不仅已经进入朝廷的视线，而且为朝廷所器重。

寻找陈连升将军的点滴信息，也是我此次南下的目标之一，在《陈连升传》一书的创作过程中，几乎是把“左江镇都司”和“连阳营游击”这接近十年的时间一笔带过，苦于没有寻找到准确的历史资料。但是可以肯定，陈连升将军在驻守左江出任都司军职期间，以及调任广东连阳营游击将军期间，这样一员猛将，朝廷绝对不会让他去过清闲安逸的舒适日子。

从湖北保康调防广西左江镇这是一个长途奔袭。我们可以假设一下：按照特快列车每走一小时，战马轻装疾行一天的比例来算，陈连升将军也要27天才能到达南宁，更何况还领着兵带着武器装备。而且所有的部队并非全是骑兵，以步兵带着行装后的脚头子，陈将军的队伍没有三个月到不了广西南宁。别忘了，南宁到左江也还路途遥远。

当然，凭着近几年追寻陈连升将军足迹的经验，只要能够找到这个地方，就一定能够寻找到更多的信息。想到这一层，我便产生了单独行动前去左江镇的想法，便去与指导员杨显德商量，他的回答很干脆：“那可不行！我们的这次行动是军事化管理，必须统一行动，以确保每一位老兵的安全是首要任务。你一个人单独去崇左，出了安全问题谁来负责？”杨显德说得很严肃，我转念一想，觉得也是这么个理，也就不再提起这个事。而心里却在想：深入崇左左江一带，了解陈连升将军驻军情况的事，就只有另找机会再来了。

正在这时，领队通知我们登车继续前进，我把手里的半截烟头丢进垃圾箱里，然后跟在几个老兵身后登了车。炽热的阳光照着高速路口这个叫“崇左”的服务站，我望着高速路上那块指向“崇左”的绿色标牌依依不舍。脑子里仍然思考着陈连升将军当年在崇左驻守边关时的许多假设，像一团乱麻，也不知何时能够将其理顺。

车辆在高速路上快速奔驰，我拿起手机突然想起了一个办法，如果能够托人找到一本《崇左市志》，或者是从前的《崇左县志》，也就什么谜团都解开了。我立刻打开微信给住在南宁市的老首长潘业贤主任发了个信息，说明了我的意图。老首长潘业贤不一会儿就回了信息过来，表示迅速着手托人去找这本志书，支持我的文学创作。我顿时大喜，回了一声“谢谢”。看来有句话还真是不假：天下只要有战友的地方，就什么事都不再犯难了。

九、友谊关前话当年

记得在读中学的时候，有一篇描写长城的历史课文里有这样一句话：“东起山海关，西至嘉峪关，全长一万八千里。”山海关和嘉峪关是我们最早接触到的中国九大雄关之中的两道雄关。其余的居庸关、紫荆关、娘子关、潼关、平型关、雁门关、友谊关这七大雄关是后来才得以知晓的。而今天正向我们这些参战老兵迎面扑来的，便是九大雄关之中位居第二的友谊关。

友谊关位于广西壮族自治区的凭祥市，旧称镇南关，关楼高 22 米，底层是厚实的城墙，中间是圆拱顶城门，非常雄伟壮观，因此享有“天下第二关”的美誉，是中国进入越南的陆上通道。

友谊关始建于明代洪武年间。1882 年，法国侵略军进犯越南北宁、谅山等地，并以武力威胁中国，清政府不得不对法国宣战。1885 年初，法国增派援军，步步逼近镇南关，清军前线统师潘鼎新望风而逃。2 月 23 日，法国侵略军进攻镇南关，清军将领杨玉科率部依托悬崖峭壁英勇抗击，但在侵略军的优势火力之下，清军伤亡惨重。当天下午 5 时许，镇南关陷落，法国侵略军疯狂扑了上来，炸毁了镇南关，并在废墟之上立起用中文写着“广西门户已不再存在了”的木柱子，对中国进行武装挑衅。在这紧要关头，我边境各族民众纷纷拿起武器，主动配合抗法名将苏元春的部队与法国侵略军开展激战。收复镇南关后，义愤填膺的边关军民拆毁了这根耻辱柱，并树起了一根写着“我们将用法国侵略者的头颅重建我们的门户”的长柱子，以表示坚决抵抗外国侵略者的决心。

1885 年 3 月 23 日，法军兵分三路，再次大举进犯镇南关，直逼关前隘。当侵略军像饿狼一般扑向城墙时，冯子材抓住战机，命令所部冲出城墙。这位七十高龄的老将，“帕首短衣草履，手持倭刀，亲率大刀队，大呼一声跃出墙外，其子相华，相荣随之跃出”。全军将士像决堤的洪流涌出城墙，势不可挡。一时间，枪炮声停息，硝烟飘散，金属碰击的声音和搏斗吆喝之声响彻云霄。在苏元春、王孝祺、陈嘉等将领的配合下，经过两天顽强激战，一举歼敌 1700 余名，生擒侵略军数百人，缴获了一大批枪炮弹药。

1885 年 3 月 25 日，冯子材下令反攻，并指挥各军乘胜追击，法军统师尼格里被击成重伤，另两位法军高级将领被生擒。镇南关大捷扭转了整个中法战局，是中国近代史上抵抗外来侵略所取得的一次伟大胜利。它沉重地打击了法国侵略者的嚣张气焰，迫使法国茹费理内阁倒台。但是，昏聩、懦弱的清政府，却把胜利的果实拱手让给了法国人，签订了《巴黎停战协议》及《中法和约》，又称《天津和约》，给中法战争中的“镇南关大捷”写下了耻辱的一页。

1907 年 12 月 1 日，伟大的民主革命先行者孙中山先生亲自领导的镇南关起义，在金鸡山镇北炮台打响，经过与清军七昼夜血战，终因弹尽粮绝而被迫撤退。这次起义虽然以失败而告终，但打击了腐朽、没落的清政府的统治。

1939 年 12 月 20 日，侵华日军占领镇南关，烧毁关楼，将拓印的“镇南关”三个大字寄奉日本天皇请功。之后又劫走“南疆重镇”石刻横额，镇南关再一次遭受侵略者的践踏。1945 年 8 月 15 日，中美英法人民经过艰苦卓绝的英勇斗争，取得反法西斯战争的伟大胜利。镇南关历次的反侵略武装斗争证明了一点，中华民族是不屈不挠的英雄民族。

1949 年 10 月 1 日，中华人民共和国成立了。12 月 11 日下午 6 时 30 分，在这座古老的关楼上，升起了中国人民解放军“八一”军旗，标志着广西全境解放。

新中国成立初期，在城门上建一层楼阁，琉璃瓦顶，檐廊木柱，四周有棂窗。1957 年广西壮族自治区政府拨款重修关楼。

1965 年，改建成拱式城门和三层楼，高 22 米，底层为石砌隧道型拱城门，公路从城门通过，城墙厚实，齿形城垛，两边石栏杆雕刻精细，门窗构图精美。城门上“友谊关”三个大字为陈毅元帅墨迹，字体浑厚，苍劲有力。如今这里还留有中法战争古战场、大清国万人坟等战迹遗址。

新中国成立后，友谊关成为中国与越南进行政治、经济、文化交流的一个重要通道。20 世纪 60 年代中期至 70 年代末，我国援助越南人民抵抗外来侵略的物资从这里源源不断地运往越南……

40 年前在对越自卫反击战时，我们部队进入越南走的是爱店公母山，不曾到过友谊关。可当我从“友谊关”的历史中，了解到当年我们的国家百废待兴，也面临许多困难时，还源源不断地将援越的物资从友谊关运往越南。难怪在战场上越南兵的供给物资和武器弹药都是中国制造。当我们看到这些情形的时候，老兵们心中就不免有些气愤，这越南人拿着中国的武器弹药，吃着中国援越的大米来挑衅中国边境。就这一点已经足以让我们这些对越自卫反击战的参战老兵心安理得，理直气壮。

当我们乘坐的大巴车下了高速路慢行一段路程，进入友谊关后的停车场。领队大声告诉我们：“友谊关到了，给大家两个小时的时间，大家尽情地游玩，两个小时之后准时登车离开!”

进入友谊关第一道边防哨卡，使我感受到了一个参战老兵的荣耀。这里也和爱店口岸一样，看到我们这些穿着军服的老兵，只点了个数就纵队把我们放进了关隘，仅有几名身着便装的老兵和军嫂掏出证件一一查验。当我们走了几十米的上坡柏油路，进入友谊关高大的拱门，来到那一片开阔的坪坝回望关楼时，发现友谊关高高耸起，雄伟壮观，城墙古朴肃穆，亭台翘角如同伸向边关的手臂，整个关楼就好像一个满脸沧桑的老兵，棂窗如眼，在辨别入关者的忠奸。边关之上猎猎风声似是沧桑老兵的怒吼：“朋友来了有好酒，若是那豺狼来了，对付你的就只有钢枪……”

过了中国边防哨卡，所有参战老兵都在快速前进，就好比当年要去抢占高地一般，很快进入到中越边境线上中间如同广场一般的坪坝里，一条好比钢轨一样的界线铺在水泥地里闪着光亮，“中国”二字格外醒目耀眼。参战老兵们时而成群结队，时而三三两两，在友谊关的关楼前留了影，在友谊关口岸前留了影，看得出参战老兵们心胸里有一种胜利者的豪情。

当我走到友谊关左边“1117 号中国界碑”时，一群越南参战老兵也是拖家带口地上来了。这块界碑也是以中间为线，我们这半是中国，背面那边就是越南。第一拨越南老兵退下去之后，我独自站在“1117 号中国界碑”的基座上要刘家智给我拍照留影，战友家智还给我拍了两个特写。我第一时间把这张照片发给我的女儿宋静，要她留存，并告诉宋静这张照片的重要意义。

在离开中越边境，一步一步往友谊关靠近的时刻，一棵粗大的木棉树映入了我的眼帘，我突然想起法国侵略军攻陷镇南关时立下的那根木柱。而这棵高大粗实的木棉树就像是中国军民打败法国侵略军，夺回镇南关之后，立起来的那根上书“我们将用法国侵略者的头颅重建我们的门户”的木柱。虽然那句刻写在木柱之上的话，已经铭刻在了边境军民的心壁之上，但友谊关内这棵粗实高大的木棉树，是一棵警示侵略者的生命之树，是永远立在边关的木柱。它像一条竖着的河，又像一个大写的惊叹号。

我特地为这棵木棉树拍了一张照片，并亲手抚摸着这棵木棉树粗壮的树干，想象着它开满红花时的样子，感受着它生命的力量，它像一位忠于职守的哨兵，永远镇守在边关。我知道，很多与我同行的参战老兵并不理解我此时此刻的心情，很难懂得边关这棵树，在我心里意味着什么。只要这棵木棉树枝繁叶茂，沐浴阳光，风动枝摇，平安生长，友谊关便是和平之关，友谊之关。

这次来到中国九大雄关之一友谊关，是对我心灵的一次洗礼，祖国的历史悠久，山河壮美，是我们每一个人引为自豪的根本。了解到了“镇南关”演变成“友谊关”的前世今生，我便把这次参战老兵们的友谊关之旅，视为一次胜利凯旋，一次人生之中尊重生命，共享和平的凯旋。

十、通灵大峡谷纪游

按照日程安排，5 月 13 日下午是去通灵大峡谷。从友谊关出来，我一直心潮起伏，难以平静，就好像一时还没转过弯来。随车来到通灵大峡谷门前，我向领队明确表示：“我就不去通灵大峡谷了，这峡谷肯定不如我们恩施大峡谷！”接着有人介绍说：“进到谷底，要下 818 级台阶。”我心里一怔，就我这二百斤的体重，真要下到谷底，怕是上来就吃力了。正在我摇摆不定、犹豫不决的时刻，眼前的一幕让我受到触动，让我无言推诿，只得勇敢前行。

在这次参战老兵纪念活动中，我们连队不仅来了八九位军嫂，而且还来了一位 84 岁高龄的老母亲。老人家名叫孙忆珍，整个人看起来干净利索，精神抖擞，虽是满头银发，却仍然慈眉善目。这位老人家是参战老兵尹卓然的母亲，40 年前尹卓然扛枪上前线的时候，孙忆珍 44 岁，她整天关注着战场上的变化，为儿子提心吊胆。儿子尹卓然在战场上凯旋之后，母亲伤心地痛哭了一场，以为再也见不到儿子卓然了！那段日子，母亲孙忆珍撕心裂肺，永世难忘。这次儿子尹卓然要来南疆重走当年的征程，老母亲不顾年迈体弱，硬是跟着来了，她要亲眼看看儿子当年与战友们浴血奋战的战场与家乡宜昌的山水有什么两样。

战友尹卓然掏钱给老母亲买了一根拐杖，老人家拄着就走了，那不畏艰难的气魄让我看了汗颜，我连忙跟在老人身后，朝那湿滑的台阶走去。这时，一股湿漉漉的凉风迎面扑来，湿滑的台阶旁边或大树藤蔓缠绕，或临崖临渊，或浅水漫灌，危险无处不在。尹卓然快步奔上前去，走在了老母亲的前面，是怕老人不慎摔倒。我虽然感到有些吃力，但在这位老母亲的行为鼓舞之下，硬是坚持了下来。

广西通灵大峡谷，位于广西百色靖西市湖润镇内，地处北回归线以南，云贵高原南缘，距广西首府南宁约 230 公里，属于热带地区。通灵大峡谷全长 3.8 公里，由通灵峡、念儿峡及地下暗河、隧道贯通连接，通天彻地，灵气飘逸。峡谷绝壁千仞，幽幽深邃，高崖倒悬巨型钟乳石，古树老藤遮天蔽日。其间的洞穴神秘莫测，深潭吞水纳气，水帘洞连着地下暗河，接纳着气象万千的瀑布，河涧曲回，流水潺潺，整个通灵大峡谷青翠欲滴。

其实通灵大峡谷原来是一个盲谷，由于地质运动的影响，天行地远，盲谷顶部陷落，形成了一个大天坑，四周悬崖峭壁，水瀑雾绕，气势无比壮观。峡谷内部却又呈现出一派生机盎然的热带雨林盛景，多种名贵古生植物生机勃勃。置身高深的峡谷之中，眼望清澈的溪流和那苍翠的绿色植被，辉映着、簇拥着落差高达 188.6 米的通灵大瀑布，你会惊叹这完美的地质奇观。在动感湿润的空间里，充满了活力与灵气。

峡谷属典型的喀斯特地貌，经过上万年风雨洗礼，形成了极其独特的地貌特征。溶洞与隧道贯通连接之处，景色奇特，令人惊叹。若沿路返回 818 级台阶，就好比一步一步往天走。深入台阶底层回望，只能望见一线天一线地，常年奔泻而下高达 60 米的小瀑布，连接着一线天地。从上往下俯瞰，犹如一双泪光闪闪且楚楚动人的“勾魂眼”，让人为之动容，感叹！

而峡谷之中的溶洞奇观，千姿百态。石井洞天更是峡谷间的一大特色。穿过入口的大溶洞，然后绕过小桥顺着隧道拾级而下到达底部时，眼前顿时一亮，以为此是人间仙境蟠桃地。

当我随一群云游峡谷的老兵吃力地进入通灵大峡谷底部，忽然听到了哗哗的流水声，一条暗河清流奔涌，白雾升腾，整个峡谷之中阴风凄凄，就好比进入到了传说中的阴曹地府，让我脊背发凉，打了个寒战，伸手一摸自己的耳脸，已觉冰凉冰凉。再往前行峡谷渐宽，热带雨林枝繁叶茂，苍翠欲滴，时而有水滴落下啪啪作响，整个峡谷完全笼罩在雨雾之中，抓一把空气便可捏得出水来。

人行栈道之上积满了水渍，游人的发梢也积起了水雾，如十月凝霜。路旁的简易小店，堆满了各类饰品，佛珠、项链、梳子、痒痒挠等样样齐全。守摊的阿哥阿妹坚守在水滩之上，望着游人的腰包发愣。好不容易才进到瀑布前的坪坝，眼前顿时开朗了许多，一群身着红色民族服装的阿妹在尽情舞蹈，也为男女游人提供民族服装留影。耳听飞瀑轰鸣从天而降，在瀑底深潭之中鼓起劲风，让人望而却步。

这飞瀑真是堪称地质一奇，从谷顶崖口兀成水帘泻下，仔细辨析约有 3 股粗水，9 股细流，形成 12 股透明绳索相连接，到了中间便融为一面，如一匹彩布展下，极其壮观。

我在坪坝之中以飞瀑为背景拍了几张照片，接着与战友刘家智、冯训虎在谷底合影。转了一圈的刘家智走到我的跟前，邀我去钻飞瀑之下的水帘洞，我抬头望了一眼，见离那水帘洞还不下半里之遥，便客气地对家智兄说：“你个头小，长得机灵，你去钻吧。我在这里静候你从水帘洞出来。”家智兄脚头子果然轻快，跨过小桥，朝飞瀑之下的水帘洞奔去。

回转时，我们入奇洞，进幽谷，走山壁栈道，穿钟乳窄门，光线时明时暗，十分刺眼恐怖。一路走出深谷隧道，望见了大山脚下的坪垱里有几间草棚，而且听到了起舞的乐声，知道已到此旅的驿站，便松了一口气。待我加快脚步进入驿站时，大厅之中正在演唱民族歌舞。见老连长曹满庭、老排长李洪探，参战老兵刘超英、陈方林、崔文彬、邓观容等还端坐在条凳上欣赏竹竿舞，乐声节奏明快，竹竿啪啪作响。舞台的底幕之上正放着通灵大峡谷的各处景观的画面。我立刻有了一种挑战自我、战胜峡谷的愉悦之感。

曹满庭与我握手，然后亲切地望着我说："你一定累坏了，胖子走这路太吃力。"我把老连长的手摇了几下，然后说："这也不算什么，我们生活在大山区，上坡下岭是常事，早已习以为常。"老连长松开我的手，站起身，挥手对我们一拨老兵说："出发融通驿站！坐中巴车上山顶，再乘坐我们的大巴车。"老连长那口气和做派，仍然像当年带兵打仗一样。

上到中巴车上，我与老连长坐在一起，他的身上虽然有一股浓浓的烟味，但我仍然感到亲切踏实。他是我们连队的福星，也是我们连队的寿星。再过三年，老连长也就八十大寿了，但愿他能像尹卓然的母亲孙忆珍老人那样健康长寿，下次聚会仍然能够看到他健康洒脱的身影。

在大约 20 分钟的车程之中，我一直在思考着这样一个问题：广西通灵大峡谷，的确是一道地质奇观，自然景观融合惊奇险美于一体，而且灵气活现，意味悠长。但其间仍然缺少文化内涵，难以给人带来启迪与哲思。当然，不同层面的人前来观景旅游会有不同的感受，但有一点倒是真的，地方赚钱拉动了经济，出钱旅游的人满足了好奇心，也锻炼了身体，促进了身心健康。作为聚在一起纪念对越自卫反击战胜利 40 周年的老兵，由老连长带着，就好比又打了一次穿插，执行了一次作战任务，增进了战友间重逢后的友谊。

从中巴车上下来，朝大巴车边靠拢的时候，孙忆珍老人的身影映入我们的眼帘，我快步上去关切地问道："您老人家累着了吧？"老人家望着我坦然一笑说："舒坦！我这才叫潇洒走一回！"我敬佩老人的勇气，也敬佩老人潇洒平凡的人生。

可是，我一直思考的那个问题却在我的头脑之中仍然没有理出一个头绪来，也不知在什么时间，什么地方才能找到准确的答案。我们乘坐的大巴车缓缓驶出了通灵山庄前面的停车场，车上多了一种味道，闷臭难闻，这是老兵们身上散发出来的一股生盐般的汗味。而这种味道老兵们很熟悉，这是高强度训练之后，和打仗时军人身上特有的味道。而这种味道在老兵们鼻子里并不是闷臭难闻，而是清香无比。

大巴车在高速路上奔驰，我的思绪也随之飞向了远方。

十一、漫步乡村客栈

“漫步乡村客栈”是中越边境一个客栈的名称。这家客栈的坪塔前有一个水塘，水塘前是中国的一条村乡公路，公路外有一条小河，小河对岸就是越南的一条公路。那条小河就是中越边境的国界，界碑立在河心。站在客栈的阳台上，便可以看到越南边境公路上奔跑的机动车辆，望见对岸的炊烟，能听到对岸的鸡犬之声。

由于这个晚上是我们本次在中越边境住宿的最后一个夜晚，因此我就特别希望更多地了解一些边民的生活情形。好在同住一个房间的战友刘家智大概是去通灵大峡谷累着了，加上晚餐喝了半斤白酒下肚，洗完澡后就躺在床上呼呼睡去。我着了正装只身下楼，去找中国的边民聊了几个小时，收获可大了。

原来“漫步乡村客栈”位于广西大新县境内，距离德天跨国瀑布很近。在中国边民心中有一张最美的脸，那便是五星红旗。他们面向中越边境，背靠着强大的祖国，心里底气十足，脸面上有着无限的荣光。40 年前的那场硝烟战火，40 年的风雨春秋，40 年中翻天覆地的变化，让他们发自肺腑地感受到了祖国强大的重要，感受到了边境和平环境的珍贵。

广西壮族自治区有很多自治政策，而首先让我们感受到的便是宽松的计划生育政策。在这些民族同胞心里，家庭的男丁是顶梁柱，战时可以扛枪打仗，平时可以驾牛犁地，所以结婚生子时以生到男孩为止。以至于有的家庭最多有九个子女，一般家庭也有五个左右。一对夫妻生育六七个孩子的家庭也很普遍，他们对孩子不会过于溺爱，信奉着“一棵草儿一粒露水”的生存理念，不求奢侈的生活，但求平安是福。大家都很勤劳，谈婚论嫁的时候，十分看重土地，在他们的眼里，没有土地便没有勤劳持家的天地。少数民族的女孩，有的可能不认字，有的可能不识数，但绝对通乐理，懂歌唱，能够闻乐起舞，跳出别样的风采。

其次是国家对边境基础设施建设的杠杆作用，惠及了边境的民众。中越边境的高速路，及相关基础设施建设大多为国家或省级财政拨款建设，大量的征地补偿和务工收入进入边境民众的千家万户，让他们享受到了巨大的发展红利。边境文化旅游业蓬勃兴起，已成为支柱产业。使第二、第三产业得以迅速发展。如果说整个崇左地区是一个甘蔗王国，制糖企业比比皆是，大量的优质白糖出自崇左的话，那么大新则是靠文化旅游撑起经济收入的半壁江山，把边境旅游资源优势转化成了经济优势，惠及了边境的广大民众。

从“漫步乡村客栈”的设计建造可以看得出来，边境基础设施建设的设计规划全部都是高标准、高起点、高站位、大手笔，看不到“小脚女人迈不开步子”的影子，而且建设也是按照规划一步到位，很少看到内地城乡建设中“建了拆，拆了建”循环往复的杂乱现象，大多为一次投入长期使用，从源头扼制了建设资金的浪费和流失。

大新县顾龙镇是特色旅游名镇，旅游业发展前景广阔。除了合理布局各类客栈之外，还有高档民宿和环境舒适的租房提供，让中外游人可以尽情享受明媚温和的春光，沐浴秋季芳香。让人忘却尘世烦恼，尽享世间温馨。

回到漫步乡村客栈三楼的房间约莫 9 点，我插上房卡取电开灯。睡了一觉的老兵刘家智已经醒来，冲我问道：“干啥去了？这可是边境，切莫单独出去溜达，这可不是闹着玩的！”我冲着家智兄大声说：“没事的！我就在客栈周围转转。你睡醒了？先前的那阵儿可真是鼾声如雷呀！”家智兄竖起身子，点点头说：“喝点儿酒，再呼呼地睡一觉，这就是人到中年后的快活日子！”

我烧水泡茶，一边与家智兄搭话说：“看得出你倒是一个会过日子的人，身体素质也好，现在正是享福的时候！”家智兄一听我这话，脸上的表情突变，像是要打官腔骂人的样子。其实我也是想逗他痛快地骂出来，还是在火车上听他骂过下属的。可他最终忍住了，没有骂我，大概是念着 40 年离别的战友之情。家智兄平静了一下之后说：“福祥兄弟！我们可是过命的兄弟，你可别讥却我这老哥。我们马上就老了，总得找点乐子吧？不可能人人都学你这么上进，天天就知道写呀写，酒不晓得喝，没得一个清闲的日子，图个啥呀？”我泡了茶，给家智兄也泡了一杯。家智兄呷了一口茶水之后，把茶杯放在了床头柜上，沉默着半晌没有作声。

我坐在椅子上一边喝着茶，一边记着笔记，没有再与家智兄闲聊。片刻之后，家智兄去了一趟卫生间出来，挨着我坐下，大声唥气地说：“我这回把旅游这事算是琢磨出个八成了。”我抬起头来问他：“你是怎么琢磨的？快说与我听听？”家智兄点点头之后大声说：“我把旅游的人大致分为三类：一类是看客，二类是玩客，三类是思想者。我就是个玩客，而你是思想者。”我放下笔合上笔记本放在茶几上，然后大笑着说：“家智兄啊！这下我可就放心了！我还以为你从领导岗位上一退下来就不再思考问题了，除了骂下属和那些烦你的战友之外，就只剩下喝酒了。只要你还能认真地思考问题，我就放心了！”

喝了半杯茶水之后，我和老兵家智兄睡意全消，开始漫无边际地海吹，当我们再次提起喝酒的事情时，家智兄来了精神，他大声呤气地笑着说道：“有人问我：你除了喝酒，你还会干什么？我的天哪，我都想笑了！喝酒，你以为那么容易？喝酒最起码要具备以下条件：会聊天、会沟通、会社交、会吹牛、会看人、能熬夜、能早起；还要懂舍得，懂政治，懂情调；还得上知天文，下知地理，经得起老婆怒骂，受得了儿女的白眼。你们认为喝酒这么容易呀？喝酒是一种文化，是一种修养，是一种高尚的情怀！常言道：壶里乾坤大，杯中日月长！如果你连喝酒都不会，你会干什么那都是假的，也都是枉然……近几百年成功挑战老虎的就只有武松一个人！无人能比呀！因为武松是喝了酒才去打虎的。所以告诉了我们一个道理，酒还是要喝的。喝了酒别说是去打老虎，吹起牛来全世界都是你的！”

不管家智兄吹的这些内容如何，我为他还有这样的气力和精神而高兴。接着我也感慨地说：“不要动不动就认为自己老了！和老政委邓党成相比，我们老了吗？与老连长曹满庭相比，我们老了吗？再说远一点儿，与华为的任正非相比我们老了吗？与老英雄张富清相比我们老了吗？既然没有老，那就还得拼搏奋斗，珍惜时间，再创辉煌业绩！”一听我这话，家智兄睁大眼睛望着我，像遇见了一个陌生人，愣了一会儿之后他在那里感慨地说：“你是有意与我对着干哩！我讲喝酒，你讲奋斗！我们尿不到一个壶儿里去，就不和你吹牛了，我接着睡觉去了！”家智兄回到里边的床上倒下，几分钟之后又是鼾声大起。

在中越边境“漫步乡村客栈”的那一夜，我失眠了，我的脑海里一直在纠结这样一个问题：人能够活着是好事，体现了生命的价值和意义，可究竟怎样活着才不愧对生命与人生呢?

十二、大新天下美

在广西境内，一开口就号称“天下”的景致可以说比比皆是，我们最熟知的“桂林山水甲天下”、“大新天下美”就在其中。桂林山水因为有漓江的风光和奇特的山景而得名，又因为电影《刘三姐》而闻名天下，看得出最终的引爆点还是文化起的作用。而“大新天下美”却有着更加深刻的内涵。

大新县地处广西西南边陲，与越南高平省山水相连，边境线长 42 公里，面积 47 平方公里，森林覆盖率达 65%，总人口 38 万，壮族人口占总人口的 98%。大新县古属骆越地，始治于秦，八大土司管制延续千年，历史人文资源底蕴深厚，特产资源富饶。境内除德天跨国瀑布之外，还有“明仕田园”等高品位旅游景点、景区四十多处，构成了一幅幅山环水抱，山水相依，人文与自然和谐共生、交相辉映的秀美画卷，形成了数百公里的山水画廊和南国边关风情旅游带，享有“大新归来不看画”的美誉。

这话倒是不假，在大新境内漫步，我的确有一种人在画中，心在画中的惬意之感，忘却了自己到底是画中的精灵，还是凡夫俗子了。经历过这样一番灵魂的陶冶和心灵的洗礼之后，整个人就像变成了一只雀鸟，飞翔在大新的天空，俯瞰着美丽的景致，在感受一种气韵的升华。

或许正是因为我们所处的家乡曾是容美土司制下的缘故，使我对大新边境土司文化产生了浓厚的兴趣。据了解，大新土司文化历史悠久，北宋至元末明初，在今天的大新境内，就先后设有养利、万承、太平、下雷、茗盈、恩城、安平、全茗等八个土司，被誉为“中国土司文化之乡”。土司文化由土司制度及其教育制度、土地制度、建筑文化、饮食文化、社会文化等组成。壮族的土司制度是宋、元、明、清四朝统治时期在南部和西南部少数民族地区，普遍设置施行的一种统治制度。在长达千年的管治时间里，积淀了众多民族文化遗产。境内有古遗址、古墓葬、古建筑、古摩崖石刻，近现代史迹及代表性建筑等十多类，高达 160 多个点。

明仕田园：属国家 4A 级景区。位于大新县堪于乡明仕村，是“广西五星级乡村旅游区”，国家生态文化旅游示范区。景区由峰丛洼地、峰林谷地和盆地等熔岩地貌形成组成，有着“山水画廊”和“隐者之居”的美誉。是最美影视作品拍摄地，是《花千骨》《牛郎织女》《天涯侠医》《本草药王》等二十多部影视剧的外景拍摄地。

龙宫仙境：属于国家4A级景区。位于大新县邓岭乡，有“中国天然龙文化博物馆”之称。龙宫仙境旅游区里有溶洞风光、蝴蝶科普、冰宫体验和温泉疗养等，是融合观光、休闲、度假为一体的综合性度假区。

安平仙河：属国家级4A级景区。位于大新县雷平镇安平村，是“中国最具原生态景区”。河的两岸群山绵延，奇峰耸峙，青竹秀水。泛舟仙河之上，可以欣赏水天一色的田园风光，感受延续千年的土司文化，观会仙岩、龙碧滩瀑布，还有吊水桥、水上森林等优美的自然景观。

德天·老木棉：属国家4A级景区。位于硕龙镇隘江村，毗邻德天跨国瀑布，由紫藤园林展示区，传统雕刻技艺展示区，盆景奇石艺术区，东盟文化艺术交流区和特色区域组成，号称中国西南最大紫藤园。其间有高大牌楼，历史久远的土司遗址建筑，置身其间，如同走进了历史的空间，让人敬重壮族先民的想象力和创造力。

大阳幽谷：属国家4A级景区。位于大新县硕龙镇硕龙社区，景区之内水瀑景异，有大小岩石叠瀑无数，并形成若干湖、潭、滩、溪。有月亮山、刀刃峰、仙人指、罗汉峰、老人山等峰林地貌连绵起伏，奇峰怪石层出不穷。

乔苗平湖：位于大新县全茅镇，湖面群峰叠翠，云雾缭绕，四山突起，亭亭玉立。山影、树影、云影印入湖中，山水相依相恋成仙境。泛舟乔苗平湖，仿佛镜中穿行。渔舟唱晚，月影朦胧，是中外摄影家忘记归期的拍摄基地。

黑水河景区：属国家级4A级景区。位于大新县那岭乡约屯，河水清而深，呈深蓝色，故称黑水河。黑水河以峰丛体量之雄、峡谷之险、河湾之幽、洞穴之奥为特色。主要有那岸奇景、黑水河田园风光，那榜田园风光三个景点。

沙屯叠瀑：位于硕龙镇硕龙社区，沙屯归春河段的春山峡谷之中，属岩溶峡谷瀑布景观。瀑布以银练般分成七级，似水幕织成的阶梯，谓之“叠瀑”。此景明丽可爱，如美妇一般温婉多情，两岸崇山峻岭，树木繁茂，古藤缠绕，时有竹筏渔人于瀑布间出没，更增加了其自然景观的古朴神韵。伫立叠瀑之前，望见阶梯数级，欲迈步拾级而上，登仙境入云雾霓虹之间，却又痴迷景前，迈不开脚步。只有鱼儿飞跃而起，耳边响起轻悦如琴的水声之时，才从画中走出来感受到大自然的奇妙……

我随意列举这么八个景点就足以展现大新的美。当然大新旅游的灵魂还是在于文化内涵，没有文化内涵的旅游是没有生命力的。用老兵刘家智的话说，没有文化内涵的旅游只能吸引看客和玩客，难以吸引思想者。

大新的侬垌节就是文化的盛宴。侬垌节是大新最盛大的民俗节日，有“天下不散的宴席”之称，还有“一条毛巾，吃遍大新”的说法，使大新被评为“中国侬垌文化之乡”。侬垌节的系列活动遍布大新县的村村寨寨，并特意把每个村过侬垌节的时间错开，从农历正月开始一直持续到农历十月，赋予侬垌节祭祀天神，祈盼上苍来年赐福，寻求风调雨顺等含义。节日期间尽情展示民俗文化，举行唱山歌、抛绣球、舞龙舞狮、跳民族特色歌舞等系列活动。各家各户杀鸡、宰羊、烤猪、舂糍粑，盛情款待各方宾客。其中以观音诞、建街节、下雷霜降文化节最为典型。“观音诞”已被列入广西壮族自治区非物质文化遗产名录。

生态乡村旅游也是大新天下美的一个看点，乡村旅游区四周绿树环绕，风景优美，有大型游泳池塘，还可以在旅游区里体验骑行、划船等娱乐活动，是观光、度假的理想乐园。大新的美食，果蔬也是让人难以忘怀的风情，让人迷恋的风景。

当然，我在向大家推介“大新天下美”的过程中，其实也是在向大家传递一种理念。乡村振兴之中最重要的内容是文化振兴。从文化的视角看大新，是可以让“思想者们”受到无限启迪的。

十三、德天跨国瀑布

2019 年 5 月 14 日早上 8 点 20 分，我们一行就将背好行装，在硕龙的“漫步乡村客栈”登车，前往德天跨国大瀑布。这天早晨，参战老兵们大多起得很早，因为大家心里清楚，到了德天跨国瀑布之后，就意味着将要结束这次中越边境之行，除在返回南宁的途中还要转一个弯去一趟岜邦村之外，再没有其他行程，我们将如期撤出中越边境回到南宁。

老兵们三三两两利用早起的那点时间在中越边境合影留念，老兵们的心情其实很复杂，这次回到南宁之后，战友们又将互道珍重相互分手。下次何时再能相见、还能不能相见，已经是个未知数。因为今后战友们的年龄不断增大，聚会的机会只会越来越少。今天离开中越边境，就算是40年后的又一次凯旋。

德天跨国瀑布位于祖国的西南边陲的广西崇左市大新县硕龙镇，于2018年10月荣膺国家AAAAA级旅游景区。站在德天跨国瀑布的岸口，听到了这样一句俗语："开门是越南，跨步走进东盟。"2015年11月，中越两国首脑见证签约的首个旅游合作区就在这个景区之内。

德天跨国瀑布横跨中越两国，宽200多米，纵深60米，落差20米，清流层层跌落，气势磅礴，被誉为亚洲第一大跨国瀑布，中国最美的六大瀑布之一。景区集十里归春界河、跨国集市、53号界碑、炮台山、界河漂流等多个具有跨国资源禀赋的独特的自然人文景观及体验项目，自然天成，融为一体。其中以归春河为轴线，三级叠瀑气势磅礴，层层叠叠，水势激荡，声传数里之外，是跨国瀑布山水景观，跨国壮乡民俗风情及悠久边关历史文化的自然融合，形成了独一无二的山青、水秀、瀑美、情浓的南国边疆喀斯特绝佳景观，吸引众多中外游客慕名而来，早已成为诸多影视剧作首选的外景拍摄基地。电视剧《花千骨》《第九个寡妇》《酒是故乡醇》《牛郎织女》《农民篮球队》《天涯侠医》等都曾经在这里取景拍摄。

春天来了，崖草冷青，山花吐艳，瀑布的水量不多不少，丰满而不暴涨，像一位丰腴水嫩的春妇，披着银白色的纱幔向你款款走来，周围群山生机勃发，满眼翠绿的树木相拥着奇花异草，哼唱着春天里的歌谣。木棉花开之时，红似火艳若霞，一簇簇一片片绽放在山间、路旁、田埂，相伴着春妇的身影，映红了春妇的脸颊，使其更加楚楚动人。

盛夏时节，随着雨水的增多，河水涨溢，激流滚滚，瀑布从万仞峰顶冲出悬崖，以排山倒海之势一泻千里，那般汹涌澎湃，阵阵轰鸣惊人，大气磅礴，雄浑壮丽，让人无比震撼。

秋之韵，碧水清流。在这个硕果累累喜庆丰收的季节，瀑布内敛了汹涌澎湃的气势，收起万马奔腾，山崩海啸，震耳欲聋的急躁性情，在秋日的阳光下变得温顺柔和。此时的瀑布胜似秀绢高挂，梯田铺金，阵阵稻香扑面而来，载满丰收的喜悦，令人陶醉。

冬天到来，瀑布进入枯水期。随着水量的减少，水体变得纤细、缠绵、柔软，加上一些石头的裸露，苔藓绿茵生成，瀑布犹如婀娜多姿的少女，显得苗条清丽骨感十足，很有艺术气质，就仿佛进入了一个幽雅洁白的琉璃世界，令人心旷神怡，流连忘返，思绪柔和飘摇。

约莫九点半钟，我们乘坐的大巴车一路奔驰而来，停在了中国德天跨国瀑布景区游客接待中心，在这里要换乘景区的旅游大巴进入景区。一路上，参战老兵们谈笑风生，相互倾诉着这次参战老兵聚会的一些感受，一些欢迎到自己家乡做客或是何时何地咱们再相聚的话语，说得几多真诚。当我们的耳边传来轰鸣的水响，湿润的气流浸润到我们的脸面时，一幅灵动的画卷就展现在了我们的眼前。

从停车场到瀑布前的游船码头，大约 300 米的距离，老兵们基本保持着开拔的队形。刘超英打仗时是连队的号兵，经常跟在连长曹满庭的身边，给连长挖猫儿洞。休息的时候连长蹲在猫儿洞里抽烟，也常常递给刘超英一支。在这次中越边境的整个行程之中，刘超英始终还是跟在曹满庭的身边，听从连长召唤。刘超英也在自觉不自觉地在给老连长担任警卫员的职责。

带着军嫂的老兵们，都在小心翼翼地呵护着军嫂，虽然行进的队形基本保持着原貌，但手里牵着的还是军嫂们已经多皱的手腕。而在整个中越边境的行程之中，有一位名叫苏爱莲的军嫂让我们印象深刻。她个子高挑，精神饱满，每天的打扮也都十分时尚，望着每个战友她都亲切打招呼，性格很敞亮，不拘谨。军嫂苏爱莲来自大上海，所以有着高雅的气质和热忱的性情。她是参战老兵姜志亮的妻子，在边境的整个行程之中，她有着不一样的脚步和动作。给我的印象最深的是那天在宁明烈士陵园，她穿着一条浅蓝色的牛仔长裤，十分庄重也十分标准地站在宁明烈士陵园的纪念碑前行了一个军礼。给我的第一感觉是，苏爱莲好像是一名复员女兵。老兵姜志亮个子高挑，长得英俊潇洒，加上还有开赴前线参加过对越自卫反击战的光荣历史，在苏爱莲情窦初开之时有着崇尚英雄心理的时刻，一个上海的美女就这样被姜志亮唬得团团转。而让我们十分羡慕的是，整个行程之中都是军嫂苏爱莲把老兵姜志亮当个孩子一样精心地呵护与照顾。从爱店口岸到友谊关，他们的美照也比比皆是，摆姿势秀恩爱，还像一对初恋的情人。

还没等我们回过神来，刘超英和曹满庭就跳上游船穿上了救生衣。一群穿着天蓝色民族服装的越南女孩围了拢来，咯咯地笑着，像是抢亲来了。老连长有些情不自禁，连忙抽出一支烟来递给开船的女子，那女子嬉闹着洒了老连长一脸水珠。接着又来了几条装饰得十分精美漂亮的游船，大家依次上船穿上了救生衣。我却静坐在码头外的条椅上观察着眼前的风景，耳边回荡着轰鸣的水响，像一首古老的歌谣，在用一种嘶哑的声音向我们诉说着这方水土古老悠远的历史。

老兵们在水面上漂了一圈回来，几多高兴开心，远远望去像一群顽童在戏水。但仔细辨认，却又是一群拖家带口的汉子，肩背上已不再是荷枪实弹，而是背负着儿女的牵挂和夫妻的恩爱。一个两个虽然嘴里仍然不服输，口口声声都是豪言壮语，但我看得出来，参战老兵们的腿脚都没有 40 年前那么利索了。

接下来的一幕仍然是拍照留影，有的拉着战友照，带了军嫂的夫妻留影。我突然想起了老兵刘家智昨晚的分类，一眼望去也的确还能分出个大概，看客和玩客略有区别，但看客和玩客与思想者相比起来还真是大有区别了。我心里有些责怪家智兄，难怪他一时时还在电话里骂人，他不仅办案时铁面无私，这看问题也是入木三分。

从德天跨国瀑布乘车出来，我们被带到了景区内的一家餐馆，我以为是让我们去品尝“跨国壮乡”的美食盛宴了。因为车上的导游介绍说：“这里是侬垌之乡、土司之乡、长寿之乡，孕育着那山、那水、那田园的世外奇景。好客的跨国壮乡人在侬垌之时，会用壮乡人特有的方式来招待您。如簸箕宴、土司宴、烤香猪、五色糯米饭，以及具有壮乡地方特色的美食佳肴等。到了这里必打卡品尝的美食便是青竹鱼，这种鱼没有国界，因为它生长在中越边境的界河归春河……”

听了导游这话，我心里就想：莫非在这里还真能吃到一顿饱饭了？步入餐厅望了桌上的菜蔬，我一下子心灰意冷，也不知是会议筹备组舍不得花钱，还是边境的生活水平本来就是这样。因为在广西中越边境这么一路吃过来，都是些清汤寡水的东西，怎么也赶不上湖北恩施的生活水平。看来这土司当年的生活水平也是无论如何赶不上容美土司的。还是三排长方登汉是个细心的人，看见我眼睛里有绿光，连忙从自己包里掏出一大块压缩饼干塞给我。我却没讲客气，撕开包装就吃了起来。

十四、岜邦村里寻亲人

大巴车在高速路上奔驰着，参战老兵们都很兴奋，因为途中我们要下高速拐进一个村庄，这个村庄的名字叫渠黎乡岜邦村。在参战老兵们的心里，这是一片值得留恋的土地，因为那里有着大家难以磨灭的记忆。1979 年 1 月 4 日，43 军 128 师 383 团奉命南下集结，团直 82 无后坐力炮连被安排到渠黎乡岜邦村进行紧张的战前训练。虽然在这个壮族村庄只有 40 天短期驻防，但这对于每一名从这里出发奔赴前线的官兵来说，都是一生难以忘怀的地方。

大巴车借助现在先进的导航系统，七弯八拐，最后才找到了渠黎乡岜邦村。40 年后的村口已经是面目全非，昔日的老宅拆除了许多，只有几栋荒废的石墙瓦房还能辨析出当年的村容。这时烈日炎炎，村口的水泥地面晒得发烫。车子刚刚停到村口，老排长方登汉，老兵柏正荣、李守义、姜志亮、杨红、邓观容、崔文彬、陈方林、冯训虎、高健等就急匆匆地跳下车进入村口，顺着左边的一条巷子找了进去。我与刘家智、柳保山、程广杰、尹卓然、周汉平陪着曹满庭、杨显德、王中林进入村口，在村口的那栋旧房前停留了一下之后进入到靠右的那条巷子，没走多远就找到了岜邦村老村委会的办公楼。

这栋办公楼已经废弃，只是陈旧的村牌还在，操场上长满了杂草，窗棂上布满了蛛丝。曹满庭长舒了一口气息说："找到了！就是这里，当年我们每天都在这个坝子里集合点名，传达团部的各项指示命令。"

尹卓然和周汉平跑前忙后，拍摄各类照片。然后我们继续右行，不远处就有一片民居，一群妇女坐在树下乘凉扯闲白带孩子。我们上前去与她们搭话，了解现在岜邦村的情况，并告诉她们，我们就是当年打仗前驻扎在村里的解放军。杨显德来回奔忙，累得满头大汗。一群穿得五颜六色的军嫂簇拥着尹卓然的老母亲孙忆珍老人跟在老兵们的后面进了村，也想实地看看村庄里的情形。

在几位老乡的指引下，我们找到了岜邦村委会的新办公楼，是一栋 3 层楼房，水泥场坝也十分宽敞，公路从右后进入，左边是几棵大树和一园竹子。有了这个坐标和方位，当年的村庄在老兵们记忆里一下子清晰起来，每一条巷道都一下子熟悉起来，各自散去直奔当年住过的房子，寻找当年的老房东，村庄里顿时热闹起来。

当年的老乡亲也开始奔走相告，嘴里高兴地喊着：当年的解放军又回到村庄里来了。有的张罗着弄饭吃，有的张罗着摆水果，不一会儿村委会大楼前的塔坝里就挤满了人，相互握手拥抱，互诉衷肠，然后合影留念。当年的副连长张学柱，几经周折把当年渠黎乡岜邦村的女书记陆秀娟找着了，一路含着热泪迎了过来，与曹满庭、杨显德、王中林、方登汉、赵文生、李洪探一一亲切握手，并且还能一一叫出名字和军职来。陆秀娟当年 44 岁，是一位英气十足、公道正派、深受军民爱戴的好书记，对解放军官兵照顾得无微不至。40 年过去，陆秀娟已是一位白发苍苍的老人，84 岁的她身体很好，叙起当年的军民鱼水情，老支书的眼里始终含着泪光。

正热闹时，参战老兵柏正荣和李守义，领着当年的房东，扛着几个西瓜就来了，他跑到曹满庭的面前放下西瓜，情不自禁地行了个军礼，然后大声报告说：“报告连长！我们不仅找到了房东，而且还看到了 40 年前，我们连队给老乡送的一块绣匾，觉得这些东西太珍贵了，可以堪称革命文物！”曹满庭还了军礼，命令道：“好！快带大家去看看！”全连官兵跟着老连长去了房东张艺成的家。

果真当年的那块绣匾还完好无损端端正正地挂在房东张艺成家的堂屋中间。上面用红色油漆喷着“军民鱼水情”的字样，下面的落款是“128 师 383 团团直 82 无后坐力炮连”。更让人感动的是，房东还在这块镜匾的下面放了一张红漆桌子，在镜匾的左右下角还各摆放了一盆花，这分明就是把这方镜匾当成他们家至高无上的荣耀了。

杨显德见此情景激动不已，站在阶沿上向我们全体参战老兵下达了口令：“全体都有啦！立正！敬礼！”我们面向这家房东，也面向这块镜匾行了一个庄重的军礼。老兵们的眼里顿时闪着泪光，军嫂们被眼前的情景感动了，激情化作泪儿涌出。

就在我们跟随老连长去看那块镜匾的时刻，老兵邓观容和司务长张晋标陪着陆秀娟去了村口那片树荫下。陆秀娟老人号令妇女们采摘鲜果，搬出最大最甜的西瓜用刀切好，用托盘摆放在石凳上。她一边忙活，嘴里还在一边念叨：“当年的解放军回来了，当年的解放军回来了啊！”

或许这40年间，乡亲们就一直心存着一个念想，当年的解放军还会回来的。在那个条件艰苦、生活困难的岁月，解放军官兵在这里进行了战前最艰苦的训练，而且是从这里出发开赴了前线。1979年2月15日，解放军官兵们登车出发时，陆秀娟带领全村的父老乡亲把我们送到村口，流着热泪要我们保重。部队开赴前线完成作战任务之后，集中撤回到宁明县城休整，就没有再回岜邦村。岜邦村的老支书和乡亲们一直牵挂着这支部队、这些可爱的战士。因为他们并不知道这些最可爱的人在经历过战火硝烟洗礼之后的具体情形。盼啊盼啊！一直想得到这支部队的准确消息，终于在40年后的今天，那一群生龙活虎的解放军战士，在连长指导员的带领下又回到了岜邦村，寻找当年的亲人来了。这份牵挂，这份相思，这份情感，是那样的纯洁与崇高。

这虽然只是一次短暂的相逢，却点燃了彼此之间无限的激情。当我们就要离开村子到达村口登车时，陆秀娟迈着蹒跚的脚步，领着村民们，仍像40年前那样，满含着热泪如送壮士登程一般。大巴车拐了个弯，缓缓地驶出了村庄，很久之后我回头望去，乡亲们还站在村口向我们挥手。这次再来岜邦村，村口的那几棵老树，那几间老宅，还有村旁的那一园竹影，都深深地刻印在了我的心壁之上，就仿佛在生命之中又多了一份牵挂，一份乡愁。

十五、回到南宁那个夜晚

2019年5月14日下午，我们如期回到了南宁。四点半钟，我们乘坐的大巴车驶进广西军区招待所大院之内。下车之前杨显德告诉老兵们说：“大家先到宾馆休息一下，六点钟准时到招待所一号楼二楼餐厅吃晚餐。明天的早餐、中餐、晚餐还需要筹备组安排的，就给司务长张晋标报名。明天早晨就要离开南宁的，先祝大家一路平安！”

我与老兵刘家智迅速入住了房间，洗了澡换了衣服之后，就坐在房间里闲聊，主要也是竞相发表一些感慨。这次参战老兵聚会传递的是正能量，是对老兵们的鼓励和鞭策。这次相聚的时刻虽然很短暂，但增进了战友间的情谊，点燃了生命激情。这个夜晚是参战老兵相聚南疆的最后一个夜晚，这注定又是一个难舍难分互道珍重的夜晚。

约莫 5 点 40 分，老兵们纷纷步入餐厅，服务人员正在上菜摆席，司务长张晋标给每一桌递了一瓶白酒，要大家把酒斟上。不知不觉间，那互道珍重的时刻就到了。指导员杨显德站起身来端起酒杯双手举到额前。他大声说：“各位亲爱的战友！40 年前的 2 月 16 日，我们全连战友在爱店附近，在祖国边境匆匆吃完出征前的最后一顿晚餐，战友们互道珍重，相约胜利凯旋时，我们再重逢。今天是我们本次聚会的最后一天，我们从中越边境安全回到南宁，吃完这次相聚时的最后一顿晚餐，战友们又将互道珍重，回到各自的家乡，相约下次聚会时，我们再相见！在这里我们举杯同饮，祝大家健康长寿，家庭和睦幸福！”只听得餐厅里“哗”的一声，大家起身举起了酒杯，畅饮了杯中的美酒。

晚饭后，战友们相聚在一起，握手、拥抱，泪流满面。大家的心情之中带着忧虑，因为参战老兵们都年岁已高，何时能够再相见，以后还能不能相见，几乎是所有参战老兵关心的问题。我与刘家智、柳保山、程广杰 4 个人拥抱在了一起，久久不愿松开，个个泪流满面。刘超英、冯训虎、姜志亮、高健、陈方林 5 个人拥抱在了一起，也是个个泪流满面，不愿松开……接下来便是在广西军区招待所大院里相互叮咛、祝愿，相约来年再聚的日期。

在广西军区招待所三号楼一楼的大厅里，最为感人的一幕出现了。方登汉、赵文生、张学柱、李洪探、崔文彬、高健、杨红、姜志亮、冯训虎、刘超英、陈方林等，一团转围坐在曹满庭的身边，就像当年在战壕里拥挤在一起相互取暖感受亲情一般，在给 77 岁的老连长传递一种力量，用这种短暂的守望在祈求老连长健康长寿，也好像是在真诚地表示：老连长！我们永远都是您的兵！曹满庭泪流满面，不停地拉扯老兵们的手，真诚地说："这次还能够相互见个面就没有什么遗憾了！与宁明县城躺着的那些烈士相比，我们起码已经多活了 40 年。这次来到广西，能与大家久别重逢，我高兴，我知足！老哥也请你们放心，只要我听到了你们的召唤，我都会前来与战友们相聚，即使有一天我实在走不动了，我拄着拐杖也会前来见见你们！"听到老连长这话，老兵们情不自禁地拍手鼓掌。

我站在老兵们身后望着这感人的一幕，也情不自禁地与大家一起鼓掌。曹满庭看见了我，招手把我叫到他的身边，拉着我的手语重心长地说："福祥啊！我们连队除了程广杰之外，就数你年纪最小，你是我们 383 团出的唯一一个文化人、作家，你送给我的两本书，我就是戴着老花镜也要把它一字一句地读完，你是我们连队的骄傲啊！你要继续努力！"掌声又响起来，我深情地扫视了老兵们一眼，见他们是在满含热泪给我鼓掌，我这才站起身来，向老连长和老兵们深鞠了一躬。

曹满庭让大家平静了一下心情之后，抬手一挥说："好了！大家都回去休息吧！把这次相聚当作加油站、当作充电宝，各自保重身体，再创辉煌吧！"说完这话，老连长站起身来走向电梯，回房间休息了。

曾记得，在新兵入伍挑选兵员的时候，团直挑的是"两高"，个子高和文化程度高。我当时也是因为有一米七三的身高和高中文凭才被挑选到团直炮连，而且当上了队部的电台兵。可与刘超英、姜志亮、陈方林、高健、杨红、冯训虎他们一比，我还是矮了一截。而且在我的印象中让我记忆深刻的还是原副连长王中林和老兵高健，他们两个有些同像，个子高挑，前额开顶，几时看起来都是那种训练有素的军人形象，在我们连队曾经也是偶像般的人物。

从大厅里上来，我去了王中林的房间，他和嫂子都很热情，与我亲切交谈，回忆当年的往事，还说起了他调任高机连连长之后的一些事情，问起了几个熟悉的老兵的情况。从王中林房间告辞出来，我又去了曹满庭房间，想与老连长再说几句贴心体己的话语，并表示出了新书之后，一定给他寄一本过去，要老连长多多指导。老连长也很谦和，说了许多贴心体己的话语，给我打气鼓劲。

回到房间，刘超英、方登汉、陈方林几个老兵正在与刘家智亲切交谈，见我回来，都起身到门边相迎。因为按照行程，一路从武汉过来的6个人，就只有5个人同程同车返回武汉了。我已经订好了去广东虎门的动车，前去参拜陈连升将军是我此次行程之中的重要一环。刘超英上前一步握住我的手说："你从广东回来的时候，一定要在武汉弯上一站，我们再好好地聚一聚！通过这次南疆之行，又建立起深厚的情义了，舍不得哩！"我摇了几下刘超英的手，笑着说："只要你不厌烦，我会常来常往！"接着方登汉、陈方林邀请我去洪湖看看，家智兄也说要我转个弯去钟祥看看，我都一一应允。一合计，我们都是明天早晨的车，也就没再聚在一起闲扯了，各自回到房间收拾行装。

房间里安静下来之后，家智兄对我说："超英刚才讲的那句话倒是真的，战友分别了几十年早已经习惯了，这么聚在一起几天一晃，就又重新燃起了激情，再要分别还真是难舍！"我坐在椅子上呷了一口茶，望着家智兄点点头说："谁说不是呀！以后见面的机会就少了，即使过些年后再搞一次聚会，掉队的人就不少了！"一听我这话，家智兄对我起了高腔，冲着我吼道："就你们这些文化人讲话喜欢拐弯抹角！什么掉队的人不少了？直接点儿说，就是又有一批人要离我们而去！"我望着家智兄笑着说："我们把话说得委婉一点儿不好吗？"刘家智没有再反驳，只在那里叹了一声长气说："岁月不饶人啦！"

正说话间，方登汉到门口叫我。走到门边，他低声对我讲："肖将军来了，要接见你！"我刚从外边回来，还穿着正装就随他去了。进到一个房间，见杨显德和张学柱也在，便介绍我与肖将军认识。我的确有些受宠若惊，不知所措，连军礼也忘了敬了。肖将军名叫肖运洪，是广西军区司令员，是听说我是参战老兵中的一位作家，才要接见我的。

穿着便装的肖运洪将军起身与我握手，并把我拉到他的身边亲切交谈，然后向我介绍了他亲自编写的《广西笔记》，还给我介绍了宋子佩写的《生死十八天》。我很兴奋，心里想：我的背包里还带有一本长篇小说《身后那个村庄》，是准备带到广东虎门去的，不如先送给肖将军。我说明情由之后起身回到房间拿了书来递给了肖将军，他翻了几下之后十分感慨，便对我说："应该签上大名，便于我收藏！"我连忙签好字，双手递给他时，肖将军的警卫员给我们拍下了一张珍贵的照片。

肖将军离开招待所的时候，我和杨显德、张学柱、方登汉4个人送他下楼上车，警卫和岗哨随即撤离大厅。我们回房间的时候，相互对望，个个一脸惊愕。我回到房间后不久，肖将军的警卫员就来到招待所我住的房间，送了两本肖将军亲笔签名的书来，我望着书页上刚劲的字迹久久难以平静。

十六、登上前去广东的动车

2019 年 5 月 15 日上午，我在南宁东站登上了去广东东莞虎门的动车。

早晨七点半钟，我与家智兄告别后背上行装下楼，准备打车去南宁东站，刚出招待所三号楼大厅，就碰上了程广杰、赵文生、崔文彬、高健 4 位河南籍老兵，因为他们还要去广西北海看看，正好也要到南宁东站乘坐动车。我很欣喜，正愁没人同行。刚出招待所大院，就碰到了老兵柳保山，他因有事需坐上午的飞机赶回郑州，所以也是早早地出发了。我与保山握手言别，互道珍重。赵文生查看地图后，领着我们七弯八拐，穿街过巷去坐公交车。二十几公里的公交车程，让我们在公交车上有了一个亲切话别的机会。到达南宁东站的入口，我只顾朝前冲去，好像听到程广杰邀我们几个进餐厅过早。等我走了长长一段廊道再回头望去时，不见了广杰他们 4 个人的踪影，想必已是去了餐厅，就这么无意之间弄了个不辞而别。

过了安检，进入候车大厅之后，我看时间还早，就溜出站去到了南宁东站前面的广场。这场景一下子就把我惊呆了，真是宽阔无比，风景如画。矗立在广场的雕塑雄伟壮观，仰望站楼高高矗起，我向广场外走了 200 米，然后转身回头拍了一张“南宁东站”的全景照片。我仔细观察着广场的设施，细微处工艺精湛，宏观处高端大气，展开看是一座现代化的高铁站，浓缩起来简直就是一组精美的艺术品。我选了不同角度拍了一组照片，记录下了这个早晨南宁东站的无限风光。

回到候车大厅，我注视着检票口的车次标示，见时间还很宽余，就找了一把条椅放下背包坐了下来。环顾四周，候车的全部都是陌生人，没有一个是我能够叫出名字来的，我心里突然升腾起一种孤独的感觉，离开了战友们，独自行进就显得孤零零的。我很怀念这次战友的相聚，那种相随相伴相依的感觉是那样的踏实与甜畅，依依离别之情便油然而生。

我拿起手机便给家智兄发了微信过去，询问他们是否登车。家智兄立马就回信息说："我们 5 个人还在候车大厅，还没开始检票上车。"我连忙回信息说："叫刘超英买些酒带上，免得停车时下去找！"家智兄没有言语什么，就打了个响哈哈过来。这时战友群里也开始闹腾起来，多为祝福问候打招呼送行，一片哗然。

只要手头有点事情倒腾倒腾，时间也就过得格外快些，眨巴眼见检票口标牌上的红字就变成绿字，我乘坐的那趟动车就开始检票上车。我站起身背上了背包就排起长队，一溜烟通过了检票口，朝站台奔去。

几声笛鸣之后，和谐号动车开始奔驰，随着嗡鸣声增大，速度很快提升到了二百多千米每小时。而这时，我的思绪也开始奔驰，心里在想：当年陈连升将军奉命从广西左江镇领兵出发，调任广东连阳营游击将军时，大概也是走的这条路线，动车的速度真可谓风驰电掣，这 4 个多小时的动车车程，在陈连升将军那个人背马驮的年代又要行进多少时日呢？再加上还有从崇左的左江镇到达南宁的这段路程，真是难以想象……

当我的思绪里一下子跳出"崇左"这个汉语单词的时候，那奔驰的思绪也就好比动车进站一般卡在了"崇左"的位置上。记得那天我们从南宁出发，上高速行进到崇左的地界时，眼前的风景就好比是桂林山水复印出来的彩色画卷，或起伏或独立或卧倒式奇特的山石，真是人间奇景，高速路旁的千顷沃野里全部都是绿油油的甘蔗苗，轻风吹来如绿水荡漾。在这条高速路上行车，就好比是在漓江上划船，这是一道在广西南疆大地上人造的风景。

紧接着我开始思考这样一个问题：这次南疆之行我们究竟收获了什么？我们除了再叙战友之情，观赏广西南疆的美丽风光之外，到底还有一些什么样的收获呢？是精神的追随还是文化的启迪？纠结与焦虑中我最后这样认为：精神的追随与文化的启迪，二者兼而有之。

作为一名参战老兵，我们由衷地感谢筹备组认真组织的这次纪念活动。在经历 40 年风雨沧桑之后，我们再度相聚南疆，重叙战友之情，回顾当年的硝烟战火，珍惜现在的和平环境，缅怀革命烈士，这是极其有意义的一次活动，让每一个老兵受到了教育，找准了未来的方向，懂得了生命的珍贵。同时经历过 40 年的深刻反思，再站在今天的角度看待这场战争，我们还是那句老话：捍卫国家主权和尊严永远是军人的天职和本分。面对40年前越南当局对中国边境持续数年的武装挑衅，中国军队也是在忍无可忍的前提下，发动了对越自卫反击战。站到历史高度去思考：对越自卫反击战打出了声威，赢得了和平，为我们国家的改革开放扫清了障碍，赢得了时间。我军40年前兴的是正义之师，尽的是军人之责，我们的使命光荣。

而作为一个文化人前来南疆，也让我对文化事业发展和建设有了深层思考。乡村振兴的重要组成部分是文化振兴，文化是乡村的根，文化人是乡村的魂。广西通灵大峡谷、德天跨国瀑布，及大新县的文化元素和文化理念，最终的引爆点还是文化事业的发展建设。如果没有影视作品的拍摄，影视文化的传播，再美的风景也会不被外界所知。那么换一句话说：再美的自然景观，如果没有文化元素融入其中便没有灵魂。山无景，竹无韵，水无灵动之美，树无风动之姿，怎能引来游人关注！然而，文化既需要历史的沉淀，又需要今人的创造……

动车如一道银白色的闪电，划过了南疆的风景。车窗外迎面扑来的仍然是绚丽画卷，我突然觉得我正享受着改革开放的福利，也正享受着祖国和人民自主创新、飞速发展的成果。国富民强，国泰民安，伟大复兴的中国梦，正是我们每一个炎黄子孙追随的梦境。

动车仍在奔驰，思绪仍在奔驰，南疆之行仍在继续，因为我们对英雄的追思与敬畏没有停歇。

十七、再去虎门沙角炮台

2019年5月15日下午3点钟，结束了在广西举行的“参战老兵”聚会，我告别南宁，登上了去广州南站的动车，转乘动车来到了东莞市虎门镇。

此行的目的只因为当初的一个承诺。记得2015年3月27日，我们一行3人从恩施飞往广州，然后驱车来到东莞虎门，目的在于沿着民族英雄陈连升将军的足迹再走一遍，搜集相关资料，撰写《陈连升传》一书。我们深入海战博物馆、鸦片战争博物馆、销烟池旧址、林则徐纪念馆搜集资料，查寻陈连升将军的信息。然后我们上官涌山，入增城营，到威远炮台群、沙角炮台群，并乘船到达穿鼻湾、磨刀洋感受海面的情形，以不同的视角审视官涌山、沙角等前沿阵地。在经历半个多月的奔波之后，我立在沙角炮台陈连升将军的雕像前郑重承诺："等我把《陈连升传》圆满完成之后，我一定再来东莞虎门，亲临沙角炮台，并将书稿带来让将军审阅。"这次便是怀着敬畏之心，追思之意，专程前来虎门告慰英雄。

2019 年 5 月 16 日上午，我从虎门镇翔凯悦容宾馆出发，沿连升中路前行至太沙公路出口，行进约 14 公里的车程，再次来到了沙角炮台。我的心情虽然再没当初那么激动，没有在节兵义坟前跪地痛哭，也没有在海战博物馆里情不自禁地高喊，但我的心情仍然激动不已。走进沙角炮台，我把《陈连升传》的书稿双手递到陈连升将军的雕像之上得他审阅，然后将书稿放到黄骠马的铜像背上，让其感受这本著作的厚重，如实兑现了当初的那个郑重承诺。

当我激动的心情渐渐平静下来之后，我静坐在将军的身旁，闭上眼睛用心灵与英雄对话，聆听他的心声。许久许久之后，我给将军点了一支烟，也给自己点了一支烟，一边抽着一边昂首挺胸，凝视着远方的大海。我突然感觉到：将军的身躯虽然已经凝固于此，可他的心仍然活着，仍然在思念着家乡邬阳关的山水田园，仍然心系着国家和民族的安危。当他看到眼前这国富民强的太平盛景，他的脸面之上明显地展露出欣慰的神情。

这时，我的耳边回响着一个声音，就是 1841 年 1 月 7 日下午，陈连升将军身中数弹，单腿跪地，用军刀支撑着身子时的吼声："英吉利小儿！朝我的胸前开炮吧！我们的国家，我们的民族，一定会站起来，一定会富起来，也一定会强起来的！当下，你们用铁蹄践踏的，是一头沉睡的雄狮！当雄狮醒来时，怒吼声便会震荡山河，响彻云霄！雄狮一定会屹立在世界的东方！"

我把书稿放在英雄当年单腿跪地、为祖国流尽最后一滴血的地方。后人为了固定这个位置，安放了一大块橙黄色圆形的海石在此。我把书稿顺着将军落跪的方向摆放在了海石之上，便于将军翻阅审读。突然海风轻吹，书稿还真的就被掀开了，片刻之后，书稿居然又被慢慢地合上，我顿时感动得流下了热泪……

我历尽艰辛，已经耗时 4 年，完成了这部 62 万字的著作初稿，兑现了当初的承诺，这对于民族英雄陈连升将军来说也是一种安慰！种种迹象表明，将军对这部著作还是满意的，我的心血总算没有白费，这也是对我的一种安慰。

在这里，我还想告慰将军的是：我们仍然还在不断地努力，拟把《陈连升传》一书公开出版发行之后，将其改编成电视连续剧，并成立剧组融资拍摄，让将军魂归故里邬阳关，并在英雄的故里筹资兴建陈连升纪念馆，恢复陈连升故居，敬立陈连升骑马飞刀铜像。让英雄的一生再现于荧屏，是我们追求和努力的方向，让将军的吼声再次回荡在海面……让我们再听将军站在木簰之上喊一回山歌：清江水甜客来饮，邬阳茶香我先尝……

回到宾馆已经很晚，我把在沙角炮台的一组照片和所见到的一些情形发到了微信朋友圈，点赞的人迅速攀升，成了一个热闻。

2019 年 5 月 17 日，这天我起得很早，站在窗前望着海岸的朝霞，心情愉悦了许多。吃过早餐之后，我去虎门镇人民政府联系了相关工作。从镇政府 3 楼办公一室出来，见时间尚早，就想叫车再去威远炮台和海战博物馆看看，朦胧间就听耳边有一个声音说道："去威远炮台干吗呀？那里是关天培将军的防区，要去就还是去沙角炮台吧！"我突然竖起耳朵细听，觉得这声音好熟悉好亲切，明显地带点邬阳腔。可仔细辨析却又不见其人，便突然想到了陈将军。于是叫车又沿连升中路出发，来到了沙角炮台。

这时，海面正在涨潮，炮台前的这片大海好美。大船的轰鸣之声滚滚而来，且都是咱中国人自己的坚船利舰了，船桅上挂着的都是五星红旗，沙角炮台不再是鸦片战争的前沿阵地，就好比一个避暑的胜境。

我望着这里的草木修竹，在炮台后面的那棵树边坐了下来，望着那一片湛蓝的大海，让轻吹的海风消除我的暑热，净化我的心灵。湿润的空气里微弱的有一股海鲜的味道，腥气若隐若现。渐渐地，喧嚣与浮躁离我远去，我的面前有了一片无比清新宁静的空间，就好比灵魂也得到了冲刷和洗礼。

又来沙角炮台其实不为别的，心想这千里迢迢来一回虎门也不容易，就把旅途之中余下的这点时间用来陪一陪陈将军吧，下一次指不定什么时候才会再来。这时，一条大船拉响了长笛，似乎是在鸣示小船让航，那厚重雄浑的声音吼得海水动荡，岛礁颤抖。

我抬眼望去，只见参天的古榕和金竹伸在海岸湿润的空气里，时而把金灿灿的阳光撕成碎片洒得满地都是，豆粒大小的榕树籽时不时抛落下来，撒向热带疯长的草丛，几园青皮东竹夹在其间，支起一片风景，竹冠气韵十足，榕树绿影满满，苍翠欲滴，风动枝摇，免得陈将军感到孤独寂寞。

在陈将军石雕的旁边是几棵参天的木棉树，每年早春木棉花开，红若火焰，艳如朝霞。与其相间的是金玉兰，花朵撒满火砖铺成的便道。海岸之上，红樱盛开，花红叶绿。桐树展开的大叶苍翠欲滴，小棕树喜气迎客，大椰树摇风打扇。毛竹和龙眼相拥而栖，风动枝展，交错着支起绿影，展露着各自的风姿。鸡蛋树初展大叶，花香扑鼻而来。如此绝美的风景里便是陈连升将军曾经镇守的沙角前哨。

我静坐在将军身旁，静心思量着将军劳苦奔波的一生。十三年的乡居童年，练功习武，邬阳关的山水养育了他；三年的木客生活，撑篙放簰，搏击风浪；四十七年军旅生涯，征战的足迹踏遍大半个中国。将军一生仗义仁爱，却也所向披靡。他十六岁走单骑出邬阳关，从木客到将军，峰回路转到海疆，六十花甲上前线，官涌大捷敌胆寒。数不尽件件桩桩英雄事，道不完英雄豪气自凛然。

海岸气候如同孩儿的性情，一会儿潮起潮落，一会儿狂风暴雨，一会儿又是阳光灿烂，一会儿风平浪静。我就这么静静地坐在将军雕像旁，感受着气候的变化，倾听着潮声和雨声。就这样经历过长时间的心灵净化和洗礼之后，我顿觉释然，松开了眉宇，敞开了心扉，眼前不再茫然。

眼前的一切给了我启迪：我们对英雄可怀追思之意、敬畏之心，但不必凄楚与悲凉。历史的屈辱已被尘封在记忆里，英雄的吼声已经成为现实。我们的国家，我们的民族，已经站起来，已经富起来，也已经强起来了，正在齐心创造共筑伟大复兴的中国梦！

我明天就将告别东莞虎门踏上归程，回邬阳关去。但我相信，民族英雄陈连升将军高大的形象虽已凝固在了海疆，凝固在了沙角炮台，但他的心却永远活着，永远迎合着时代崛起的节拍在不停地跳动。

望着将军伟岸的雕像，望着节马昂头的姿态，我在心里说：就祝我一路平安吧！

一曲生命的颂歌

记得我第一次见到刘绍敏，那是 1992 年的秋天，因为我三弟刚刚大学毕业分到恩施工作，与刘绍敏的夫君是同事的缘故。那天下午，我们去她家晚餐，刘绍敏穿着一件粉红色的羊毛衫，身材俊美，脸蛋白里透红，像一个熟透的苹果，双眼明亮大而有神，害得我几次夹菜都掉在桌面上。她的年轻美貌映在了我的心壁之上，心里慨叹道："恩施城里居然还有这样的美人!"

许多年后，因为刘绍敏的才华，我们又在文化圈里相遇。每次活动，她胸前总挂着一架高级相机，热情地为我们留下了许多精彩难忘的瞬间。她灿烂的笑容和热情高贵的内在魅力，给我们传递着满满的正能量，让我们渐渐地把女作家刘绍敏当成了一位值得敬重的大姐。她是一位充满激情与活力、才华横溢的女作家、摄影家，而且是我州获得省作家协会、省摄影家协会双重认定的一位优秀女性。

在 2019 年 4 月的郧阳民族文学笔会上，刘绍敏激情满怀，怀着对民族英雄陈连升的敬畏之心、追思之意，写下了许多感人肺腑的文字。在 2019 年 8 月石灰窑的女儿会上，她向我们详细讲述了土家女儿会的历史渊源及演变过程。她对文学执着的追求精神，让我们十分感动。相聚在凉月山墅的几个夜晚，她向我们详细介绍了《毕兹卡娘娘》小说的创作意图和创作过程。这部长篇小说正是石灰窑土家女儿会历史演变的一个缩影，是一曲土家人生命的颂歌。这部小说告诉我们：土家人不仅是粗犷剽悍的，也是柔情浪漫的，小说主人公更是有责任感、有担当、有奉献精神的。因此，使我对长篇小说《毕兹卡娘娘》产生了浓厚的兴趣，并决定用充电的方式从中吸取养分，仔细品读这部作品。当我用七天的时间仔细读完这部小说之后，心里突然亮堂起来，掩卷细想，这部小说至少有几点让我阅后难忘。

一、《毕兹卡娘娘》的主题鲜明

《毕兹卡娘娘》主题鲜明，是一部充满正能量的好作品，也是刘绍敏创作出版的第一部长篇小说，是2014年湖北省作家协会从全省报名的107部作品中，通过评委层层严格评审，公证公示后，进行重点扶持的项目，是2018年6月终审定稿出版的8部作品之一。这是恩施土家族苗族自治州获得该重点项目的第二部长篇小说，作者刘绍敏是全州获得该项目创作的第一位女作家。全书27.7万字。

《毕兹卡娘娘》是一部关于毕兹卡民族风情、民俗文化的长篇小说。内容以施南府石灰坪高山为背景，通过精彩的故事情节，展现勤劳智慧勇敢的毕兹卡人冲破封建藩篱，巧妙地利用民俗七月十二“月半节”赶场的机会相亲（后被人们称做“土家女儿会”），来无声地与封建习俗做斗争，勇敢争取婚姻自由的艰难历程。

专家评委、编审老师对《毕兹卡娘娘》的文学创作给予了很高的评价与肯定：“小说对恩施的土司制度、婚葬风俗和地方民歌的描写具有很高的文献与文学价值。”

作品出版发行以来，受到了恩施土家族苗族自治州委、恩施市委的高度重视。2018年8月7日，恩施土家族苗族自治州委办公室主办的《每日要情》“热爱恩施·发展恩施”，高度肯定了《毕兹卡娘娘》的出版发行；恩施土家族苗族自治州人民政府网、《恩施日报》、恩施土家族苗族自治州委老干部网、石窑女儿会公众号分别进行了专题新闻报道。恩施市硒都新闻网作为头条新闻进行了重点推介。恩施土家族苗族自治州、恩施市图书馆作为当代畅读书，列为重点借阅书目。小说出版以来社会反响很好。

二、《毕兹卡娘娘》的结构新颖

“这天，覃老泡摆起两河口小有名气的秀才钱大安，很受人听。”作家用白描的手法交代完石灰坪的山体结构，自然流向和经济流向之后，就把主人翁钱大安的故事交与老光棍覃老泡去开篇述说。而覃老泡的出现，一下子就抓住了我。

覃老泡就是这么一个人：“一口辣子一口酒，每天不吃饭可以，但不喝酒不行。”这样的人我们在乡村视野里见得多了，特别是煎了油用盐巴炸石子儿当菜下酒的那个细节，不仅让我过目不忘，而且还勾起了我儿时的一段记忆。我小时候跟一位老叔下河捞过鱼，走的时候老叔的背篓里放了一只很古老的铜皮锅儿，还特地带了菜籽油和盐巴，还有一瓶苕干酒。这天中午河水清亮，我们和老叔没有捞到鱼，中餐也就没得指望了。到了太阳偏西的时候，也只弄到了几个鱼花花儿。老叔叫我们几个孩子去捡浪渣柴生火，用菜籽油把几个小鱼儿炸了让我们吃。老叔自己在浅水里捡了一捧长满水青苔、板栗大小的鹅卵石来，一个一个小心翼翼地放在锅儿里去炸，等水气升腾完了之后撒上一层厚厚的盐巴，然后一边喝苕干酒一边嗦着石蛋，直到把炸焦的青苔和盐巴全部嗦得干干净净，并轮着眼睛朝我们吼道：“做这道菜的时候切记不能用太小的石子儿，若是嗦着嗦着不慎吞进一粒到肚子里去，屙不出来那就夹呀卵了!”覃老泡做“嗦丢”这道菜的方法我亲历过，只是他用的是小石子儿，不保险。

用这种叙事的方式，先把读者抓住，这是小说家的高明之处。再看看那个修屋上梁的掌墨师，心也真够狠的，就为几根鸡腿，不讲职业道德，做出伤天害理之事，竟然有意把中柱倒立起，犯了修屋造宇之大忌。但在弄清缘由后却又羞愧难当地及时更正，这些生活细节的描写，心理刻画，在小说的铺垫阶段就好比给读者喂了一根甜竹笋，又绵又脆，很有嚼头，让人精神为之一振。

追求小说的结构新颖，是很多作家努力的方向，都想与众不同，给读者一个全新的感觉。但已经问世的文学作品浩如烟海，很难找到新的突破口，很难突出重围。而女作家刘绍敏以自己独特的视角与思维方式，基本突围成功。《毕兹卡娘娘》让我耳目一新：原来小说还可以这样开头。

钱大安无疑是小说中的主角，他与香香的结合是没有爱情的，当然也就没有浪漫的生活体验。所幸近亲结婚带来的苦果并没有影响钱秀才今后的人生，一场山洪泥石流，夺走了香香和儿子的性命。作家对这两个人物的处理虽然显得过于仓促，甚至仓促得没有让作为父亲的钱大安感受到近亲结婚的危害，那个傻子儿子就被突如其来吞没在了猛烈的山洪之中。

钱大安的父亲钱基石也只顾了满足自己“抱孙子”的愿望，他在急于再为儿子续妻的过程中，也让人们关注到了他的身世与命运。有人说，女儿是娘长长的生命线，儿子是父亲的影子。钱大安与高菊英的婚姻几乎是父亲钱基石当年命运的重复。

已经有过一次婚姻经历的钱大安对高菊英有好感，似乎除了婚姻之外确实还萌发了爱情。菊英对大安的爱恋藏在心里很久，而且是因为香香的捷足先登夺了她的爱。但他们仍然是表兄妹，是近亲。菊英的流产早逝，给钱大安的打击是很大的，但他对枝玉又是一见钟情的，压在心里的痛苦怀念与意外一见钟情对心灵的猛撞，让钱大安萎靡的灵魂为之一振，他复活了，昨天还在苦苦怀念的菊英，在见到枝玉后便成了钱大安生活里的一位过客。这就是生活，人性的现实与无情。钱大安与枝玉的结合经历了一个激动热恋的过程，经历了毕兹卡庄重讲究的婚姻习俗和热烈隆重喜庆结婚仪式，让外地姑娘枝玉真真切切地感受到了毕兹卡浓郁的民族风情，公婆厚重的人文关怀，毕兹卡丈夫细腻热烈，粗犷深情的爱恋。使从小因为烫伤不自信而冰藏多年的少女之心融化了，使这位湘西美少女变成了毕兹卡汉子的女人，并且是那么心甘情愿，心满意足，为她日后成为毕兹卡娘娘奠定了坚实的基础。

原来，“枝玉做梦都没有想到，跟秀秀出去玩，还真的遇到了心中的白马王子。平时虽然听秀秀说起大安哥的好，她也没有在意过，到底人家是死过两个老婆的大男人”。

后来枝玉与大安相识相恋后，作家是这样表述大安与枝玉的见面的：“大安深邃的目光，深情地望着这个越发聪明标致的姑娘，他一只手环着她的腰，一只手轻轻地托起她玲珑的下巴，深深地吻了下去……枝玉本能地睁开眼睛，要揭露他的阴谋，但被他拥着，吻着，根本就无法张嘴说话……”

作家似乎是用倒叙的手法在描写钱大安与枝玉的浪漫爱情，这可能就是一种突破，在当时那种封建礼教的束缚之下，讲究男女有别，也只有毕兹卡男人才有那个勇气和胆量去吻自己爱慕的女孩。并且吻得是那么的坦荡与深情，这种吻就是毕兹卡男人的承诺与担当，它表示的是自己将对这个女孩负责终生。

这些情节和细节的描写增强了小说的感染力和艺术张力，使毕兹卡人的浪漫情怀更加绚烂。这种环境描写和人物刻画如同荷塘带露的荷叶，温润温馨至极。这是土家女儿会给恋爱青年男女赋予的力量，也是对被封建礼教束缚下的青年男女渴望爱情的诠释。钱大安和枝玉这两个人物也由此被推到小说纵横坐标的轴心。

这是作家驾驭小说结构技巧与匠心的展露，也是作家才华与天赋的展露，给了我们全新的体验。

三、《毕兹卡娘娘》的语言鲜活

我说长篇小说《毕兹卡娘娘》的语言鲜活是有充分依据的，随便翻开小说的一个页码，都能读到鲜活的文字。“好在自己只跑施南府和长阳，每次最多个把月就能回家。回到家哪怕是老夫老妻，相处也是新鲜得很，秤离不得砣。就是你不让我挨，我也不能因此迁就你。”读到这些文字的时候，那鲜活的味道立刻让我想到了“小别胜新婚”的说法，这或许就是夫妻间的恩爱。我就曾经遇到过这样一对夫妻，老公出门做手艺，去了一段时间回来，很想与妻子亲热亲热，可妻子得了重感冒身上发烧。夜晚躺在被窝里老公试探着想碰妻子，却又不忍心，就叹了声长气说：“哎，我想那个，你又那个！”妻子明白老公的心思，就忍着病痛说：“你想那个，你就那个，我那个又不那个！”夫妻间的这种对话显得含蓄温情，正是秤不离砣的写照，是生命鲜活的特征。

“土司夫人以为王爷又要出门了。以往，他出门前、回家后，总是喜欢与自己这样温存。这是他最健美、最狂放、最放松的时刻。像一头白虎，翻过了高山坪地，穿过了草原，最后深入峡谷寻幽探险……让他斯文点，他就笑话夫人，这个时候能斯文么？斯文了就不是容米的男人！斯文了能当土司？斯文了你真的喜欢？”这样的语言鲜活吗？鲜活！硬是鲜活得能让你听到牙床的响动，硬是鲜活得能让你闻到淡淡的腥味儿。女作家刘绍敏能够笔力独到，含蓄而不粗俗地写出这样的场景，这样的气氛，我着实应该为她的成功叫好。

毕兹卡是一个浪漫而豁达的民族，这种浪漫豁达自然会表现在心境与语言上：“苦闷的人无处说，劳动歇气时就使劲地唱山歌，这山唱那山应，你唱我合，他唱她答，唱得多了，唱得久了，从歌声中就能知道对方的情况，相互倾诉以排解心中的痛苦。未婚的，以歌为媒，以歌会友，以歌表达感情，以歌定终身，就连皇帝老儿也管不了。凭歌找到心上人的男女还不少。”这不是鲜活的浪漫又是什么？这也是土家女儿会最初的表现形式，也是最终的表现形式。没有歌声的女儿会那还叫女儿会吗？尽管现在进入到了网络信息时代，微信聊天可以互诉衷肠，信息发送取代了加急电报，让邮政歇了业、转了行。但雄浑的山歌，缠绵的情歌仍然能够使人眼前一亮，心境开朗，是最直白，最热辣，也最鲜活的调情方式。或许这也是《毕兹卡娘娘》要向我们传递的一个特别的时代符号。这个符号虽然来自一个久远的时代，但直到今天，它仍然是一个最为鲜活的形式。唱腔可以奔放，唱词可以含蓄，但表现形式必须热辣鲜活。这就是生命的歌唱，这就是生命的启迪。

毕兹卡是一个浪漫的民族。他们不仅对风花雪月持有浪漫，而且面对死亡也是那样的坦然与浪漫。

“你嘎嘎抱着你娘哭得死去活来，最后对你娘交代：‘冬至啊，既然逃不出来，阎王硬是瞎了眼睛让你去，你就放心地去吧！不要牵挂么子，你的儿子我们一定要把他盘成人的！你早去早投生，就是要记住，下辈子做畜生也一定要变个公的！’那场景好凄惨，好造孽哟！在场的人没有哪个没落泪。入殓时，你娘的眼睛睁得大大的，你嘎嘎用手抹了好几遍，她才闭上眼睛。”这是毕兹卡人面对死亡的一种坦然鲜明的态度，“既然逃不出来，阎王硬是瞎了眼睛要你去，你就放心地去吧！”声音里虽然充满了无奈，这是一位长者对离别亲人的坦然态度，鲜活的语言，说得真切而感人。

“一路上，他们开心的笑声和矫健的身影，惊动了山道两旁出来觅食的雀鸟，有时这边‘扑哧，扑哧……’飞出几只小鸟，有时又听到那边‘叽呱、叽呱，叽叽呱呱！’鸟儿在嬉闹。那声音就好像是在肯定姐弟俩的话‘是的，是的……’‘是啊，是啊！斯文倒吵！’”

“一路上，轿子虽然很平稳，但枝玉还是紧紧地把女儿贴在胸口，生怕有个闪失。山道弯弯，上坡下坎多，尽管大楷、大月放慢脚步悠着走，还是难免轿子的上下颠簸，左右摇晃。刚开始，害怕女儿一直吵闹，枝玉把奶头塞进她的小嘴，也许是含着有安全感，女儿一会儿就迷糊地睡着了。”

这就是作家刘绍敏在长篇小说《毕兹卡娘娘》中鲜活的语言特色。在书中的字里行间，像这样鲜活的语言比比皆是，像喷香的韭菜，也像嫩嫩的椿芽，鲜活得能一把捏得出水来。

四、《毕兹卡娘娘》的缺陷不足

《毕兹卡娘娘》虽然是一部成功的长篇小说，主题鲜明，结构新颖，语言鲜活。但为了让女作家刘绍敏今后能够写出更好更美的文学作品，对小说中的缺陷不足我要一一指出，供绍敏大姐参考。

一是这部小说的语言仍然还有很大的提升空间。一位作家要把语言文字的功力提升到一定的高度和水平，是一件十分困难的事情，需要不间断地长期训练，需要时间和汗水，不是靠才气和激情就能获得的。我之所以说《毕兹卡娘娘》的语言“鲜活”，而并没有说《毕兹卡娘娘》的语言“精妙”，是因为我站在一个同行的角度认真品读一部作品后的内心感慨。二是从小说中能够感受到作家对人物内心世界的刻画与描写还很平淡，没有达到人物所需的最高境界；同时，小说虽然注重了细节描写，但对于大场面、大景物的勾勒，笔触还有欠缺，还需要提升驾驭能力，要写出意境，牵动主题，打动读者。三是小说铺垫中的伏笔埋得不深、不利索，没有起到引人入胜的作用，甚至还看不出作家的创作意图。四是如果能把每一章都用上确切的小标题，不但对内容有提示作用，会使作品更加紧凑完美。五是小说尽管高调结尾，私塾里的学生，不管是近亲婚姻有智障的孩子，还是正常的学生，在私塾先生钱大安正确的悉心教育引导下，他们不仅有文化，有思想抱负，更重要的是有正确的人生观，他们都当了红军，有了最理想的人生发展前途。但总的来说，结尾布局还是仓促了些。六是因为结尾没有舒展开，对枝玉成为毕兹卡娘娘的刻画渲染就不够，影响了作品的张力和小说的感染力。不然，这部作品将会更加完美，更能打动人心。

在此，我把这六点缺陷不足视为“缺陷美”，与绍敏大姐交流，进一步探讨。我坚信在今后的创作中，绍敏大姐一定能够写出更好更美的文学作品，给我们以生命的启迪，以美的享受！相信绍敏大姐一定会有更好的作品问世。

我希望着，我期待着。

云林古枞展新姿

2020年是农历庚子，这个春天比往年来得稍晚了一些，人们在经历过“抗疫”隔离的漫长等待之后，迎来了一个阳光灿烂的日子。打开紧闭的门窗，看到了万山丛中盛开的樱桃花，那是这个春天里最早的信号，也是云林古枞之中展亮的新姿。

无论季节怎样变换，鹤峰邬阳关都是一片神奇的土地。山里树木葱茏，参天的古树展露着厚重的绿影，沧桑的古茶树栖居在凤凰山中，飘溢着润肺的甜香，山泉叮咚如同古琴和弦，百鸟和鸣似比天籁之音。这里环境优美，是一片充满希望与灵气的人间仙境，每一个早晨都被欢快的鸟叫惊醒；这里的空气纯净新鲜，属天然氧吧，清新利肺，怡人抒怀；这里的人普遍高寿，这里的茶更是山珍中的极品。

不仅如此，鹤峰邬阳关还是一个诗意栖居的地方，著名书画家王保康先生，从海南三亚来到这万山丛中写生作画，看到这里雄奇的山水，顿生雅怀，脱口韵诗曰：“邬阳幽壑古木深，云绕清溪石边行；坐饮香茗心不倦，三杯未尽鸟归林……”这是名家的一片心境，也是名家写给邬阳诗画般的一片意境，是云林古枞之中千古不朽的灵气凝聚起的精华。

在鹤峰邬阳关的万山丛中，在清江岸边那如画的风景里，如果说樱桃花盛开还只是一个报春的信号，那么待到明媚的阳光下，春茶叶翠，映山红散蕾花开，那才是真正让人陶醉的春景。尽管庚子年的这个春节假期显得格外漫长了一些，但我始终没有忘记与百鸟村党支部书记、湖北忠翔现代农业有限公司董事长、鹤峰县第十八届人民代表大会代表贺德林同志的那个约定，我们相约在这个迟来的春天里进行一次心灵的碰撞，当我们如约在木林子国家级自然保护区外沿灌头嘴忠翔公司总部相见时，他便给我介绍说："我叫贺德林，贺龙的贺，朱德的德，林彪的林。"这个名字经他这么一解释，使我顿时觉得不仅大气，而且辨证。换句话说，尽管我们的心灵还没有展开碰撞，直观就已经告诉我，这是一条顶天立地的土家汉子，不仅身材魁梧，伟岸高大，而且在我心里，他的形象也立刻高大起来。

一、艰辛的童年

地处木林子国家级自然保护区边沿，有一个名叫麻叶榨的地方，四面的大山森林阻隔着这片山地，只有一条小溪流过地缝般的峡谷，成了麻叶榨这个林中山寨的出马之路。

二十世纪八十年代，木林子自然保护区从巴鹤线罐头嘴接线修了几公里林道进入麻叶榨腹地河谷，这才打通了麻叶榨境内三个生产队百余户村民的生命通道。

原来在麻叶榨二组栗树垭旁的董家坡，居住着一对让乡邻们十分羡慕的小夫妻。妻子李双英是个女强人，夫君贺宗炎不仅为人随和仗义，而且是个致富的能手。在改革开放初期，他们家就购买了一台东风 140 型大货车，常运木材去江陵，然后将大米运回山里销售，几年的辛苦奔波，他们家就成了百鸟村涌现出的第一个名副其实的"万元户"。

说贺宗炎随和，那是因为当年一位开大车的司机在乡邻们眼里是何等了得的人物！人们受肩挑背磨的痛苦太久了，受交通闭塞的苦恼太久了，自从有了这条通往大山深处的林道，自从贺师傅购买了这台大货车，麻叶榨的乡邻们一年四季请他捎东西，重则化肥农药，轻则针线盐巴，他却从来没有收过乡邻们一分钱的运费。有时候就是卖几个立方的木材，只要车上装得下也会顺道帮忙带出深谷，图个方便。有些贫苦的乡邻出门没钱坐车，时常还被贺师傅请到豪华整洁的驾驶室里，享受一回眼望窗外山影、尽情奔驰的畅快。在那个交通极为不便的年代，能够捎带点货物、搭乘个便车那便是天大的人情。于是乡邻们出于感激，便按照辈分长幼，亲切地称他为"宗炎哥""宗炎叔”，一弯的人也都亲切地称他“宗炎”，在乡邻们的心底里，宗炎是一个可以指望的人。

说贺宗炎仗义，那是因为乡邻们无论哪家出现了灾难之事，他都会伸出援助之手，要钱他出钱，要车他出车，不计报酬不辞辛劳，帮过人家的忙不计其数，日子久了连他自己都忘了，可乡邻们的心里有本明白账。在那个年代，人们抵御自然灾害的能力极差，当病灾、火灾、自然灾害降临时，谁家都承受不起。可每到这样的关键时刻，贺宗炎师傅都会慷慨相助，就连麻叶榨小学里差了课桌凳，他也一下子就捐了五十套崭新的课桌凳去。在很多人的记忆里，贺宗炎是一个讲诚信、讲义气，在钱米上从来不让别人吃亏的人。对待朋友和兄弟，他可以三腰裤子脱两腰，是一条有血性有担当的汉子。在乡邻们的心底里，他是一个不欺弱不嫌穷的好人，就连那些背脚打杵的人他照样以诚相待，以至许多年后，贺宗炎的仗义慷慨，仍然在乡邻们的记忆里铭刻。

就是这样一对和美的夫妻，就是这样一个美满的家庭，谁会料到在未知的情形里，老天爷会给他们施以怎样的考验？就在贺德森、贺德林、贺德美、贺德胜 4 个孩子在乡邻们的祝福与拥戴之下幸福成长的美好时刻，一场青年丧夫、幼年丧父的悲惨车祸不幸降临，这让 29 岁的少妇李双英及 4 个幼小的孩子犹如五雷轰顶，天突然塌了下来。

这个日子是 1991 年的农历腊月二十五，刚满 7 岁的贺德林与母亲在车祸现场目睹了当时的血腥与惨烈，经历过撕心裂肺的一场痛哭之后，记住了乡邻们赶赴车祸现场实施救援的情景。乡邻们的慷慨义举，以及为失去这样一位好人而含悲痛哭的场景铭记在了他们一家人的心底里，这让他们全家在万分悲痛之中感受到了一份人间大爱与温暖。

经历过这样的切肤之痛后，7 岁多的贺德林突然懂事了，他从母亲哭肿的双眼里看到了坚强的目光。然而现实是残酷的，在寒冬腊月这场惨烈的车祸中，这个家不仅痛失了顶梁柱，而且报废了一辆大汽车，更重要的是断了维系家庭生活的收入来源。料理完丈夫贺宗炎的后事之后，李双英没有忘记她与夫君曾经商议过的那个设想，也就是等攒足了一定数量的钱米之后，要在麻叶榨公路边中心地带建房搬迁的设想，因为住在栗树垭董家坡交通不便，进出都要走十几里山路，对几个孩子上学不利。孩子们长大了不仅是要求生存，而且还需要发展，举家搬迁似乎是最好的选择。

前面的路举步维艰，在家里突然失去了顶梁柱的情况下，一个年轻的女人带着4个幼小的孩子，要实现搬迁修房的目标谈何容易呀！最后还是娘家的父母和弟妹伸出了援助之手。很快，弟妹们倾其所有凑了十几万元建房资金递到了李双英手里，这让她感动得说不出话来。父亲李章金帮忙跳进舞出张罗着铺排修房事宜，母亲覃菊珍挑起了后勤保障的重担。这时乡邻们伸出了援助之手，帮忙完成了建房场地里的土木之工。经过一年多艰苦奋斗，一栋砖混结构的漂亮房子建在了河谷间，成了深山里一个闪亮光点，李双英带着4个孩子搬进了新居。

建房不仅欠下了巨额的经济账，而且欠下了巨大的人情账，乡邻们的这份大恩何以报答呀？眼下4个孩子上学读书，拿什么来维持生计？李双英咬紧牙关，勤耕苦做，不仅披星戴月耕种家里的承包土地，而且还扩大养殖业。搬进新居第一年她就养了8头肥猪，并出售了5头商品猪。拿着卖了5头肥猪的一叠钱，新春大节李双英没舍得给自己挂一根纱，就连一根红头绳也没舍得买。为了谋求生计，维系一家人的生活开销，李双英与德林、德森这2个已经懂事的儿子商量，决定把卖猪的这笔钱拿出来做本钱，在麻叶榨自家的新屋里开一个小卖铺，既可以方便当地群众购货购物难的问题，又可以赚取微薄的利润贴补家用。接着他们又拓展了经营范围，在从事商品零售的同时开始收购鲜魔芋加工干魔芋，销往湖南。

随着信誉度越来越高，生意也越做越大，李双英这个“女强人”名号也充分被人们认可。随后的日子，他们不断扩大经营范围，办起了葛粉加工厂、蕨粉加工厂，利用山地里的资源加工增值，开发有机产品。可由于涉及的生意项目多，在母亲李双英忙不过来也顾不过来的时候，已经就读六年级的贺德林担起了企业会计职责，放学回家除了照顾弟妹，分担家务之外，更多时间是要负责货物盘存做账，还要进行加工销售的成本核算。

在贺德林印象之中，父亲是一座伟岸的大山，这座山虽然已经突然崩塌，但山的影子却始终映衬在了他的心壁之上，是他身为男儿汉的力量源泉。儿时的艰辛与磨砺，使贺德林成了一个早熟的孩子。他九岁开始用背篓背粪出坡种地，别人家的孩子有着快乐的童年，可贺德林他们兄妹四人却被一场灾难夺走了开心与欢笑。每次到了上学的日子，别人家的孩子可以睡个懒觉之后由父母送到公路边拦车去学校。可他们不行，每逢周末回家都有繁重的家务劳动，就连上学那天也要带班领工做半天活计之后才能到学校里去。那时候，哥哥贺德森在邬阳关上读书，家里凑钱给他买了一辆陈旧的自行车，他要一边上学一边做生意。而贺德林的任务就更加艰巨，不仅自己要赶最后一班车去下坪上学，而且还要把妹妹贺德美、弟弟贺德胜带到老官桥安顿在江坪小学寄读。

艰难的日子往往显得格外漫长，饥饿的日子会让人感到格外难熬。在这期间，贺德林也暗中有过伤感，甚至还偷偷流过辛酸的泪水。可他们在众人面前却始终牙关紧咬，从未表现出内心的屈辱与凄凉。渐渐地，他在母亲的坚毅与顽强中学会了坚强，他开始懂得人生的路上不相信眼泪；渐渐地，他在家庭的小本经营中悟出了投资赚钱的基本原理，也逐渐体会到了赚钱的快乐。而母亲李双英也从德森、德林两个渐渐成长起来的儿子身上看到了未来的希望。在母亲李双英眼里，贺德林外表憨实，实则十分机灵，历尽艰辛童年的他，将来一定是个可造之材。

可就是母亲李双英在德森、德林两个渐渐成长起来的儿子身上看到希望的那个中秋，灾难再次降临到了他们家，一场大火烧毁了他们家刚刚搬进去不久的新屋，几乎再次把他们推向了绝境。

发生火灾的那天是农历八月十四，看到浓烟滚滚，火势迅猛漫延，贺德森吓得大哭不止。贺德林却冲进屋里拼命地往屋外抢东西，并对哥哥贺德森大声吼道："哭么得哭呀！待在那里号不晓得抢东西?!"看到弟弟贺德林的镇定与勇敢，哥哥贺德森一抹眼泪，起身冲进了火场，抢出了一些衣物和被子。大火中，贺德林的双脚和肩膀都被烧伤，麻叶榨和相子岭的乡邻们听到喊声奔跑扑来救火的就有五十多人，他们呼喊着奔跑着，在河里端水灭火……望着乡邻们那亲切的面容，贺德林的心在颤抖，热泪终于忍不住滚落了下来。

贺德林再次铭记住了乡邻们的恩德，并望着灰烬里翻卷的余烟立下大誓：等我长大成人了，一定尽其所能回报乡邻们的大恩。

紧接着，乡邻们帮忙清理了火场，并回家取来了腊肉、谷子、黄豆、棉被，塞在贺德林手里的现金就有九百多元。真是水火无情人有情啊！贺德林将一叠沉甸甸的零钞交给了母亲李双英，泪水浸湿了那一叠零钞，那是人间大爱的凝聚，那是人间温暖的彰显啊！

在乡邻们的倾情帮助下，短暂的一个月之内他们就又恢复了家园，有了安身之处。农历九月十五那天，是贺德林外公李章金60岁的生日，为了尽忠尽孝，也为了沾沾喜气，母亲李双英决定宴请乡邻和亲朋，预示着他们家将有一个全新的开始。

那是一个阳光灿烂的秋日，贺德林肩上和脚上的烧伤也渐渐地好了。站在家乡的小河边，深吸了一气桂花的清香……他抬头远望，一朵彩云正飘移在远方的山口，就好比是他儿时的一片梦境。

二、立志创业报大恩

贺德林与哥哥贺德森初中毕业，几乎同时回到了麻叶榨家中，但彼此的内心之中都没有再入学深造的愿望了。那个阶段交通闭塞，信息不灵，群众出行难似乎是一个很难解决的问题。那是一个雨过放晴的日子，连走路睡觉都在默念着致富经的贺德林从下坪回家，从罐头嘴岔路口沿那条砂石铺成的林道朝麻叶榨走去。这条砂石铺成的林道只有2.5公里，可正是这么短距离的一段砂石路，却让贺德林走得有些吃力。他想到了乡邻们长期这么进出而没有交通工具的苦楚。出行难，卖茶难，发展商品经济就更难。突然一个闪念掠过贺德林的脑海，等他再仔细那么一琢磨一默想，便觉得这里面潜藏着一个商机。

假如买一台面包车，从麻叶榨到邬阳关跑客运，顺便带货回转，日积月累，也一定能够挣到一笔可观的收入。因为麻叶榨连到相子岭共有4个居民小组，且经济流向与自然流向完全同轨，生意应该做得起来。可当他回家盘了家底之后，要买一辆崭新面包车跑客运资金不够，再加上买一辆面包车，他们兄弟两个之间只能安排一个就业，还有一个仍然要闲着，这显然不妥。眼目下家中的财力只能购买两台新摩的。贺德林望着母亲和哥哥语气坚定地说："干吧！先买两台摩的车把生意做起来，勤快些积累资金，争取用3年的时间鸟枪换炮!”母亲相信儿子贺德林的眼光，就欣然同意，3 天之后 2 辆崭新的麻摩车接回了麻叶榨。

说贺德林精明，那还得从细节说起。他与哥哥贺德森大致分配了一下线路，并分工合作统一调度，风雨无阻日夜兼程，不仅跑起了信誉，而且春做茶叶生意秋天收魔芋，车虽小生意却越做越大。而他们的麻摩车只跑新头，快要开支修车费的时候，连忙降价卖掉再买新车。跑车的收入统一做账专户存储管理，从不乱花一分钱，而且兄弟俩暗中比富，密切关注着各自存款的数目……两年的打拼历尽辛苦，提前一年“鸟枪换炮”，兄弟俩各自买了一辆中巴车，分别加入到下坪和郧阳两个客运车队。

创业维艰靠勤俭，守成不易戒奢华。明不假说，当初贺德林对这句话的理解并不那么透彻，但牢牢地记住了母亲教给他们的那句话：“置家犹如针挑土，败家好比浪打沙。”

出发前的那个早晨，清新的空气渗透在麻叶榨河谷间，厚重的绿影映衬着 2 台崭新的中巴车，一下子成了边远村寨里闪亮的光点。母亲李双英仔细叮咛，语重心长。德林、德森兄弟俩像登程的壮士，前面的路似锦绣如玉带……贺德林望着麻叶榨围拢来的山影，心胸里涌起了一种别样的情感。平静了一下心情之后，他对母亲说：“您就放心吧！跑客运只是我们走出大山的一个前奏，等我们积累一定经济实力之后，我的志向还是要创办实体企业，为乡邻们提供更多就业岗位，最大限度更大范围地回报乡邻，回报社会。”一听这话，母亲心里感到一阵温暖，两眼发热闪耀着激动的泪光。

当一缕阳光从麻叶榨山口喷薄而出，在两台崭新的中巴车上折射出七彩光环时，兄弟俩打开车门，2 台车被同时拧响，机器的嗡鸣之声成了这片鸟语花香的河谷间最美的声响。2 台中巴车同时驶出麻叶榨，奔向远方的情景，许多年后仍然在母亲的记忆里闪光。

而这个看似平常的早晨，却铭记在了贺德林心底里，因为这是他出道创业的一个良好开端。贺德林是一个外表憨实喜气，而内心灵动且善于思考的人，在他骨子里流淌着坚毅与执着的基因，童年的艰难困苦，造就了他强大的内心。在这个成熟的年轻人眼里，大千世界充满了商机，致富路上繁花似锦，创业渠道和机遇很多，只是看你适应不适应，或者说适合不适合自己。

在邬阳驻扎的几年光景里，贺德林跻身于客运车队，每天车轮滚滚，按部就班重复着昨天的故事。就是从邬阳关到鹤峰县城这么短短的60公里狭窄的山道上，他不愿意就这么循环往复奔驰下去，更不愿像那些老司机挣到几个钱之后就开始吃喝嫖赌，追求醉生梦死的生活享受，他似乎从一批老司机身上看到了自己不愿拥有的未来。

你想放马，就得先找一片草原。休班歇息的时间里，贺德林几乎找遍了邬阳关集镇的每一个角落，也几乎跑遍了邬阳乡境内的每一片山地。一开始似乎只是他潜意识里的一种驱使，并不明确自己是在寻找那片放马的草原。

邬阳关当年的街道显得很拥挤很狭窄，车队里十几台中巴车也是随意无序地停放着。一天傍晚，贺德林漫步乡街时突发奇想：假设邬阳关也能腾一块地皮出来建一个车站就好了，不仅客运班车可以有序停放，而且还可以把客运延伸到各村，打通客运最后一公里，彻底解决群众出行难问题。车辆有序进站出站，既便于安检又便于统一管理，更重要的是缓解原本就不宽敞的乡街的拥堵，确保通畅。道路通畅了，人们的心绪不也就更加通畅了吗？

从贺德林突发奇想的闪念中蹦出来的这个假设，其实也并不是没有参照依据的。邻近的建始官店、巴东金果坪、野三关、下坪这些乡镇不是都有一个客运车站吗？其他邻近乡镇都有的设施邬阳关也就应该有！沿着这个假设形成的思路再往下想，这就在贺德林头脑里萌生出了一个梦想，或者说在他心胸里树立起了一个目标。

可是，要在邬阳关建立一个车站谈何容易呀！要征地要建房，掐指简单这么一核算，投资至少也要几百万元，一个年纪轻轻的客运司机，在旁人眼里还是一个跑班车的娃娃儿，好不容易才积累起买一台中巴车的钱，你要出头置地建车站，到哪里去筹资？那不又是天方夜谭吗？

随后的日子，贺德林仍然按部就班开中巴跑客运，从县城到邬阳关60公里山道在他的眼里已经不觉得太短，他将这段路程设置为现实与梦想之间的那一段距离，并在循环往复之中努力朝着那个目标靠近。就在这段距离之上，一天一个回转，一个月30个回转，一年360个回转，10年3600个回转……尽管山道弯弯，道坎路攻车，但这条路是他成长的摇篮。10年的坚持，中巴车循环往复的距离不敢说可以绕地球一周，但至少可以从新疆天山北麓的火焰山打上几个回转。一个心怀梦想的有志青年的这份坚持，是一种人生积累，同时也是一个原始资本积累过程。

机会都是留给有准备之人的。很多人对这句话并不完全理解，或者说理解得并不透彻，所以每当机会到来时总会有人惊慌失措，束手无策。

2015 年的春天，机会还真的如约而至，国家出台了相关扶持政策，不仅乡级要建客运站，而且村级还必须通村班，实行轻型客车进村，集中到站管理，旨在彻底解决群众出行难问题。建设客运站的投资方式则是国家给予一定奖补政策，地方政府协调场地，以民营资本注入为主体。经过冷静地观察与思考之后，贺德林大胆出手，筹资六百多万元，做成了这个项目。当人们从惊愕之中清醒过来，看清这个商机之时，他已经从一个客运司机，摇身一变成了一个客运站的法人代表。

在几年的运作过程中，尽管这个投资巨大的客运站多以服务为主，并没有给贺德林带来丰厚利润，但社会效益倍增，像一河奔涌的清流，承载起了他回报社会的希望之舟。在巨大有形资产支撑下，为他衬托出了更加巨大的无形资产，为今后成功搭起了一架通向高处的阶梯。

人生境界一旦提升到了相对的高度，心胸里盛装的就不只是昔日的经历和记忆，他会有更加高远的视角和梦想。但无论身份怎么变换，资产如何增长，贺德林不仅仍然保持着艰苦创业的精神，他不骄横不浮躁，始终没有忘记创业之后感恩乡邻的初衷，而且在思索更加完美、更加全面的模式。

那年春上，贺德林心胸里涌起了一种特殊的情感，突然间很想回麻叶榨去看看。他不愿坐车，就想甩开膀子徒步从灌头嘴回到那条清流涌动的小河边。大山的新绿，小河的流水，还有深谷之中农家院中的狗叫，还有山弯里那一声声肩挑背磨时痛苦的吆喝，还有乡邻们那亲切鲜活的面容……入夜，他躺在儿时睡过的那张床上枕着蛙声入眠，清晨他被鸟叫惊醒时披衣起床，望着河谷间的绿水青山，重新规划着自己的人生未来，重新调整了自己的人生坐标。

三、百鸟和鸣念富经

正是从这个春天的夜晚开始，贺德林有了新的人生航标。经过缜密思考之后，他认为创办实体积累资本回报社会只是策略和手段，更重要的是一个青年人要有远大理想和抱负，要有更高层面的理想和追求，要有正确的人生目标。说得更加确切一些，他不想当财主或土豪。在他看来，办实业赚钱的目的如果仅仅局限于自身富有而去尽情地享受与挥霍，那便失去了人生价值。作为智者就应该凭着自己的能力改变家乡贫穷落后的面貌，促进一个地方和谐与发展。于是，贺德林怀着激动的心情，向百鸟村党支部递交了一份入党申请书。

百鸟村有着深厚的人文历史，同时也有着复杂的历史背景。在有的人眼里，百鸟村就是一个社情复杂的乱摊子。而当你用一个企业家的眼光来认真审视这片肥沃山地和那丰茂的森林时，便会觉得这是一片风水宝地，不仅土地富硒，气候宜人，资源丰富，而且交通便利，是一个发展有机产业的好地方。

老支书不仅认真接受了贺德林的入党申请，而且与他进行了真诚的沟通，掌握他的入党动机之后，老支书紧锁的眉头松开了，因为他从贺德林这个有理想有追求的年轻人身上，看到了百鸟村的未来与希望。在作为积极分子培养考察期间，贺德林当上了百鸟村的后备干部。几年之中，他不仅参与了村里重大事项的讨论决策，而且对百鸟村的历史和现实有了更加深刻的了解。从发展角度看，百鸟村需要改变的地方很多，而从深层次去分析，最关键的问题还是思想观念的根本转变。思想观念根深蒂固，要做改变则又有一个十分痛苦的过程。

改变百鸟村贫穷落后面貌同样有一个极其艰难的过程，而在这个过程中，我们绝对不能忽略了百鸟村党员干部和村民代表的眼光。应该说把一个刚入党不久的年轻人立马推到村党支部书记、村委会主任一肩挑的重要位置，的确需要胆魄和勇气。

坦率地说，就贺德林自身而言，也并非毫无思想准备，在作为入党积极分子和后备干部培养考察的几年间，他对百鸟这个村落这片山地做过深入考察，也同样经历过观念冲突的痛苦。置身村中，就要付出艰苦努力，是讲奉献还是图个人安逸，是牺牲个人利益全心全意为人民服务，还是死守个人底线，当一个传统的守财奴？这对于已经创业有成的贺德林来说的确做过激烈的思想斗争。而贺德林最终看重的是“村支两委”这个为民服务的平台，运用好了，这便是一个带领全体村民营造绿水青山、守着金山银山的大舞台。

让百鸟村美起来，让百鸟村富起来！这是贺德林压抑在心中的口号，他想喊出来，但最终还是因为百鸟的现状和复杂的社情环境，让他咽了回去。

一批有眼光有头脑的党员干部和村民代表，当初还是看透了他的心思。贺德林虽然没有豪言壮语，但他却是胸怀大志。上任伊始，贺德林最想做的第一件事就是要整治村容村貌，让百鸟坪这片具有厚重历史的土地“顺起来，美起来，亮起来”。至于为什么要把“顺起来”放在首位？贺德林当初的解释是：百鸟村人除了建房有着极大的随意性之外，便喜欢随意搭棚支偏，近看偏东倒西，远看乱七八糟，不顺！

可百鸟村人自古彪悍烈犟，不怕官家不怕匪，土改之后很多工作人员时常是雄赳赳地来，灰溜溜地走。要整治百鸟村的环境就得触及一些人的利益，要动手撤掉那些随意搭建的猪栏和偏棚谈何容易？

说百鸟人彪悍烈犟那是真的，但百鸟村的人明事理，爱憎分明也是真的！老支书颜学明当年顶压力冒风险为百鸟村修了一条机耕路，至今还有人记着他的名字念着他的好。这说明了什么？这说明百鸟村人胸怀感恩之心。

这次采取大规模环境整治，在百鸟村历史上也是绝无仅有的，仅百鸟坪八组一个地方就撤除偏屋和猪栏四十多间，清除了粪场，消除了臭气，填埋了露天粪池，切断了污染源头。有效治理了长期困扰村寨的脏乱差问题，为接下来的“五改三建”铺平了道路，打下了基础。通过这次环境整治，让贺德林对“村民自治”这一概念有了更深刻的理解。村民自己的事自己组织力量办，发挥老党员老干部的作用，解决基层治理中的疑难问题。虽然下了一番苦功夫、真功夫，但效果十分明显，不到 2 个月时间，百鸟村就彻底“顺”了。

紧接着吸纳“骑龙公司”进入百鸟村兴办有机茶产业基地，修建了产业路，建起了产业园，除连片成块修剪、栽植、转换有机茶园之外，对田边地角也进行了统一的规划设计，宜树宜林宜花宜草，打造园林式高起点有机茶园产业基地，村民出力出地，企业拿出真金白银，真正形成了公司加基地加农户的经营模式。而这个很早以前就能在政府相关文件和领导讲话中可以听到看到的“模式”，却率先在百鸟村这片风景秀丽的山地里打造出来，并辐射到了周边乡村。

建有机茶产业基地是一个新生事物，一开始阻力重重，问题层出不穷。贺德林知道这是逆水行舟，不进则退，建成了是脱贫致富的基础工程，建不成或者说半途而废，那就是群众早已经说出口的“劳民伤财”。然而，贺德林当村支部书记很儒雅，不吼高腔不骂人，遇事耐着性子磨，望着谁都是一脸亲和的笑容。在整治村容村貌的那段时间里，他似乎摸清了百鸟村人服软不服硬的性情。没想到他的克制和忍耐最终让彪悍烈犟的百鸟村人受到了感染，更重要的是经过苦口婆心宣传发动，最终让大家逐步认识到，建有机茶产业基地，既能优化环境，又能增加收入，还能为广大消费者提供健康饮品，何乐而不为？

让贺德林万万没有想到的是，要当好村一级主职干部并不是一件简单的事情，不仅要有奉献精神不吝付出心血和汗水，而且还要有智慧和勇气。如果只是想混混日子，那最好不要在村里混，因为老百姓眼巴巴地望着你，渴望着幸福与发展，混日子的人能够给予吗？

人民群众期待着改善基础设施条件，提高幸福指数，这就是村支两委努力的方向和奋斗的目标。但是村级组织要有根据自身实际大胆创新的魄力，绝不能被动应付被形式主义所困。随着时间的推移，随着交通、饮水、用电、通信条件等基础设施不断改善，随着执政经验不断积累和丰富，贺德林开始冷静思考百鸟村的发展模式，开始重新规划百鸟的未来。可是未来的百鸟村应该是一个什么样子呢？答案还在不断的探索之中，但方法和措施已经在贺德林头脑里明晰起来。

在随后的拼搏与奋斗之中，党委政府的倾情帮扶让贺德林及村支两委一班人感到了温暖，受到了鼓舞。乡党委书记汪娟、乡长刘迪成、乡人大主席徐斌，都为百鸟村的建设和发展倾注了心血，给予了政策倾斜。县委常委、组织部长熊翔经常深入百鸟村；州人大常委会副主任、县委书记王小平多次深入到百鸟村，关心指导有机产业基地发展建设；州委副书记、州长刘芳震来到了百鸟村，看到百鸟村引人注目的变化，感到无比高兴。领导的关心与支持，对于贺德林来说就是鞭策和鼓励，对于百鸟村人民群众来说，那就是希望，那就是信心。

贺德林心里有了底气，前进有了方向，奋斗有了目标。尽管他们并不喜欢高喊口号，也不喜欢口吐豪言壮语，但习总书记的几句话在百鸟村却是妇孺皆知。“撸起袖子加油干！”“幸福都是奋斗出来的！”这些话语易懂，却蕴含着人生哲理。“遇到了困难不埋怨自己，不指责他人，不放弃信心，不逃避责任，而是要战胜困难！”还真是“书到用时方恨少”，贺德林不怕吃苦流汗，不怕困难和挫折，但他怕在人前开演说，还怕苦思冥想写文章。有一段时间，他常常伸直脖子仰望着蓝天白云，可宽广的天幕之上仍然没有书写他所寻求的答案。于是他开始如饥似渴地学习，想在知识海洋里浸润一下自己逐渐成熟的思维。

如果说贺德林的创业史是从开摩的挣小钱开始的，那么贺德林的成长史则是从村里任职开始的，可是谁也没有料到他的人生飞跃将从哪里开始。

尽管村里的工作千头万绪，尽管建设和发展中的矛盾和问题层出不穷，但进入行政管理工作的角色，最基础的功课就是要学会“十根指头弹钢琴”。只有科学的安排，拥有超前意识，时间就能挤出来，思维空间里就仍然能够燃起激情，迸出灿烂的火花。

说贺德林爱学习那是千真万确的，他不仅随身携带着《企业管理》《思路决定出路》之类的书本，而且还默默地跟着别人学，学人家演讲，学人家良好的生活习惯和思维模式，学人家身上的每一个优点和长处。其实他一开始就很佩服骑龙公司董事长郭国同志的超前意识，在大山深处，在自身经济实力并不雄实的前提下，敢于大胆提出“有机产业”发展思路，这的确需要胆识和魄力。可就在佩服之余，贺德林却从郭国开发有机茶基地的技术含量中看到了一个潜在的商机。

有机茶基地转换前后需要两三年时间，旨在消除农残含量，让茶叶回归自然。可那些早已荒芜了几十年的老茶园，从实行家庭联产承包责任制之后就一直不曾耕种过，有的在树林中间被青山包围，处在绿树掩映之中，茶质好得无法形容。更重要的是，山林之中还有古茶树，虽然树冠高大长满青苔，没有密植免耕茶园产量高，可那是山珍，采摘下来就是茶中极品，而且早已抛荒的老茶园和古茶树只需要开发，无需转换，因为这些老茶园和古茶树从未受到过农药化肥的污染。更让他动心的是，这种抛荒多年的老茶园不仅百鸟村有，而且整个邬阳乡多数低山村都有。想到这个原理，贺德林终于坐不住了，从速派人暗中在全乡一摸底，足有几千亩，拿起调查摸底的汇总表一看，贺德林心中暗喜，一个投资开发古树茶的计划在他的脑海里开始孕育。

可是，到了真要实施这个计划的时候，贺德林心里又有了一道难以跨越的情感障碍。让他顾虑重重的是：骑龙公司董事长郭国是邬阳乡名优茶系列产品开发的创始人，为创品牌开发市场，创办基地打拼了几十年，我就这么受人启迪冷不丁站出来插上一杠子，可有不仁不义之嫌？从事客运多年的贺德林，讲究的是各行其道，信守规则，确保安全。经常喜欢讲讲“心灵碰撞”的贺德林，绝对不想在生意上与人发生不当竞争和不愉快的碰撞。和气生财，和谐生益，这是社会运营的基本法则。

经过反复周密思考之后，贺德林找到了让道避险之法。骑龙公司创办的是有机茶基地，而且是以密植免耕茶园为主，生产的有机茶系列产品也全部都是绿茶。贺德林投资开发古树茶和野生茶系列产品，多为采用红茶加工工艺，对“宜红茶”传统工艺进行传承和改进，加进一些现代科技因素。这样一来，不仅老百姓又多了一个增收致富的渠道，而且企业也增加了品牌和门类，能够取长补短，相得益彰，对一个地方的发展有益无害。

如果说梦想与现实之间常常隔着一段距离的话，那么设想与运作之间也需要有一个考察论证的过程。回到现实生活中，作为百鸟村党支部书记的贺德林并没有忘记自己的身份和职责，他必须全力以赴投入到精准扶贫工作，抓基础设施短板项目，把党的精准扶贫政策落实好实施好。精准扶贫的最终目标是让人民群众摆脱贫困，奔向小康。发展产业也是扶贫的措施和策略，既然内容和形式都在同一个点上，那就大胆去干。

经过几年拼搏与奋斗，百鸟村成了产业发展的亮点，基层治理的试点，媒体关注的热点，领导眼中的看点。贺德林同志的工作得到了党委政府高度认可，在人民群众中有了良好口碑，不仅多次被表彰为优秀共产党员、先进工作者，而且还光荣当选为鹤峰县第十八届人民代表大会代表。当他第一次步入县人民代表大会庄严的会场，抬头挺胸面向国徽站立起来，奏唱国歌的那个神圣时刻，他便情不自禁地把自己的人生目标推向了一个更高境界。

四、山地里崛起的风景

不积跬步，无以至千里；不积小流，无以成江海……要成就一番事业，贵在坚持。我们曾经说过儿时的贺德林是一个早熟的孩子，那么青年时代的贺德林无疑也是一个早熟的青年。他的处事方式，他的思维定式，他的人生信条，不是一般青年人所具备的。在成熟稳重、思维缜密的背后无不展露出他那强大的内心世界。

当古树茶和抛荒老茶园开发在贺德林的头脑中形成定式的那个时刻，一个宏伟的计划就从他心胸里展露出来，而这个“计划”的核心内容，还是要与百鸟村人脱贫致富的目标相连接。也就是说，必须要在这个既定的框架之下。贺德林思考问题的重点还是要以百鸟村经济流向和自然流向为轴心，围绕精准扶贫的国之重策，做一篇“强产业，稳就业”的大文章。

怎样才能“强产业，稳就业”？古树茶开发属于林业产业的范畴，而林业产业一直是邬阳乡域境内的支柱，如何实行低产林改造，让绿水青山真正成为金山银山，需要探索出一条新路子，让口号变成思路，让思路变成现实，让人民群众在拥有青山绿水的同时，还能取得经济收益，尝到靠山致富的甜头。

这个时期，贺德林不停思考的至少有两件事：一是投资建厂，把开发古树茶和抛荒茶的项目落地，高标准高起点做大做强；二是利用客运车站现存的资源优势和村班通村的便利，打通物流最后一公里，让老百姓不仅出行方便，而且在家门口就能够享受到物流便利，并通过电商平台，把富硒有机农产品卖向广阔的市场。

如果说贺德林当初的“感恩之心”，只是出于一种对乡邻们朴实的情感，那么他当下的思考与谋划则是出于一种责任与担当，一名共产党员、支部书记，一名人大代表的初心使命。当然在这两件事情之中，“打通物流最后一公里”的计划，实施起来相对容易一些，完全可以利用客运“村村通”这个平台来实施。可是投资建厂，把开发古树茶和抛荒茶的项目落地，谈何容易！

大山之中，地无三尺坪。要投资建厂，莫说巨额投资，就是找个平整地方都很困难，既要考虑环保问题，不能破坏生态环境，又要交通便利，保证物流通畅。既然是高起点建一个高标准现代化企业，选址极为重要，必须综合考虑，着眼长远，不能简单盲从。

建厂选址是首要工作，可是从百鸟坪选到核桃坪，最后选到麻叶榨河谷间，都没有找到一个满意的地点。又是一个晴朗的日子，贺德林邀了哥哥贺德森来到灌头嘴老茶厂厂址，拉皮尺反复丈量测算，可场地太窄，不能满足用地需要，而且地势所限没有了拓展空间。太阳当顶的时候，贺德林站在灌头嘴巴鹤线的路坎上，望着百鸟村那一片展开的扇形山地，就好比是一片深绿色的荷叶还沾着晶莹的露水，美得让人心动，让人陶醉。突然一个闪念掠过贺德林的脑海，他所站立的巴鹤线路坎上这个位置就好比那片荷叶的梗茎，他扭头右转望着那道灌头嘴上端的山岭，正如龙身俯卧。灵感告诉他：厂址选在这里最好。

这里地处木林子国家级自然保护区边沿地带，如一把银锁挂在了巴鹤公路干线上，把整体山形连接起来看，这里正是百鸟村的村口，是一宗“撮瓢贯斗，金银满堂”之地。听邻近的老人们这么一方圆，贺德林心胸里热腾起来，还有些激动。

规划设计，土地流转，林地审批的各项手续办得很顺。挖机进场开工的日子是2016年9月2日，农历八月间，正是一个山果甜脆、桂花飘香的季节。挖山填坎垒成坪地，这在大山区搞建设是一项极其艰巨的工程。针对国家大型工程而言，移山填海、挖山填湖那都不是问题，因为有强大的财力支撑，资金是项目的底气。可是，一个年纪轻轻的小老板，一个年纪轻轻的支部书记，真有这样的能耐和底气吗？一时间议论风起，灌头嘴几乎成了邬阳人关注的焦点，过往的班车客流，听着轰鸣的机器声，看到堆积如山的渣土，都要发表一番感慨。有的人甚至认为贺德林到底年轻，有些不知道天高地厚，身上有了几个糟钱之后就皮子作烧。

人的劣根性一旦被放大之后纠集在一起，便是一种社会形态。有些人一辈子没干过一件像模像样的事情，或者说有些人碌碌无为一辈子什么也没干，什么也干不了，生死如同山里一片枯叶一般，任其飘落尘埃。可每当别人要干点事情的时候，他的嘴比谁都会高谈阔论，说的有些话连针尖尖儿都挑不起来，说的有些话更是臭不可闻，泼到河水里毒得死鱼。

议论风起之时便会形成一种压力，就像一群苍蝇在耳边乱舞，虽然左右不了局势，阻挡不了前进的车轮，也坏不了大事定不了乾坤，但有时的确能够影响一个创业者的情绪。而胸有成竹的贺德林没管别人在说什么，不仅没有退缩，反而加快了施工进度。一台挖机慢了，就上 2 台，两台挖机还是慢了，就上 5 台……那气魄那阵势，山里人几乎从来没有见到过，知情人晓得这是在修茶厂，不知道的人还以为这是在修机场……运送渣土的车队在奔忙穿梭，挖机的和鸣之声震得地皮都动，人们的心颤抖起来，有时候甚至让人感到惶恐不安。

然而，贺德林出手不凡，不到一年时间，开挖转运渣土万余立方米，运进岩石六千余立方米，硬是在灌头嘴半山腰挖出了一块十余亩的坪地，浆砌水泥石墙五千多立方米。在厂房建设过程中，几乎同步完成了场区绿化工程，他们的建设速度与当年的“深圳速度”好有一比。紧接着“湖北忠翔现代农业有限公司”挂牌成立，近百万元的现代化茶叶加工机械设备运抵安装，厂区内一派热火朝天，欣欣向荣的景象。

说实在的，对于投资个几百上千万元建个新厂，贺德林心里不虚，而让他心里有些不踏实的还是古树茶基地和抛荒茶基地的开发。可就凭百鸟山中那几棵古茶树，就凭百鸟村境内百余亩抛荒茶，真能成气候？真能够满足一个现代化茶叶加工企业的鲜叶吞吐吗？古树茶就必须是原生态的东西，企业讲的是诚信，产品讲的是质量，为人讲究的是厚道。如果挂羊头卖狗肉，最后砸的是自己的牌子，亏的是自己的银子……可是，古树茶你在哪里？古茶园又在何方？

说来也巧，那是一个月明风清的夜晚，贺德林拖着在工地上累得疲惫不堪的身子回了一趟麻叶榨。宁静的山湾里溪流如琴，几只呵嘀雀在大山深处一唱一和，荡起了清冷的回音。贺德林打开自己的房间，宽衣而眠，很快便呼呼睡去，进入了梦乡。

眼前出现了一片茫茫的山林，绿影之中就仿佛出现了几棵树龄古老的茶树，一直惦记着古树茶开发的贺德林朝古茶树奔去……突然，一位身着白衫的银须老者挡住了他的去路，并大声呵问他道："德林！你是在寻找古树茶吗？"贺德林连忙上前拱手施礼，并声带恳切地说道："是呀！我正为此事犯愁，还请仙人给我指点迷津。"身着白衫的银发老者一抹银须大声说道："我叫贺友发，不是什么仙人，倒是先人耳！我年轻时曾与谢尊三、陈连振他们在凤凰寨设神坛练神兵，茶是提神之物不可或缺。我等便在灯盏窝的沃田厚土之上种植茶树八亩三，而今已近百年，该是开园采摘的时候了，你快快前去查看吧……"望着银须老者飘然而去的背影，贺德林还想问个明白，可那背影如一片云朵，飘浮着回归到了山林之中。

贺德林从梦中醒来的时候，山湾里的雄鸡已经叫了头遍，他伸手拧亮电灯却又紧闭双眼，回想着梦中的情形："贺友发……灯盏窝……八亩三……"当他把这些记忆的碎片慢慢拾起，用经线串联起来时，他不由得惊叫了起来："贺友发是谁？灯盏窝在哪里？什么八亩三？"

贺德林一骨碌爬起来，迎着黎明的晨曦冲出了山谷。他已经隐隐约约地感觉到，真有一片前人种下的古茶树正等着他们去开发。等到他所期待的一切都真相大白之后，贺德林第一次感到了震惊，他相信了世间的因果，因为前人栽树后人乘凉的古话已经在他的身上得到了印证。

原来贺友发不是别人，正是贺德林的曾祖父。据考证，贺友发生于 1891 年，曾跟随谢尊三和陈年振在凤凰寨设神坛操练神兵，并种植茶叶的事情属实。灯盏窝地处凤凰村一组，住着几户姓方的人家，其中就有方朝先、方朝林，都是在凤凰寨一起操练过神兵的角色。1929 年贺龙在斑竹园收编神兵之时，时年 38 岁的贺友发与方朝先、方朝林一并在列，参加了红军队伍。

在灯盏窝的树林里确实藏着一片古茶林，而且地名就叫八亩三。当贺德林钻山进入这片古茶林，抚摸着粗实的长满苔藓的树干，闻着腐质土溢出的芳香，抬头仰望着沧桑的古叶和那茂密的枝冠时，他硬是激动得想哭，一种别样的情感塞满了他的心境……他多么希望梦中的那位银须长者再度出现在他的眼前，只是过往的气流最终化作了一团升腾的云烟，飘散在了千古不朽的灵气里，凝结成希望的光环。

在开发这片古茶林的日子里，贺德林反复叮嘱带刀进山的民工，切莫过于粗放，损坏了古茶的枝条，损坏了树干上的苔藓，那是先人们的汗水凝结成的风景，那是自然界为人类留下的一份宝贵珍藏……

就这样，一波在山林里寻找古茶树和开发抛荒茶的热潮掀动起来，凤凰村、杉树村、小园村、栗子村以百鸟村为轴心拉开了序幕，真是一幅“百鸟朝凤”的欢快场景，人们如获至宝，心生希冀。虽然倾注人力物力鼓捣的还是茶，可品质和理念早已今非昔比，就好比是在进行一次追寻与穿越，古树茶被捧为名副其实的山珍，新的理念注入到了茶园管理，春茶采摘，鲜叶加工，成品包装等环节，并为优质茶品注入了精深的文化内涵。

千里之行，始于足下，智者的路只会越走越宽广。因为贺德林艰苦创业，自始至终追寻的是一条让广大人民群众脱贫致富奔小康的路，产业是载体，“强产业，稳就业”是他为之付出辛劳而艰苦努力的方向。

转眼间，古树茶开发和抛荒茶基地建设便形成了规模，一个现代化茶叶加工生产企业，耸立在了山谷间那千古不朽的灵气里。百鸟在林间歌唱，凤凰展翅飞翔，机器在车间嗡鸣，在灿烂阳光的照耀下，衬托着山地里崛起的风景。

五、引凤进山展大志

自古邬阳关，山如朝天之剑，林若铺地之草，沟深谷陡地少人稀。有道是山广藏百兽，地薄不产粮，居住在这里的人们是弯架打杵竹满墙，闹完春荒闹夏荒，贷垮了信用社，背空了粮管所，大山之中除了鸟鹰滴血的鸣叫，便是肩挑背磨时那一声声痛苦的吆喝。在外界人的眼里，也就是一片屙屎不生蛆的蛮荒之地，在那个刀耕火种的年代，青山遮不住被人类粗放掠夺过的累累伤痕。

可这里火烧芭茅连年长，山溪拨动万古琴。大山的磅礴气势不仅造就了“东方战神”陈连升，而且孕育出了不少精英和文人墨客。二十世纪八十年代后期，邬阳关在党委政府的正确领导下，开始疗补创伤，实施一系列生态修复工程。大搞植树造林，茶叶造园，响亮提出了“消灭荒山”的战斗口号，实施退耕还林还草，公益林补偿工程。在国家投资实施“长江防护林工程”，木林子自然保护区提档升级工程过程中，邬阳人民抓住了历史机遇，叫停了掠夺性的粗放经营，让刀耕火种，砍畲烧畲，五斧砍树十膊争林落下的创伤得以康复，让绿水青山重现眼前，实现了原始回归。

然而，正是在这片曾经被称作“凶山恶水”的山地里，彪悍烈犟的人们为了战胜饥饿，为了抵御野兽的侵袭，也为了满足自身的欲望，不惜举起锐器钝器，凶残地刺向亲人和同胞，一宗宗血案惨案把这片山地定格成了“凶山恶水”。到了二十一世纪初叶，不仅彪悍烈犟而且充满智慧的邬阳人经过冷静地反思之后，首创了“三治融合”的乡村治理模式。如果用辨证的观点来剖析邬阳人的性情，则完全可以得出这样两种不同的结论：彪悍烈犟的一面，展露的是粗放与掠夺；理智淳朴时，彰显的却又是聪明与智慧。

站在百鸟村党支部书记的位置上，贺德林是“三治融合”乡村治理模式的重要推手；站在湖北忠翔现代农业开发公司董事长的位置上，贺德林又是“有机产业”发展的领航人。二者之间的交融点在于让百姓脱贫致富，让企业增产增效。如果用一句时髦的词儿来颂扬一下立于精准扶贫前沿阵地和改革开放潮头的贺德林的话，那么他不仅是一个带领人民群众脱贫致富奔小康的功臣，而且还是一个时代的弄潮儿。

路漫漫其修远兮，吾将上下而求索。一个有志者在创业的路上，常常会听到有人发出这样的感慨：“创业难!”是的，创业难！难在哪里？只有真正创过业的人才知道其中的艰辛。虽然说机会垂青的是有准备之人，但是这个“准备”的过程，何尝又不是饱蘸了心血和汗水！在领导和同志们的眼里，贺德林始终都是憨实阳光的，但是在创业的过程之中也曾经历过各种各样不为人知的考验，时常让他眉头紧锁，时常让他彻夜难眠。但最终能够让他直起腰杆、挺起胸膛的，还是得益于领导的关怀和合作伙伴们的鼎力相助。

乡党委书记刘迪成同志刚调到邬阳任乡党委副书记、乡人民政府乡长的时候，正是贺德林创业的艰难时期。刘迪成在贺德林身上看到了邬阳人干事创业的一种精神，觉得自己有倾情帮扶的责任，于是他在精神上给予鼓励，在项目上给予支持，在文化理论与企业发展上给予了正确引导。

乡长徐斌，时任乡人大主席团主席，分管精准扶贫工作，亲自联系百鸟村，给予了倾情帮扶。在实施“易地搬迁”和“补短板”项目过程中，认真查漏补缺，把百鸟村需要解决的问题全部纳入精准扶贫的范畴，各个击破，快速实施，并确保质量和效果，硬化了入村道路和进入易迁居民点的道路，对原有基础设施提档升级，使百鸟村的面貌快速焕然一新，提高了人民群众的幸福指数。

鹤峰县农业农村局局长汪娟，时任邬阳乡党委书记，她为邬阳乡的“三治融合”“全域有机”“精准扶贫”等工作付出了辛劳与汗水，也为百鸟村的发展变化，忠翔公司的创业发展倾注了心血。新任乡党委书记王浩隽、乡长游制上任伊始，便把改善大交通、支持企业强产业作为大事来抓，展露出了生机与活力。

党组织的支持与关怀就好比温暖的阳光，禾苗只有沐浴在阳光里才能茁壮成长，结出香甜的五谷。县委常委、组织部长熊翔，每次到邬阳乡必来百鸟村，因为这里是“三治融合”基层治理抓得最好最顺的地方，是“有机产业”发展最快的地方，也是“基层党建”多出经验出成果的地方。百姓受益实惠多，有了获得感和幸福感。产业新则百业兴，道路通畅则心气顺，没想到这个曾经被视为社情复杂的村，现在已是一派政通人和的新气象。州人大常委会副主任、县委书记王小平牵挂着邬阳这个边远乡镇，常到邬阳调查研究指导工作，心系着有机产业发展和乡村文化建设，每回前来必到“忠翔”，因为他十分欣赏贺德林同志敢于创新创业的胆魄。

副县长邹先宏是一位正团级军转干部，从湖北省林业厅下派到鹤峰。而这位来去匆匆的流官，却与战神故里邬阳关结下了不解之缘。在两年的精准扶贫工作之中，不仅倾注了心血和汗水，而且给战神故里邬阳关传递了新的文化理念，带来了林业产业发展机遇。在很多退役军人的眼里，这是一位披挂上阵能够指挥千军万马、脱下戎装则独具慧眼的好官。

副县长邹先宏用军人的视角来看邬阳关，绝对是一方神奇无比的土地：陈连升要走，是因为邬阳关这片沟深林茂的弹丸之地，难以容下他这个注定要与英国侵略军血战才能闻名于世的英雄；假如他不走，注定会与他的祖辈一样生死如山里的树叶一般平淡无奇；陈连升这一走，壮哉！贺胡子要进，是因为邬阳关这片山高林密的偏僻之地能够接纳湘鄂川黔劫富济贫的革命好汉，能与敌人来一番周旋，并能在高山河谷间游刃有余；贺老总这一进，妙矣！

如果用一个林业专家的眼光来看，邬阳关经历过几十年修复性保护的生态资源，足以让副县长邹先宏心灵震撼。这里山水相依成风景，绿水青山蓄灵气，不仅是一片有益身心健康的康养胜地，而且还能够探索出一条如何把绿水青山更新改造成金山银山的产业新路。上升到一定境界，便可以披一身山河袈裟，行一程康养之旅。

深入到凤凰村，走进那片已经开发出来的古树茶林之时，邹先宏的心灵被再一次震撼了。这片茶林藏于深山近百年，是鸦片战争之后邬阳红色神兵的杰作。他迅速掏出手机录了视频传到网上，他是要为古树茶代言，他要招商引资，真诚地为湖北忠翔现代农业发展公司寻求合作伙伴。

至此，身为湖北忠翔现代农业发展公司董事长的贺德林，成了精准扶贫的产业领航人，每年实现产值五千多万元，为茶农提供产业收入两千多万元，除带领邬阳乡一千多个农户实现产业增收之外，还为在册贫困户提供了四十多个固定的就业岗位。随着党委政府支持力度的不断加大，随着东西部协作项目的不断实施，企业规模不断提挡升级，迅速成长为规模企业。身为百鸟村党支部书记、县人大代表的贺德林，他是战斗在精准扶贫一线的排头兵，用使命与担当造福了一方百姓，为党旗增辉，是老百姓心中的一面鲜艳的旗帜。

披一身山河袈裟，走一程康养之旅。或许这正是奔上小康之路的广大民众所追求的一种生活常态。随着人民群众幸福指数的不断提升，绿水青山化作了金山银山，大山之中是茶园之地灵气之境，是与大自然和谐相处的生存乐园。在与贺德林有了这样一次“心灵碰撞”之后，我仿佛觉得这正是人与茶的一个约定，也是人与山的一个约定。

最后还是让我们用王保康先生的另一首诗，作为本文的结语吧：“远眺红灿灿，欲上百鸟山；鸟比人先知，我只采半篮。红黄粒粒珠，香甜益虚寒；三粒让人醉，何须觅仙丹。”

云林古枞展新姿，贺德林是时代的弄潮儿，这片富裕起来风景如画的山地则是茶语文化圣地，也是一片诗意栖居的地方。

生之光华

昔日的“高原农场”给许多干部群众留下了不可磨灭的记忆，昔日高原长湾村落后与贫穷的现状也深深地铭刻在了许多人心中，让人感到无奈而痛苦，屈辱而凄凉。曾经有一条茶马古道从古容美出发，下观音坡到两河口，过茶园上中营坪，走高原经长湾村过七垭至红岩河、三岔溪下龚家垭、水牯洞，翻越崔家垭、毛家垭，出邬阳关入金鸡口，再经巴东金果坪、杨柳鞍场河出长阳头到资丘招徕河。在这条茶马古道之间最为艰难的路段就是从龚家垭到中营坪。其间从三岔溪、红岩河、七垭过长湾经高原就约有百里原始森林。路上常有老虎出没，狗熊拦路，还有豺狗成群奔袭。沿途驿站多以坚石垒圈，木块装屋，夜生篝火防猛兽，日架猎枪锁山梁。一路上晴天茅花舞，雨天雾朦胧，夏季山花烂漫，冬季雪域一片。难怪有人说：中营乡长湾村是鹤峰的“西藏”。

长湾村平均海拔1600多米，是一个只有460余人的村庄，拥有面积3300公顷，拥有可耕地200公顷，天然草场668公顷。人均土地面积7.16公顷，是一个典型的山大人稀的高寒山村。就因为这里山大人稀、交通闭塞、信息不通而导致了贫穷与落后，使这里的人们备受肩挑背磨的艰辛与苦难。没有电就没有光明与希望，没有路就没有前进与发展。贫穷如一盘沉重的大石磨，曾压得长湾村人喘不过气来，那一山山一岭岭一弯弯一塆塆，曾因刀耕火种的粗放经营而剥去丰厚植被的荒山展现在高原之上，放眼望去与村人的心境一般凄凉。许多农户家里是风扫地，月点灯，牛吃的板壁，猪拱的门，千根柱头落地，万般无奈寒心。住在高山巅，喝的兰花烟，吃的洋芋果，烤的转转火，穿的茎挂柳，吹的弯牛角……直到1990年，中营区长湾村的人平均纯收入还只有138元，在鹤峰全县200多个村中排名倒数第一，是一个让各级领导感到非常头疼的老大难村社。

可是，十几年后的今天，中营乡下辖的长湾村发生了巨大变化，家家户户通了电，组组通了公路，数万亩速生丰产林在那高高的山上支起了一片片风景；4000亩以厚朴、黄柏、杜仲为主的“三木药材”经济林托起了长湾村人的希望；8000亩生态林给人以全新的视角。烟叶基地、反季节蔬菜基地，把长湾村变成了一个绿色的海洋。到2005年底，长湾村的人均收入达到5000元以上。日平均有50台大卡车进出长湾村装载各种货物，呈现出一片兴旺发达的景象。

是什么神奇的力量使这个曾经饱受饥饿与贫穷，背负屈辱与凄凉的长湾村发生了如此惊人的变化？是共产党的富民政策，是各级党委政府及相关部门的倾情帮扶，是长湾村人的拼搏与奋斗，是村党支部书记、村民委员会主任黄光华的无私奉献……就让我们共同走进长湾村，去感受这颗高山明珠所展现出的无穷魅力，去品读长湾村的山水风景，去领略长湾村人今日的风采。

一、从苦难中崛起的人生

有人说，经历苦难是人生的一种财富。可是每当长湾村党支部书记黄光华在叙说自己过去的人生苦难时，他的两眼总是满含着辛酸的泪水，面带着痛苦与忧伤，心里就会隐隐作痛。究竟是怎样的人生经历使他这般凄惨伤心？这还得从他充满艰辛与苦难的童年说起。

1944年的早春，黄光华出生在中营山水沟，他赤身来到这个精彩世界的第一声啼哭固然美丽，却并没有给母亲带来快乐与欢笑。当他第一眼看清母亲的面容时，母亲的眉宇间却紧锁着一个疙瘩。她郁黑的脸面上常常挂着一丝儿痛苦的表情，时常发出一声声无奈的叹息。黄光华的母亲也是一位饱受生活艰辛与苦难的农家妇女。为了生存，为了把黄光华拉扯成人，母亲改了嫁。就这样，黄光华随母亲来到了高寒偏远的长湾村。

1952年，母亲因病去世。刚满八岁的黄光华痛不欲生，拼命地哭喊着。

他拉着母亲冰凉的手哭得昏死过去，幼年丧母那是人生大不幸啊！在随继父生活的那段日子里，他没有衣穿，寒冬腊月常睡在苞谷叶里躲避风寒；他没有鞋穿，常常赤脚踩着轧人的凌牙子，还要从事极其繁重的体力劳动；他没有饭吃，常常用树皮、草根和观音土充饥，脸上水肿，胃肠生痛，头昏目眩，饿得眼冒金星。这样的日子一熬就是整整三年，真是无娘的儿娃不如草啊！

然而生性聪明的黄光华硬是在饥寒交迫的境遇里挣扎，童年的艰辛与磨难造就了他坚韧不拔的性格，高寒地区极其恶劣的生存环境磨砺了他不屈不挠的坚强意志。当他看到年幼的伙伴们都纷纷进入学堂高高兴兴地学习科学知识的时候，已经 11 岁的他才勉强跨入学堂。可是贫寒的家境并没有因为他读书识字而立刻得到改变，继父的苛刻与严厉时常使他心里发凉，两眼发呆。他每天只能打着赤脚上学，饿着肚子回家。虽然他已经认识了几个方块字，也基本懂得了加减乘除的简单运算，可他并不知道自己的人生希望在哪里，出路又在何方。就在他万般无奈的时候，苦难的命运悄悄地出现了转机。

黄光华年满 12 岁的那年，哥哥黄金成看到他的生活处境时倍感伤心，就毅然决然地带着他离开了长湾村，越过关山千重，不远千里前往海南省，在海南岛一个军垦农场里当了工人。吃饱了穿暖了的黄光华看到了人生希望，他站在海岸，望着钢蓝色的大海，听着轰鸣的涛声，有了一种从未有过的兴奋。外面的精彩世界让他感到陌生，也让他感到新奇。这是他第一次离开大山，奔向那色调蓝蓝的远处。

被海风吹过，被烈日晒过的黄光华见到了更加广阔的天地空间，这似乎是他人生旅途之中一个快乐的驿站。可是快乐美好的时光对于已经 16 岁的黄光华来说显得格外短暂，4 年时间一晃而过，已经长成半大小伙子的他因为种种原因，于 1962 年依然回到了长湾村。他作为一名正式工人，从海南岛军垦农场调转到了县办高原农场。而人生命运却偏偏要与这个满怀信心、满怀希望的有志青年开一个不小的玩笑。黄光华回到高原农场上班后不久，就赶上县办高原农场正式下马，被安排到高原农场工作的工人黄光华成了一名最早的“下岗职工”，最后只落得一个自动离职处理。

高原长湾的山还是那些山，但黄光华看那些山的角度变了，因为他心里还装着大海的颜色和模样。当他再次把自己融入长湾村的农民当中时，他才真真切切地感觉到了自己的变化。在海南岛军垦农场的 4 年光景，使他有了见识，改变了观念，他开始强烈地感受到高寒地区的农民也该换个活法，最起码要有决心和勇气改变贫穷落后的命运。而他最初的认识就是：一个国家没有经济实力不行，一个集体没有经济实力不行，一个家庭没有经济实力更不行啊！这时有一种潜在的商品经济意识开始在他脑海里萌动。

然而，黄光华的思维和意识似乎离高原长湾村的现实太遥远。高原长湾村土地开阔，山场广大，却一时难以给居住在这里的人们带来财富。经济的落后与贫穷，思想观念的陈旧与保守几乎成了这个高寒山村的两大顽症。黄光华时常感到伤感，感到万般无奈，因为他自己也无法摆脱贫穷落后的阴影。从海南岛军垦农场调转到县办高原农场，最后只落得一个“自动离职”处理的黄光华，除了有几件勉强能够蔽体的旧衣服之外，就连一个简易居所都没有，是一个真正的“无产阶级”。

就在那个“穷光荣”“穷快活”的年代，黄光华却并不甘于贫穷，他一心想着赚钱，建立一个属于自己的家。有时候他就偷偷地做些小买卖，赚些零用钱。可是，就因为他的这些行为在村里多次遭到非议，并有人给他上纲上线，扣上了“投机倒把分子”的帽子。在那个特殊年代，黄光华头脑中的这种商品经济意识不能被人们接受和理解，说得好听一些只能把它称作“逆向思维”。

那段人生，黄光华绝不仅仅是思维“逆向”，而是常常处于逆境之中。他在饱尝生活艰辛的同时，还要承受来自社会各方面的压力。当历史的潮流把一个人推到社会的夹缝中时，生存环境也就变得更加艰难了。然而求生是一个人的本能，黄光华别无选择，他只有咬紧牙关与不幸的命运抗争。1966 年，已经 22 岁的黄光华与长湾村一个名叫潘申姐的姑娘组成了家庭。说是家庭，其实也就只有两个人，一无所有，夫妻俩就居住在原高原农场几间因破旧而被废弃的木屋里，一住就是整整八个年头。

1973 年冬天风雪很大，眼看那几间破旧的木屋就要被积雪压垮，黄光华怕把卧病在床的妻子和幼小的孩子塌死在破旧的木屋里，就到山里砍了几根杂木树杈把已经倾斜的木屋支撑着。直到 1974 年，那几间破旧的木屋实在不能居住时，他才想办法找信用社贷款修建了 3 间木屋。

这期间，妻子潘申姐因患胃下垂和类风湿等疾病而卧病在床达七年之久，最后生命垂危。黄光华非常绝望，他眼含着辛酸的泪水，咬紧牙关，在妻子完全失去知觉的那段日子下了最后的决心。他找来亲朋，用竹子扎成担架抬着潘申姐，步行一百二十多里山路，沿昔日那条茶马古道，历尽千辛万苦才把她送进了鹤峰县人民医院，进行抢救治疗。在经济状况极度困难的情况下，他多次向信用社求援，贷款两千多块，守在妻子的病床前 108 天。而让黄光华感到欣慰的是，妻子的病情在医院的精心治疗和他的精心照顾之下，终于有了转机，使他重新燃起了生活的希望。可就在黄光华高高兴兴搀扶着妻子慢慢走回家中，准备开开心心过日子的时候，新的灾难再一次降临到了他的头上。

1975 年冬天，黄光华开始腰疼。经医生检查属腰椎间盘突出引起压迫坐骨神经疼，并最终导致风湿性关节炎。黄光华感到伤感，也感到绝望。他忍受着剧烈的疼痛，背负着精神上的压力，看着贫寒的家境和妻儿渴望吃饱肚子的眼神，黄光华恨不能把自己身上的病情一把抓掉。可是命运却偏偏与他作对，他的病情还在不断地加重，并且一拖又是 7 年之久。为了治好自己的病，他在县医院住了半年却不见效果，病痛的折磨使他痛不欲生。但是妻子大病刚愈，三个孩子还小，他不能撒手而去呀！他必须坚强地活下来，与命运做最后的抗争。黄光华心里非常明白，那时摆在他面前的已经只有两条路可以走，一是求生，二是等死。然而他心里又想：叫花子还舍不得过烂板桥呢，更何况我还是一个有理想有抱负的大男人？

于是他开始翻看医书，四处探听民间偏方，并双腿跪地在山地里爬行，寻找治病的药材。在一种坚强意志的支撑之下，黄光华的生命之中出现了奇迹，他的病情终于有了转机。有一天他兴奋地拉着妻子的手说：“只要我的病能够尽快好起来，我就会想办法让全家人过上幸福的日子。”

可是，一件更让他伤心落泪的事情发生了。那时候，他一家六口人天天经受着饥饿的煎熬，到了借粮的日子，全队的农户都去借粮了。可有人下达了死命令，不准给黄光华家借粮，已经称出仓库门外的苞谷又被抢了回去。黄光华终于忍不住伤心地痛哭了一场，他呼喊着：“苍天啊！你睁开眼睛看看吧，你怎么对我这样不公平呀……”就在他一家六口人快要饿死的紧要关头，恩人出现了。建始县五星药材场场长赵中山伸出了援助之手，送给他五百多斤粮食，才让他渡过难关，维系了一家六口人的生命。

1982年，农村改革的春风吹到了高原，吹到了长湾，大病初愈的黄光华看到了生命的春天。他拼命劳作，为集体养羊，按照生产队规定的分成模式，黄光华很快就有了自己的羊群。每当他看到自己家的三十多只羊在草场上欢快地奔跑，听到自己家的三十多只羊在草场上欢快地咩叫时，黄光华就喜上眉梢，仿佛看到了自己一家人幸福的希望。

当鹤峰县畜牧局局长汪友江来到高原，来到长湾考察天然草场，看到黄光华家的羊群时非常激动，紧紧握着黄光华的手，热情鼓励他大力发展畜牧业，并要求他当好产业带头人，把高原长湾村的天然牧草资源转化为经济优势，为当地脱贫致富探索出一条新路子。黄光华十分感激汪友江，当他接过汪友江为他支援的600元资金时，眼里涌出了热泪。

黄光华拉开架势准备大干一场，他凑齐了1000元钱购买了10头牛，准备过那种牛羊满坡的牧人生活。经过一年多的辛勤耕耘，他家的三十多只羊已经发展到了五十多只，生猪的存栏数也已经超过了15头。他脸上露出了笑颜，心中燃起了希望，全家人都对未来幸福的生活有了美好的憧憬。

然而世间之事，有时候就是百般蹊跷。既然喂鸡能够招来鹰，那么喂羊就一定能够招来豺狗。雪白的羊群散落在白云之下绿草丛中，在给黄光华带来欣慰与惊喜的同时，也早已让那群游荡在高原之上的豺狗垂涎三尺。那是1983年5月中旬的一天，黄光华又一次打开羊圈，羊群在领头羊的引领之下欢快地咩叫着奔向了草场。中午时分，羊群惊叫起来，如闪电一般慌乱四散，眨眼之间，54只羊除了一只小羊被咬伤后逃脱之外，其余的53只大小山羊全部被豺狗咬死。黄光华见此情景极度恐慌，取下猎枪冲向草场，只见成群的豺狗黑压压的一片，饿狼般把已经被咬死的山羊撕得血肉横飞。黄光华吓得浑身发抖，根本没敢开枪，还差点被追来的豺狗咬死，遭遇到与羊同样的厄运。自从经历了那个黑色的日子之后，黄光华沉浸在希望破灭的苦痛之中，他怎么也想不明白，老天为何对他这般不公平？

可就在黄光华还没回过神来的当儿，一场新的灾难又悄悄地来到了他的身边。可怕的牛瘟在5天之内就让他精心喂养的10头牛全部死光。更可怕的是，他家的猪也死得只剩下 4 头仔猪了。黄光华傻眼了，这次灭顶之灾给他造成的直接经济损失就高达三万多元。在遭受这次毁灭性的打击之后，黄光华的希望完全破灭，几个月时间里，只要一想起他的羊群被豺狗撕得血肉横飞的场景，他就四肢无力，吃不下去饭，感觉到心惊肉跳。

但是，日子再难过也得支撑着往前过呀！当他看到大规模利用天然草场发展畜牧产业的时机还不太成熟时，便立刻选择了新的行当。黄光华开始与林业部门打交道，做起了黄杨木收购营销的买卖来。但由于缺乏经验和市场行情不稳，黄光华这次的生意又黄了，不仅没有赚到钱养家糊口，反而倒亏了一万多块钱。这时黄光华真是心如死灰了，这次亏损对于他来说无疑又是雪上加霜。

至此，黄光华在经济上已经不堪重负，沉重的债务压得他喘不过气来，但是他仍然坚强地挺立着没有倒下，并暗下决心：如果我这辈子干什么事情都要遭受挫折、难以成功的话，那么就是出卖苦力我也要走出困境。于是他咬紧牙关，痛下决心，立志自立自强。他一个人承包了一公里公路，只邀了一个民工，两个人起早摸黑，风雨无阻，拼命苦干一年才完成了工程，收入六千五百多元。三百六十多个工日，他是吃尽了苦头，一度春去冬来，使他得到了第一笔最为靠实的经济收入。用他自己的话说，那是他出卖苦力得到的第一笔血汗钱。

通过一年的苦拼苦做，也使黄光华悟出了一个道理，他觉得靠体力只能赚小钱，靠智力才能赚大钱。可是哪儿才有靠智力赚大钱的机遇呢？就在黄光华日思夜想经商办企业赚大钱的时候，机会还真的就来了。1984 年，中营林站报经鹤峰县人民政府批准，决定开发云梦山的森林资源，搞杂原木制材销售。黄光华挑起了重担，当起了包工头。他头脑中的商品经济意识和领导组织才能开始显现出来。繁忙时期，仅他手下就有五百多名工人。

黄光华办事直爽，讲究诚信，这是许多人的共识。在开发云梦山森林资源期间，除给企业创利，国家创税之外，他自己也通过精心管理而得到了丰厚的回报。

紧接着，有了木材经营管理经验的黄光华，承包了中营区企业管理站的木材购销计划，加工成品半成品，以每年 15000 元的利润额度签订了 3 年合同，取得了木材加工企业的经营权。黄光华以诚信闯市场，在全国各地交朋友，获得了许多宝贵的信息，创造了许多商机。在那个培养造就“万元户”的年代，黄光华实实在在抓住了“允许一部分人先富起来”的机遇。通过3年的精心管理和劳苦奔波，他成了“交足国家的，留足集体的，剩余就是自己的”这一政策的最大受益者。几年下来，他黄光华个人账户上就已经有了二十多万元的存款。

可由于当初家境贫寒的原因，黄光华的大儿子黄司军、小儿子黄司东均没有读好书，他决定给两个儿子创造一个良好的生存环境而作为一种补偿，于是他把靠自己智力挣来的钱给大儿子黄司军、小儿子黄司东各买了一台崭新的东风140汽车，并把二儿子黄司海送到部队参加了中国人民解放军。当鲜艳的红花戴在黄司海的胸前，当2台崭新的东风140汽车开到中营坪时，人们眼前一亮。黄光华这个昔日的“投机倒把”分子，而今不仅成了中营区最有经济实力的个体老板，能人强人，而且还是光荣军属。人们开始围绕黄光华的人生经历议论很多问题，有人说他是一块金子，可惜埋在土里的时间太久太久了；有人说他绝对是一个有用的人才，可惜起用得太迟太迟了。然而，这时的黄光华已经过了容易冲动的年龄，面对人们的声声赞誉他表现得镇定自若，无动于衷，只是他的嘴角有了那么一丝儿淡淡的笑颜。

二、长湾村人的呼唤

一时间，黄光华在中营区，在高原长湾村成了一位传奇人物。渐渐地，长湾村人在直观黄光华的富有时也开始深刻认识到了自己的贫穷。到了1990年，已经解放四十多年的长湾村仍然是黑灯暗火，仍然是肩挑背磨，仍然保留着猫冬的习惯，仍然固守着陈旧的思想观念。可是当他们真真切切地感受到黄光华身上的惊人变化时，他们的心开始颤抖，他们开始对自己的生存环境进行认真反思，也开始渴望幸福与发展。

其实贫困并不可怕，可怕的是自己身处绝对贫困之中而不能认识到自己的贫困。长湾村资源丰富，有煤矿，有珍贵药材，有发展畜牧产业的广阔天地，有充足的土地资源可供开发利用……可长湾村人为什么还是吃不饱穿不暖？多少年来，各级党委政府都倾注了大量心血，投入了大量资金，可就是扶不起来。有人说，长湾村也是一个吃救济供应成瘾的群落。贫穷落后的现状摆在面前，陈旧保守、“等靠要”的思想观念沉浸在脑海里……看着外面世界的惊人变化，长湾村人的心开始隐隐作痛，他们已经强烈地感受到“穷光荣”“穷快活”的日子已经一去不复返了，只有“发展才是硬道理”。

针对长湾村人的贫困现状，各级领导都看到了问题的症结，制约长湾村脱贫致富的致命问题至少有两点：一是电，二是路。可是长湾村地处雪域高原，是典型的山大人稀，办电修路难度实在太大了啊！而在长湾村人的心目中，办电、修路这样的大事他们几乎不敢奢望，他们最大的渴求就是能够减轻经济负担。这些年来，由于长湾村人口少土地多，地域广阔，历史以来按照土地面积负担农业税，“三提五统”费的模式和基数始终没有变，每年户平均四百多元钱的税费就已经让他们喘不过气来了，谁还有胆量和勇气去想办电、修路的大事？有的户为了按时上交各种税费和集资款项，在没有其他门路的情况下就只有拿起弯架打杵出去卖苦力，到邻近的红岩河、三岔溪、云梦山搬运原木筒子，肩膀磨起包，脚板走起泡，头一年的伤心还没好，第二年的摊派又来了。

或许并不是因为数额过大负担过重，而是村民的收入太少了，因为到了二十世纪九十年代初，在已经富裕起来的农民眼里，几百块钱已经算不得什么了。渐渐地，长湾村的许多人也悟出了黄光华当初明白了的那个道理：靠体力只能赚到小钱，靠智力才能赚到大钱啊！可是天生人不齐，不是什么人都能靠智力赚钱的。于是他们就渴望着有这样一个能人出现，来带领长湾村的人民群众发展经济改善基础设施条件，脱贫致富奔小康。

谁才是长湾村的能人？现在长湾村的老百姓终于明白了，黄光华就是长湾村真正的能人。的的确确，现在的黄光华已经不是昔日那个穷得叮当响的黄光华，也不是那个借了粮都被抢回仓库去的黄光华，更不是那个顶烈日抗风雨挖一年公路才得几千块钱的黄光华了。人家现在在中营区也算是一个顶天立地的汉子，政治上光荣，经济上丰厚，且有着自己更加广阔的发展空间，谁愿意再回长湾村来捡这个烂摊子找心操？

可是农民是朴实的，长湾村的父老乡亲是朴实的。他们的话也就说得朴实："我们要把黄光华碗里的饭分点吃吃，我们要把黄光华兜里的钱分点用用。"说得更加具体确切一些，长湾村的人是要借黄光华的脑袋发财，是要把他推举成长湾村的领路人，带领大家决战贫困，发展经济。

面对长湾村人民群众的信任，毫无思想准备的黄光华激动了。那夜，他躺在中营区企业管理站的居室里失眠了，长湾村的贫困现状历历在目：

那时候，在高原长湾村的村民眼里，一个家庭贫富几乎是和年猪相联系的，谁家的年猪杀得大，谁家肯定就富有，没有粮食的家庭怎么能够喂得壮年猪？可那个年月长湾村最大的年猪究竟有多大呢？村民万树娥、赵德芝、赵紫英、殷电阶等的家庭算是长湾村最为富有的了，可他们家宰杀的年猪也从来没有超过 150 斤。村子里的缺粮户比比皆是，虽然已经推广了良种良法地膜覆盖种植技术，但买得起地膜的农户太少。由于地处高寒地带，像土域那些地方就是弄了地膜覆盖，但因为霜期来得太早，种的苞谷三成熟不了。粮食生产仍然处在"一种一田稀大篼，一收一堆鸡脑壳"的境地，村民自己的肚子还填不饱，哪有粮食喂壮年猪？

那时候，整个长湾村只有两样家用电器，一台半导体收音机，一只手电筒。这两样东西分别都在村干部手里，用的都是二号干电池。没有电就没有光明与发展，没有电哪来的幸福与安乐？年轻的男男女女也没有任何文化生活，天一擦黑就洗脚上床钻进被窝做夫妻游戏，且没有计划生育意识，也就没有优生优育的观念，上床就弄，只管快活，不管后果。有一对育龄夫妇居住在七垭儿三组最偏远的地方，一年打一胎坐一个空月子，身体实在受不了。那天这位妇女就鼓足勇气步行了 38 里山路找到了村妇联主任，村妇联主任了解到这位育龄妇女的详细情况后，就埋怨道："你们也不晓得节制节制，只顾弄着好玩，像吐枇杷籽儿似的一睡一个，身体怎么受得了啊？"育龄妇女面露难色低下头去不好意思地说："有么子办法嘛，一到夜晚就黑灯瞎火的，看不见做鞋，看不见绣花，除了两口子躺在被窝里玩一玩那玩意儿还能做些啥哩！"村妇联主任听了这话也不再说什么，因为高原长湾村那时的人几乎都是这么过来的，话虽丑理却正，就领着她又步行了四十多里山路找到了中营区计生办，讲明缘由后，区计生办的同志就要求她采取避孕措施，并为她发放了两大盒避孕套。但计生办的那位工作人员还是一位未婚女性，不好意思给育龄妇女讲解使用方法，也就由她与村妇联主任一同回去了。育龄妇女回转步行一百多里山路，历尽辛苦回到家里后，两夫妻都不认字，自然也就看不懂包装盒上的使用说明，育龄妇女在弄晚饭时，就切了些猪瘦肉，然后从包装盒里取了两个避孕套出来，用菜刀切成细丝丝儿搅拌在瘦肉里炒了，递给丈夫吃。丈夫不明不白就把避孕套和着瘦肉吞进了肚子里。没过几日，妻子实在忍不住笑，还是把给丈夫炒避孕套吃的秘密告诉了他。丈夫一听顿时就来气了，吼道："臭娘们真没文化，哪有和着腊肉炒药吃的？避孕套正确的吃法应该是把它用炭火烧成粉末，然后用开水吞下去。"夫妻俩觉得怪有意思的，嬉笑着又按丈夫说的方法吃了两个避孕套。两人这下放心了，一上床就尽情热乎，哪知道没过多时，育龄妇女又怀上了，就又必须去做人流引产，还找计生办的同志扯恶皮。说那药也吃了，为何还怀了孕？当计生办主任详细问明两夫妻使用避孕套的方法时，竟弄得人们哭笑不得……因此，那期间长湾村的计划生育工作也一直是一个老大难。

那时候，许多户交不起农业税。收税的干部来了，村民们没有现金交税，就只好取下腊肉猪腿、猪坐膀抵税，交税的人弄得几多寒心，收税的人也弄得哭笑不得，到了上交税款的时候，还要当肉贩子到处去卖腊肉。

那时候，因为没有路，化肥、农药、种子运不进来，农副产品运不出去。上交公粮时路程最近的户也要走三十多里地，最远的户要走七十多里才能到高原，下趟中营坪比人家上趟北京还要难啊！曾经有人到高原卖粮时摔断了腰，也曾经有人到高原背供应粮食回村时摔断了腿。而有的人从生到死，就是从地头走到床头，又从床头走到地头，来回奔波，风里雨里，忍受着寂寞与艰辛，一辈子走过的羊肠小道至少可以绕地球三圈，可就是连中营坪的乡街也没去过、没见过，更没见过汽车那样的大"牲口"长什么模样，吃油还是吃草。

那时候，村民家中的情形就更是让人心酸，让人心里颤抖。用"艰辛与苦难"，甚至用"最艰辛最苦难"这些汉语单词似乎都难以准确地描述村民的生活现状。全村没有几间像样的木屋，大多是些年久失修，破壁乱垮，且多用茅草盖屋。有些人家的茅草屋年代久远，房顶上长出的小树已经枝繁叶茂，随风舞动，一遇雨天或化雪天，室内水滴落，屋漏无干处；一遇久旱的日子，到处都爬千脚虫，偶尔还会钻出一条大蜈蚣，真是恶心死了……全村一百多户人家，户户都要挑水吃，水井近的要走半里路，远的一个回转就是四五里山路，每天耗在挑水上的劳力和时间就无法统计。五组潘家台的潘能友、潘海棠、潘能兴家，一个早工还要是强劳动力才能挑回一担水，一遇天旱就找不到水吃。村民袁长甫为了交齐农业税去云梦山背原木筒子，肩膀磨起大血包的情景时常在黄光华的眼前闪现。

特困户杨玉清，是一个体弱多病的年轻人，上有七十多岁的父母。由于缺劳力而没有收入来源，年年闹完春荒闹夏荒，靠救济供应度日子。那一间半木屋还是杨玉清的祖父土改时修建的，已经破旧不堪，南风打北浪……特困户赵仟芝家住在二组沙家坪手爬岩，两间破旧低矮的木屋用劈柴块子夹着，年久破碎的瓦片早已遮挡不住风雨，天穿地漏，一遇雨天，一家五口人就难以栖身……特困户周青山家住在五组蛇家台一个名叫孙家屋场的地方，其妻藏翠英患腰椎间盘骨质增生长达二十多年，每天疼痛难忍，身子扭曲成了犁弓形，面色蜡黄而痛苦，不能从事体力劳动。由于缺劳力，宽敞的山场和土地面积没有发挥作用，一家六口人没有多少收入来源，儿子周恩奎在鹤峰县走马二中读高中，每月的生活费都难以支付，家庭长期处于贫困状态。

特困户潘能全，家住五组蛇家台响潭河，一间茅草屋住着一家五口人。其妻右手残废无法劳动，自潘能全在高原卖粮时摔断腰造成终身残废开始，家庭生活就过得格外艰苦，家庭面貌就从未得到过改变，屋后烂岩壳，门前是陡坡，风吹石头滚下河，种一筐收半箩……特困户赵宏芝，家住一组石桥坪一个名叫赵家台的地方，一间破旧不堪的木屋是他们一家四口人的栖身之所，由于智力缺乏，年年收入甚微。特困户殷泽全，家住四组大窝坑火草堡，一家四口人过着穷酸酸的日子，也由于缺乏智力，只得守着广阔的山场、土地受穷，长期处于贫困状态。还有王凡成、张树义、梁世云、殷云平、黄司德等贫困户的生活条件也都极其艰苦……

黄光华心里非常清楚，要办好长湾村的事，不是一年两年能够成功的，也不是一点钱就能够解决问题的。依黄光华现在的收入状况和生活环境，他没有理由回长湾村去当这个比芝麻还小许多的“村官”，如果真按老百姓所说的回去为官一任，这无疑是对黄光华个人经济利益的一个巨大损失。此时此刻，已经拥有二十多万元个人存款的他，只要稳扎稳打再拼几年，他就会成为中营区第一个百万富翁，成为一个拥有相当经济实力的企业老板。经过反复的思想斗争后，他还是谢绝了长湾村人民群众的好意，决定留在中营继续办好自己的企业。

村民们沉默了，大家感到非常失望。但他们并没有灰心，村民代表们激动地说："他黄光华不干，我们偏要他干，我们过硬拉也要把他拉回来！"话虽是这么说了，可真能把他拉回来吗？

区乡领导没有忽略村民们的强烈要求，负责联系长湾村的干部也专门找黄光华同志谈过话。但他坦然地表明了自己的态度，没有答应回长湾村出任"村官"。

那是一个阳光灿烂的日子，高原长湾村田野里有着如画的风景。长湾村村级领导班子的换届选举工作已经进入关键阶段，选举大会如期举行。

那是一次决定长湾村人发展前景的大会，也是一次真正体现村民意愿、让选民正确行使民主权利的选举大会。当大会主持人宣布选举结果，组织推荐的主任候选人落选，而百分之八十以上的选民在选票"另选他人"栏目中写上了"黄光华"的名字。当黄光华依法当选为中营乡长湾村村民委员会主任的选举结果展现在村民面前时，大家拍痛手板，会场上一片欢呼。就这样，黄光华硬是被"拉"了回去，推到了"村官"这个位置上。

黄光华得知这一消息后感到特别兴奋，也感到十分无奈。

三、老百姓的渴望

面对掌声，面对火一样期待的目光，黄光华强烈地感受到了长湾村人的渴望。他们渴望着得到幸福与发展，他们渴望有一盏明亮的灯，他们渴望有一条通向外面世界的路……可黄光华在心里多少次这样问过自己：我能给予吗？我能做出怎样的回答？

同样是那个阳光灿烂的日子，黄光华在掌声和欢呼声的包围中走向前台，他向长湾村人深深地鞠了一躬之后，深有感触地说："既然长湾村的人民群众信任我，硬要把我拉回来，这说明我有不可推卸的责任，带领大家向贫困宣战。在3年任职期内，我决心与大家共同奋斗，共同苦战，齐心协力办好两件事。一是办电，要尽快结束长湾村黑灯暗火的历史，让大家看到光明，看到希望！因为没有电能，就不能发展其他产业；没有电能，就难以接触到现代文明。请大家从今天起做好思想准备，树立干的信念，准备吃大苦耐大劳，准备与我黄光华同甘共苦，一定要千方百计想办法把电送到家家户户。二是修路，要致富先修路，这是全社会的共识，本届任期内争取车通长湾村……”这是一个激动人心的时刻，长湾村人完全处在一种极度亢奋的状态，他们要的就是黄光华的这句话。办电、修路是长湾村人做梦都在想的大事好事。听到黄光华这个声音，村民们的手板拍痛了，眼里流下了热泪。黄光华抑制住内心的激动再次向村民们深深地鞠了一躬后接着说：“既然大家信任我，看得起我，我就会抛开私心杂念，努力工作，无私奉献。为了让大家集中精力发展经济，减轻自身的经济压力，我决定义务为大家工作3年，不取报酬。在此，我作为长湾村新一任村委会主任，宣布我上任后的第一件大事：从今天起，长期压得大家喘不过气来的‘三提五统’费用全部免收，由我负责想办法解决……”又是一阵雷鸣般的掌声响了起来。

可是，当他的这句话一说出口，区乡两级联系长湾村的干部们傻眼了。这句话说起来轻巧，做起来难啊！长湾村一年接近3万元的上缴任务，你黄光华一句话说免就免了，你这不是头脑发热制造乱子吗？然而，黄光华语气坚定，措辞严密，那神态那气魄一点儿也不像是头脑发热。而且黄光华心里非常清楚，依长湾村目前的现实情况，在短时间内他不可能到那儿去发展集体经济，取得收入来弥补这笔巨额亏欠。任期3年取消村民负担，这就意味着他黄光华一上任就把10万元的资金缺口扛在了自己肩上。可是长湾村人的心头一回被震撼了，他们在黄光华身上看到了希望，看到了美好的前景和未来。有这样一个心底无私的村官，何愁没有好日子！

会散了，高原长湾村人带着喜气和兴奋回到了各自的家，那种洋溢的喜气和兴奋就像雨后的阳光在山坳上弥漫开来。一时间，长湾村人的心情变好了，高原长湾村的风景也格外美丽起来。

请记住，这是1990年秋后的一个日子，已经46岁的黄光华同志，不仅对生命有了深刻的认识，而且对金钱也有了独特的见解。他认为人生的价值就在于给他人带来幸福与快乐，就在于无私的奉献。

可是“村官”是中国最基层的官，不会让你得到超脱，每天接触的是妯娌发生口角，有时候张家的婆媳关系还没好，李家的姑嫂又在吵……还有收款子、发烟籽、打肚子的具体工作，弄不好上要受乡里的气，下要受村民的气，回家还要受老婆的气……真想从这些琐碎的事务中解脱出来，甩开膀子干几件人民群众看得见摸得着的好事实事，难啊！

然而，高原长湾村的事比黄光华想象的还要难办得多。村级集体经济是个“空壳”不说，还欠着一屁股债，就连“三提五统”费用也是寅吃卯粮，羊子还在山上跑，皮子早就已经剥得卖了。时间还在1990年秋后，却连1992年的钱就收得用光了。原来村级领导班子的这种“超前意识”，让黄光华这位新上任的村主任着实头痛，现在摆在他面前的除了困难还是困难。可是黄光华已经没有退路，除了兢兢业业地“干下去”之外没有别的选择。更让他费解的是，当区乡联系高原长湾村的干部回到单位，向主要领导汇报长湾村村级领导班子的换届情况，和黄光华主任上台后第一个关于免去群众“三提五统”费用的决定时，领导们急得跳了脚，这样的话也是轻易说得的吗？这个黄光华不是头脑发热就是政治上不成熟！区乡主要领导的态度让联系高原长湾村的几个干部坐不住了，连夜赶回长湾村去做村主任黄光华同志的思想工作，要他迅速收回那项减免群众负担的决定。

黄光华坦然地笑了，然后收住笑容严肃地说：“请各位领导放心，也请上级党委政府放心，我黄光华的人格在此，说过的话就是铁板上钉钉。这笔钱我自己先垫上，就算是我对长湾村父老乡亲的一点回报吧。”话都说到了这分上，谁还能再说什么？联系长湾村的干部们回去向主要领导交了差，这才松了一口气。

就在高原长湾村村委会主任黄光华同志理顺思维，并根据长湾村的现实情况，拟订发展规划蓝图的时候，一个非常棘手的问题摆在了黄光华同志的面前。

高原长湾村有一所村级小学，前些年由于办校条件极其艰苦，村里在相关部门的支持下给学校修建了一栋综合楼，以供教学的老师办公居住。而学校综合楼交付使用已经数月，尚欠工程款一万五千多元。可就在黄光华上任的第三天，四川建筑工程队的包工头就逼债上门，出了狠招，把学校锁了。一时间，学校的师生慌作一团，闹得沸沸扬扬，这件事在中营区也引起了不小的轰动。

黄光华当然心知肚明，这一定是有人从中作梗，要给他这位新上任的村主任一点颜色看看，不然那个包工头迟不锁门早不锁门，硬要等他黄光华一上任就锁门？但不管怎样，这是长湾村委会理亏，欠债还钱天经地义，只是动不动就把学校门一锁，这种要钱的方式太让人气愤。黄光华什么也没说，立刻与村支书蛇明斋、村委会会计徐明常商量，决定收取村级公山上木炭窑子的管理费用，来解决学校的欠款问题。通过分工，收取木炭窑子管理费用的工作由支书和会计负责，村主任黄光华自行去处理区企业管理站的有关业务。

可是等黄光华到重庆交货回来，学校仍然锁着，其他两个村干部根本没把村里这么大的事情当回事。黄光华主任立刻清醒过来了，原来这些人哪里是想干事创业？都是占着茅坑不拉屎，拖得一天得一天。可这时，黄光华自己的几十万块钱全部压在了企管站货场上，又一时变不成现金。万般无奈之际，黄光华去了中营坪，找税务所的同志们帮忙排忧解难，把他们所里的经费借了8000块钱回来，这才打发走了包工头朱发明，让学校恢复了上课。

通过这件事，黄光华想了很多问题。村干部是人民群众脱贫致富奔小康的火车头，不能像聋子的耳朵只当个摆设，既然在那个位置上，就要尽职尽责地干，把老百姓的事情办好。既然干，就得有点奉献精神，有点牺牲精神。

又是一个晴朗的日子，长湾村召开组长党员大会，县乡两级的工作组也来了，新任畜牧局局长陈大彬发言时拍着自己的腰包说："我这次来到长湾村，带了3万块钱来，一见这么些天了，也没有人敢把这钱掏了去。"畜牧局长陈大彬见黄光华还像个真正干事业的村干部，就把目光转向他继续说："黄主任，你敢把我这3万块钱掏去吗？"

黄光华主任当然明白陈大彬局长的意思，他笑起来坦白说："那要看怎么个掏法，你只要把章法说清楚了，掏得的钱我就一定敢掏，掏不得的钱我也坚决不掏。"

陈大彬说明了章法。原来是鹤峰县畜牧局要在高原长湾村建5000亩草场，这是投入到长湾村的第一个扶持项目，也是帮助长湾村人脱贫致富的一个举措。每建成一亩草场，通过验收后畜牧局将扶持10元钱。只要建成五千亩，长湾村就可以拿回5万元现金。

黄光华仔细算了一笔账，他觉得把村民组织起来建5000亩草场不是问题，只是扶持的力度太小，难以真正调动村民的积极性，如果建一亩草场能够扶持25元，他黄光华就敢拍这个胸，5000亩就5000亩！

精通生意经的黄光华不习惯做那种虚飘事，他喜欢一板一眼地做事。陈大彬见黄光华办事认真、稳当，也就当即拍板，说："每亩25元就25元，这事就这么定了！"但这件事必须3天之内组织上马，年底验收结账。

这是一个君子协定，但就是这个君子协定让高原长湾村这片土地立刻改变了旧时的模样。黄光华忙碌起来，拟订规划，并在畜牧干部的指导下进行操作。村民们也不再猫冬，抖落掉身上的烟尘，把希望寄托在田野上去了。

长湾村人的心里热乎乎的，按照这个规模和金额一计算，高原长湾村的人只要完成建草场的计划，就可以得到125000元的扶持款。这个数字对于当时长湾村村民来说无疑是一个天文数字，有谁能够抵挡得住这样的诱惑？就连村主任黄光华自己心里头也是热乎乎的。村民们更是热情高涨，就好像这笔钱早已经装进各自的口袋里去了。于是村民们就开始盘算着怎样开支这笔钱，家里需要什么就到门市部去赊点什么。这时各商店的老板就问村委会主任黄光华："你们长湾村有这么大一个项目，有这么大一笔项目资金，村民们要来赊销点商品，我们可以赊给他们吗？"

黄光华胸有成竹地一挥手，笑说："赊吧，只要是我们长湾村的村民你们都可以给他们赊。"

有了村主任黄光华这句话，各个商店的货物就像水库开了闸，村民们需要什么就去赊购什么，赶场的人就跟当年背供应一般成群结队。有人说，那是长湾村最难忘最幸福的一段日子，就像是共产主义提前到来了。可也就因为黄光华的这句话，无意之间就又上演了一出"羊子还在山上跑，就把皮子剥得卖了"的大戏。

这时，高原长湾村人建草场的积极性空前高涨，有如风卷残云。眨眼之间在长湾村就有了一个巨大的草场。可就在这时，县畜牧局却伸手"叫停"，因为项目资金不能全部到位或是其他什么原因，他们与长湾村委会主任黄光华的那则“君子协定”不能兑现了。这对于正干得热火朝天的长湾村人来说犹如五雷轰顶。黄光华触电似的收住了笑容，眉宇间愁起了一个大疙瘩，满脸痛苦的表情。到畜牧局中途“叫停”的那一刻止，长湾村就已经建成草场2840亩通过验收，县畜牧局只按每亩10元兑现了扶持款，扶持资金总额为28400元。

黄光华硬是哭笑不得，明知上了个大当却又说不出口，绕了一个大圈子，还是只掏到了陈大彬当初所带的那三万块钱，他只恨当初没有白纸黑字而轻信了所谓的“君子协定”，可让他头昏脑涨的不是别的，就因为他当初给商铺店主们说的那句话，长湾村人赊购回来的商品就已经突破了6万多元。无意之间就又拉开了一个接近4万元的资金缺口。

谁来为这件事情负责？黄光华心里很痛苦，但是他也很清醒。老百姓背回来的商品物资不可能再退回去，天大的缺口也只有他黄光华自己去补，谁叫你当初就那么抬手一挥的？

可无论从哪个角度来思考和看待这个问题，高原长湾村的村民都似乎没有什么过错。而通过这件事也让黄光华更加懂得：中国农民是一个最讲究现实的特殊群体，与他们打交道就要取信于他们，来不得半点虚伪和骄傲。

那段日子，黄光华的耳边老响着这样一个声音：老百姓渴望着幸福与发展，我能给予吗？

四、为了一盏明亮的灯

历经风风雨雨，长湾村人不仅在黄光华这位村主任身上看到了长湾村美好的前景和未来，也看到了黄光华崇高的人格和宽广的胸怀。老百姓已经深深懂得：黄光华绝对是一个能够带领长湾村人奔向幸福、奔向光明的引路人。只是长湾村的环境太艰苦，基础太薄弱，解决问题需要时间，需要一个艰难的过程。同样在经历过许多事情之后，黄光华对长湾村这个地方，对长湾村的人民群众有了更加深厚的感情。他开始强烈地感受到：中国农民不仅是一个最讲究现实的特殊群体，而且也是一个最懂得感情、知恩图报的朴实群体。

从感情融通之中所产生的凝聚力开始彰显出来，长湾村的老百姓从心底里佩服黄光华，也从心底里尊重黄光华。

黄光华在为人处事方面讲究的是“诚信”，他不喜欢唬唬哄哄犯虚飘，他也最痛恨那种只打雷不下雨、年年姐儿十七八、忙忙碌碌装样子的工作作风。因此，他时刻没有忘记自己面对村民的信任与掌声时许下的诺言，他的脑海里无时无刻不在琢磨着办电、修路的大事。可是时间一天天过去，转眼就是几度风雨春秋，长湾村人希望的那个春天何时到来？

1992 年 7 月，黄光华光荣加入了中国共产党。1993 年在村级领导班子换届时，黄光华同志出任长湾村党支部书记，连任村委会主任。一肩挑起了长湾村的整个工作，也一肩挑起了促进长湾村社会发展进步的全部责任。

那段日子，黄光华睡不安稳，吃不香甜，他时常独自在村里转悠，看山势观地形，考虑架设高压输电线路的最佳方案。他认为只有把建设成本压到最低点，成功的系数才会越大。可是，长湾村广阔的山场摆在面前，无论他怎么精打细算，没有二十多万元的资金投入就莫想见到光明。

作为一个边远贫穷的高寒山村，二十多万元的资金投入不是一个小数目，到哪儿去弄这笔钱？站在高原长湾村的山坳上，黄光华感到压力沉重。他甚至在想：长湾村解放四十多年了，这里至今不通电不通路，到底是谁的过错？等他反过来再一想，又觉得这不能责怪上级领导，各级党委政府对高原长湾村倾注的心血已经太多太多了，要怪也只能怪我们自己缺乏自力更生、艰苦创业的奋斗精神，只能怪我们自己安于现状，没有积极争取上级领导和各部门的支持。用黄光华当时一句很朴实的话说：国家的扶持资金给谁都是给，你不去跑不去要，谁会把钱给你送到那高高的山上来？

想到这里，黄光华坐不住了。他凑了些盘缠，带着村委会的公章只身跑到县城去。为了长湾村广大人民群众的事业他不怕领导批评，为了长湾村能够尽早改善基础设施条件，谋求发展的好事实事，他不怕低架子说好话。一次、两次、三次、四次……黄光华奔走诉说，讲困难讲苦楚，讲长湾村人渴望幸福与发展的迫切要求，讲长湾村的发展前景，讲长湾村的资源储量，讲长湾村的开发价值……

终于，黄光华对事业的那份执着，那份热情感动了上级领导，副县长张树香热情地接待了他。随后针对高原长湾村解放四十多年没有通电的问题，专门召集相关部门开了协调会议，并要求水电局、开发办、民委、中营区公所把高原长湾村通电的问题，提到扶苏扶贫的高度来认识，作为一项政治任务去完成。

黄光华顿时忘却了劳苦奔波的辛苦与疲劳，看到了光明与希望，他的心在怦怦地跳。

紧接着，在副县长张树香同志的协调之下，“中营区长湾村高压输电线路建设指挥部”宣告成立，区委书记易吉纲尽全力给予支持，并由老区委书记部玉阶同志担任指挥长，黄光华11担任常务副指挥长。

紧接着，由县水电局、开发办、民委等部门协调的11万元建设资金落实到位，各类物资陆续送到中营坪。

紧接着，由县粮食局牵头，对长湾村的煤矿资源储量进行勘测，准备开采。长湾村人的心热火起来，激情高涨。

可是，越到这个时候，黄光华的心理压力就越大。因为他心里装有一本实实在在的账：现在副县长张树香同志与水电局、开发办、民委等单位协调的资金还远远不够，按照打紧预算的资金投入方案，最低还差95000元，这仍然不是一个小数目，到哪儿去弄这笔钱？黄光华被逼到了风口浪尖，但他已经没有退路了，办电的事只能成功不能失败。在没有其他门路筹措这笔资金的情况下怎么办？黄光华一咬牙对长湾村的村民们说：“办电是长湾村的大事，关系到我们每一个人的切身利益，既要出力又要出钱。全村人平均集资200元用于高压输电线路建设，再集资85元用于低压线路设施到户。大家的事情大家办，没点气魄没点精神，办电的事情就莫想成功！”

长湾村的村民们沉默了，经济基础十分薄弱的长湾村，要集资这么大一笔钱，按人平均一算户平均就是千余元，谈何容易呀？可是开弓没有回头箭，办电的事是长湾村人祖祖辈辈的梦想，是长湾村人的期盼和希望！到了这样的关键时刻，面对黄光华的决心和勇气，要办自己想办的好事，谁还能说个“不”字？于是大家奔忙起来，想办法四处奔走向亲朋求援，有的去了官店，有的去了石窑，有的进了县城，有的走村串乡，有的去找信用社贷款，为了心中那一盏明亮的灯，大家都在辛勤奔忙。很快，一扎扎钞票集在了一起，村民们终于看到了光明与希望。

经过实地查勘，高原长湾村高压输电线路的接线点，定在韭菜坝大坪上端何玉阶家旁的山岭上，然后经雪家包、火烧屋场、杨家铺、菜场、大郊湾过沙家坪到桥湾，再穿越唐家冲、土场到三水断沟至七垭儿煤场。

经过实地勘察，初步测设确定桩号，全线共需高压电杆四百四十余根，才能到达预定的变压器台区。再从各变压器台区架设低压输电线路到达一组石桥坪、二组沙家坪、三组七垭、四组大窝坑、五组蛇家台至潘家台，按照初步测设确定低压杆五百五十多根。

这是一个多么巨大的工程！一千多根电杆要选山林之中最标直的旋栗树，从山林里砍伐打出山，然后分别抬到桩位，需要多少人力物力？一千多根桩号的线路砍出来，一千多个栽桩的洞子挖出来，又需要多少人力物力？一个只有四百六十余人的村庄，除去老人孩子，男女劳力就只有一百八十多人，每个人将要承担多大的劳动负荷？

现在，我们已经可以清楚地看到高原长湾村办电的难度了，也可以基本明白长湾村解放四十多年没有通电的原因了。没有相当的胆量和勇气，谁敢许下这样的诺言？谁有能力带领长湾村人办成这样的大事？这时的黄光华成了整个长湾村人心目中真正的英雄，而在黄光华的眼里，长湾村的男人女人哪一个又不是好汉？

那是初夏一个阳光灿烂的日子，已经为那笔巨额的办电集资款奔忙得筋疲力尽的长湾人又集中在了一起，站在村委会的塔坝里，如同临阵点兵一般庄严。党支部书记、村委会主任黄光华同志下达了总攻的命令。

女人们拿起砍刀上山，翻山越岭，过河攀岩，承担起砍线路、挖桩位洞子的任务。大家披星戴月，起早摸黑，在悬崖峭壁之上，在荆棘藤蔓丛中挑战着作为女人的生理和心理的极限。

男人们挑起了抬电杆攀山爬岩的重担，鲜活的杂木栗树电杆沉重如铁，其劳力按照强弱搭配，8 个人一组，如同抬炮攻山一般摆开阵势。一组组架起了“千脚虫”攀爬的阵势，喊着号子前进，洒着热汗攀登，脚板踩得滋滋地痒，肩膀磨得生生地疼。

那是一个多么壮观的场面，那是一个惊心动魄的时刻，那是一段让人难忘的日子。黄光华紧绷着神经，紧锁着眉头，紧勒着腰带，紧追着时间……

作为一名前线的指挥员，置身在那段紧张而又繁忙的日子里，黄光华才真正地体会到了什么叫“呕心沥血”。

黄光华坚守在前沿阵地，他不仅要按照副县长张树香同志的要求，60 天全面完成四百多根杆线的高压输电线路架设任务，还必须组织劳力把沉重的变压器搬运到台区进行调试安装，还要坚持施工质量，保证施工安全。

我敢说，每个人只要亲自到过高原长湾村，亲身感受过高原长湾村山场的广阔和行进的艰难，你就会真正懂得、真正理解黄光华当初的那份胆识和勇气。

然而，更让人觉得不可思议的还是黄光华的那份坚强，那种精神。就在高压输电线路架设工程施工最为紧张的时候，黄光华曾经做过阑尾切除手术的地方因劳累过度而发炎发红，疼痛难忍，肚子肿得像个冬瓜。他咬紧牙关，捂住痛处，多次疼得昏倒在线路上。村民们关心他并劝慰他休息，他却忍住剧痛坚定地说：“只要一天长湾村的电灯还没亮，我就不能提前一分钟下火线，同志们跟我上吧！”

有一个日子，高压输电线路架设到了一组石桥坪，变压器也安装就绪，离黄光华的家不过数百米距离，有人建议他先把自家的电灯接亮，可他坚决不允许。他告诉全体村民：“长湾村的电灯要亮一起亮，就像那八月十五放光明。我黄光华不搞特殊化，大家齐心协力咬咬牙，做最后的冲刺，坚持最后的胜利！”

那段日子，电力管理部门的同志和工程技术人员就住在石桥坪，设有伙食团，村民们送去了腊肉和鸡鱼，伙食做得还算可以。但是黄光华从不前去同吃。他告诉村民们：“只要是大家捐献的物资，那就是大家的利益，我黄光华保证不喝一口汤。”他认为：要想群众信得过，就必须严格要求自己，从小事做起，莫让村民失望。

或许是黄光华忍受剧痛上一线的精神鼓舞了村民们，或许是他与村民们同甘共苦，不搞半点特殊化的原则性感化了村民们，大家的心贴得更近了，没有人叫苦叫累，没有人偷懒耍滑，大家咬紧牙关，坚持着忍耐着，做最后的冲刺。

就这样，经过45天拼搏苦战，仅一百八十多名男女劳力的高原长湾村，就架设了高压输电线路448杆线，直线距离长达28公里，架设低压入户线路565杆线，直线距离约四十公里。总投工5460个，总投资近25万元。

一个激动人心的时刻终于到来了，那年农历的5月23日晚上6点钟，中营区长湾村高压输电线路建设指挥部副指挥长黄光华一声令下，全线搭火成功，整个长湾村顿时一片光明、一片欢呼！喜庆的鞭炮炸到半夜。家家户户像过大年一般，特地准备了丰盛的晚餐，在明亮的电灯下喝着用蜂蜜炖沸的苞谷酒，吃着香喷喷的坨坨肉，要用胜利的喜悦心情抚慰一下创业的艰辛。

可就在长湾村一片光明、一片欢呼的那个夜晚，黄光华病倒了。他连夜被村民们抬着奔出长湾送到高原乘车去了县城医院。黄光华躺在了医院的病床上，准备接受第二次手术。但他脸上没有痛苦，却挂着一丝丝欣慰的笑颜。为了一盏明亮的灯，为了长湾村的光明与希望，为了长湾村人的幸福与发展，黄光华发自内心地说：我无怨无悔！

五、山，长湾村人最大的希望

高原长湾村的山预示着深远与广阔，像一个放大的沙盘模型在蓝天白云之下展现出绚丽的风景；高原长湾村的山预示着贫困与艰辛，像一幅充满忧伤的油画随着春夏秋冬的季节变化而不断更换着色彩。在党的富民政策浸润之下，呈现出长湾村人无限的渴望与期待。山是屏障，山是脊梁，山是人类赖以生存的依托，山也是高原长湾村人最大的希望！

黄光华上任伊始，身为长湾村委会主任的他，就紧紧围绕高原长湾村的“山”做过深层次的思考。面对昔日刀耕火种的粗放经营，把一片片天然林付之一炬后的荒坡秃岭；还有烧炭的时日，仅高原长湾村的版图上就有几十张木炭窑子，随着一筐筐黑炭运出高原长湾村，山上的绿色植被便随那缕缕青烟一点点消失，留下的仍然是一片片荒坡秃岭。而黄光华在思考中得到了这样的启示：只有把消灭荒山、植树造林，作为高原长湾村经济发展的长远目标来抓，才能从根本上加快农业内部产业结构调整步伐，大力发展烟叶、药材、反季节蔬菜和畜牧业等见效快的项目，作为当年经济收入的支柱产业，做到长短结合，全面发展，以短养长，发挥优势。

可是，在二十世纪九十年代末期，当新世纪的春天迎面扑来时，这似乎已经不算什么超前的思维了。然而面对那一片片荒山秃岭，面对高寒恶劣的生存环境，面对贫穷与落后，黄光华能够面对起伏连绵的大山作出这样深层次思考，并在其中得到有益于长湾村发展的启示，却并不是一件容易的事情。

现在，摆在黄光华面前的问题是：怎样才能把自己的这个“启示”转化为村民的共同意愿，形成村级经济发展的战略目标，其间一定有一个艰难的过程，不仅存在着观念冲突的痛苦，而且还有凝聚人心的艰难。

高原长湾村的山、高原长湾村的路、高原长湾村的人，在黄光华的思维之中交织成了一张细密的网。如何从这张细密的网中理出一个头绪来，找准高原长湾村经济发展的突破口，选择一个带领群众走出困境，奔上小康之路的切入点，是眼下摆在黄光华面前的课题。渐渐地，黄光华开始接触到“第三产业”和“产业结构调整”之类的新词汇，他也开始强烈地感受到：长湾村的村民们长期以来形成的、根深蒂固的小农经济意识，正是制约长湾村经济社会发展的重要因素。要想走出困境，尽快改善基础设施条件，过上小康生活，就必须接受新思想新观念，就必须向自身陈旧保守的思想观念挑战。过于强调地处偏远高寒的客观原因是不行的，要找到长湾村经济欠发展的根本症结，探视到贫穷落后的深层原因。

要深挖穷根！这是黄光华对自己为官一任最基本的要求。可是“穷根”深植于历史的土壤里，并且在一种观念的庇护之下，要挖掉它仍然有一个艰难曲折的过程。要从过去那种单一的、保守的、只求一碗饱饭的思想观念中真正转变过来，仍然需要时间，需要做艰苦的工作。

有一个日子，黄光华的眼前一亮，他似乎从自己的万千思绪中一下子找到了关于高原长湾村各项事业快速发展的有效途径。他认为：根据高原长湾村的实际，只有实现“思维方式”和“工作方式”的大转变，才能促进农村经济和社会事业快速发展，村办企业和民营经济才有更加广阔的发展空间。具体地说：一是要实现由传统种植自给自足的本位性农业向立体开发、集约经营的农业转变，完善农业产业化经营的基本思路，彻底改变高原长湾村“农弱工缺商轻民穷”的落后现状；二是实现由封闭自守向开放开发的转变，形成引进外资开放发展的局面；三是实现由强调客观原因，从一味“等靠要”的依赖思想向自求发展，增强自身造血功能的转变；四是实现由传统工作方式向把握自身特点开拓创新工作方式的转变。

黄光华开始懂得，要想真正当好一个“村官”，彻底改变一个高寒贫困山村的落后面貌，是一件非常不容易的事情。思维理顺了、方向找准了，可是长湾村经济发展的“突破口”和“切入点”到底在哪儿呢？黄光华总觉得是“山”，高原长湾村的荒坡秃岭，或许正是摆在长湾村人面前的一大机遇。黄光华同志觉得自己看准了：山，就是长湾村人最大的希望。

高原长湾村的大片荒山，在黄光华的眼里，那是一张白纸，他要带领长湾村人在这张白纸上撰写最新最美的文字，绘制最新最美的图画。于是“消灭荒山、植树造林”成为高原长湾村人经济建设中的头等大事。他们在黄光华的带领下，拿起锄头进山，开始挖窝栽树。自 1993 年秋冬开始义务造林，全村劳力集体行动，开进了土垭、三水断沟、唐家冲和葵花堝，以每劳动力平均一亩的造林速度向前推进，营造日本落叶杉二百八十多亩。

还记得当初长湾村人在黄光华的带领下，建设畜牧草场的情景吗？其实群众一旦被组织起来，人心一旦被凝聚在一起，就会发挥出巨大的力量。黄光华乘势而上，把植树造林当作一项生态工程全面推开，加快了消灭荒山的推进速度。

紧接着，以一组石桥坪殃皮垭为轴心，到石滚坡、杉树堝、孙家湾、瓦场坪、木龙湾等地数百亩的荒山，成为茫茫一片日本落叶杉林，在春夏时节支起了一片片美丽的新绿。以毕家岭为轴心的天坑地、郭家台、毕家湾、小河坪、金竹园等处汇聚在一起，标准化的人工林成了一道美丽的风景。

紧接着，以灯草地为轴心的黑橹湾、竹麻台、阳家槽、枯树堡、大河坪、炭坪、郭家湾、姜家屋场等地方的林窝子密密匝匝，如流畅的诗行，在述说着创业者的艰辛。紧接着范家堝、长湾岭、小茅草堡、大茅草堡等地迅速改变了旧时的模样，从前那些茅花飞舞的山场，长出了片片美丽的新绿。以云梦山为轴心的柳坎儿、王三斑、宠家湾、二胡子垭一带连片数千亩的荒山成了速生丰产林营造基地。

紧接着，七垭连土垭、鹰嘴岩、岩屋坪连片五百亩的生态林营造完毕。

从长河连火烧堡、连四大堡，连片一千六百多亩生态林营造工程宣告成功。以大长湾为轴心的冯家岭、张家堡、半边城、中岭等地如满天星斗一般，长出了美丽的新苗。以赵家台、芝麻台、雷打坑、二台坪等地为中心点的植树造林攻坚战正式拉开了序幕。

紧接着，几十万株黄柏苗运进了高原长湾村，十几万株厚朴树苗运进了长湾村，以黄柏、杜仲、厚朴等“三木药材”为主体的庭院经济建设成了规模，长湾村的一百多户人家，家家户户有了自己的庭院经济基地，为今后的脱贫致富奔小康打下了坚实的基础。

紧接着，国家实施“天然林资源保护工程”的机遇到来，五百多亩退耕还林规划任务落实到户，村民们按照统一规划、统一规格，把自己承包经营的一部分劣等田退耕还林，栽上了经济林木。并把退耕还林规划任务的落实与扩大庭院经济建设规模结合起来，最大限度地调动了村民的积极性，使国家政策性补贴在带给村民实惠的同时，有力地推进了以家庭为单位的财源建设，为村民加快脱贫致富步伐提供了更加有力的保障。

如今展现在人们面前的已经不是昔日的荒坡秃岭，一片片长势喜人的人工林，重塑了高原长湾村的形象和风景，在蓝天白云下托起了长湾人新的希望。站在大窝坑的山梁上，放眼望去，起伏的群山全是金黄和浓绿的颜色，那一片金黄便是连绵的日本落叶杉脱去秋天红叶后的全景，把整个山梁装点得格外绚丽。靠石桥坪长湾村委会所在地右侧的山梁上，全是雪松浓浓的绿影，冬日的阳光柔和而明亮，湛蓝的天空没有一丝云彩，美丽的景色如同深秋一般。站在殃皮垭上，眼前无比开阔，远处是巍峨矗立的云梦山，连绵数千亩日本落叶杉摆出了森林一般的雄厚架势，那是“浩瀚”二字的诠释，那是“开阔”二字的完美展现。用创业者辛劳的汗水浸润过的这一片林，长势喜人哩。

站在沙家坪手爬岩的顶端，你就仿佛站在了那一片海浪的峰巅，阳光照耀下的那一片林海，把人带入到一种神秘境遇之中。虽不见仙女起舞，但那儿却像仙境，昔日的荒秃已经不见了踪影，正前面是一幅秀丽的山水画卷，让人心旷神怡。那一片山，那一片林，那一片心境……站在蛇家台山岭上，一片一片厚朴树林如同一园园茂密的金竹，飘落的树叶闪着银光，挺立的树杆像列队的兵员，在冬日的阳光下，展亮着别样的风采。

数万亩速生丰产林，4000 亩以厚朴、黄柏、杜仲为主体的“三木药材”经济林，8000 亩以日本落叶杉为主体的生态林会聚在一起，在向人们诉说着创业者的艰辛。而黄光华仍然是这个精彩故事中的主角，是他艰苦创业带领高原长湾村的村民，用 6 年的拼搏与奋斗改变了山地的模样，重塑了山水风景。

就在黄光华带领村民“消灭荒山、植树造林”发展庭院经济的过程中，鹤峰县林业局、中营区林业站的领导和同志们伸出了援助之手，从资金、物资和种子种苗等方面做好了后勤保障工作。其间，林业局局长马湘洲，林业局副局长孟思龙、韩才金，中营林站站长陈左贤，副站长张明、张定超等同志，经常深入到高原长湾村进行技术指导，为其排忧解难，对高原长湾村从精神上鼓励，从经济上支持，并给予了项目政策上的倾斜扶持。黄光华带领村民消灭荒山植树造林的精神感动了林业部门，林业部门的倾情帮扶更加激起了村民的造林热情。就这样，高原长湾村在一种团结协作的良好氛围中，让昔日的荒坡秃岭变成了美丽的绿洲。

山绿了，景美了，展示的是风景，托起的是希望。看着坡上那一片片新绿，黄光华时常激动不已。当他看到树木一天天长大，蓄积储备成几何数增长时，他的脸上荡起了灿烂的笑颜，并且骄傲地告诉大家：“那一片片长势喜人的林木，就是长湾村人的希望啊！仅日本落叶杉这种高级造纸材料的蓄积储备，就已经突破九千多万元了。再加上厚朴、黄柏、杜仲这些庭院经济林木的蓄积储备，咱高原长湾村的经济发展后劲足啊！”我们完全可以相信，黄光华脸上的笑颜发自内心深处。有了这些山、这些林，黄光华的底气就足了，长湾村人的底气也就更足了。

当然，黄光华同志在收获喜悦的同时，也得到了更加深刻的启示。

六、尘沙飞扬的那段日子

每一位成功人士背后，大多都有一段难忘的人生经历，有的人历尽艰辛与坎坷才最终走向成功；有的人付出过巨大努力、经受过人生苦难才最终走向了辉煌。就在高原长湾村那片广阔的原野上，黄光华不仅有过儿时的梦想，有过苦难的人生历程，有过创业的艰辛，有过收获的喜悦，而且也有过难忘辛酸的记忆。从那个风起云涌的夏天开始，黄光华就曾饱经风霜，经历了一段尘沙飞扬的日子。

就在高原长湾村荒坡秃岭渐渐变成片片新绿的时候；就在高原长湾村通了电，洗衣机、电视机、冰箱这些高档家用电器陆续进入普通农家，给长湾村人的物质文化生活带来极大便利的时候；就在农村改革不断深入，农业内部的产业结构调整得以深化，村民人均纯收入不断增加，综合实力不断增强的时候。曾经为之呕心沥血、奔波操劳的黄光华同志病倒了，他第二次所做的阑尾切除手术又出现了异常情况，疼痛难忍，将要面临第三次阑尾切除手术。躺在鹤峰县人民医院的病床上，黄光华仍然想着高原长湾村的工作，仍然想着高原长湾村的发展，仍然牵挂着高原长湾村人民群众脱贫致富奔小康的大事。

就在这时，“农网”整改的机遇来了，这对于高原长湾村来说又是多么重要啊！

黄光华心里清楚：高原长湾村虽然齐心协力，历尽艰辛通了电，结束了解放四十多年没有通电的历史，但供电的质量却并不理想，钢磨推不转，电灯不明亮，断电停电的事时有发生。一是高低压输电线路均采用木杆架设，高原长湾风雪大，难以抵御自然灾害，连年都有损失，每逢冬春季节都要投入大量的人力物力财力进行线路维护；二是入户的低压线路，当初架设时就由于资金紧缺，解股线用得多，线档距离拉得长，并不符合高标准，供电的线路损耗大。基于这两个原因，许多边远农户的高档家用电器成为摆设，供电效果差，线损大且电费昂贵，存在的问题不少，急需整改。在这之前，黄光华就曾经这样想过：假设把高低压线路全部换成水泥杆，低压输电线路能够从变压器台区直接架设三相四线入户，农户发展加工业就不成问题了。可现在机会来了，他却躺在了医院里，真是心急如焚哩！

曾经有一个日子，黄光华忍着病痛支撑着身子回了一趟长湾村，并把带领村民搞好“农网”整改的工作委托给了徐学阶负责，因为自己还得住院治疗。眼看着时间一天天过去，高原境内各村的农网整改搞得轰轰烈烈，而唯独长湾村进展十分缓慢。黄光华心里急了，拔了手背上的针头就乘车赶回了村里，立刻组织劳力上马。真是鼓打千锤不如雷哼一声，情况立刻有了好转。黄光华提着药罐子，用纱布紧紧地缠住痛处，手里杵着竹棍在山场上艰难地爬行，奔忙在群众当中，宣传发动、组织劳力抬水泥杆，架设高压输电线路。黄光华回到长湾村带病主持工作后，电力主管部门的领导和负责施工的工程技术人员喜出望外，支持力度加大了，一车车水泥杆和电灯器材接连运进了长湾村，村民们看到了希望，国家的大量资金投入到电力事业，这不是高原长湾村改变落后面貌的大好时机吗？

可是，茫茫人海阔，无日不风波！就在黄光华无私忘我，为了高原长湾村的发展而不顾自己的生命与病痛时，一股逼人的寒流正从他的背后袭来，卷起了漫天尘沙。

这时，由于极个别人挑起一些不明真相的群众掀起一股风来，说黄光华官职虽小，却是一个贪污上百万元的“大贪官”。继而一纸状文告到了县里，惊动了县领导，大家被状文上所述黄光华的“罪行”惊愕了：一个小小的村党支部书记、村委会主任，竟贪污百万元之巨，这还了得！

在一个尘沙飞扬的下午，由纪检、监察、检察院组成的联合调查组走进了高原长湾村。一时间高原长湾村哗然了，中营全乡哗然了，议论风起：没想到高原长湾村这么一块小小的天地里还隐藏着这样一个“巨贪”。黄光华面对这突如其来的变化，眼前一片茫然，已经身不由己。当他拖着病体从“农网”整改的工地走入调查组的视线时，就已经成了一个“被审查的对象”。

病魔折磨着他，精神上的巨大压力困扰着他，黄光华陷入了极度的困境之中。他白天要提着药罐子拄着竹棍爬行在山坳上，带领村民进行“农网”整改，夜晚却还要面对调查组“交代”问题，一边与病魔做顽强的抗争，一边却与可怕的牢狱之灾已经只有寸步之遥。

让黄光华怎么也想不明白的是：他一心为了高原长湾村的发展，一心为了高原长湾村人民群众早日脱贫致富奔小康，时时处处讲奉献，一心一意办实事做好事，怎么就眨眼之间变成了一个贪污上百万元的“大贪官”了？

一些不明真相的人们开始用异样的目光看他，而许多人也私下里议论：一个贫穷落后到如此地步的高寒山村，从哪儿去弄上百万元资金来让黄光华贪？

然而，在法规面前不相信猜测，也不相信眼泪，只有证据能够说明一切，只有还原事实的本来面目方能证明自己的清白。让黄光华感到十分无奈的是：他并不知道从哪里说起才能给调查组一个满意的回答。黄光华开始冷静地梳理自己的思绪，把自己上任以来所经手的公私钱物仔细从脑海里过了一遍，可凭他自己对法律和政策的理解，与“贪污”一说怎么也挨不上呀！

上任之后，黄光华一心想把高寒偏远的长湾村建设成为文明新村，他坚定不移地走“开放开发，引进外资，你发财我发展”之路，确实做出了成效。

自引进鹤峰县粮食局投资开发七垭煤矿开始，投入到高原长湾村的资金已经突破百万元，可是这些资金的调度使用却并没有经黄光华的手。引进外资，长湾村的村民们倒是获得不少好处，土地补偿、山林补偿以及劳务输出方面都得到了实惠。在此期间，黄光华还引进外资，把高原长湾村现有的一处水利资源进行开发利用，投资一百二十多万元建成手搬岩电站，装机 450 千瓦。而这些资金投入也均由业主自己掌控，都恨不得把一分钱掰成两半来用，而黄光华除了协调支持之外也不曾获得任何利益。

上任之后，黄光华把消灭荒山、植树造林当作发展长湾村经济的着力点，先后争取到政策倾斜和资金扶持，启动了基地造林项目，世行贷款造林项目，为高原长湾村引进了几十万元的资金投入，每年的管护费用也都来得明去得白，也不曾出过什么原则性的问题呀？况且那大片大片新造的经济林，速生丰产林还在山上长着，看得见摸得着，根本不存在什么弄虚作假的行为呀！

上任之后，黄光华陆续找乡里、县里、州里争取到了一些小型项目，要回了一些无偿投入的项目资金。可是出去一路就要开支差旅费、招待费，一些隐形开支也就不可避免。那时候县里还专门就争取项目资金的问题发了文件，对开支费用的比例做了相关规定。但调查组落实到黄光华头上的时候却是吹胡子瞪眼睛，所列支的费用一律不予报销。黄光华顿时怒发冲冠，拍案而起。他当然明白：这些费用一旦不能报销，自己赔钱是小事，弄不好还真要背上个“贪污”的名声，这就正中了极个别人的下怀，那冰凉的手铐就会戴在手上，牢狱之灾也就难以避免了啊！黄光华据理力争，他已经无法克制自己，他必须为自己的清白辩护，必须为自己的自由抗争。上任之后，黄光华认真兑现自己的承诺，真真切切地免收了村民的“三提五统”费用，到国家给农民彻底减负之前，黄光华就提前给高原长湾村的村民减负 13 年，由个人出面调解填补资金缺口高达 30 万元。村中百姓心知肚明，每户的直接受益金额均有几千元之多，你见过地方上有这样“贪污”的手段吗？

是的，谁见过地方上有这样“贪污”的？现在该轮到高原长湾村的老百姓为黄光华说几句话了：黄光华为高原长湾村人的事操碎了心，付出了心血啊！他们要用点点滴滴的事实来证明黄光华的清白，可遗憾的是到了这种时候，人家呼啸而来，老百姓的话究竟还有多大的分量？

面对病痛的折磨，面对调查组的威严，黄光华实在支持不住了，他想寻求一种解脱。那夜他躺在自家的木屋里迷糊间做了一个噩梦。在梦里他清晰地记得有两个人伸出黑手把他按住，明晃晃的刀架在了他的脖子上，乌黑的枪口对准了他的胸膛……黄光华后背渗出了冷汗，这两个人似曾相识，却与自己无冤无仇，为何硬要这般狠毒？从噩梦中惊醒过来时，黄光华感到了问题的严重性。他猛地竖起身子，心情沉重地对老婆潘申姐说：“我不能这样不明不白去死呀！我必须把病治好，从目前的困境之中走出来，还自己一个清白。我必须尽快离开长湾村，现在中营长湾乃至鹤峰都没有我的安身之处了，我不能坐以待毙，我必须主动出击，到州城进省城，我一定要还自己一个清白！”

在微弱的灯光下，老婆的眼泪流了下来，声音颤抖着说：“你走吧，我会给你守住这个家，盼望你清清白白、健健康康地回来！看来他们这回是不会轻易放过你了……”

黄光华被迫丢下了手头的工作，提着药罐子，拖着病体离开了长湾村。他径直进了州城，并奔走诉说，为了自己的清白而拼命辩护，可事情仍然没有转机。这时在部队的二儿子黄司海知道父亲的情况后，果断决定把父亲接到部队，安排在解放军某部医院住院治病。在一个新的环境里，在自己儿子的关爱之下，黄光华的心情渐渐平静下来。每当他回想过去所经历过的一些人生苦难时便会情不自禁地暗自叹息……在解放军医院医师和护士们的精心医治和护理之下，黄光华的病情迅速有了转机，他的身心感到轻松起来，饱受病痛折磨的他终于看到了生命里希望的春天。

尽管这样，他的脑海里仍然装着家乡的情形，惦记着高原长湾村的山和水、人和事。更让他放心不下的却是“农网”改造的工程进展。他走了，谁来担负起这项工作，完成这样一项艰巨的工程呀？但是，每当他想起这些，心中的气恼也就油然而生，耳边仍然回响着尘沙飞扬时那猎猎的风声。自古英雄皆如此，何必卑怯把泪流！

经过一段时间的调养，黄光华的心情渐渐地好了，病也痊愈。他决心振作精神，面对困境，为清白而战。在几经周折，历经艰险之后，检察院最终下了结论：黄光华没有经济问题。

这个消息很快传遍了中营乡，传遍了高原长湾村。村民们盼望着已经离开长湾村几个月的支部书记、村委会主任黄光华早日归来，高原长湾村的事业发展离不开他，高原长湾村的人民群众离不开他。

在一个阳光灿烂的日子，黄光华满面红光回到了高原长湾村。村民们围拢来，在他周围嘘寒问暖，让他强烈地感受到了一种亲切与关爱。

然而，当黄光华走在高原长湾村的山路上，看到“农网”整改的真实情形时，他的心情突然沉重起来。自从他走之后，村里的工作陷入了被动局面，“农网”整改根本没有达到预期目的，就连已经运到高原长湾村的许多电灯器材也在黄光华走后不久就相继调运到其他地方去了。就因为个别人的一纸状文，在引起一场风波的同时，也给高原长湾村带来了巨大的经济损失。黄光华十分伤感，他由衷地慨叹道：“我们高原长湾村再也经不起这样的折腾了！”

事已至此，已经无法挽回。他只有调整心态，着眼长远，谋求新的发展。面对村民的理解与信任，黄光华没有退却的理由，他只能勇往直前，为高原长湾村人民群众的幸福生活而努力奋斗。他不能计较个人得失，必须放下包袱，更加努力工作，为改善高原长湾村的基础设施条件，发展经济，提高长湾村人民群众物质文化生活水平而再度无私忘我。

七、渴望一条通向外面世界的路

行路难的问题，就是长期困扰高原长湾村人经济发展的致命问题。没有路就难以从肩挑背驮的苦难中解脱出来，没有路就无法实现资源优势向经济优势的转换，没有路就没有生机和希望。路，一条通向外面世界的路，这是高原长湾村人多少年来的渴望，也是黄光华面对村民的信任和掌声时郑重许下的承诺。

可是，在一个拥有 33 平方公里的高寒山村，境内群山矗立，坚石如林，“看得到屋，走得哭”！真要修通一条通向外面世界的路，谈何容易呀？

然而，要致富先修路，这已经是长湾村人的共识。公路不通，生产出的农副产品、畜牧产品、林药产品就运不出去，外面的物资运不进来，生产力得不到解放，致富的门路也就不会宽广。这时，修路的事已是压在黄光华心中的一块石头，可是怎样才能把高原长湾村的公路修通？光有老百姓的决心和激情那是不行的，还必须要有三材物资，还必须要有巨额资金投入。为了修路，黄光华绞尽了脑汁，想尽了办法。

在二十世纪八十年代，鹤峰县林业局要组织修筑一条林道进入高原林区，一是要用于开发云梦山、七垭、红岩河一带的森林资源；二是要供林区的森林防火之用，那连片数万亩的原始森林与邬阳三岔溪、龚家垭、皇砚台、凤凰寨紧密相连，与建始县官店镇接壤，与恩施石灰窑，宣恩椿木营连田处界，是一个天然林保护区。或许是“大兴安岭火灾”给决策者们带来了警示：如果这里没有一条战备公路，一旦发生森林火警，如何是好？时任县林业局局长的杨庆章就修筑高原林道的具体事项给县委书记张泽洲、县长覃正国两位领导作了专题汇报。张泽洲坚决支持杨庆章的意见，赞成修通林道。覃正国当即拍板签字，支持杨庆章修筑这条具有战略意义的林区公路。

经过地面测设和对林区进行空中观测，这条路必须经过高原韭菜坝村进入长湾村到达林区腹地沙家坪、大长湾、七垭一带。这对于高原长湾村来说真是一个千载难逢的机遇。如果这条林道从高原韭菜坝村的大坪分路，经过牛鼻孔进入大窝坑修到石桥坪，那么长湾村的村级公路也就借林道一举两得。可是，就因为当时高原长湾村的村干部占起茅坑不拉屎，没有眼光不得力，山界林权纠纷得不到调处而导致修改线路绕道后山，高原长湾村就只跨到一点边角。而高原长湾村的老百姓眼巴巴地望着机遇流失，无可奈何。但这条投资三十多万元，全长 9.8 公里的公路毕竟跨了长湾村一点边角，还是给长湾村带来了便利，至少二组沙家坪通了车。

这件令人伤心，也让长湾村人感到非常失望的事情发生在黄光华上任之前，他除了无奈叹息之外也难以扭转被动局面。现实已经摆在面前，历史的原因已经无法改变。黄光华关于修路的思考与设想也就只能沿着现状向前延伸。可是，怎样才能把路向前延伸?

黄光华首先想到的是引进外资修路，他把鹤峰县粮食局开发七垭煤矿的项目拿在手上，几经周折，反复磋商，提供便利，调处矛盾，达成共识。黄光华没有想那么多，他认为资源开发总是对当地群众有利，对农村富余劳力的就地转移也有好处，长湾村不图别的什么，图就图个“你发财，我发展”。

终于在一个天气晴朗的日子，开山炸岩的炮声响了。鹤峰县粮食局开发七垭煤矿公路连接林道终点向前延伸，投资 20 万元，修通公路 4. 5 公里，在长湾村广阔的土地上留下了一道明亮的“划痕”。

路不断向前延伸，给高原长湾村带来了生机和希望。

通过引进外资修路，给黄光华带来的启示是：“开放开发”的思维观念，不仅能给一个县一个乡带来巨大的变化，带来很多机遇，而对一个村来说也能起到巨大的作用，带来巨大的变化，带来希望和机遇。

高原长湾村有着十分广阔的土地资源，有着极其丰富的矿产资源。土地资源可以引进外资建设反季节蔬菜基地，地道药材种植基地；矿产资源可以引进外资进行开采，创造经济价值。高原长湾村只要把这两件事情做好了，“高寒偏远，山大人稀，贫穷落后”的劣势就会立刻转变成优势，给高原长湾村人创造机遇和财富。

土地是农民的命根子。许多地方是地少人多，可高原长湾村却是地多人少，仅原“高原农场”留下来的可耕地就有八千多亩。高原长湾村的农民不愁没田种，只愁田多人少种不出来。在产业结构调整过程中，黄光华带领村支部、村委会一班人解放思想，实施“转变”，把烤烟生产作为村民当年增收的支柱产业来抓，把畜牧业发展和当地地道药材发展作为重要项目来抓；把推广良种、良法，地膜覆盖，提高单产增加总产的措施作为“温饱工程”来抓；把农村实用科学技术推广运用当作“实事”来抓，并从根本上实现了由传统种植自给自足的本位性农业向立体开发、集约经营农业转变，农民商品经济意识开始明显地展现出来。但路的制约因素仍然像一根无形的绳索，捆住了农民大力发展商品经济的手脚。

然而，观念一变天地宽。黄光华以极其敏锐的眼光看准了村民思想观念上的微妙变化。他把握时机，正确引导，抢抓机遇，猛促发展，使村民收入结构迅速由单一变为多样，迅速从微薄变得丰厚，物质文化生活水平得到提高，综合实力迅速增强。

而现在摆在高原长湾村人面前的问题仍然是路的问题。公路虽然借林道已经通了长湾村，但主干线进村的路却从后山绕来，向前延伸时也只有沙家坪二组能够直接受益。就因为高原长湾村的山太大，人太稀，根本没有一个相对集中的居民点，肩挑背驮的问题依然存在，近的几公里，远的几十里，离了弯架打杵、背篓竹满墙就过不走日子。黄光华心里清楚：要想把高原长湾村的一百多户村民真正从肩挑背驮的苦难中解脱出来，还有一个十分艰难的过程。

这时，高原长湾村产业结构调整力度虽然加大，但大规模发展某种农牧产品的时机仍然还不成熟。只讲人均栽一亩烤烟，全村就是四百多亩，按照每亩 350 斤产量计算就是 14. 5 万斤，要多少人力才能把全村一年的烟叶搬运到设在高原的烟叶收购点上去？就拿发展畜牧业来说吧，猪、牛、羊养起来不容易，变卖起来就更不容易，背不动赶不走，全是些不听商量的哑巴畜生，你拿它们能有什么办法？连烟叶和畜牧业发展都面临着这样的难题，就更不用说大规模发展药材、反季节蔬菜、魔芋这些运输量极大的产业了。要想真正把高原长湾村的资源优势转化为经济优势，没有一条像样的公路仍然异常艰难。

有一天，黄光华站在石桥坪的山梁上，望着广阔坪垴和那起伏的群山发出了这样的慨叹：高原长湾村的路不仅要通到组，而且还要通到户，只有像拉电灯线那样把路修成一张网，老百姓的经济发展才没有什么障碍了。他这声慨叹，其实就是他的一个心愿，也就是他为之奋斗的目标。

黄光华不喜欢搞花架子，也不喜欢做表面文章，他讲究的就是一个“实”字，为人要实，说话要实，干事创业更要实打实。用现在时髦的话说那就叫作“诚信”。身为村干部，诚信就是凝聚人心的基石，诚信就是成就事业的法宝。黄光华也许就是因为事事处处都讲诚信，所以才深受高原长湾村群众的爱戴，才深受各级领导的信任。有一天，高原长湾村人也终于发现：黄光华人格之中所展现出来的这种“诚信”，也是高原长湾村的一笔财富。

黄光华凭着自己的诚信争取外援，引进外资，在靠林道的那条主线进入大长湾，经二组沙家坪进三组七垭修公路的里程就达到16.2公里。在鹤峰县粮食局修路4.5公里的基础上，引进私营企业老板杨毕山在沙家坪后山开发反季节蔬菜基地种植萝卜，投资修公路6公里，解决了赵德芝、汤杰、赵传革、陈远周、胡美涛等农户的通路问题。紧接着，黄光华将宜昌老板庄小西引进高原长湾村继续开发七垭煤矿，总投资突破千余万元，在其中投入32万元修筑公路2.7公里，解决了唐林甫、梅德元、梅世清、梅德文、梅德武、黄玉斋、张树义、蛇文斋、谢大军等十多户的通路问题。紧接着引进私营企业老板黄道军投入6万元资金，修通了七垭煤场沿茶马古道朝三岔溪方向延伸至王凡双屋后，解决了12个农户的通路问题。

为了修路，黄光华每天扳起指头算，他硬要千方百计实现把公路修到小组、修到大多数农户家门口的目标，在高寒边远的长湾村创造一个奇迹。

可是高原长湾村面积太广阔，修路的难度实在太大。尽管黄光华绞尽脑汁、吃尽了苦头，自引进粮食局开发七垭煤矿，到引进宜昌老板庄小西继续开发七垭煤矿，再到引进杨毕山、黄道军等私营企业老板到高原长湾开发反季节蔬菜基地为止，四个方面加起来，已经投入76万元资金修筑公路，却仍然只能解决高原长湾村二组沙家坪、三组七垭中心点的通路问题。还有一组石桥坪的大面积不能通路，五组蛇家台至潘家台没有路，四组大窝坑没有路。解决五组蛇家台至潘家台的通路问题，解决四组大窝坑的通路问题，解决一组大面积的通路问题，仍然是压在黄光华肩上的艰巨任务。

黄光华进县城上州城，又一轮开始奔走诉说，给上级领导讲长湾村人的苦楚，讲长湾村的资源优势，讲长湾村的开发前景，讲长湾村人对于“路”的渴望！他讲得绘声绘色，他讲得热泪盈眶……

终于，黄光华的事业心和责任感触动了上级领导，黄光华的诚信赢得了各单位各部门的倾情帮扶。在他的努力争取之下，高原长湾村获准被定为“省级重点扶贫村”，得到了政策上的倾斜和支援。鹤峰县扶苏扶贫开发办公室主任田丰登，副主任黄久香等伸出了援助之手，帮忙跑州城进省城申报项目。鹤峰县计划局局长陶辉，副局长田华等伸出了援助之手，把高原长湾村脱贫致富奔小康，修筑幸福路的好事实事记于心间，加大力度倾情帮扶。鹤峰县财政局局长杨正凡，副局长腾玉坤、陈明等，把高原长湾村人民群众的疾苦铭记心间，想尽千方百计给予支持。

现在该是考虑五组蛇家台至潘家台修路的问题了。有了各单位各部门大力支持，有了上级党委政府的亲切关怀，黄光华的底气足了。攀爬在高原长湾村的土地上，他甚至在想：秤砣虽小但可以压千斤！只要我们齐心协力发扬艰苦创业的精神，再咬咬牙吃上几年苦，团结一心努把力，长湾村经济发展和改善基础设施条件的事业就有希望！

那是秋后一个阳光灿烂的日子，黄光华到长湾村五组召开群众会议，研究修通五组公路的大事情。村民们感动了，激情化作泪儿涌出。五组蛇家台至潘家台横跨高原长湾村一只大角，山场广阔面积大，与云梦山隔河相望，形成阴阳二坡。最边远的农户步行到村委会所在地石桥坪也需要一个大早工。他们祖祖辈辈都吃尽了肩挑背驮的苦头，修通公路是他们多年来的梦想。在动员会上，面对群众的修路热情，黄光华兴奋地说："你们修路的积极性高是好事，但修公路不是一件容易的事情，光有积极性是不行的，还必须要有吃苦耐劳的精神，要有大干、苦干的决心，要有战胜困难的决心和勇气。只要大家都能够齐心协力，下决心修通幸福路，村支部和村委会就坚定不移地支持。三材物资我去找有关部门争取……"黄光华话还没有说完，村民的掌声就已经响成了一片。

经过调研，发现五组蛇家台至潘家台修路的事情难啊！从石桥坪老屋场经菜场、金竹园、木龙湾、杉树台、水井堡、蛇家台、曾家屋场到张家湾，再经过殷家屋场到碑坪这个相对集中的居民点，公路全长就有 4.38 公里，其工程量不亚于其他地方修一条乡村公路。所有路段多为坚石，困难之大可想而知。然而村民修路的激情逼人，黄光华没有半点退路，只能把大量三材物资投入的资金压力留给自己，他又不得不奔波上路，去争取上级支持。

2005 年腊月二十二日，是高原长湾村五组男女老少永远无法忘记的一个日子，他们整整齐齐开到了施工路段，挖开了新鲜的泥土，点燃了开山的炮火……

为了这条路，黄光华再度奔波操劳，找乡里、找县里、找州里，争取资金、调运物资。但只要一回到村上，他就会坚守在工地，鼓舞士气，坚持质量。他告诫村民：修路也是功在当代利在千秋的大事，要修路就要修好路，不能马马虎虎唬当时。在他的直接管理和全力支持之下，经过七个多月艰苦奋战，高原长湾村五组的村民终于看到了希望。6 月 26 日，还真是一个六六大顺的好日子，当一车车水泥电杆沿他们新修的公路运到曾家屋场时，村民们一片欢呼，自发地买来大捆大捆的鞭炮，以释放心中的喜悦之情。

可就在高原长湾村五组蛇家台至潘家台的村民齐心协力修公路，弄得半边山热气腾腾，炮火连天时，一件意想不到的事情却弄得黄光华措手不及了。这时高原长湾村四组大窝坑的八户村民自发地组织起来，开进了邻近韭菜坝村一个名叫大坪的地方，要从非常艰险的岩壁之上把路直接修进大窝坑。其原因是大窝坑四组就是那条茶马古道从七垭沙家坪到高原中营去的必经之路。也就是当初林业局局长杨庆章修筑那条绕道后山的林道时，原本应该经过长湾村四组大窝坑的那条路线。黄光华当然非常熟悉那条路线，也非常清楚那里的地形地貌，从这里修路不仅线路长而且路段艰险。就是乡政府或村级组织要修通这条路，也不是一件容易的事，况且这条路还是乡里、村里多少年来想修而不敢修的一条路，现在 8 户村民就这样顶了上去，怎么奈何得了这么大的工程？

但是大窝坑的 8 户村民也是出于万般无奈，他们如果从长湾村委会所在地石桥坪接路，就等于要从韭菜坝村经后山绕一个椭圆形的大圈子，绕几十里冤枉路，经济流向和自然流向都不合理。所以他们认定：只有另辟捷径才是出路！

黄光华立刻赶到现场劝说村民，叫大家不要盲目行事。他中肯地说："我们现在的经济实力本来就很薄弱，决不能做劳民伤财、望尘莫及的事。大家有修通公路的积极性是好事，但也必须量力而行！"

可是，高原长湾村四组大窝坑的村民熊丕成、殷泽胜、徐明常、殷泽全、吴金明、殷泽荣、张成梅、殷泽清等八户人家硬是铁了心，他们恨不得喝鸡血酒对天发誓，就是要为子孙后代做一件好事在那儿，谁能拿我们怎么样？

是的，谁能把他们怎么样？山界林权属于他们自己的没有皮可扯，他们自己出力吃苦修路，他们自己出钱放炮炸岩，谁能把他们怎么样！

这条路的接线点就在邻村韭菜坝，要经过周家台、青草坪、门槛岩过牛鼻孔，过老龙湾、消水坝湾至大窝坑，整个路段全部都是青石岩壁，其间的门槛岩怪石林立，乱石横空。牛鼻孔更是生得蹊跷如天生桥横空而过，两面绝壁一面深穴，再加上老龙湾的青石绝壁犹如明镜一般，足有一公里路程，让人望而生畏。没有巨额的资金投入，没有充足的三材物资，没有刚烈的炮火，想通路那真是天方夜谭。

更让黄光华措手不及的是：他想到的问题，四组大窝坑的村民也早就想到了。他们已经是横下一条心，要发扬愚公移山的精神，打掉那艰险的石壁和高矗的山头，任何好说歹说也动摇不了他们的决心。黄光华被逼到了两难境地，他也真正尝到了“无可奈何”的滋味。

现在黄光华既然劝说不灵，那也就只有一种选择：支持长湾村四组大窝坑的8户人家修路！可资金投入从哪里来？三材物资到哪里去弄？要支持大窝坑四组从韭菜坝修路，就等于要再次调整高原长湾村的整个路网布局，项目资金一拉就又是一个大缺口。黄光华心里清楚：老百姓修路的积极性打灭不得，可困难又不能全让8户村民背着，得想个两全齐美的法子呀！

黄光华找来了村支部、村委会的同志们要开一个诸葛亮会议，研究一下这件事情，可殷文阶、陈伟凡等同志除了跟着黄光华感到棘手为难之外，也没有想出个解决问题的万全之策。时间一天天过去了，五组的公路修得热火朝天，三材物资的供应也日渐吃紧。四组的公路更是紧锣密鼓，不肯松劲。黄光华感到束手无策，四组修路不支持不行，但一表态支持就等于是只准备一桌饭，却突然来了两桌客人，叫他这饭还怎么个吃法？

可当他再一次来到长湾村四组大窝坑8户村民修路的工段时，黄光华的心颤抖了，8户村民的决心和勇气让他的心受到了强烈的震撼……8户村民家家关门插锁，男工妇女全部上阵修路，张末珍、郭梅芝、胡双芝、黄秀英、杜金梅、张传珍、陈明清、向谢梅等人也都齐上阵拼命修路。殷泽全的父亲今年已经八十多岁了，除了上工段参加出工之外，还熬更守夜织撮箕支援修路。在兽医站内退的畜牧干部徐明月起早摸黑，坚持在工地参与施工，从不迟到早退，还积极出主意想办法，为修路的事劳心费神。村民殷泽荣更是挑起了组织施工和技术管理的重担，把修路的事情安排得有条有理。更让人敬佩的是，大年三十那天万家在团圆共享天伦之乐，8 户人家仍然举起灯火，修路修到晚上 11 点才回家吃年夜饭。

黄光华硬是被四组大窝坑 8 户人家那种愚公移山的精神感动了，他拍着自己的胸脯含着激动的热泪说：“我身为村支部书记、村委会主任，像你们这样团结一心办实事的村民我不支持，还有什么可以支持的?”他握着村民殷泽荣的手对大家说：“干吧！我黄光华坚决支持你们！从今天起，你们修路所需的三材物资由我负责给你们协调解决!”就这样，高原长湾村四组大窝坑 8 户群众的心与黄光华的心紧紧地贴在了一起。在资金极度紧缺的情况下，黄光华果断决策，以损失自己的利益为代价支持修路。把个人建草场的 10 万元项目资金调成公路项目资金，放弃了个人发家致富的机遇。为了这条路，为了心中共同的目标，他们的心拧成了一根坚固的绳索。

那夜，黄光华躺在自家的木屋里失眠了，他的脑海里满是关于路的思绪。他在想着一个与四组修路有关的问题：按照原来的路网布局，四组大窝坑的路该从村委会所在地石桥坪接线，从安水埫到阳坡，经小燕河、椿树湾至大窝坑。这条路按照原来的布局，车通大窝坑是从后山绕了一个椭圆形的大圈子，不便利不划算。如果坐车绕山转到大窝坑，那边从韭菜坝步行抄近路还要提前到屋。用车拉货就更不划算了，绕一个大圈子，豆腐盘成肉价钱。如果把两条公路连接起来，全线贯通，修成一个椭圆形的环形公路那该多好啊!黄光华顿时兴奋起来，当新的黎明照亮高原的山影时，黄光华的思维里跳出了一个新鲜名词：村级环形公路。

高原长湾村人感到新鲜，从前只听说城市里头有“环形街道”“环形公路”，现在倒好，连高寒偏远的长湾村也有了“村级环形公路”。

这是一个非常有利于长湾村经济发展的大胆设想！黄光华决心从这个新的黎明开始，把这个大胆的设想变成现实。很快，一份《关于修筑高原长湾村环形公路的请示报告》送到了中营乡党委政府。乡党委书记彭远明和乡长胡明义听了黄光华的详细汇报后，觉得黄光华的思路很好，可以申请立项。于是彭远明、胡明义两同志先后来到了长湾村，实地察看了“环形公路”的设计建设情况，并协助完成了“立项报告”。不久高原长湾村新修 16.5 公里村级环形公路的项目获得批准，并由鹤峰县扶苏扶贫开发办公室、鹤峰县计划局、鹤峰县财政局等单位，分别落实了项目资金。

环形公路的通车里程，加上林道 9.8 公里，全长 26.3 公里。这时五组的公路有了着落，四组的公路正在施工，二组、三组的公路主线贯通，一组石桥坪处于全村的中心位置，也该考虑一下一组修路的问题了。紧接着，黄光华亲自上马，组织一组石桥坪的村民修筑公路，经过几个冬春的苦战，高原长湾村一组石桥坪的通车里程达到 4.92 公里。

为了长湾村的路，黄光华历尽艰辛，为了长湾村的路，黄光华硬是呕心沥血！

黄光华以他的“实”与“诚”，实现了自己面对村民的信任和掌声时许下的诺言。用十八个春秋寒暑为高原长湾村编织了一个幸福与发展的蓝图。然而黄光华并没有停止奔忙的脚步。幸福的路、通向外面世界的路仍然还在他们脚下延伸。

八、人生金秋崭亮生之光华

金灿灿的山菊花开遍了高原长湾村的山梁，蓝天白云下的广阔原野渗透着丰收的喜悦，美丽的景色尽情展亮着金秋的神韵。黄光华站在长湾村的山坳上，望着那一片片染上浓浓秋色的林梢，发出了这样的感慨：眨眼之间，人生已到秋天啊！

感慨之中没有忧伤的余味，倒有几分激情与豪迈。因为黄光华的心境之中装着美好憧憬，装着高原长湾村的美好未来，装着高原长湾村人的幸福与发展。

可是，高原长湾村的美好未来，高原长湾村的幸福与发展是等不来、靠不来的，这需要发扬艰苦创业、拼搏奋斗的精神，树立大干苦干的信念。黄光华不知多少次这样想过：真正要让高原长湾村的村民们从居住条件、卫生条件、生活方式等各个方面得以根本改变，过上殷实富足的小康生活，仍然还有一个相当艰难的过程，这不仅需要时间，需要上级的扶持，而且需要高原长湾村人民群众发挥自身造血功能，扎扎实实发展商品经济，增强综合实力。只有这样，高原长湾村的老百姓才能真正过上小康生活。

那么，怎样一个生活标准才算是真正的小康生活呢？有一个日子，黄光华在长湾村一组石桥坪召开群众会议，落实烤烟种植面积。村民们聚在一起时，在正式开会之前总有那么一段闲谈的开场白，有时候闹哄哄的就像鸦雀窝里去了蛇，有时候哄堂大笑。而在说笑之间就会道出一些耐人寻味的话题来。其间，有村民就问黄光华这样一个问题：“哪门子才叫小康生活？”可还没等黄光华作出一个合理的解释，另一个村民冷不丁就说出了一个答案：“哎呀，你不是一头蠢猪呢就是一头笨驴，连小康生活是什么都不晓得。我现在可以告诉你，小康生活就是：锅里有煮的，胯里有杵的。哈哈……”这话引出一阵哄笑。

“放你的狗屁！”一个年轻些的村民瞪着眼睛说，“小康生活应该是：出门有车坐，生活有着落，银行有存款，床上有老婆。”又是一阵哄堂大笑。

面对村民们开心快活的哄笑，黄光华稳稳地坐在那里没有作声，他似乎笑不出来。他突然觉得这“奔小康”的口号都喊了这么些年了，怎么连我这个村支部书记也说不出一个标准的答案来？不过有一点是完全可以肯定的：小康生活一定是殷实富足的好日子，具体点讲应该是交通便利、信息灵敏、生活条件得到明显改善，物质文化生活水平得到明显提高，人均纯收入达到相当的水平，两个文明建设取得丰硕成果。

黄光华倒是觉得关于“小康”的答案标准与否似乎并不那么重要，重要的是他将围绕自己所理解的“小康”标准，结合高原长湾村的实际情况思考问题。要说交通便利，对于高原长湾村来说已经不是问题了，路正在修向村组，修向各家各户。可是信息灵敏及其他方面实在太欠缺了。二十一世纪是一个信息时代，而高原长湾村却没有任何通信设施，这信息怎么灵敏得起来？

黄光华这时认为：“信息灵敏”已经是摆在高原长湾村人面前的一件大事了。现在不是说因为交通便利、信息灵敏，从而使地球都变小了，世界变成了“地球村”吗？假设高原长湾村解决了通信设施的问题，山大人稀、地域广阔就不是劣势而是优势了。当然，高寒偏远的长湾村要想开通程控电话，那是非常困难的。如果能够得到相关部门的支持，解决移动电话的信号覆盖，有条件的人就可以使用手机，这“信息灵敏”的问题就算解决了。

自那个日子开始，黄光华便把解决高原长湾村通信设施的事，作为改善基础设施条件的重点来抓，他觉得这是一项具有重大现实意义的好事实事。如果不把这件事解决好，招商引资进到长湾村的客商就会与外界失去联系，生产出的各类产品怎么能够及时把握市场信息，占领市场先机？如果不把这件事解决好，高原长湾村就是一个死角，进来的人就像是掉进了天坑里与外界不能联络，就跟不上时代的脚步。如果不把这件事解决好，高原长湾村的工作难度就无法减小，本来一个电话便可以解决的问题，硬要步行几十里山路，费工费时不说，还会误了许多事情。于是黄光华把解决通信设施的事情拿在手上当作大事来抓，他多次去县城进州城，联系通信设施的建设工程。

在一个阳光灿烂的日子里，黄光华把工程师接进了高原长湾村。通过工程师踏勘定点并认真测设预算，建一个移动基站要投资一百多万元。在进行市场预测时，工程师皱起了眉头。高原长湾村只有一百多户人家，即使户户都买手机也不过一百多个用户，就算再引进一些客商，前来开发高原长湾村的土地资源，手机用户也不会突破 150 个。在这样一个用户市场里投入上百万元的资金兴建一个网络基站有意义吗？企业的投入讲究的是经济效益，讲究的是市场回报。是的，站在企业的角度，投入这样巨额资金来解决一个村的问题的确得不偿失。黄光华的热情顿时凉了下来，有一个疑问顿时袭上了他的心头：怎么高原长湾村每办一件事情都这么艰难呢？

当然，黄光华从设想解决通信设施之初，就充分预计到了其中的难度。高原长湾村地处高寒偏远角落，客观条件摆在面前，干事业求发展确实异常艰难。但是再艰难的事情也还是要办呀！如果连这件事情都办不好，高原长湾村的人民群众何谈幸福与发展！黄光华再度奔走诉说，找州县领导，找相关部门求援，讲高原长湾村人民群众饱受了信息不灵的苦楚，讲高原长湾村的开发价值，讲改善通信设施条件的重大现实意义和深远历史意义，还请领导出面帮忙协调，才终于有了一线希望。

恩施自治州移动通信公司党委书记、总经理王勤伸出了援助之手，他决定建设高原长湾村移动网络基站，并安排分公司网络运维部主任杨焕林负责协调相关事宜，组织协调资金开工建设。王勤同志说：高原长湾村虽然市场不太大，但作为一个高寒偏远的地方没有通信设施，就会制约当地发展，我们要从扶贫帮困的角度来认识这个问题，来担负一份社会责任，把建设长湾基站作为一项政治任务去完成。

紧接着，兴建移动网络基站的物资运进了高原长湾村，基站建设正在紧锣密鼓地紧张进行。没过多久，一座银光闪闪的铁塔就耸立在了村委会所在地石桥坪后面的山岭上，像一座美丽的雕塑，成为一道永恒的风景。基站开通的那天，长湾村的村民们兴高采烈，拿起刚买的新手机向远方的亲朋传达着一个喜讯：高原长湾村这样偏远的高寒山村也通了移动电话。黄光华带领村民们扛着鞭炮爬上山顶燃放，喜悦的心情真是难以形容啊！

那段日子，黄光华感到特别兴奋，也感受到了成功的喜悦。每当他看到在田间耕作的农人也能像城里人一样随意拨打或接听电话时，他就感慨万千，激动不已。真是时代不同了，时代进步了！可转念一想：高原长湾村的农民虽然已经不饿肚子了，口袋里也多少有了些闲钱，但是生活环境和居住条件仍然十分艰苦，没有得到根本改善。大多数农户仍然居住在低矮陈旧的木屋里，每天烟熏火燎，灰尘弥漫，与掏出手机与外界尽情联络的那份神奇太不协调，如果能够尽快改善一下基本生活条件该多好啊！于是，一个新的“假设”从黄光华的思维深处跳了出来。

假设能够争取一部分资金，首先帮助那些特困户把居住条件改善一下就好了。黄光华迅速把这个想法与来村挂职的村支部第一书记晏克华商量，晏克华觉得这是一个大胆的设想、一个很好的办法。经过摸底核查，高原长湾村特困户中居住条件很差的就有16户，每户扶持几千元建房资金也是一个不小的数目，到哪里去争取这笔资金？现实困难再一次摆在了面前，黄光华与晏克华一起，把这件要办的好事实事给联系长湾村的县委常委、县政法委书记、公安局长王志华作了专题汇报。

听了黄光华的设想后，王志华脸上露出了笑容。因为黄光华的这些思路正迎合了王志华的想法。也就是说，当初王志华亲临高原长湾村深入村组访贫问苦时，就曾有过这样的设想，只是资金的筹措与落实还需要一个过程。于是他们三个人一起去了民政局，要求民政局局长刘建立给予资金扶持。鹤峰县民政局伸出了援助之手，刘建立当即表态，为高原长湾村戴帽下达十户以上援建特困户房屋的项目资金。

就这样，特困户赵千芝、潘能全、周青山、赵宏芝、殷文阶、杨玉清、张树义、王凡成、赵元芝等的居住条件逐步得到了改善。当特困户赵千芝一家人高高兴兴地搬进新修的几间平房时，她含着热泪对村党支部书记、村委会主任黄光华同志说："真是感谢你们，帮助我们改善了居住条件。如果没有党的关怀，像我们这些贫困人家要想住上平房，那是做梦都不敢想象的事情！"

黄光华笑盈盈地说："你们一家人今天能够搬进新居，住上这么好的房子，我也就感到欣慰了。要说感谢嘛，那就感谢共产党、感谢上级政府、感谢民政局，这可不是我黄光华的功劳。"

特困户赵千芝家住上平房的事在高原长湾村引起了强烈的反响，很多村民打心眼里敬佩黄光华。大伙儿觉得：黄光华自家住的三间木屋还是1974年在信用社贷款修建的，已经三十多年了，木屋低矮狭窄不说，屋里的地板都烂断了，可他没有想着先为自己改善一下，却争取资金千方百计为特困户建新房。如果黄光华真能为自己想想，他个人这些年为村里的事、为村民的事捐献出来的钱，前后已有几十万元，完全可以在高原长湾村修建一幢高级别墅。可黄光华却十分感慨地对村民们说："只要大家都住上了好房子，过上了好日子，我这心里也就舒坦踏实了。"

话虽这么说了，可是黄光华又觉得光是住上了好房子，还不能算完全过上了好日子。要真正让高原长湾村的一百多户人家都从祖祖辈辈沿袭下来的烟熏火炕的生活习性之中改变过来，换一种活法，那将还要付出艰苦的努力。必须按照文明新村的标准彻底改观，进行"五改三建"。然而，建设文明新村原本就不是一件容易的事情，敢在高原长湾村提出这个口号需要决心和勇气，因为太难太难了。

但是，黄光华在谋求高原长湾村的幸福与发展时，就是有那么一种执着的精神，既然进行"五改三建"的难度那么大，我们何不采取一步一步向前推进的办法？黄光华经过认真思考之后告诉村民们：根据高原长湾村的实际，我们就先建沼气池，这样既可以节省能源，保护森林，又可以促使村民的生活习惯得到改变，生活条件得到改善。

黄光华风尘仆仆到了县城，他要去找鹤峰县能源局的领导同志争取政策性扶持。最终黄光华的敬业激情打动了能源局陶局长，当即表示支持。

紧接着，黄光华日夜奔忙，把一车车水泥调运到了高原长湾村，分配到了各家各户。全村规划建沼气池一百七十余口，到2006年底已经建成一百一十八口。在县沼气办技术人员的精心施工之下，许多农户已经提前用上了沼气。当高原长湾村的村民们看到沼气灶上那蓝幽幽的火苗时，一个新事物就已经融入了他们生活之中。用沼气做饭烧水炖菜，不仅干净卫生，而且省工省时，老百姓拍手叫好。

就在多数农户已经体验到沼气给家庭生活带来的许多好处时，黄光华再出新招，他看准了高原长湾村人的一个生活细节问题，那高低不齐，大小不一且积满灰尘的餐桌也该改一改了。吃饭是一件大事，餐桌的好坏会影响一个人的食欲和心情。假设高原长湾村的一百多户人家都有一个铝盘桌就好了。就餐时炉中生着火，即使是冬天铝盘桌上的菜肴也不会冷却，既可以烤火又可以就餐，该多好啊!

想到了这一层，黄光华顿时来了精神，他决心要为长湾村的老百姓办成这件事。他找到乡里、找到了县里。在乡党委书记彭远明，乡长胡明义的关照之下，迅速求得县能源局、沼气办，县环保局等单位的大力支持，调节了项目资金。黄光华在欣喜之余几经周折，把一百多张铝盘桌先后运回了高原长湾村，陆续发放到了各家各户。

别看这是一件小事，似乎只是长湾村人日常生活中的一个细节，可这是一项挑战，一项革命，用长湾村老百姓自己的话说：一夜之间，老辈子传下来的三块岩头撑口锅，灶前灶后一把摸的那些“叫花子艺”不见了。

生活方式的逐步改变，使长湾村的老百姓找到了自信，他们终于相信“好日子”也是看得见摸得着的。现在高原长湾村家家户户的厨房、餐桌已经能够给人带来一点清新爽洁的感觉，离大伙儿曾经所渴望的“好日子”已经不远了。

紧接着，黄光华把改善村委会办公条件的事拿在手上，经多方争取之后，在鹤峰县委组织部、教育局、公安局、开发办、人保公司、中营乡政府的大力支持下，投资10.6万元，修建了村委会综合楼，为长湾村今后的发展打下了良好的基础：在石桥坪的半山腰，在移动基站银灰色的铁塔下，在茫茫林海之中有了一个闪亮的光点。

真是“秤砣虽小可以压千斤，村干部虽小可以干大事”。黄光华当初的这句话道出的是一个浅显的道理，似乎能够给他自己平凡而又精彩的人生做一个简单的总结。他就是这样坚持二十多年如一日，想村民之所想，急村民之所急，时刻铭记着自己的诺言，把干部视为一种职责，把党员身份作为自己的信念，把彻底改变高原长湾村贫穷落后的面貌，把老百姓奔向小康之路作为自己的奋斗目标。始终把“国家利益是大事，群众利益无小事”的信条铭记于心，办大事抓小事，实事真办，虚事实办，用心血和汗水把一个高寒偏远的贫困村彻底改变了模样。黄光华用真情凝聚人心，在自己人生的金秋季节仍然呕心沥血为人民群众谋求幸福与发展，不屈不挠作光明行，书写出了人生之中最华丽的篇章。

九、用心铸就山水风景

在高原长湾村那如画的风景里，倾注的是心血与智慧，收获的是民心与希望。那美丽无限的田原风光、山水风景，在向人们诉说着昔日的凄楚与苍凉，在向人们展示着今天的富裕与文明。是党的富民政策彻底改变了高原长湾村贫穷落后的面貌，是社会各界的倾情帮扶彻底改变了长湾村人的命运。在这片广阔天地里，有着创业的艰辛，是责任与情感的交融。

2005 年以来，高原长湾村的帮扶工作得到鹤峰县委、县政府的高度重视。4 月，当片片新绿把广阔的长湾村装点得美丽如画时，县委领导深入长湾村访贫问苦，当他们看到人民群众还处在肩挑背驮的苦难中时，便决心尽力帮助长湾村排忧解难，协调资金修路。之后多次进入长湾村指导工作，为改变长湾村贫穷落后的面貌想办法、找路子、调资金、上项目，为高原长湾村改善基础设施条件、谋求幸福与发展，付出了汗水和心血。

2006 年春天，高原长湾村迎来了一拨尊贵的客人，恩施土家族苗族自治州人民政府副州长曹毅，带领州教育局、州卫生局、州广播电视大学的领导和同志们一行十余人来到了高原长湾村，他们将把高原长湾村的扶贫帮困工作当作中心工作来抓。并派出了以州教育局赵国顺为组长，州电大黄金荣、州卫生局疾病控制中心罗国顺等同志为成员的长年工作组进驻长湾村。副州长曹毅不辞辛劳，深入村组农户访贫问苦，调查研究。随后，常驻工作组的同志们在组长赵国顺的带领下深入调查摸底，有目标、有任务、有针对性地开展扶贫工作，为高原长湾村彻底消灭贫困带来了新的希望。

当赵国顺、黄金荣、罗国顺等同志深入村组，深入村民家中了解到高原长湾村用水难的问题时，迅速将这一情况给副州长曹毅同志、州教育局局长冉隆映作了专题汇报，引起了高度重视，并当即采取措施筹措资金，决定为长湾村的一百多户人家每户建一口水窖，把村民从挑水吃、背水吃耗时费工的困境之中彻底解脱出来，以便集中精力和时间发展商品经济，加快脱贫致富奔小康的步伐。

扶贫工作组为老百姓做好事办实事的精神，使地处高寒偏远贫困村的群众感到了温暖，随着一口口水窖的建成使用，长湾村的一百多户人家陆续吃上了干净清洁的自来水，祖祖辈辈挑惯了的扁担木桶终于可以扔到一边去了，男人们挺直了腰杆，女人们喜上了眉梢。

紧接着，州扶贫工作组组长赵国顺带领黄金荣、罗国顺等同志与黄光华一道，根据高原长湾村的实际制订出了发展规划。并针对各户不同情况制订出了具体操作方案，一场提高物质文化生活水平、改善基础设施条件、增强综合实力，建设文明新村的扶贫攻坚战拉开了序幕。

紧接着，鹤峰县驻长湾村扶贫工作组的陈大彬、郑孝文、晏克华、郭春轩等同志在县委常委王志华的带领下，来到了长湾村。至此州县两级扶贫工作组形成了合力，握成了拳头，共同担负起了帮扶长湾村的历史重任。

在一次专题汇报会上，黄光华认真详细地介绍了高原长湾村的具体情况，认真分析了长湾村的贫困现状。他把村党支部、村委会拟订出的发展规划讲得绘声绘色。但是高原长湾村地处偏远、基础薄弱，要让高原长湾村彻底摆脱贫困任重而道远。当他提起发展中存在的问题时，那段已经尘封在记忆之中的往事突然从脑海里闪现出来，于是他大胆地讲出了压在心头多年的心声。高原长湾村地域辽阔、资源丰富，有着极其广泛的开发价值，可以开发土地资源、矿产资源、森林资源，开办反季节蔬菜基地、地道药材基地、畜牧业养殖基地，以及与种植业相关的其他基地。只要开发利用好了，高原长湾村就是一座宝库。但是在搞好山水林田路综合治理，在搞好资源立体开发的过程中，至关重要的一件大事就是电的问题。具体地说，由于各种客观原因，高原长湾村的“农网”整改只是应付了一下形势，没有真正解决问题，达到原定的设计要求。“农网”整改的这一课必须想办法补上来，不然，它将会在很大程度上制约高原长湾村的资源开发，制约高原长湾村的事业发展。

副州长曹毅对黄光华所反映的关于“农网”整改不到位的问题高度重视，并迅速与鹤峰县委常委、县政法委书记、公安局长王志华商讨解决这一问题的办法，寻找途径。曹毅、王志华两位州县领导硬是把这件事拿在手上，与电力部门多次协调，解决资金，全力以赴为高原长湾村全方位开发消除能源不足的障碍，要为今后快速发展铺平道路。

电力部门领导和工程技术人员再度开进了长湾村，对“农网”改造布局重新调整，并与扶贫工作组拟订的发展规划相匹配，在那些将要重点开发的中心地点预先设定了变压器台区，对各村民小组中心点全部安装了三相四线，准备在高原长湾村 33 平方公里的土地上投巨资，建立一个高规格高标准的高低压输电网络。

2006 年 5 月，正是高原长湾村广袤的原野上风景秀丽的时刻，在这个充满绿色神韵的美好季节，高原长湾村新一轮“农网”整改工程拉开了序幕。黄光华仍然战斗在第一线，他多么高兴激动！以饱满的激情投身到了工程建设之中。高原长湾村男人女人们的心，再一次被共同的事业凝聚在了一起。他们仍然按照编队上阵，抬水泥杆子、挖洞子、砍线路，形成了一段壮观的劳动场面：真是“号子惊天地，高原起微尘”。

从雪家包、火烧屋场、杨家铺、菜场，从大郊湾过沙家坪到桥湾，越过唐家冲到土垭，经葵花塝、三水断沟至七垭煤场，拉开了一条几十里路长的战线。再从石桥坪到五组蛇家台至潘家台，从石桥坪到四组大窝坑，纵横几十里，一条条线路砍出来了，一根根闪着银光的水泥电杆顺利地栽到了桩位。

在黄光华的精心组织和指挥之下，长湾村男女劳力共计一百六十余人整体上阵，经过 32 天的艰苦奋战，一个新增加投资四百多万元的“农网”整改工程项目全面结束，共完成高压水泥杆搬运架设 486 根，低压木杆 558 根全部更换成低压水泥杆；新增五十千伏安变压器两台，新增二十千伏安变压器两台；新增一百千伏安、二百千伏安变压器各一台；再加上原有的五台变压器，共设立了11个变压器台区。在一个仅有一百多户人家，四百多人的高寒山村，这是一个怎样的举措？真让人觉得有些不可思议！但是，这是一个设计超前的长远规划，对今后高原长湾村发展工矿企业也好，开发矿产、新建冻库也好，都有了充足的能源保障。

高原长湾村人的心被强烈地震撼了。他们从解放四十多年没有通电到争取资金自力更生办电，从第一次“农网”整改到这次彻底整改，相距的时间很短，因为电而经历过震撼人心的事情实在太多太多。值得我们认真思考的一个问题是：国家对一个高寒偏远贫困村投入这样巨额的资金改善基础设施条件，预示着什么？

黄光华万分感慨地对村民们说：国家的富民政策这样深入人心，州县两级领导这样倾情帮扶，大家是不想变富都不行啊！在这样的大好形势之下，我们还不奋力拼搏，大力发展商品经济，快步奔上小康，更待何时？

在随后的一次群众大会上，黄光华对村民们说：“我们高原长湾村地处高寒偏远的角落，自新中国成立以来就得到党和国家无微不至的关怀，供应我们吃了几十年，用钱靠贷放，穿衣靠救济，可是我们对国家的贡献太小了。现在党的富民政策这样深入人心，我们必须知恩图报。而我们回报党和国家的最好办法就是尽快富裕起来，建好文明新村，过上幸福安乐的日子，从而减轻国家对我们的负担。只有这样，我们才对得起党和国家的富民政策，才对得起我们所处的太平盛世，才对得起州县领导及相关部门的倾情帮扶。”

完全可以相信，黄光华这些朴实语言是发自他的内心深处。他对上级党委政府给予高原长湾村的倾情帮扶心存感激。因为他已经用二十多年的基层工作实践印证了一个事实：一个地方要想彻底改变贫穷落后的面貌，依靠自身的拼搏苦战固然重要，但这只是一个方面，关键也要有上级领导的关怀与支持。现在州县两级的扶贫工作组给长湾村带来了光明与希望，为长湾村今后的发展铺平了道路。那么现在摆在长湾村人面前的问题是怎样寻求新的经济增长点，谋求更大的发展。

那段日子，黄光华经常扳起指头算：高原长湾村除了发展烤烟、畜牧业这些见效快的支柱产业之外，还有什么样的项目适应高原长湾村的气候特点？

首先，他想到了药材。高原长湾村的地理环境适应天麻、独活、宿旦等多种地道药材的生长。如果每家每户再建一个药园，把庭院经济规模向更加广阔的空间拓展，或许就能够寻找到发家致富的新门路。其次是大力开发土地资源，提高土地利用率，建设反季节蔬菜基地。在引进客商大规模进行开发的同时，把高原长湾村的一百多户人家联合起来，走公司加基地加农户的发展路子。

其实，药材和反季节蔬菜这两个项目不但发展空间很大，而且在高原长湾村也不是什么新鲜事物，只不过从未大规划，作为拳头产品大力发展，只是流于一般号召，没有抓烟叶生产的力度大。现在公路通了，该是发展药材基地、反季节蔬菜基地的时候了。黄光华下足了最后的决心，要把发展地道药材基地和反季节蔬菜基地这两个项目作为高原长湾村新的经济增长点。

但是，对烟叶这一支柱产业仍然不能放松，虽然五百亩种植面积已经完全饱和，但在烟叶的大田管理和烤制上仍然还有潜力可挖。要说发展潜力更大的还是畜牧业，现在高原长湾村的牧业产值虽然已是总产值中的支柱，但仍然还没有规模化，仅限于家庭圈养。如果把天然草场和人工草场的优势发挥出来，发展牛羊两个品种，将有着极大的经济增长空间。

一场全面发展商品经济，增加农民收入的总体战在高原长湾村拉开了序幕。按照村党支部、村委会和扶贫工作组的统一规划，各项经济指标落实到户，并紧张有序抓紧落实到了田间地头。

通过对产业结构进一步调整，高原长湾村的经济发展格局已经具备立体型、全方位、多样化的功能，形成了长短结合，优势互补的良好态势，有了十分雄厚的发展后劲，农民当年收入也已经由单一变为多样。

现在好了！高原长湾村已经建好了路网，整改了电网，有了移动通信网络，使这幅五彩缤纷的山水画卷有了灵魂。现在好了！高原长湾村商品经济有了突破性发展，煤矿开发基地、反季节蔬菜基地、地道药材基地、三木药材基地、畜牧养殖基地星罗棋布。现在好了！高原长湾村的一百多户人家，家家有了庭院经济基地、退耕还林基地，户户用上了自来水、沼气、移动电话，百分之八十以上的户有了电视机、洗衣机，物质文化生活水平有了明显的提高。

站在高原长湾村的山坳上，放眼望去，那蓝天白云下是美丽的风景，一排排水泥杆线像一串银光闪亮的思索，从遥远的地方涌来伸向了广阔的山湾，伸向了密林深处；一片片吐出新绿的茫茫林梢，为大地装点出了美丽的颜色，展亮着希望，衬托着兴旺，预示着美好的未来。

而黄光华永远不会忘记，高原长湾村的人民群众永远不会忘记：今天的美丽长湾村，是各级领导及相关部门的同志们用心血和汗水铸就而成的山水风景。

十、林中山雀也在为你歌唱

在高原长湾村人民群众的心里，黄光华是他们的贴心人。在他担任村党支部书记、村委会主任的几十年间，为长湾村人民群众的幸福与发展，奔波操劳，呕心沥血，无私奉献。在面对困境，面对挫折时，他牢记共产党员的宗旨，恪守信念，历经风雨沧桑，为高原长湾村今天的变化立下了功劳，做出了贡献。有人说他是长湾村人身边的“王乐义”，也有人说他是活着的英雄“周国知”。

曾记得，黄光华上任伊始，面对长湾村人民群众的信任和掌声，他郑重许下了诺言：办电、修路、减免“三提五统”。为了这个诺言，他付出的太多太多！经历过拼搏苦战，为高原长湾村修通了幸福路，带领大家把电网接到了长湾村，给村民们带来了光明与希望。在国家给中国农民彻底“减负”的政策出台之前，他自己出资为村民减免“三提五统”费用达 13 年，用三十多万元的巨额资金换回了村民的一声“谢谢”，一份感激。

曾记得，在“消灭荒山，植树造林”的日子里，黄光华是那样执着。他坚守在前沿阵地，带领村民经过 6 年苦战，使高原长湾村彻底改变了旧时的模样，以风卷残云之势使昔日的荒坡秃岭长出了片片新绿，为高原长湾村创造出了一亿八千多万元的木材蓄积价值。

曾记得，在改善高原长湾村基础设施条件时，黄光华付出了心血和汗水。他不畏艰难，敢想敢干，敢冲敢拼，以顶天立地的英雄气概，战胜了前进道路上的重重困难，书写了许许多多震撼人心的故事，用一腔赤诚凝聚起了人心，赢得了村民的拥戴。

曾记得，在黄光华人生的沧桑岁月里，他相信真理，为自己的清白而战，以超凡的气魄和胆识取得了胜利。而他不计较个人得失，胸怀坦荡，把个人的屈辱与凄凉吞进肚里，以坚强的意志战胜了病魔，以坚定的信念顶住了压力，以真诚与公道赢得了民心，以坚强与执着成就了事业。

古人云："上善若水，厚德载物。"水是万物之源，却有着一种平常的心态，且能坚持始终，不张扬，和其光，同其尘，哪儿低便往哪儿流，哪里洼便往哪里聚，越深邃越平和越安静。黄光华虽然没有达到如水的至高境界，却能哪里需要就往哪里去，哪儿艰险就往哪儿站，他似乎与至柔至坚之水同着性情。水至柔，却柔而有骨，信念执着追求不懈。就像浩浩八百里清江，历经多少暗险，抵御了多少诱惑，即使关山千重，千回百转，而汇入长江东流入海的意志何曾有过一丝动摇，雄浑豪迈的脚步何曾有过片刻的停歇。浪击礁岩，纵然粉身碎骨也不曾退缩，终将礁岩探了个千疮百孔。水是"天下之至柔，驰骋天下之至坚"，有老不认输、决不半途而返的壮志雄心。

黄光华是一个胸怀大志之人，也是一个深受村民敬重的优秀"村官"，他历尽艰辛苦难的人生之路，虽没有做大官却能干大事，有带领村民决战贫困、奔向小康的雄心和勇气。他的胆识和气魄能让荒坡秃岭变得葱茏苍翠，能让高寒偏远的贫穷山村改变旧时的模样。他的执着与热情能够融化冰凌，改变观念，把村民的心凝聚成一根坚固的绳索。就用这根坚固的绳索，在高原长湾村人岁月的河岸上拉出了一条光明与希望的大道。

而在生活之中，在村民为难之时，黄光华又是一个充满爱心、敢担风险、受人敬重的长者。长湾村的一百多户人家都与黄光华结下了深厚的情意。他为村民们排忧解难，用一腔真诚创造出了许多感人至深的故事。

高原长湾村的村民们永远不会忘记：高原长湾村地处高寒偏远，村内山大人稀，学生上学难是一个让人头疼的问题。当初一上任就被沙家坪小学校舍的欠债问题弄得非常为难的黄光华，一直在为学生上学难的事劳心费神。可是在1999年新学年开始时，教育行政主管部门推行了教育体制改革，撤销了高原长湾村村级教学点，向高原集镇的中心完校集中。一个极其现实的困难摆在了村民面前，高原长湾村的十几个适龄儿童怎么办？送到学校去寄读不现实，因孩子太小，衣食住行难以安排，家长前去陪读的话又抽不出时间，田间的活计不做不行，圈里的生猪牛羊又不能用竹块把肚皮捆着，脱不开身哩。可是让孩子们读跑学更不可能，从长湾村的中心点石桥坪到高原中心小学就有足足 20 里，那些居住边远的户就更远了，就是一个成人到高原赶场打个回转也要大半天的路程，更何况是那些不满 10 岁的孩童！再说那些山路上行人稀少，常有野兽出没，家长怎么放心得下？就在家长们为这事急得双脚跳的时候，黄光华站了出来，他语重心长地说："大家不要着急了，读书的孩子还是在沙家坪读，老师我们拿钱请，大家就安心吧！"黄光华的话虽然说得轻松，但是一个困难却又实实在在地摆在了他的面前，要聘请教师就要开工资，到哪儿去弄这笔钱？就这样，长湾村的教学点一撑就是 5 年，总共开支办公经费和教师工资一万二千多元。黄光华奔走求人讨回资金 8000 元，余下的 4000 元的资金缺口就由他个人捐出。

高原长湾村的村民们永远不会忘记：民办教师殷百阶家发生火灾后的情形。那是一个阴天的下午，殷百阶家房屋起火，顿时黑烟升腾火光冲天，村民们见状立刻放下手中的活计拼命向殷百阶家奔去救火。但由于路程太远，等村民们纷纷赶到时，房屋已经倒下，没有抢出任何东西，经济损失高达数万元之多。当黄光华闻讯赶到时，累得气喘吁吁，看到火灾现场的情形，黄光华顿时瘫软在岩包上，很久才从惊愕之中回过神来。但他立刻组织村民献爱心，自己带头捐款 500 元。在他的带动下，村民们立刻响应，伸出了援助之手，共捐款八千多元。就在火灾现场，黄光华召集村民会议，研究方案，安排劳力为殷百阶家修建两间木房子。可是殷百阶家却是屋漏又遭连夜雨，两间木房子修起后住了不到三年，民办教师殷百阶就得病亡故。黄光华又到处奔走，去乡教办和乡政府，为其讨回安葬费 5300 元。为了解决殷百阶家的实际困难，偿还治病期间所欠下的债务，黄光华又带头捐款 300 元，村民们又为殷百阶捐款四千多元。

高原长湾村的村民们永远不会忘记：村民张德毕在三水断沟公路上出现险情后的情景。当时村民张德毕看见高压电线脱落，他便告知家人后取了一根枯竹竿前去排险，说怕脱落的高压线危及过路行人和牲畜的安全。可当他用一根枯竹竿撑起高压线时，带电的高压线顺着短竹竿滑落下来打在手上，张德毕当场触电而亡。事故发生后，电力公司派人来了，电管站也派人来了。

可是他们来的目的不是处理事故，而是推脱责任。正在帮忙料理张德毕后事的黄光华站了出来，言辞激烈地说："高压线落在地上，张德毕出于负责才取枯竹竿去排险情因而触电身亡。你们身为电力主管部门，专门有外线工，却不经常检查线路排除险情，从而导致了事故，这是管理上的严重疏忽。张德毕的触电亡故，你们电力部门不负责谁负责？"电力部门的负责人见黄光华态度如此强硬，难以逃避责任了，这才答应给村民张德毕赔付安葬费 5000 元。其实，那时候黄光华早就对电力部门财大气粗，且不敢承担责任、不愿承担责任的做法十分不满了。在中营乡，到村民张德毕触电身亡为止，已经是 15 条人命，其中小孩 2 个，成人 13 个，却只有高原长湾村的村民张德毕一人得到了赔偿。

黄光华是高原长湾村人民群众心目中的依靠，哪家有困难时他都会伸出援助之手。他在用真诚赢得民心的同时，自己也体验到了帮助别人的快乐。他把这些视为自己人生的一种收获，一种财富。

眨眼之间，一个新的春天来临了。高原长湾村的景色很美，广阔的天地空间里春光明媚，满山遍野的山花争相开放，片片林梢染上了淡淡的绿色，春意中孕育着无限的生机与希望。一群群闪着长尾的锦鸡和山雀在尽情地飞翔，在阳光下、在春风里欢快地鸣叫，那是在赞美今日的风景，那也是在为你尽情地歌唱。

岁月留痕

夕阳映红了一条路。鹤峰县邬阳乡栗子村年过花甲的党支部书记莫定约用真情凝聚起村民的心，用勇气和智慧拓开了一条富民路。路通向了大山深处，那是艰辛岁月在山影之间留下的一道画痕，那是长长的一串思索。

鹤峰县邬阳乡栗子村，以盛产山板栗而得名。这里土地肥沃，物产丰富，地域开阔，水丰林茂。自古栗香飘千里，香杉满坡映田源。勤劳勇敢的栗子村人，守着这方水土，拥有这方天地，也就饱尝了许许多多生活艰辛与苦难，演绎了许许多多悲欢离合的故事。

从栗子村闵家庄、杨家屋场、张家坡连到茶园金竹园，又从阴坡、舒家坪、张家坪、汪家坪连过阴湾，形成了一大片东西走向的扇面形坡地，托起了一个山坳上的村庄。身后百鸟和鸣，面见红莲盛开，日听洪钟妙音，夜闻白虎长啸……自古栗子村，就因为东有洪钟岩那清亮如镜的石壁阻隔了他乡风景；西有白虎岭、反山湾、万子垭挺起天然屏障；南有大岩堡、舒家垭、闷棍垭拦截着大世界的文明；北有红莲池的悬崖峭壁，老官寨的雄奇险境，挡住了栗子村的视线。唯有一条从咸盈河流出的水系从坡脚淌过，直奔油榨河、石龙河、金鸡口，从桃符口入清江，曾是栗子村人通向外面世界的唯一通道。但河道之中乱石横空，艰险无比，害得栗子村的男人们也只得“下雨涨水放木簰，天晴上岸晒裤裆”。

就因为这里交通闭塞，信息不灵，居住在这里的人民群众，再勤劳再勇敢，再坚强再朴实，一年的辛劳下来也只能赚个肚儿圆。一年拼命劳作，存有几缸谷米，挂有几块腊肉，就算是殷实富足。而有些贫困人家若是那年家境不吉，落个病灾或是自然灾害，一年面朝黄土背朝天，却依然只能是“衣无领、裤无裆，吊起锅儿当钟打”。

就因为这里生存环境艰苦，人们长期过着肩挑背驮的苦难日子，直到二十世纪七十年代，居住在栗子村的一千多人中，仅盲聋哑、痴呆傻、鳏寡孤独的弱势群体就有四十多人，吃救济供应的历史长达32年。

随着时代的发展，随着现代文明的不断渗透，栗子村人已经被现代文明惊醒。但他们大都已经深刻地认识到了一个问题：栗子村人真正需要的是一条路，一条通向外面世界的路。

可是，真要修通栗子村的那条公路，不是天方夜谭，就是当年郧阳关凤凰寨的神兵都不敢设想的神话。东有洪钟岩那清亮如镜的石壁，西有反山湾那高耸入云的悬崖，山羊猴子都爬不稳，谁有这样的胆量，谁有这样的气魄？也许是期盼得太苦太久，也许是被生活的艰辛磨砺得伤筋动骨的缘故，终于有一个日子，以莫定约为代表的一批土家汉子站了出来，他们面对火红的日头，面对这方闭塞的天地空间，面对这里的青山绿水，吼出了一句铿锵有力重于泰山的誓言：修路！他们要彻底改变栗子村的历史命运，为栗子村的人民群众，为栗子村的子孙后代修一条通向外面世界的路，修一条通向富裕文明的致富路。

大山的诉说

在那些艰难岁月里，祖祖辈辈沿袭而来的栗子村人背负着沉重的弯架打杵竹满墙，沿着罗家大路，沿着15里荒山中那条泥泞古道，跋涉近百里，越关山千重，到达鹤峰燕子一个名叫“清湖”的地方运回油盐酱醋，购买锅盘碗盏……自从万子垭下的栗子坪，成为一个地方政治经济文化的中心后，一代一代的栗子村人仍然难以摆脱肩挑背驮之苦，每每历尽艰辛，翻越万子垭，下去坡擦背，上山鼻擦坡。栗子坪后山的那条古道，留下了多少栗子村人的汗水。

二十世纪七十年代，农村生活极其艰苦，而在栗子坪一带却流传着这样一段儿歌：“清明闵家庄，酒肉油饭香，爬过反山湾，步步菜花黄……”在那个艰苦的年代，栗子村闵家庄的“酒肉油饭香”是栗子村殷实富足的写照。可是闵家庄两面绝壁，一面临河，有的人住在这个地方一生一世，从床头走到地头，又从地头走回床头，来回奔波几十载，步行的距离至少可以绕地球十几圈，但最终没有跨越过反山湾，没有见过外面的精彩世界……

反山湾的确是一段令人毛骨悚然的阴森之地，上有绝壁千丈矗云端，下有流沙走石落河底，眼望闵家庄脚下的雾胧岩河，是一道可怕的深渊，白天冷风习习，夜晚鬼火连连……

为了生存，栗子村人的先辈们中也曾出过一批敢于飞檐走壁的英雄豪杰，他们身背刀夹，脚穿草鞋，你握羊角锄，我拿铁锤钢钎，硬是在反山湾的绝壁之上钻出了一条羊肠小道，一头连着栗子村的贫困与凄楚，一头连着栗子坪的繁华与文明。

在反山湾这条羊肠小道最危险的两个地方，一是丝粒树岭，二是搭帘岩。从这里攀爬上下的路人，曾先后就有 16 人滑下绝壁，滚入流沙走石之中，轻者摔断胳膊大腿，重者摔得粉身碎骨，血肉模糊。

曾经有一个日子，住在伍家湾的村民伍千月，跋山涉水，步行到一脚踏三县的金鸡口背回了 50 斤供应粮，走到栗子坪时，天色将晚，眼看着爬上万子垭就要摸黑，于是就毛起胆子凭着自己的身手走捷径，朝着反山湾的羊肠小道奔去。当他气喘吁吁爬过丝粒树岭，越过一段横路，再攀搭帘岩时，顿觉胸闷气短，眼冒金星。突然间脚下一滑差点摔下绝壁。当他一手抓住青冈藤稳住身子，背上背着的那袋玉米，早已飞下绝壁，荆棘、岩尖撕破了布袋，只听得“哗”的一声，五十斤供应粮食就洒在了绝壁之下的流沙走石之中。伍千月牙关紧咬，吓得骨酸肉麻，好不容易攀爬上了搭帘岩，越过进闵家庄的岩檐时，他怎么也忍不住了，伤心地哭号起来。他这样哭着号着数落着词儿说：如果哪个栗子村人能够领导大伙儿修一条路，通路的时候我一定给他的祖坟放鞭炮。

1967 年 8 月的一个日子，反山湾对山铁敞坪里有一个儿男越过油榨河，攀爬过了丝粒树岭，要到栗子茶场去读中学。当他爬上搭帘岩，越过进入闵家庄的岩檐时，已经吓得大汗淋漓。他坐在岩边的石凳上感叹道：“反山湾啊鬼门关，山羊难爬猴难攀，粒树岭连搭帘岩，一步一攀心胆寒……”

1986 年 6 月，县委书记张泽洲从咸盈乡出发，攀爬洪钟岩进入到栗子乡的栗子村时，他对身边的工作人员语重心长地说：“栗子村的群众最需要的是一条路，一条通向外面世界的路。”当他一路步行到达栗子乡政府的时候，张泽洲书记又说：“栗子乡至咸盈乡这段公路，不过十多公里，算是鹤峰县的一条经济断途路，应该尽快安排，修通这段公路。”

1992 年夏天，又一任县委书记何亚斌，从咸盈乡攀爬洪钟岩，步行进入栗子村，经金竹园、伍家茶园、杨家屋场越万子垭进入栗子乡，同时明确指出：“栗子乡至咸盈乡的公路，是一条经济断头路，对鹤峰的经济发展具有十分重要的战略地位，应该早造计划早安排，尽快纳入项目笼子……”

于是，鹤峰县第九届、第十届人民代表大会代表，连续七次会议联名提出修通栗子乡至咸盈乡公路的议案，有关部门也连续七次给人大代表答复议案，可就是年复一年不见行动。1993 年，鹤峰县第十一届人民代表大会第一次会议上，栗子乡党委书记、县人大代表宋福祥和咸盈乡党委书记、县人大代表丁文清再次联合，分别以邬阳、燕子两个代表团就同一议案十人联名，提出修通“栗子至咸盈”经济断途路的请求，但仍然是有答复无结果。

时间一年一年地过去，栗子村人对路的渴望与期盼却在一天天地加深。昔日里那些年轻力壮的“背脚子”，眼看着一个一个都老了！尽管这样，栗子村人仍然背负着生活的艰辛与沉重。每年近 30 万斤的烟叶，每年近十余万斤山板栗，每年十几万斤公粮余粮，还有每年几十万斤化肥农药、农膜农械，还得肩挑背驮，还得成群结队攀爬万子垭，还得气喘吁吁热汗淌滴。有的栗子村人硬是把山背矮了，腰背断了，落得一身痨病。尽管这样，栗子村人仍然默默无闻地为国家做着贡献，每年的农业税、特产税、烟税、茶税，一交就是十多万元。他们无私奉献，忍受着生存的艰难。

尽管这片土地上的生存环境异常艰苦，但自古以来却能精英辈出，曾有不少人为祖国的解放事业，为祖国的建设事业流血流汗，做出过贡献。

参加过“淮海战役”的解放军老战士刘汉民，就住在栗子村的山场上。解放战争的硝烟炮火，枪林弹雨，铸就了他坚强的人格。他守着大山，守着这方水土，用几十年的艰辛与苦难，恪守着一个老兵“以服从命令为天职”的诺言，一条行军打仗时用过的、被淮海战役的炮火烧焦的牛皮腰带，成为刘汉民人生的骄傲，一大把立功勋章是他珍藏一生的荣耀。

参加过抗美援朝的志愿军老战士吴朗轩，就住在反山湾东头闵家庄的岩檐上。朝鲜战场上，在上甘岭坑道里，美国人的大炮震聋了吴郎轩的耳朵，害得他一聋就是一辈子，年轻时听不见媳妇的甜言蜜语，年老了听不见老伴的唠叨。眼看着山花烂漫，满山新绿，却再也听不见大自然奇妙的音响。他常常望着反山湾的悬岩绝壁叹息，却听不见雾胧岩河的水响，听不见反山湾里山风呼啸。

以段书成、徐敬文、莫定贵、刘章月、张兴明、徐家银、田天军、向言平等为代表的一批土家汉子，在生活的艰辛磨砺中脱颖而出，走出这山坳里的村庄，当上了国家干部。他们都曾做过努力，想为栗子村的父老乡亲们修一条路，但终因客观条件的限制和反山湾山势的凶险而未能如愿。

刘章云、刘永保、李传金、张宏柏、莫定约、伍千学等一批土生土长的山里汉子，也曾念过想过，要努力改变栗子村贫穷落后的面貌，并为之付出过艰辛，也终因客观条件的限制和反山湾山势的凶险而未能如愿。

以徐宗泽、徐宗理、徐宗艺、徐宗贵、莫华英等为代表的一批年轻后生，凭着十年寒窗跳出了“农门”，他们走向了外面的精彩世界，接触到了现代文明后，日思夜想家乡能有一条通向外面世界的路。他们多么渴望有一天能够坐上汽车回一趟家……因此，他们都尽全力为栗子村的路奔走呼号，无时无刻不在关心着家乡的变化。

可是，盼哪等哪，时间一年年地过去了，栗子村的路仍然是个虚拟的梦幻！可怜巴巴的栗子村人，一路汗水一路艰辛，脚板子踩得滋滋的痒，肩膀磨得生生的疼，多少伤痛与幽怨，多少凄楚与无奈，都默默地吞进肚里，忍进心里。

1995 年 8 月 15 五放光明，栗子村人终于看到了希望的曙光。8 月 18 日，栗子乡党委书记宋福祥，副乡长罗申贵带领莫定约、李传金、伍千学与闻讯赶回家乡的国家干部张兴明、向言平等一行十余人，开始攀爬反山湾，实地踏勘栗咸公路栗子乡至咸盈乡的初步线路。听到栗子乡党委、政府准备修筑栗咸公路的消息时，栗子村的人民群众兴奋不已，奔走相告。

1995 年 9 月 6 日，栗子全村的党员、组长及部分村民代表汇聚在闵家庄刘永保家，在乡党委书记宋福祥的主持下，研究讨论栗咸公路的初步走向。1995 年 9 月 8 日，是栗子村人永远都不会忘记的一个日子。宋福祥与栗子村委会主任莫定约请示了县交通局并借来了测设仪器，带回了图纸，栗咸公路的测设全面铺开。从栗子坪经过白虎岭、反山湾、闵家庄、杨家屋场、大沟坡、花果坪、罗家涧沟湾，山脚下直到栗子茶场的半山腰出现了一道醒目的划痕。在栗子村人的心眼里，那是一道闪光的划痕、希望的划痕！那道划痕像一条金黄色的彩虹，至今还在老百姓的记忆里闪光。

可是好事多磨，就在栗子乡党委、政府下定决心，要以压倒一切困难的英雄气概，战胜反山湾的悬崖峭壁，修通栗子乡至咸盈乡公路栗子坪至栗子茶场路段时，机构改革的序幕拉开了，人员升迁变动，机构撤并变革，栗咸公路开山的炮火又因此而迟迟没有炸响。

又是一旬春夏秋冬，又是一番日月轮回，眼看着对山杉树村的公路已经车通高家坪，三元村的公路已经越过“牛屁股”的艰险路段，栗子村党支部书记莫定约再也忍耐不住了，他高高地举起了领航的火炬，点燃了炸岩的火索……

随着栗咸公路的一声炮响，对修路的期盼日渐深厚的村民们从四面八方涌来，他们要响应村党支部、村委会的号召，先运用义务投工的形式，挖去“栗咸”公路的盖山土。要在莫定约的带领下，用自己的双手，用自己的汗水，填筑一条通向幸福、通向光明的大道！

一时间，公路沿线镐锄飞舞，尘土飞扬，劳动号子此起彼伏。那是栗子村人对路期盼已久、渴望已久之后，一种激情的尽情喷发与释放。

因为修路，村党支部开始在这片土地上有了号召力，有了感召力；因为修路，村民们的心开始凝聚在一起，凝聚得像一根坚固的绳索。莫定约看到了希望，看到了人民群众的激情。他相信：有了民心凝聚起来的这根坚固绳索，就没有翻越不过去的大山，就没有攀爬不过去的悬崖峭壁，就不愁在栗子村人岁月的河岸上修不出一条通向幸福、通向光明的大道。

随着栗咸公路的一声炮响，昔日平静的山湾里改变了旧时的模样。整日千炮齐鸣，硝烟四射，流沙走石奏出了别样的轰响。1997 年 10 月 2 日，是栗子村人的一个光辉起点，也是栗子村人告别肩挑背驮苦难历史的真正分界线。

而这时，莫定约常处在一种忘我的状态，公路上三材物资调运、施工安全问题、人员调配摆布问题、后勤保障问题，大事小事全在他心里装着。他没有时间叹息，没有时间抚摸一下自己磨得伤痛的脚板。他每一根神经都绷得紧紧的，一腔热血在奔涌，一腔激情在奔放，莫定约成了名副其实的一线指挥员。

一个阳光灿烂的日子，参加过淮海战役的刘汉民老人，腰间扎着那根曾经被战火烧焦的牛皮腰带，背剪着手来到筑路工地。当他看到尘土飞扬、硝烟四起的场面时，勾起了老人的回忆，他仿佛看到了淮海战役中“万炮齐发”的壮观场面。他走到莫定约的跟前，紧紧握住了莫定约的手，激情化作了泪水涌出。刘汉民老人嘴唇颤抖着，从牙缝里挤出一句话来：“莫书记啊！你现在是前线的指挥员！辛苦了哟。”

不管刘汉民这句话是赞美还是奉承，但莫定约从他那激情的热泪中看到了非常重要的一点，那就是你只要全心全意为老百姓办实事，做好事，你在人民群众中的形象就会高大。在往后紧张繁忙的那段日子里，刘汉民老人眼中的热泪成了莫定约心中的动力，他更加无私忘我地投入到了修路这一神圣的事业中去。

这年莫定约已满五十七周岁，多年奔波操劳，多年肩挑背驮，也给他落下了一身的病痛，光是那个坐骨神经疼的毛病，就常常使他疼痛难忍。莫定约的妻子曹友芝，是一位乡邻们赞不绝口的贤妻良母，她默默无闻地操持着那个家，每天起早摸黑忙里忙外，为丈夫分忧解愁，迎来送往，承担着村里许许多多的接待任务。而这时贤妻曹友芝最担心的却是丈夫“约哥子”的身体。这样一大把年纪的人了，还要劳苦奔波，起早贪黑！而在这时，贤妻曹友芝还惊奇地发现：丈夫莫定约真是变了一个人，过去那个性情温和、不愿得罪人的“约哥子”不见了，变成了一个有魄力、有胆识、敢说敢闯敢骂人敢吼高腔敢翻脸的气派汉子。

是的，莫定约的确变成了另外一个人。但是，只有心底无私、胸怀宽广、能够吃大苦耐大劳的男人才有这份底气，才有这样的气魄。那是一个有志男人沉默多年后的一种爆发，那也是一种潜在热能的释放。

然而，修路创业非同一般，光有底气和魄力是不够的，它需要大量的三材物资，需要大量的筑路资金。人们常说创业难！难在哪里？往往就难在建设资金上。修路创业，资金是出鞘的利剑，资金是削铁如泥的钢刀，没有这两样东西，再勇猛的兵士你拿什么去决斗？

栗咸公路建设资金严重紧缺。尽管莫定约在带领栗子村人修路的过程中，采取了先易后难的战略，在闵家庄至茶场路段全面铺开，把反山湾这一巨大的艰难工程留在最后攻坚破难！但仍然难以摆脱困境。资金紧缺，就导致了三材物资紧缺，这就注定了莫定约这个一线指挥员要经受更多艰难困苦，饱尝更多苦涩与辛酸，经受更多身心与筋骨的磨难！

奉献是一种快乐

栗子乡至咸盈乡的公路全长 14.5 公里，栗子坪至金竹园路段全长 10.8 公里，杨家屋场至汪家坪的村级公路 6 公里，栗子村的公路建设拉开了 16.8 公里的战线。在下线栗咸公路 10.8 公里的路段中，把反山湾这一巨大的艰险工程留在最后攻坚破难，仅闵家庄至金竹园路段中间，就有大沟坡、罗家水涧湾、五家堡槽坊工程、奔山脚下的拱涵工程等六处大型艰巨工程。

但是，开弓没有回头箭。莫定约与栗子村那些顶天立地的汉子们，再没有退却的余地。公路建设只能成功不能失败！现在已经是有条件要上，没有条件创造条件也要上！莫定约语言坚定，吐词铿锵：资金紧缺就不修公路了吗？不！路是非修不可的，砸锅卖铁也要修！只有把路修通了，栗子村才有希望，栗子村人才有出路。

是的，栗子村的人民群众为什么会有如此高涨的修路热情？为什么会因为修路这件事，迅速把一度散乱的民心凝聚成一根坚固的绳索？那是因为大伙儿都已经完全认同了支部书记莫定约同志讲的这番道理。他们相信，只有把公路修通了，让车子跑顺了，栗子村老百姓才有美满幸福的光景。

那是 1997 年冬月的一个日子，莫定约安排好公路沿线的事情，带着满身风尘出发了。他要去找乡里，去找县里，要去争取筑路的项目资金，要去调运三材物资。真是风尘仆仆，一路艰辛。有时候一天要办这手续那手续，到这里盖章到那里签字，曾经一个日子他从县城到邬阳乡政府，又从邬阳乡进县城，一天来回三趟，可把他整苦了。莫定约虽然年轻时也是一条攀山爬岩的好汉，曾在段家河里赶流送，曾在雾胧岩河里刹把子，放木簰，在那波涛汹涌的河道里舞动着撑篙洒脱自如。可他就是坐不得车，车子一动就晕，一闻汽油烟子就想吐，一天这样来回折腾，早已把他累得筋疲力尽。尽管这样，每天还得看人家的脸色行事，求爹爹告奶奶，敬了这个菩萨还得去拜那座庙门，如果你稍有疏忽，哪一炷香没有烧到点子，你的炸药雷管、三材物资就拖不走。其实莫定约心里明镜似的，人家都是高高在上的“大官”，自个儿一个小小的支部书记，在人家眼里最多不过就是个“土八路”。别看有时候，人家到村里来工作，任务压下来的时候，书记前书记后喊个不停，那是人家糊弄你去跑腿、去使力。一旦工作任务完成了，人家回去论功请赏，这时你就被晾在一边，在大官小官们的眼里，早就忽略了一个“小小支部书记”的存在。而真正体谅下属、体谅基层干部的官已经屈指可数了。莫定约不是没有遇到过门难进、脸难看的事情。

但无论怎样，莫定约都能忍耐，为了修通栗子村的公路，他愿意劳苦奔波，低得下架子，厚得起脸皮给人家求情说好话。为了栗子村的那条公路早日修通，要他说多少好话都行。

在一个阴冷的日子里，莫定约坐骨神经痛的病又犯了，他站不得坐不得走不得，真想在哪个暖烘烘的屋子里安安静静地休息一会儿。可他的脑子里装着的全是关于栗子村公路建设的事，神经绷得紧紧的。坐骨神经疼得让他站不得坐不得走不得，而公路沿线的事却让他一刻也停不得。他常常是斜跨在麻摩车上，迎着冬日里街市之间刺骨的寒风，来回奔波，有时候一天只啃半个冰凉的馒头。莫定约时常累得吃不下饭，睡不着觉，妻子曹友芝眼看着夫君一天天老了，一天天瘦了，心疼得想哭。

而让莫定约感到欣慰的是，一车车的炸药拖到了栗子坪，一车车的三材物资拖到了栗子坪。有了炸药雷管，有了三材物资，栗子村的路就有了希望。

就这样挤班车、坐麻摩，加上甩开膀子步行，一个月几十趟，一天几个来回，一阵子折腾过去，累得筋骨酸疼。莫定约却在一个日子里惊奇地发现：自己昔日里车子一动就晕，一闻汽油烟子就想吐的那个怪毛病被整得没有了，再用鼻子嗅嗅那汽油烟子，原来是香的，就像大蒜苗子煮在腊肉汤汤儿里一样香得舒坦。这时他就想，早一天把路修通了，让所有的栗子村人都来分享一下坐着“车子飘然，闻着汽油烟子舒坦”的滋味。

又一个日子里，莫定约要进县城去争取资金，调运三材物资，由于坐骨神经疼得厉害，他只好半边屁股搁在班车的坐垫上，用手支撑着身子随车子的颠簸而晃悠。而脑子里仍然想着公路沿线的事情：施工的安全问题要不要紧啦？大沟坡的三材物资用得够啵？公路沿线的后勤保障跟得上啵？

满心的牵挂，满脑子的问号，他恨不得把一个莫定约分成几个“约哥子”来用。

一个日子里，莫定约时刻担心的事情还是发生了，最为艰险的大沟坡工段，因为没有炸药雷管而被迫停工了！罗家水涧湾那架明岩上也因为没有炸药雷管而被迫停工了！奔山脚下的新拱也因为没有水泥而被迫停工了！莫定约的头脑里嗡的一声，差点一头栽倒在地。

可就在他拖着疲惫的身子，来回奔波，准备运回栗咸公路上最后的一车炸药时，发货的主管单位却说：“郚阳乡政府曾经借过我们的三材物资，该是扣账的时候了。”听了这话，莫定约头脑里又是嗡的一声，“我的天哪！我这样跑得血奔心，我这样操心费力劳筋骨，到后来竟只落得个两手空空，公路上已经因为紧缺三材物资而停工待料。”他傻着眼发出了一声声无奈的苦笑，那笑声像哭。可到了他真想痛哭一场的时候却又是欲哭无泪。

在这万般无奈之下，他也顾不得许多了。莫定约带着满身的风尘，带着一脸哀怨与忧伤，走进了财政局长唐春生的办公室，他真想扑通一声跪下来给眼前这位局长叩三个响头。当他拉着哭腔向唐春生诉说完栗子村人修路的艰辛时，唐春生被莫定约的事业心和真情打动了，他拿起电话，找到三材物资发货单位，发话了：“那么大个郚阳乡政府，你还怕收不到那点货款？栗盈公路上的三材物资照发不误！”

莫定约的热泪禁不住涌了出来，他真想望着唐春生高喊一声：“感谢你呀！”可是他的喉咙里哽咽着喊不出来。莫定约转忧为喜，连夜把炸药拖回了栗子坪。

莫定约生性是个重情义懂感情的人，当他听说这位曾经为他排忧解难的财政局长唐春生因病医治无效而跨鹤登仙之时，他就在筑路工地上按照土家人的风俗，点燃三炷香，烧了厚厚一打纸，默默地哀悼西去的春生同志……

停工的工段终于又开工了，炮声炸响，硝烟升腾。那炮声就像督阵的鼓点，没有炮声的筑路工地，就少了那一种强劲的节拍。只有炮声才是征服坚石最刚烈的语言，才是改造自然、征服自然的声声怒吼。

一年时间很快就过去了，1998 年冬天又已经来临。这一年对于莫定约来说是他一生之中最为艰难的日子，但也是他人生之中最充实、最具有生命意义的岁月。虽然苦其心智，劳其筋骨，时常拖着病体艰难地爬行，但他毕竟实现了自己人生的理想和价值。能够修通栗子村这条公路是他多年的心愿，能够为父老乡亲做些好事实事他觉得心里踏实。作为一名普普通通的共产党员，作为一名基层党支部书记，有苦有累才觉得安然。

但这时，他没有时间陶醉。因为从闵家庄到茶场的公路虽然已经基本全线贯通，村民们抬过来的那辆手扶拖拉机已经跑得欢快顺畅。但大卡车抬不过来，大客车也抬不过来。反山湾那个巨大的艰险工程是栗咸公路线上最大的拦路虎，也是莫定约日夜焦愁的一块心病。

站在闵家庄的岩檐上，望着反山湾的高岩深谷，望着搭帘岩的悬崖峭壁，莫定约感觉出了一种从未有过的无奈。他背心里有些发凉，他的双腿有些发软，但他的心还是硬了铁了：假如我不在今冬明春带领栗子村人民拿下反山湾这一巨大的艰险工程，那我就不是什么好汉，那我也就不是栗子村人民尊崇的“约哥子”！

莫定约又去找乡政府、县政府，找交通局，找路网办，奔走求援。他的精神感动了上级领导，他的诉说引起了领导们共鸣。最后达成了一致意见：反山湾这一巨大的艰险工程，再不能土法上马，干脆用十万块钱的标的发包给有经验的筑路专班。

有了上级领导这句话，莫定约心中悬着的那块石头落地了，眉宇间那个拧了许久许久的疙瘩松开了，眼前展亮的全部都是希望的曙光。尽管已经熬过来的那些日子是那样充满苦涩和艰难，尽管今后的路仍然举步维艰，但栗子村通车的事已经是指日可待了！

一些有经验的筑路专班如同部队开拔一般，相继开了进来，但有的望而生畏，被反山湾的艰险吓跑了。更为严重的是，有的包工头竟然领了生活费，赊了三材物资后脚板底下抹油——溜了。莫定约急得心口疼，愁得一筹莫展，眉宇间又皱起了一个大疙瘩。其实莫定约心里非常清楚：十万块钱完成整个反山湾的艰险工程难度非常之大。俗话说，人人的鼻子都往下生往下长，谁愿意在那悬崖绝壁之上，山羊和猴子都爬不稳的地方，提起脑袋做那亏本的生意?

钱是少了些，但是姜太公钓鱼，愿者上钩。为了修通这段公路，莫定约真是绞尽脑汁，费其心智，最后终于留下了几个专班。筑路专班分别领了反山湾的工段，进入施工阶段后，仅反山湾的大炮窝子就整整挖了一个多月。

那是 1999 年一个阳光灿烂的秋日，二十几吨炸药分别装进了反山湾工段三十几个大炮洞子里。莫定约和栗子村人久久期待的那一刻终于到来了。中午 12 点，大炮轰鸣，巨石翻滚，硝烟升腾，乱石飞溅，不到半个小时的时间，艰险无比的反山湾就完全改变了旧时的模样。等硝烟散尽后，昔日的绝壁之上，流沙走石之中竟然出现了公路的线形。

莫定约有了一种从未有过的兴奋，哈哈打得山响。那个激动人心的场面，至今还在许多人记忆里闪光。炮火刚停下来不久，莫定约就与伙计们一道顺着在那悬湾绝壁之上炸出来的公路线形，朝栗子坪方向出发，他要对二十几吨炸药，三十几响大炮的效果进行一一查勘。由于技术操作到位，装药数量合适，三十几响大炮都炸出了理想的效果。

当他们一行路过反山湾时，乡政府和公安派出所在四周设置的安全警戒线都已撤除，整个大炮放完没有出现任何意外安全事故，莫定约这才放了心。站在栗子坪旁边白虎岭垭口，莫定约坐在那块干净的岩板上歇息。当他抬起头时，一眼就看见了白虎岭顶上那个凉亭的残垣断壁。白虎是土家族人心中的图腾，土家族人都信白虎神。白虎岭上的那个凉亭里，曾经是栗子坪一带的土家族人烧香许愿的地方。莫定约望着曾经香火不断的凉亭，心里默默地念叨着：我也许个愿吧！希望在我满六十周岁生日之前能把公路修通。我要向祖先证明：我莫定约靠这方山水，靠这方山水的灵气养育了整整 60 年，整整一个花甲子。活到今日，我总算做了一件让栗子村人感到扬眉吐气的大事，也算是个顶天立地的壮举吧！我还要向祖先证明：土家族永远是个最坚强的民族，永远是个最勇敢的民族！

不管这个愿许得灵还是不灵，总算让莫定约把存在心灵深处多时的一个心愿表白出来了。

2000 年腊月初五是莫定约 59 岁生日。其实自从他领头修筑公路以来，莫定约最怕过生日，因为生日一到就是年根岁毕，他的日子就不好过了。公路线上赊来的生活物资要钱，信用社的贷款利息要钱，外地民工要钱，借来的三材物资也要钱……债主一路路一行行，自家木屋的火炕里一挤一满屋，都是要钱的主儿。莫定约不知为钱的事给人家说了多少好话，不知为钱的事给人家赔了多少笑脸。而他的心里苦啊！有时候他会自个儿坐在一边叹息，感慨：钱啊！有时候还真是好东西，有时候还真是个坑人害人的东西！

莫定约自小队会计当起，再当村里的大会计，再当村委会主任，再当村支部书记，一干就是几十年，在栗子村从来没有人说过他经济上搞扯皮。无论是任小队会计时的账，还是任村里大会计时的账都做得鱼清水白。就是前些年他当村主任，涉及千家万户的三提五统账目也从来没有与谁错过分毫。可是为了修路，为了筑路工程的正常运转，他没有办法，只得东拉西扯，只得东借西借，就连儿女亲家杨运理的钱和物资他都拉扯了几万元。莫定约也常为欠债的烦恼慨叹：人是三节草，不知哪节好！我莫定约活着快满 60 岁，一辈子不搞经济扯皮，不找人赊钱借米，现在倒好，六十花甲快满的时候，为了修通栗子村的公路而欠下了一屁股债！

腊月初五，莫定约的妻子曹友芝为他煮了一只猪蹄子，为他烫了一壶蜂蜜酒。可是等啊等啊，山都望矮了，“约哥子”还是没有回来。曹友芝心疼“约哥子”，现在儿女们安家的已经安家，有的在外工作，都不在父母身边，唯独老两口互相是个可以依靠的伴啊！人家说少是夫妻老是伴，现在人都快要老了，回想起几十年走过来的风风雨雨，几十年相依为命的悲喜苦乐，真是十天半月也说不完！只是苦了累了我的“约哥子”哟！再过 365 天就是六十花甲的人了，还在为大伙儿的事，为公家的事操心费力，跑得血奔心。我说“约哥子”呀，你也该歇歇了，今天是你的生日，怎么就还不回来喃？

妻子曹友芝边煮肉边温酒，心里就这样不停地念叨。可她哪里晓得丈夫“约哥子”忙里忙外，东奔西跑，还在公路线上“扯钱皮”，早已忘记今天是个什么日子了。莫定约处理完手头的工作拖着沉重的脚步走回家的时候，已经晚上9点，肚子还是空空的，连水都没有顾得上喝一口，等他推开家门时，妻子还在等。为他祝寿的几个知己客人早已陆续离去。莫定约走到火塘边挪把椅子坐下，一副筋疲力尽的样子。妻子曹友芝连忙起身，捡起锅儿炉灶再次煮肉温酒。等支好了桌椅，摆好了餐具，这才恭恭敬敬地把“约哥子”请到桌边坐下。她斟了两杯热酒，一杯递给“约哥子”，一杯握在手里举起来说：“今天是你五十九岁生日，我敬你！但愿你满了六十岁，了却你修通公路的心愿后，你能歇担子，回家与我做个伴，过几天安安稳稳的日子……”

曹友芝是个贤妻良母，平时少言寡语，只晓得拼命持家拼命做，一年苦上头杀了三四头年猪，一千多斤猪肉还得亲手烧了洗了，一小块一小块地切了炒了弄给南来北往的客人们吃。自己时常就坐在灶门口吃一碗合渣饭，难得上一回桌子，致一回祝酒词。“约哥子”感动了，他举起酒杯，十分严肃庄重地与妻子的酒杯碰了，轻轻地吮了一口，望着贤惠的妻子报以一声无奈的苦笑。

莫定约吃不下饭，喝不下酒，满心满脑子都在为修路缺钱的事情发愁。妻子曹友芝知道丈夫是在为修路的资金扯皮发愁。她放下酒杯，走进自己的内房里，摸了一个红色的本本儿出来递给丈夫约哥子，十分温存体谅地说：“开开心心地喝酒吃肉，过了生日再说，别为钱的事发闷愁！这本儿上也还有点数字，拿去整吧！”

莫定约的手在颤抖，接过红色的本本儿时，他的热泪涌了出来。他认得那个本本儿哩，那是他和妻子卖了张家坡那栋木屋后存下的3.2万元钱，是老两口准备养老的一点钱啊！

莫定约一咬牙，一口吞下了妻子敬的那杯酒，端坐在桌子边，滚烫的泪珠子就从他那张饱经沧桑的脸面上滚落下来……他长长地叹息一声后，从牙缝儿里挤出了一句话：“我莫定约这辈子活得值啊！感谢上苍给我恩赐了这么个顺情入理的好女人！或许这就是时下那些年轻娃儿们所说的理解万岁吧！”

那天夜里，莫定约和妻子曹友芝就这样相敬如宾一直坐到深夜。他们在共同回忆昔日的甘苦，他们在共同期盼一个崭新的黎明。

1999年的年关，莫定约真真切切地感受到了创业的艰难！他害怕过年，因为对于他来说，每到年关就是难关，这些年还真是“年年难过年年过”啊！

但是，莫定约有妻子的理解和支持，有老同志刘汉民、吴朗轩的那眶热泪，他在困难面前没有退缩，在病魔面前没有低头，在重重的压力之下没有弯腰，再艰难再困苦的日子也一节一节地挺了过来。只是妻子递给他的那个存折本本儿，3.2 万元也不算个小数目，被他东一点西一点像撒胡椒粉一般支了出去。等他腊月三十除夕之夜依然把那个红本本儿递给妻子的时候，折儿上还剩五角钱。莫定约望着贤惠的妻子，还风趣地搭上一句话："把这个本儿好好留着，做个纪念吧！"

每当雄鸡报晓，黎明的晨曦照亮栗子村开洞的山影时，莫定约的身影就出现在了建设工地上。他是个仔细人，喜欢把公路沿线施工的安全措施弄得妥妥当当，喜欢把工程进展和工程质量弄得清清楚楚，喜欢把施工日期和工程进度盘点得仔仔细细，喜欢把工程量与资金投入核实得明明白白，还喜欢把三材物资、炸药雷管收拾得稳稳当当……这不是莫定约小气，也不是莫定约吝啬，要知道修路资金紧缺，三材物资紧缺！莫定约每天都在扳起指头算：这儿差几万元，那儿差几万元，公路一修扯了个大口子，一差就是几十万元。莫定约恨不得把每一分钱掰成八瓣来花，恨不得把锯末子拿来当炸药筑炮，连妻子的那笔私房钱也跟着贴了进去，哪里还有资金浪费？哪里还有物资流失？所以莫定约的手时刻抠得紧紧的。

在修筑栗子公路的日子里，莫定约的心胸里时刻装着的是栗子村的路，时刻思索的一个问题也就是如何把栗子村的公路修通。他离不开栗子村这片生他养他的土地，他离不开栗子村这片土地上几十年与他患难与共的村民。在他的血液里流淌着一种难以割舍的情感。是那些患难与共的村民们与他同心同德，同甘共苦，才成就了栗子村人民的事业，才托起了这一片希望与美丽的蓝天，才渡过了一个又一个创业的难关。生在栗子村长在栗子村，苦在栗子村累在栗子村，将来还要死在栗子村埋在栗子村，所以他对栗子村要有一个完美的交代，他对栗子村的父老乡亲要有一些回报。栗子这片土地是养育他成长为一个顶天立地男人的天地空间。所以他一刻也离不开这片土地，一刻也离不开这里的父老乡亲，他愿意为这片土地呕心沥血，愿意为这片土地上的乡亲父老劳心费神。在一次群众大会上，莫定约含着热泪说："乡亲们啊！我们祖祖辈辈住在栗子村这块土地上，饱尝了生活的艰辛，现在党的富民政策好，我们要发展要致富，就要齐心协力修路，修路啊！”

莫定约深情的话语曾经多少次打动过村民的心。村民们也在莫定约这样一位朴实的基层干部身上看到了希望。大伙儿的心被凝聚在了一起，大伙儿的情感被融合在了一起。就这样，一个普普通通的共产党员与人民群众的情感加深了。他们风雨同舟，一起背负创业的艰辛，一起享受创业的快乐。炎炎烈日之下有他们滚烫的汗滴，冰天雪地之时有他们开心的欢笑。村民们一天见不到他们的莫书记，心里就不踏实，一天不见到可亲可敬的“约哥子”，就多了一份牵挂。那种情感还真是鱼儿离不开水呀，瓜儿离不开秧……

所以莫定约尽管坐骨神经疼得刻骨钻心，他杵着拐棍，支撑着身子也要站在老百姓中间。而这期间，莫定约也常常在思索着一个问题：自从实行家庭联产承包责任制之后，老百姓曾一度人心散乱，并在老百姓之中流传着这样一句话：“不要干部，同样致富，没有党员，照样过年！”而现在，大伙儿为啥这样火热？那是因为我们所干的事业牵涉到人民群众的根本利益。什么是“三个代表”？这就是践行“三个代表”啊！

莫定约活到五十九岁，越活越洒脱，越想越明白了：原来无私的付出，无私的奉献，是一件快乐无比的事情。

一段难忘的岁月

1997 年，是举世瞩目的一年。香港回归祖国，三峡工程大江截流，中共十五次全国代表大会胜利召开。件件大事都是这一年的重要标志。而在那些勤劳淳朴的栗子村人眼里，真正让他们兴奋难耐、激动不已的却还是栗子至咸盈公路建设的破土动工，那是他们心目中不可磨灭的永恒记忆。

在那年初秋一个阳光灿烂的日子里，栗子至咸盈公路的测设开始了。

清亮如镜的石壁之上格外鲜亮，测设公路的技术人员在那些山羊和猴子都爬不稳的地方，拴起一根根坚固的绳索，充分利用地形地貌，在仪器核准的线形之上打下了一个个醒目的油漆标记。

就在反山湾、粒树岭、搭帘岩等艰险路段的测设过程中，原栗子村委会主任刘银章同志，引领公路测设的技术人员，赤脚爬岩，只身探险，演绎出了山峦子飞檐走壁身轻如燕之壮举。

然而，公路测设是复杂而艰难的，因为它直接影响到施工的难和易，投资的多和少，里程的远和近，要掌握一手材料。因为工序复杂，进展缓慢，村支部书记莫定约心里焦急，连续三次进县城找县交通局请求技术支持。于是县交通局技术部门选派技术人员向成武前往栗子村协助测设公路。可这时，技术员向成武还在栗子对山的红莲池测设公路，没有联系方式，只有徒步攀山爬岩，前往红莲池去请。

谁去请向成武技术员合适？莫定约再三掂量，觉得还是亲自出马与村委会主任刘银章一同去请较为合适。

莫定约杵着竹棍出发了，经过一个一个之字拐，爬过一段一段岩檐路，几十个弯弯转，几十架连二坡，走得气喘吁吁，累得大汗淋漓。莫定约坐骨神经疼的病越是厉害起来，几乎又到了站不得坐不得走不得睡不得的程度。但为了成就栗子村修路事业，莫定约咬紧牙关艰难地爬行，就像刘备请诸葛亮出山一般。

当他俩艰难地攀爬在红莲池岩壁上的羊肠小道时，太阳已经偏西。莫定约拖着病体，在刘银章的搀扶之下，艰难地爬上了山垭，莫定约倒在了路上，再也走不动了。

可是，躺在红莲池的岩檐上，望着对山栗子村那片弧形山地里的那道划痕，莫定约心急如火。他咬紧牙关支撑着爬起来，在刘银章的搀扶下，走到红莲池就近的一个亲戚家，这才找到了一个向导，领着刘银章前往目的地去请技术员向成武……

栗子之路是一条艰辛无比之路，但也是一条充满幸福与希望之路。这条路承载着栗子人一段艰辛的历史，一段难忘的岁月。

在经历一个多月的艰辛跋涉之后，栗咸公路测设任务宣告完成，资料整理汇总完毕。栗咸公路立刻进入了实质性的施工阶段。也是在一个阳光灿烂的日子里，随着莫定约的手起锄落，挖开第一锄新鲜的泥土开始，栗子村的路开始成为一道闪亮的风景。

栗子村人在那片弧形的山地里，自古倚山而居，竹林掩映着农舍，山风舞动着炊烟，星星点点的吊脚楼托起了土家族人的幸福与安乐。当筑路的炮声炸响的时候，当碎砂乱石随硝烟升腾喷射的时候，那些建于山弯坡脚的木屋在剧烈的震荡声中随之颤抖，接受着炮火硝烟的考验。尽管村党支部、村委会领导再三强调施工安全问题，但损失仍然在所难免，因为飞起的碎石和滚动的流沙不长眼睛。

共产党员刘章让家那栋才修三年的崭新木屋，就坐落在闵家庄大沙坡之下，朝阳与晚霞每天都把这栋漂亮的吊脚楼映得鲜亮。自从栗咸公路破土动工以来，让 68 岁的刘章让时刻提心吊胆，害怕飞撒而下的流沙走石砸坏了他那心爱的木屋。负责闵家庄大沙坡施工路段的复员军人共产党员林永泽也是时刻小心翼翼，害怕滚动的流沙走石不长眼睛，砸坏了刘家的新屋，闯出祸端。

可就在施工人员开挖路上坡口的一个中午，他们担心的事还是发生了，一块 3 个多立方米体积的坚石顺坡口滚落下来，在路基平台上没有稳住，在陡坡之上风驰电掣，如同惊雷炸响一般重重地砸在了刘章让家的新屋之上，顿时瓦片飞撒，板壁四散，四根柱头被砸得粉碎，崭新的木屋遭受重创，损失惨重。

看到滚落而下的巨石，听到惊雷一般炸响的轰鸣，几十号施工人员吓得瘫坐在工地之上，负责施工路段的复员军人林永泽浑身发抖，双腿发软，差点栽倒在地，嘴里却在不停地念叨着一句话："这下怎么得了，这可闯了大祸了呀！"这时，就连闻讯赶来的莫定约也被眼前的情景惊呆了。

当林永泽从惊愕之中回过神来，跟着莫定约奔下沙坡，来到刘章让家勘察现场，准备挨骂时，望着损毁严重的木屋还在发愣的老党员刘章让转过头来，十分平静坦然地对莫定约和共产党员林永泽说："你们二位不必惊慌，修筑公路是栗子村人多少年来的一个共同愿望，你们是在为老百姓办好事做实事，再说搞这么大的建设不可能没有损失！"

本来准备让刘老汉痛骂一顿的莫定约和林永泽两个人，听了刘老汉的这番话更加激动，他俩上前紧紧地握住了老党员刘章让的手，激情化作泪水涌出……

就在大沟坡路段开工前夕，莫定约的心理压力很大。大沟坡虽然没有反山湾那样艰险，但也是一面让人望而生畏的陡峭石壁，派谁去攻克这道难关？

莫定约想到了贯坪小组那一班年轻力壮的山里汉子，想到了该组组长杨如周。要想攻克大沟坡这段艰险路段，的确需要智慧和勇气，需要有相当的组织能力和技术保障，否则难以攻坚破难。

贯坪小组组长杨如周带领群众接受了这一艰巨的任务，他们土法上马，从山上放下安全绳攀到路基线上钻炮眼，开坚石，炸路基。十几万立方米的沙石在他们的炮火之下填满了深沟，施工的艰险无处不在，安全的隐患如影随形。有一天，组长杨如周正在指挥施工，站在路基坎沿上强调施工安全问题，突然脚下的流沙一动，手无支撑，滑下陡坡坠入流沙之中，骇得骨酸肉麻。在民工们的惊叫与呼喊声中，受了轻伤的杨如周艰难地攀爬上来。但他轻伤不下火线，继续坚守在工地，带领大伙儿完成攻坚任务。

闵家庄小组组长俞建民很有奉献精神，为公路建设操心费力，做出了贡献。为了加快路段的施工进度，俞建民安排妻子吴乐芝在参加施工之余端茶倒水，煮肉弄饭，款待民工，把大家团结在一起，只求早日把路修通。

伍家湾小组组长伍千云带领村民伍千耀等人，处处以主人公的姿态投身到公路建设中去，每到一处都能快速高效、保质保量完成任务，为村民做出了榜样。复员军人共产党员林永泽同志在筑路工地的模范事迹，曾经在栗子村广为流传，他那种诚实可靠、忠于事业、任劳任怨、不谋私利的为人准则受到广大党员和人民群众的一致好评。

退休老干部徐敬文，带动家人，教育儿女，积极义务投工修筑公路，他把自己的光和热小心翼翼地集中在公路建设上，只为了早日修通家乡的路。

从栗子村走出去的民营企业家徐宗艺，时刻关注着家乡建设，时刻关注着家乡的变化。听到家乡开工修路的消息后，他激动不已，并慷慨解囊，将5000元现金送回家乡，交到莫定约的手里，支持修路。

三组村民刘永烈、杜丕顺等人积极投工，攻克难关，挑起王家堡槽坊工程的重担，做出了显著成绩。

一个篱笆三个桩，一个好汉三个帮。莫定约没有忘记，在公路建设中，新任村委会主任朱辉斌坚守工地，奔忙在公路沿线，积极组织施工，为公路建设立下了功劳，做出了贡献。

那是一段艰辛的历史，那是一段难忘的岁月。在那些激情涌动，硝烟升腾的日子里，还有许许多多感人至深的故事，还有许许多多精彩难忘的历史瞬间。

春天的故事

2001年的春天来得节拍强劲，那是一个世纪的新春，那是一个千年才能等一回的春天。能够成为世纪交替坐标上的一个闪光亮点，能够成为这个千年一春的时节里一棵成长的树、一株迎风摇曳的草，那都是一种幸福，一种荣耀。栗子村那片弧形山地里的绿叶，遍地的庄稼都是栗子村人实实在在的希望。

在这个世纪新春里，新修的公路通向了大山深处，被生活艰辛压抑得太久太久的栗子村人看到了家乡崭新的面貌。在老百姓心里，那是蓬勃向上的朝阳，那是一道永恒的风景。这条通向大山深处的路将承载栗子村美好的前景和未来。

这期间，勤劳勇敢善良朴实的栗子村人，常处在一种极度亢奋的状态。无论用什么语言，用怎样的文字，即使载歌载舞也难以表达栗子村人此时此刻无比喜悦的心情。公路能够通向大山深处不容易呀！那是一千多个难忘的日子连接而成的一段艰辛岁月，是栗子村人在上级党委政府的关怀之下成就的一件大事。该是让老百姓轻松一下、欢庆一下的时候了。莫定约也在想：为何不让老百姓的激情得到释放？为何不让老百姓尽情地欢乐一回？

于是就有了一个现实问题摆在了莫定约面前：举行一个像模像样的通车典礼仪式，让老百姓尽情地乐一乐，让县乡两级支持栗子村修路的单位和部门的同志们坐车来栗子村走一走，看一看。

莫定约召集村支部、村委会的主要成员开了一个专题会议，重点研究是否能够满足一下老百姓的愿望。大家觉得：老百姓苦过了，累过了，要求借此机会欢庆，大家愿意杀猪宰羊，拿出陈年腊酒欢聚一场，何乐而不为？经过认真讨论：栗咸公路栗子坪至金竹园路段的通车典礼仪式，定于2001年2月8日。

2001年2月8日，这是栗子村的人民群众苦盼苦等的一个日子。祖祖辈辈的栗子人肩挑背驮的历史，就将在这个闪光的日子里宣告结束，这是栗子村人幸福生活的一个新起点，这是栗子村人奔向小康生活的一个良好开端！莫定约也仔细想过了：举行通车典礼仪式没有什么不好，一来可以释放一下老百姓的激情，二来可以请上级有关领导来看一看，来看一看栗子村人的勇气和气魄，看一看栗子村人艰苦创业的奋斗精神，看一看栗子村珠联璧合的灿烂前景。更重要的是，莫定约有一肚子的知心话要对栗子村的老百姓说，要对上级领导说。

栗子村的公路让大家历尽了艰辛，通路的前夕账就算出来了，公路全长16.8公里，完成总工程量折合人民币86万多元，其中栗子村人义务投工开挖土石方折合人民币28万余元。16.8公里公路的实际投资只有58万元，除去县里调拨的三材物资和资金，以及乡里发包反山湾的艰巨工程后，余下的公路资金缺口还有19万元。

19万元！对于一个村来说的确不是一个小数目，对于像栗子村这样一个相对贫困的村来说那是一个沉重的包袱，那是一份难以承受的压力。莫定约多么渴望上级领导能在这个时候再拉他一把呀！

就在通车前夕的那几个日子，莫定约满含着一眶辛酸的泪水，历尽艰辛，仍在不停地奔波操劳。新修的路面要清障铺设、后勤要安排准备、接待事宜必须安排得准确到位……真要把个通车典礼的仪式安排得像模像样，不容易呀！

2001年2月8日，是一个春光明媚阳光灿烂的日子，栗子村人欢欣鼓舞、笑逐颜开。他们捧出了陈年腊酒，备好了满盘盛席，大捆大捆的鞭炮堆在了栗子茶场的倒车坝里。晌午时分，当一辆辆班车、一辆辆卡车、一辆辆小车整整齐齐越过反山湾，爬上闵家庄那个岩檐的时候，栗子村人一片欢呼，顿时鞭炮齐鸣，狂欢的场面难以用文字来尽情描述。

一辆辆汽车鸣响着号角，驶进了山湾，驶进了大山深处，映亮了四面青山，映亮了清亮的石壁，也映亮了老百姓的心房。

突然间一个奇特的现象出现了，把莫定约和喜庆的人流惊得目瞪口呆。就在喜庆的鞭炮炸得天摇地动的时候，栗子茶场对面的山岭上，莫定约母亲坟前礼炮声也同时响起，如暴雨洒过大漠，如惊雷越过群山，与通车典礼喜庆的鞭炮遥相回应……是错觉？还是什么别的原因？其实不是错觉，也不是什么别的原因，而是以伍千月为代表的一批村民，他们为了感谢莫定约同志的母亲养育了这样一个无私奉献的好儿子，带领栗子村人艰苦创业，修通了公路！村民伍千月说话算数，他没有忘记当年在反山湾搭帘岩哭着号着许下的诺言。

几十辆汽车的嗡鸣，形成了一种美妙的和声，在山湾里，在石壁前绕起了久久不灭的回音，这声音回荡在大山深处，也回荡在老百姓的心灵深处……

在这个喜庆的日子里，莫定约真是百感交集。他终于实现了自己要在60周岁的生日之前修通栗子公路的诺言。莫定约用自己的艰辛与奉献为栗子村人构筑了一条通向光明，通向幸福的大道。许多年后，这个历史的瞬间仍在人们的记忆里闪光。

而值得人们深思的是：当我们进入栗子村来采写这篇文章的时候，已是2005年元月，栗子村的公路通车4年了，已经64岁的支部书记莫定约没有歇担子，他仍然一如既往地在为栗子村人民美好的明天奔波操劳，他仍然在为栗子村人民的小康之路劳心费神，呕心沥血。他决心战斗到七十岁，用自己的心血和汗水，给栗子村的未来描绘更加美好的蓝图，他人生的路仍然在脚下延伸！

而值得上级领导怜惜的是：栗子公路那19万多元的资金缺口，就像一盘沉重的石磨，压得莫定约喘不过气来，每到年关他都要为此付出艰辛，付出代价！莫定约同志的妻子曹友芝递给他的那个3.2万元存款的存折到至今仍然还是个空的！

莫定约同志的勇气和气魄体现出了一个土家汉子的天地豪情，莫定约同志无私忘我的奉献精神则是一个普通共产党员崇高人格的体现。

而现在，64岁的村支部书记莫定约最需要的便是上级领导实打实的关心和支持。

赴汶川：置生死于度外

“5 · 12”汶川特大地震灾害，牵动着全中国人民的心，恩施移动人在亲历强烈震感的同时，心灵也受到了强烈的震撼。“灾情就是命令，时间就是生命。”灾区的通信畅通是抗震救灾、挽救伤员的生命线。

恩施移动分公司全体干部职工在心系灾区同胞、关注灾区通信的同时，迅速作出应急响应。在湖北省移动通信公司的统一部署下，恩施移动分公司组织召开“支援四川地震灾区誓师动员大会”，二十多名技术人员站了出来，接受祖国和人民挑选，主动请缨奔赴灾区，抢修因地震灾害而被损毁的通信设施。一支由刘伟、李明波、蔡永钢、李宏华、吴碧军、徐海亮、向银河、金辉、罗延勇等 9 名技术骨干组成的抗震救灾救援队快速组建。在誓师大会上，抗震救灾救援队的 9 名同志明确表态，他们感到使命光荣责任重大，做好了战斗的准备、流血流汗的准备，甚至牺牲的准备。

5 月 15 日下午，恩施移动分公司全体干部职工与奔赴一线的 9 位勇士合影后，举行了庄重的欢送仪式，送勇士登程。公司党委书记、总经理王勤与奔赴一线的 9 名同志一一握手，代表公司向他们致敬，叮嘱他们注意安全，公司同事等着他们平安归来。

当 3 台救援车缓缓驶出公司大院，迎着西线的风尘，刘伟、李宏华、向银河等 9 位同志的心里充满了勇士开赴前线时的紧张和激动，眼前涌现出电视屏幕上展示出的震后惨景，仿佛听到了亲人的呼唤。当他们行程 800 多公里，分别在万州、重庆与省公司组织的兄弟救援队的战友们会合后，于 16 日凌晨 3 点 50 分赶到四川成都，与当地通信公司人员编组后奔赴重灾区——汶川。但因都江堰至汶川的公路坍塌严重，汇集在一起的车队只能从雅安往泸定、丹巴、金川到马尔康。到了金川附近，车队在盘山公路上遇雨，雾气严重，随时都有山体坍塌、乱石袭击的危险。

按照抗灾指挥部的统一部署，恩施移动分公司救援队的主要任务是奔赴地震重灾区绵阳，转战平武县、江油市等救灾前沿阵地。当他们的车辆艰难行进在灾区地震后新打通的便道上时，途中房屋垮塌、山体崩塌、到处乱石横空……见此情景，队员们早已惊呆了，心灵受到了强烈的震撼；地震的灾情远比他们想象的严重，而且重灾区的通信完全损毁中断。但是他们没有时间震惊和感慨，他们无法停下自己的脚步，必须争分夺秒！

这时，恩施移动分公司救援队的 9 名同志被分成 3 个战斗小组。刘伟与李明波、吴碧军为第一组，负责调运物资，协调接洽，并跟随救援队听从调遣；共产党员李宏华带领罗延勇、金辉为第二组，立即赶赴离江油市 50 余公里的老君山；徐海亮、向银河、蔡永钢为第三组，驱车前往离江油市 100 多公里以外的马角镇抢险。

地震后的大山真是触目惊心，而往往移动通信基站又都建在十分艰险的山顶，这给通信抢险带来了极大的难度。离江油市 50 公里的老君山基站因断电而退服，为了及时恢复通信，唯一的办法就是送一台油机到老君山顶上。面对流沙走石，就连空手攀爬都有生命危险，更何况还要搬运一台灌满了油料、平时要 6 个人才能抬动的油机呢！共产党员李宏华没有推辞，他的眼前跳动着解放军和武警官兵不畏艰险的身影，耳边响着“共产党员跟我上”的喊声，咬紧牙关抬着油机向山顶攀爬，罗延勇、金辉紧随在他的身后，脚板踩得滋滋地痒，肩膀磨得生生地疼，心里吓得怦怦地跳。当他们攀爬到半山腰，李宏华的右脚踝受伤，但他顾不得伤痛，也没有时间呻吟……而这时，刘伟带领的一组和徐海亮带领的三组也同样经历了生死考验。

经过两天两夜的激战，刘伟、李宏华、徐海亮带领的三个组分别完成了抢险任务，恢复了老君山、马角镇等地的移动通信。从恩施出发到第一阶段抢险取得胜利，已经 4 天没有吃上一口热饭，喝上一杯开水的救援队员们又接到了新的命令：要他们随队赶赴重灾区——平武县，因为中央首长要在次日亲临平武灾区视察灾情，慰问灾民，必须保证通信畅通。他们饿了嚼一点方便面，渴了喝一口矿泉水。为了鼓舞士气，刘伟还用恩施的家乡话对战友们说："使劲逮！我们饿了有方便面，渴了还能喝上矿泉水，比老一辈长征时在这一带跋山涉水的时候安逸多了啊！"

其实，救援队的同志们没有觉得苦、觉得累，随着不断深入地震重灾区，看到了那些死难的同胞，目睹了那些伤者的苦痛和失去亲人的哀伤时，他们的心在不停地颤抖着……当一个个生命的奇迹展现在他们的眼前，一幕幕生离死别的情景铭刻在他们的心里，一颗颗爱心燃起希望，一声声感激与问候让他们真真切切体会到了人间真情。中央首长亲临一线，子弟兵的铮铮铁骨，让他们强烈感受到了祖国的强大和中华民族那种伟大的凝聚力。

在全国人民心系灾区时，恩施移动分公司的领导和同事们也时刻牵挂着奔赴前线的勇士们。公司总经理王勤每天都要与前线的9名同志取得联系，询问他们的工作情况，把一份牵挂和温暖传递给他们。公司政工部主任刘才浩、网络部经理杨焕林时刻把手机拿在手里，几乎成了联络救灾前线的热线电话，及时了解情况，担心着他们的安全。在余震不断发生的日子里，在他们赶赴地震灾区的十多个日子里，公司的这些领导和同事们就像他们的家人一样，几乎没有睡过一个安稳觉，一有时间就关注着央视滚动播出的新闻，牵挂着赶赴地震灾区的同志们。公司还组织对赶赴地震灾区参与抢险队员的家属们进行了慰问，动真情、心相连，让大家真真切切地感受到了恩施移动大家庭的温暖。

5月19日，是全国哀悼日的第一天。恩施移动的救援队也随湖北移动支援四川抗震救灾分队经历了惊心动魄的"汶川行"。下午3时许，抢险分队的21名队员驾驶7台皮卡车，携带发电机、柴油、电池等物资设备从阿坝藏族羌族自治州州府马尔康出发，经理县前往此次地震最中心汶川执行基站恢复发电任务。理县至汶川县59公里，开始走得还算顺利，可车队快到理县的时候，感到情况明显不对，只见公路两侧的大山上不时发现塌方，石头翻滚下来冒起浓浓的尘烟，公路上不时响起车辆的鸣笛声，像是警惕的呼喊。紧接着便是又一轮山石滚落的轰鸣声和人们的惊呼声……这又是一次较大的余震。当救援队的同志们得知后面有好几辆车又被巨石砸中，又有几名人员不幸遇难时，他们的脊背上也冒出了冷汗。

也许是这样的惊险经历得太多了！刘伟、李宏华、徐海亮他们 9 个人好像渐渐麻木了，就像一个个置身前沿阵地的勇上，如果此刻只顾着自己的生死，那就什么事情也都干不成了。他们就是这样想的，既然代表恩施移动人奔赴地震灾区抢险救灾，那么也就是代表了恩施 400 多万土家族苗族人民心系灾区的一片真情，就应该把自己的生死置之度外！

然而，在经历艰难险阻的同时，带给抢险队员更多的还是感动，解放军、武警官兵和白衣天使的身影在灾区就是希望的曙光。在刘伟的耳边，那句曾经在电影里、小说里听到的看到的一句话，是那样让人激动，让人震撼。这句简短得就是几个汉语词语的话，却有着无穷的力量："共产党员，跟我上！"放眼望去，天上飞的，地上跑的，走在最前面的，站在最危难最险要处的几乎都是共产党员。

刘伟的心一次次被强烈地震撼着！中国共产党，这是一个多么伟大的字眼，危难之际她就是光明与希望，她就是中国人民的主心骨，她就是民众的亲人！刘伟的心里怀着一个美好的心愿：我志愿加入中国共产党！于是，刘伟就在青川县的救灾现场，眼含着热泪，向党组织写下了一份简短却又反映了自己心声的入党申请书。

擦干热泪，刘伟他们继续前行。当 5 月 25 日下午，青川县那次 6.4 级的余震发生时，恩施移动的 3 辆车 9 个人正与救灾的队伍行进在山路上。当一块块巨大的滚石向他们砸来时，他们再一次与死神擦肩而过……

这时，他们的抢险战斗还在继续，他们的故事还在继续，恩施移动人对他们的牵挂，恩施人民对他们的关注也还在继续。

感激生命

清江八百里，浩浩东流去。假如把清江流域比作一棵枝繁叶茂的古榕，那么被称作咸盈河水系的那一片天地便以雄奇著称。境内山险水横，沟深谷陡，地少人稀，山如朝天之剑，林若铺地之草。高矗云端的老官案、雄奇壮观的白虎寨、飞鹰展翅的凤凰寨形成三足鼎立之势，用宽阔的胸膛合围成了一个广阔的天地空间，蓄起千古不朽的灵气，满载苍生万物，奇峰妙景悠长。

在这片天地里，自古英雄辈出、精英辈出，清澈的山泉，奔涌的清流如同甘甜的乳汁，养育了无数的生命。男人们气魄十足，女人们温柔似水。自从陈连升少年出山，骑马挥刀冲出关山千重，成为一名震惊中外的抗击英军的民族英雄开始，这片土地上便有了更多的传奇。

在这片风景秀丽的空间里，有一个名叫红莲池的地方，其间山势高耸，石壁清亮如镜。这里三面环山如宝塔立于云雾之间，托起的群峰便如莲花盛开。大山的磅礴气势展示着如画的景致，也孕育着生命的歌谣。曾经饱读圣贤之书，历经风雨沧桑，享受过人生苦难铸就了辉煌业绩而备受人们崇敬的王忠义先生就出生在红莲池这片山地里。他是茫茫人海之中一个闪亮的光点，他是求索路上一个生命的音符。就让我们走近他，去解读他对人生的体验，去解读他对生命的感悟。因为他是生命的歌者，也是人生的强者，他的品格和成就值得赞美，我们应该为他歌唱。

求索路上好艰辛

王忠义先生起初读的是孔夫子的圣贤之书，他的理想便是做一个《论语》之中所描述的君子，要让自己成为一个善良的人、一个高尚的人、一个很好相处的人。他性情开朗乐观，办事颇有主见，心怀远大理想。一九四七年三月，刚满十七岁的他就只身离开了自己优越的家庭环境，带着自己简单的行装独自去闯生活。那时候，他怀揣着一个美好的心愿，不仅要让自己成为孔夫子圣贤之书中所描述的君子，还要用自己的感悟去教育他人，让这个世界上有更多的君子。于是他翻山越岭，跋山涉水来到一个名叫三元河的地方办起了私塾学堂，把土家苗寨里的贫苦子弟们聚在一起，教大家读四书五经，真正当起了教书先生。

"君子食无求饱，居无求安，敏于事而慎于言，就有道而正焉，可谓好学者也。"

三元河是湖北鹤峰县邬阳乡东北角一个苗家村寨，深山峡谷之间那一块天地如一口井，山坡上挂着点点茅舍，河谷里有几户殷实的人家，出门要过四十九道河。在这样一个地方，每天"之乎者也"摇头晃脑教学生们读那些似懂非懂的文字，真能实现自己的人生理想吗？王忠义眼前茫然，不止一次这样问过自己。听着河谷间轻悦的水响，望着起伏的山影，他真想闯出去看看山那边的精彩世界。在一个晴天的下午，夕阳照着山的轮廓，把四面的大山映得明暗交错，大骏山的雄伟，小三峡的壮美，像一幅层次分明、颜色鲜亮油画，展示着大自然的和谐。

这时，一支整齐的队伍沿着四十九道拐攀爬着开进了三元河谷。那夜，这支队伍宿营在王忠义执教的私塾学堂。经过交谈了解，他得知这是解放军的部队，在连长张仁甫的带领下路过三元河要向与五峰县交界的云雾村开进。王忠义激动不已，因为他对解放军早有耳闻，这是一支革命队伍，是劳苦大众自己的队伍，这里正是他实现人生理想的地方。

通过解放军某部连长张仁甫的疏导与启发，王忠义决定参加革命，投身到轰轰烈烈的战斗中去。于是他参加了这支队伍，穿着军装离开了三元河的私塾学校，跟随同志们踏上了新的征程。行军的路上，他的活泼与乐观鼓舞着士气，感染着同志们。经过几个月的辗转奔袭，张仁甫发现这个“小王”真是一个饱读诗书的人才，认为他应该发挥更大的作用。

于是在从三元河去云雾的鞍子上，趁队伍休息时张仁甫连长便与“小王”谈心。张仁甫连长说：“看来你还是很适合教书育人，不适合扛枪打仗。我觉得有责任把你推荐出去，让你为新中国的教育事业贡献力量，培养出更多更好的人才……”

王忠义听了张仁甫的话，感到非常激动，在连队的简单欢送仪式上，王忠义含着热泪对同志们说：“我一定不辜负连长和同志们的希望，为新中国的教育培养更多更好的人才。”

就这样，王忠义拿着张仁甫写给县里的推荐信上路了，并于一九四九年十一月中旬在鹤峰县参加了教育工作，实现了自己从私塾先生到人民教师的根本转变。他的理想更加高远了，他的乐观与热情像一团火焰，感染着周围的人。在经过短期培训后，他走上了教育第一线，以新的姿态出现在三尺讲台上。

那段时间，王忠义心里却有些忐忑不安。他知道自己出生在一个封建地主家庭，曾是红莲池大地主家的三少爷。可是共产党的政策好，只要你忠于党、忠于革命，自己严格要求，遵守国家的法律法规，你就是一个好同志，用当时的话说那就叫作：出身不由己，道路可选择。

王忠义放下了思想包袱，积极进步，在教育教学的本职岗位上勤奋学习，努力工作，并迅速成为鹤峰教育战线的一名骨干教师。一九五一年七月，他被考核后选送到恩施师范学习。以前，他就曾经多少回这样幻想着：假如有一天能够翻越群山，去看看山那边的精彩世界就好了。而这施南古城的雄伟气魄，清江的浩荡壮美，连珠塔的伟岸雄奇，街市的繁华与喧闹，新中国成立后百业待兴的万千气象，不正是他所期待、他所渴望的山那边的精彩世界么？

于是他把那种兴奋与激情转化为学习的动力，他开始如饥似渴地钻研各门学科，刻苦学习新的教学大纲和教育教学方法。几年间，他的业务水平上升到了一个全新的高度，他的教育教学思想达到了一个全新的境界。孔夫子的圣贤之书与新的社会科学知识在他脑海里交融。两年师范深造，使他深深懂得了“教育”与民族兴旺、国家强盛的内在联系，也使他深深懂得了“教书育人”与社会文明进步的密切联系。他开始珍视教书育人这份职业，因为他已经知道教师是人类灵魂的工程师。就这样王忠义把自己的人生命运与新中国的教育事业紧紧地联系在了一起，真是国家兴亡，匹夫有责！

或许这是一种朴素的情感，但作为一个投身到祖国建设事业的革命者，或者说工作者，那是一种怎样的境界？这时候，王忠义时时想起他无比尊重的孔夫子。孔夫子拥有弟子三千，七十二贤人。自己也要立下大志：为新中国的教育事业奋斗终生，力争桃李满天下。

那个时代需要决心和誓言，更需要一种工作激情。如果把“为新中国的教育事业奋斗终生”这句话作为他可以尽情表白的“誓言”，那么“力争桃李满天下”则是藏于他内心深处的一个理想。那时候他虽然还算个热血青年，但已经变得比较成熟的他，决不会轻易说出心中的这个理想。因为他需要保持一种谦虚谨慎的态度。或许他心里正揣着孔夫子的一句话：“君子耻其言而过其行。”

如果我们把解放军某部连长张仁甫同志出示的一封推荐信，而使得王忠义顺利地参加了新中国的教育工作视为他人生的一次转折的话，那么考入恩施师范深造两年则是他人生之中新的起点。他不仅学到了新的知识，而且对自己的世界观和人生观有了新的感悟和启示，更重要的是他有了献身新中国教育事业的决心和勇气。

那年王忠义被安排在中营高原小学任教，为了给妹妹办一个户口迁移手续回到栗子大队，几经周折拿到迁移手续后天色已晚，而第二天他又必须按时赶回学校上课，怎么办？王忠义是一个事业心和纪律性都很强的人，他决定夜闯大阴湾，直接去百鸟坪。他脱下身上的一件黑色呢子大衣抱在手里，怀揣着为妹妹王金贵迁移户口的那纸公文，拿着一只手电筒急切地上路了。

天渐渐地黑下来，浓雾裹着雪野，也淹没了林间小路。经过一段奔袭，当王忠义只身进入大阴湾的时候，已经是夜间九点多钟。他搬开被积雪压弯的路旁小树寻找埋在雪底里的山路，三步一滑两步一趔趄，走得十分艰难，由于浓雾相逼，手电筒射出的光线也显得模糊微弱。可就在这时一个急促沉闷的呼吸声从他的身后传来，低沉而恐怖，一只饥饿的老虎已经跟在他身后尾随几里路了，正准备寻找机会扑过去把这个夜闯大阴湾的活人当成自己宵夜美餐。

王忠义已经察觉到了从身后逼近的凶险，浑身一紧，背上变得冰凉。但是求生的本能告诉他，此时一定慌乱不得，尤其不能摔跤倒地，给饥饿的老虎以可乘之机。可是他胆怯、恐怖、双腿发麻，就连双脚也突然变得沉重起来，惊恐得几乎挪不动步子了。当他慌乱之中靠近一棵大松树，瞬地转过身来将手电射向身后时吓得差点昏死过去。饥饿的老虎像一头牯牛，脑壳筛子一般大小，离他不过三丈，且张着大嘴喘着粗气。他瘫软在松树根脚不能动弹，浑身发抖，牙齿磕得脆响，手电筒也掉在松树蔸脚的积雪里了。

雪野里只有老虎沉闷的喘息和他的牙颤之声，生死已在转眼之间。双方就这样僵持着。

当王忠义慢慢清醒过来的时候，见那牯牛般大小且饥饿的老虎并没有立刻向他逼近、向他扑来，这无疑给了他一点喘息的时间，说明求生仍然还有一线希望。可他心里明白，面对强敌，斗勇没有取胜的可能。自己一介书生，从小就只读孔夫子的圣贤之书，没有练过武艺，且没有三碗酒助威，他万不能像武松那样成为景阳冈的打虎英雄。现在唯一的办法就是斗智，想办法脱离虎口，冲出大阴湾。王忠义见老虎仍然没有动，喘息之声也慢慢平和，只是一股腥臭味已经清晰可闻。他本能地在面前的雪地里摸到了手电筒，背靠松树撑着站立起来，火速将抱在右手上的大衣穿在身上，然后拧开手电筒观察了一下地形，发现在他身靠的那根大松树旁边还有一棵水桶粗细的小松树，树枝一台一台地便于攀爬。他也不知从哪里来的那么一股劲，一个箭步冲到树下，攀着树枝爬了上去。约有丈余高的时候，王忠义没有力气了，他坐在一根粗树枝上，一只手死死地抱住树干，屏住呼吸，观察着饿虎的动静。

饿虎向树下走了过来，脚步踩在雪地上发出沉闷的声音，突然吼声震地，一步一歪向树干逼来，瞪圆的两只大眼如两道手电光射在雪地里。王忠义吓得魂飞魄散，不敢作声。只见饿虎走到树下，仔细闻过了树脚的气息，停顿片刻之后便朝林间走去。

饿虎的这一举动使得王忠义看到了求生的希望，但他不敢轻易动弹，仍然仔细观察着饿虎的动静，可是被冷汗湿透后的内衣冰凉如铁，呼啸的寒风在耳边作响，大树枝上洒落下来的雪末落进了衣领里，惊骇与寒冷侵袭着他。听着饿虎渐渐走远的脚步声，他终于感觉到了一线希望。但摆在他面前的唯一办法，就是火速冲出大阴湾，翻越山垭，逃离林间。

想到这些，王忠义急忙下树，拧开手电沿着林间的雪路猛冲。哪知道他这么一行动，饿虎又折转身跟着追来了，经过半个多小时的奔袭，他终于冲出了森林，越过了山垭，隐隐约约听到了百鸟坪方向的狗叫声。

雾渐渐地散开了，当他把手电筒射向山湾，看到垭下边的湾淌里有一栋茅屋时，终于看到了希望。他猛冲过去，这是两间低矮的木屋，四周用木块夹住。他把耳朵贴近壁缝时还能够听见微弱的鼾声，这说明屋里有人。于是他拼命地呼喊救命，用手拍打着木门。这时从屋里传来一声咳嗽，听到吱呀一声门响便有人穿鞋出来了，并大声喝问："半夜三更的，是哪个喊的？"王忠义连忙答道："是我呀！你快开开门救救我吧！"他的声音已经嘶哑，近乎于哀求。老汉点燃油亮子，取下木栅开了门。王忠义猛地挤进门去，连忙伸手关门，等老汉插上门栅后，他又把门背后的一块木枋搬来抵在门上，这才一屁股坐在了木凳子上。老汉完全明白这是怎么一回事情了，他扒开了火炉坑里的火种，准备给王忠义生火取暖。就在老汉抱柴的当儿，只听一阵风吹到门边，虎爪开始刨得门响。王忠义吓得浑身发抖，牙齿磕得脆响，极度害怕、极度寒冷、极度恐惧，已经使他的心智发生紊乱，神智有些恍惚。但值得庆幸的是，他终于逃出了死神的魔掌。

当老汉仔细看了王忠义的穿着打扮后已经认定他不是坏人，从简短的交谈中当老汉得知了王忠义的身份职业，家住何处时，就摇着头惊愕地叹了一声长气说："你这年轻人真是命大哩，还是你手中的手电筒救了你，饥饿的老虎看到电筒射出来的光亮还以为是它的同伴，所以只是跟着，没向你扑来。但如果没有这只手电筒，你根本就无法逃出大阴湾，早就成了饿虎的美餐。"

王忠义已经说不出话来了，只在喉咙里嗯啊嗯啊地支吾着。老汉给他生了火烧了开水之后说："你就只能烤烤火，我们两口子住在这山顶上只有一张床，没有客铺，你只能将就些了。"说完话正欲去睡，王忠义从衣袋里掏出五角钱来恳求说："把你的柴还多拿些来，给我把火生大些，我这身上真冷啊！"

老汉收了钱之后照着做了，然后进房里睡去。王忠义坐在板凳上靠着板壁烤火，只听那老虎一会儿在门上刨，一会儿又气喘着在屋前屋后转，饿慌的老虎已经知道它尾随的猎物不是同伴，只想破门而入把他吃掉。

夜渐渐深了，柴已经烧完，呼啸的寒风从壁缝里吹进来，发出一种可怕的嗡鸣之声，像空袭的警报在响。王忠义冷得实在受不了，他求救似的呼叫着老汉。老汉听到喊声，又披着破棉袄起来了，他问王忠义怎么回事？王忠义又从口袋里掏出五角钱来递给老汉，可怜巴巴地说："你能不能让我在你床上睡一会儿？"老汉接过钱，瞪着眼睛仔细看了王忠义一阵子这才说："我们可是说好了，我老婆睡里边，我睡中间，你睡外边。你可不准乱摸也不准乱动，行啵？"王忠义知道老汉警觉的是什么，担心的是什么，这才答应："行！行啊！"

就这样，王忠义从死神的手中逃了回来，与那两口子挤在一张床上睡了半夜……

当王忠义历尽千辛万苦办了该办的事，按时回到高原学校，给同事们讲了这些情况时，把大家都吓呆了。同事们埋怨他不应该这样冒着生命危险赶时间，即使超过一天、两天的假期，也不会导致生命危险，何必这样弄得死里逃生！王忠义坦然地对同事们说："君子做事贵在讲究诚信，一个不讲究诚信的人今后在社会上怎么立足呀？"

经历了这次惊心动魄的人生体验之后，他更加认识到了生命的宝贵。他觉得自己应该珍视再生的机会，为社会、为他人多做贡献。在他看来，生命的意义就在于付出，生命的价值就在于奉献，应该把钱财名利看得淡然一些，再淡然一些。

在苦难中找寻一种心境

有许多成功人士，都把自己所经历过的人生苦难视为一种财富，因为人在苦难中会更加深刻地感受到温暖，感受到真情，感受到温暖与真情之外的许多东西。王忠义先生就是一位饱经风雨沧桑、历尽人生苦难的人，他对"苦难"二字的理解尤为深刻。因为他所经历的苦难实在太漫长。他在痛苦中挣扎过，他在迷茫中徘徊过。他曾经对自己的学生说过，真能把人生的苦难视为一种财富的境界并不是所有人都能达到的，这需要一种不屈不挠的精神，需要一种耐心和勇气。

那是一个特殊的年代，人们几乎都不同程度地经历过苦难，有的轻有的重有的短有的长。而王忠义真正的苦难就从1957年的初夏开始，先是大字报如雪花般飘舞，学校的整个板壁上贴不下了之后，就铺在操场上用石头压着。面对如此强大的阵势，王忠义苦笑着说："花样巧用来，罪过何其多。"那是一个黑色的星期天，王忠义被划成"右派"。并从一个国家公办教师的岗位上下来，回到栗子村当了农民。也就是从那个黑色的星期天开始，王忠义真正过上了政治上受挫、经济上受困、体力上受累、思想上受痛的艰难日子，而且一过就是漫长的22年。厄运降临的那段日子，王忠义曾经深深地痛苦过：难道说自己的人生理想和远大抱负就这样破灭了吗？难道说自己的一腔报国热情就将付之东流？但无论他怎样痛苦，怎样感伤，残酷的现实就这样摆在了面前，谁也无法改变。更让他难以接受的是，通情达理、勤劳朴实的妻子郭菊英得了类风湿性关节炎，疼得手脚变了形，双腿红肿疼痛，最后导致半身不遂，生活不能自理。真是屋漏又遭连夜雨，那么接下来的命运将会是怎样的呢？

王忠义已经没有选择的余地，他只能背着简单的行李回家，在栗子大队四生产队杨家屋场当了一名"特殊社员"。所谓"特殊社员"是因为他白天要参加集体劳动，定时还要向当地相关组织汇报思想，一切行动都在别人的监控之下。王忠义个头不高，身体单薄，且自幼就没有下过地从事过体力劳动，身心感到十分疲惫。生活的重负几乎压得他喘不过气来，每天除了风里雨里从事繁重的体力劳动之外，还要料理家务、照顾病重的妻子、喂猪弄饭兴菜园，经常是睡半夜起五更，脸上的笑颜渐渐地被愁苦的表情掩去，他想笑却怎么也笑不出来了。面对生活的重负，他实在有些吃不消。但形势所迫，他必须面对现实，而且老老实实。好在他的人品并没有因为受到挫折而改变，他坦诚开朗的性格和乐观的内心世界仍然是他立足社会赖以生存的法宝。渐渐地他这个"特殊社员"让大家改变了看法，在村里的邻里和生产队社员们看来他并不是一个坏人。他有文化有见识，为人坦荡开明，敢说直话爱打抱不平，在那块小小的天地里，他的长处和优点迅速被人们认识，得到了乡邻们的尊重。哪家有个红白两喜的事情，请他写写对联，当当司仪；哪家邻里闹矛盾，夫妻吵架，妯娌使气，也请他帮忙调解调解。他用坦荡的君子之心很快适应了生存环境，把自己完完全全地融入了贫下中农的圈子之中。鉴于他一贯表现很好，相关组织对他的监督也不像从前那么严厉了，他争取到了相对自由的生存空间。经过几年打拼磨合，他已经可以像其他农人一样日出而作，日落而息，靠劳动挣工分，靠工分在集体参加分配称得口粮维持生计。这对于他来说是多么不公平，而且周围的人几乎都知道：王忠义明明是一块真金子，却被人为地埋在了泥土里。他的外表温和乐观，内心里却有着常人难以想象的坚强，生活的艰辛没有让他胆怯，政治的压力没有让他垮掉，而妻子病情却让他无比痛心。

妻子的病情加重了，已经卧床不起，而且疼痛难忍。王忠义一边安慰妻子，一边照顾妻子，还要从事繁重的体力劳动。左右邻居，亲朋好友非常同情他们家的处境，经常前来帮忙兴菜园、种自留地。他便抽出时间四处求医来为妻子治病，为卧病在床的妻子煎药熬汤，料理琐事。面对妻子的病容，听到妻子痛苦呻吟，他心里酸楚，欲哭无泪。但他没有选择的余地，除了忍受痛苦，坚强地支撑这个家之外几乎没有退路。对于忍受着病痛折磨的妻子，他只能关怀她，呵护她，千方百计想办法治好她的病。他只能尽一个丈夫的责任，心中的烦闷与愁苦不能在妻子面前表露，免得增加妻子的苦痛与不安。尽管这样，医生请了十多个，中药西药吃过了上百副，妻子的病仍不见好转。到最后，更加严酷的现实摆在了他的面前，妻子已经卧床不起，生活完全不能自理了，吃喝拉撒全在一张床上，每天他为妻子梳洗打理就要耗费许多时间。

有一天，善良的妻子实在看不下去了：丈夫身处逆境，自己不仅不能为他分忧解难，照顾他的生活，而且重病在床，成了丈夫的累赘。于是她伸手解下床头的一根带子，系在自己的颈部用力拉扯，想用一死来减轻自己的病痛和丈夫的压力。但她久病无力，任她怎么拉扯也无济于事，结果被丈夫发现，夫妻俩抱头痛哭。王忠义安慰妻子说："你怎么能这样想哩，好死也不如赖活着，叫花子还舍不得过烂板桥哩，病是整得好的。现在你虽然不能劳动，不能料理家务，但至少在我苦闷的时候还能陪我说说话，恐怕有一天病情应了哪个医生的手好起来了，我们恩爱幸福的日子就有了奔头哩！只要你有信心，病情一定会好转的。你一定要坚强，千万不要再做傻事了！”真是男人有泪不轻弹，只因未到伤心处！王忠义哭得撕心裂肺，妻子郭菊英的心被丈夫的真诚与宽厚感动了，她发自肺腑地说：“你的心我懂，我是不想拖累你呀！”

夫妻俩的泪水交融在了一起，夫妻俩的心贴得更近了。痛哭之后，王忠义心里想：但愿我们夫妻的这份恩爱能够感动上帝，但愿妻子郭菊英的生命中能够出现奇迹。眼泪流过之后，便有了一点安慰的心境，因为他坚信自己人生之中一定还会有苦难之外的很多东西。他不想抱怨社会不公，也不想抱怨处境的艰难。他在心里想：与其怨天尤人，不如反躬自省。

是的，在艰难之中王忠义常常这样反省自己：世间之事皆有因果，恩怨情仇皆不会无缘无故。我就这样眨眼之间被打成了“右派分子”，难道在自个儿身上就真的找不出一点儿缺点和毛病吗？

冬天的雪花漫天飞舞，那是王忠义被划成“右派”后的第二个严冬，北风呼啸着，浓雾翻卷着。可等到王忠义参加集体劳动后收工回家时，妻子郭菊英的病加重了，手脚的骨节疼得变了形，腿部红肿。见到妻子的这般情景，他的心已经在发凉。可是他没有忘记与妻子的约定，也没有忘记自己对妻子的承诺。他安排好妻子的生活，料理了妻子的事情后连夜出门，再去为妻子求医治病。在雪地里迎着刺骨的寒风，王忠义拿着一只手电筒，翻越万子垭，步行几十里山路，在栗子坪请来了医生。当药物减轻了妻子的痛苦时，他才松了一口气，有了一丝欣慰。几年之间像这样的事情经常发生，但他始终保持着一种平和的心境，不烦恼不抱怨，并鼓励妻子坚强起来与病魔抗争。常常病中的妻子会用一种异样的目光，盯着他的一举一动。在妻子眼里，丈夫王忠义几时都是那么洒脱从容，对别人都是那么厚道。但妻子郭菊英心里清楚：她看到的丈夫王忠义身上的那种厚道绝不是窝囊，而且他还可以包容和悲悯别人的很多过错，包括久病妻子对他的拖累，可以设身处地站在别人的角度和立场上去想问题。妻子时常在思想这些问题时便会伤心落泪：都说好人好报，为何我的夫君王忠义先生是这样一个无可挑剔的好人，竟会遭受这些磨难？

由此可见，他们夫妻之间心灵是相通的，正如王忠义先生常说的那样，妻子郭菊英是个通情达理的女人，虽然人病了，卧病在床不能动弹，但她那颗心是热的，那颗心正是在为他跳动。即使这个世界谁都容不下我了，但这颗热的、跳动着的心也永远属于我。或许这就是王忠义先生，一直没有对妻子的病放弃治疗的一个重要原因吧。

孔子曰："君子不器。"王忠义当然理解孔夫子这句话的意思，就是说君子在这个世界上不是作为一种容器存在的。容器是什么呢？就是你合格地规规矩矩地摆在那里做一份职业而已。还记得王忠义在三元河教私塾时的那份理想吗？那就是做一个孔夫子在《论语》中描述的君子。凭他的理解，君子的社会角色是可以变通的，是可以与时俱进的。一个君子重要的不在于他的作为，而在于他所为背后的动机。王忠义信奉良心。

但人很奇怪，人们都是思维决定行动，也就是态度决定一切。人们在这个社会上，每天做的事情大体相同，但对这些事情的解释却各有不同。

王忠义记得，他在恩施师范读书的时候，曾经看过十五世纪一个宗教改革家写的一本书，在这本书中作者讲到了自己青年时代的一个小故事，而正是这个小故事改变了作者的一生。也正是这本书中作者青年时代的那个小故事让王忠义先生受益匪浅。

一天，这位宗教改革家路过一个烈日炎炎的工地，所有人都在汗流浃背地搬砖。他去问第一个人说，你在干什么呢？那个搬砖的人特别心烦地告诉他："你没长眼睛呀？我这不是服苦役——搬砖吗？"他又带着这个问题去问第二个人，这个人也在那里搬砖，可态度就平和多了。这个人把砖码得整整齐齐，看了看平静地说："我在砌墙啊。"后来他又带着这个问题去问第三个搬砖的人，那个人脸上一直有着一种祥和的光彩，把手里的砖稳稳地放在那里，伸直腰杆抬起手在额头上擦了一把汗，很骄傲地说："你是在问我吗？我在盖一座教堂啊……"

王忠义先生常常在品味这个故事，这三个人做的事情一模一样，但是他们给出来的解读却是三个层次。如果把第一种人的态度称为悲观主义的态度，他可以把当下所做的每一件事情都看作是生活强加给他的一份苦役，关注的是当下辛苦。那么第二种人的态度就只能视为职业主义的态度，这个人知道自己在砌一堵墙，而这堵墙只是一个局部成品，知道应该对得起今天的岗位，所以这个人的态度不低于职业化的底线。或许这就是孔夫子所说的“器”的境界，作为一个容器的存在，这个人合格了，但却没有更高的追求。而第三种人的态度则可以称之为理想主义的态度。也就是说，第三种人看到的每一块砖，每一滴汗，都知道这是在通往圣殿和教堂。并且知道所做的每一件事，走的每一步路都是具有生命意义和价值的，所付出的一切都最终会得到回报。

王忠义常常想起这个故事，也不仅仅是在宽慰自己，或许是想告诫自己，不要辜负了自己的理想，自己所做的事情绝不仅仅作为一个器皿，在尽一份职责，而是关系到妻子的生命，关系到一颗热着的、为自己跳动着的心。尽管让妻子的病最终好起来的愿望也许只是一个梦想，但就因为有了这个梦想的笼罩，便成就了这样一个超出平凡的境界。

自此，王忠义找回了从前的乐观性格，面对政治上的压力，体力上的劳累，经济上的困难，他的思想上不再苦痛。他开始拼命劳作，并更加关心体贴卧病在床的妻子，他要用自己的勤劳在乡村的田园风景里打造一个像样的安乐窝。他开始整修房屋，栽植花草树木，还在屋前挖了一口鱼塘。

那个冰封雪冻的严冬就这样慢慢地过去了，通过他四处求医和他的精心照顾，妻子的病情稳定下来，虽然她连最轻的体力活儿都不能干了，但已经可以由人扶着下床，可以坐在圈椅上烤火、晒太阳了。这使他们夫妻俩看到了一线希望。更让王忠义感到欣慰的是：当那个春天到来的时候，一个好消息传达到了栗子村四组的花果坪，“右派分子”王忠义，经过组织考察和当地群众评议，大家一致认为他的表现很好，经过组织研究并报经上级批准：摘掉王忠义“右派分子”的帽子。听到这个消息，王忠义感动得流泪了，他对妻子郭菊英说：“没想到在苦难岁月之中也还会出现喜气之事哩!”

摘掉这顶“右派分子”的帽子意味着什么？意味着他已经完全可以与普通社员一样了。这顶帽子虽然看不见摸不着，可那就像是一道枷锁，锁住的是他的人格和自由。

这是王忠义人生中的一声春雷。从这轰鸣的春雷声中，他听到了自由的钟声，听到了希望的所在。然而，严酷的现实仍然摆在面前，摘掉“右派分子”的帽子并不等于恢复他的公职，并不等于他可以重返工作岗位。但这毕竟是一个来之不易的喜讯，对于身陷苦难之中的王忠义来说，毕竟是向光明与希望迈出了艰难的一步。

是的，王忠义的师资能力是大家公认的，他有思想，有事业心，更有一种超出常人的境界。但他毕竟也是一个平凡的人，身上就真的没有一点毛病和缺点吗？不是！作为那个时代的人，在他身上有一个致命的缺点，那就是敢于直言，办事过于认真，有理不惧强敌，有能不落俗套。但是你的境界再高，高不过人家的权力。这种缺点说轻点是目无组织领导，把它上纲上线说重点那不正好可以扣上“反党反社会主义”的帽子吗？王忠义是何等聪明的人物，他对这一点自然心知肚明，不然那“右派分子”的帽子没有扣到张三的头上，也没有扣到李四的头上，怎么全都扣在那些像王忠义先生一样的知识分子的头上了？

就这样，他又一次次反思过自己，也总结出了一些人生的经验。但他知道，自己身上的这些棱角一时难以磨平，自己身上的这些缺点是与生俱来的，要改掉它的确十分困难，唯一的办法就是克制它。

于是，他的思想有了一个根本转变，同时也有了一次升华。他开始认真品味“适者生存”的道理。在现实生活中光凭一种境界是不够的，还要能够忍耐，还要学会适应。

当王忠义看到自己亲手种下的果树和花草，在春天里长出了新芽，开出了鲜花的时候，他感到欣慰；看到自己亲手挖出的鱼塘里鱼儿在欢快地游荡，他感到开心和满足。他真正找回了乐观的性格，又有了爽朗的笑声，硬是重新有了自信。他变得热爱生活，常常诗兴大发，偶尔还写出一副妙对。

就在那个春天，王忠义看到门前鱼塘之中游动的几条鱼，看到木屋后院果树的花朵，触景生情写出一副对联来贴在了耳房的窗户上，因此而引出了一个小故事。他写道：门前池养鱼，屋后院种花。

没想到门前池中的鱼有限，仅有的那么几十条鱼也相继捞上来给病中的妻子煮汤喝了，有时候还要捞几条招待一下出诊的医生，没过多久就变成了一个没鱼的池塘。一天，他的一个好友途经栗子村，专门绕道前去探望他，他却不在，出门给妻子求医去了。好友看了他的家庭环境，觉得还很不错，只是窗户上的对联写得言过其实。他的好友在屋后的院中看到了花，却在门前池中怎么也没找出鱼来，就哈哈大笑，走的时候还给他留下一句话："忠义先生：你这是怎么搞的，为何几年不见你也学会说假话了啊？"

王忠义回到家里，听说老朋友来过，很是高兴。当妻子告诉他老朋友留下的那句话时，他先是一脸愕然，后来他终于明白了，连忙拿了红纸，倒了墨汁，放在堂屋里的八仙桌上，然后出去撕了窗户上的对联，写了一副新的贴在了上面，上书：门前池中无鱼，屋后院中有花。

像这样的趣闻轶事在王忠义的生活里还有很多很多……人们说他心裁独到，这话的确不假。他给人家写对联向来是只带纸笔不带书贴，他只要观其门户山景就能出口成章，写出新颖有趣的妙对。他的字刚劲有力自成一体，点画之间存有精妙，常引出观者的慨叹。

所幸的是，生存在这个时代之中的每一个人原本都是公平的，在拥有生命步入这个精彩世界开始，大家就站在了同一个起跑线上。只要你能够勤奋努力，拥有真才实学，就有希望。也就是说，只要你是一块真金子，即使是被深深地埋在了泥土里，最终还是会有人把你挖出来，还给你原有的光泽。

这时，王忠义的师资能力和才华深受一位地方领导的尊崇，他认为这样一位好教师，不出来为社会培养人才太可惜了，于是动了请王忠义出山的念头。这个人不是别人，正是时任鹤峰县和平公社党委副书记、人民武装部部长且后来与王忠义成为至交好友的宋照荣。当他来到栗子村花果坪与王忠义先生相商后，便立刻与时任和平公社副社长的姜尚贵，与时任杉树大队党支部书记的陈启章商议，决定把王忠义先生接到杉树小学任教。

让王忠义感激的不是别的，宋部长当初的这个决定不仅给了他重返讲台的机会，还如同救他出水火。当时正处于一个实施"军管"的年代，既然有了这样一个手握重权的至交好友立于身后，还有什么摆不平的难题？可就在王忠义先生准备前往杉树小学任教的时候，一个现实的家庭困难摆在了他的面前，他这一走，卧病在床的妻子怎么办？谁来照顾她的生活起居，谁来为她煎药熬汤？

最后还是通情达理的妻子郭菊英想出了一个两全齐美的办法，她说："就请一个护工吧，这样既可以照顾我的生活起居，又可以让你在学校安心教学。我只要还有一口气在，我都会为你守住这个家！"

就这样，王忠义为妻子请了第一位护理人员，然后高高兴兴地重返了教学岗位。他的到来，给杉树小学带来了无限活力，教育教学质量迅速提升。他的活泼与热情深受学生们拥戴，他的人品与才华也深受家长们的崇敬。经过几年努力，杉树村就走出了一大批有用的人才。可是，人的亮点一旦被展示出来，就不再属于一个局部的地方，也不再属于某一个地方的人们。因为他将被提调到更需要他的地方去，让他的才华归更多的人分享。王忠义先生被调到栗子坪中小学任教，并当上了栗子中小学的教务主任。离开杉树小学的时候，家长和学生们恋恋不舍，送他的人排成了几里路的长队。

让人感到不可思议的是，命运再一次捉弄了他。"文革"期间，王忠义再一次被"打倒"，再一次背着铺盖卷儿回到了栗子村花果坪自己的家中。回到家中不到半月，一件更捉弄人的事情发生了。在那个"到处莺歌燕舞，更有潺潺流水"的年代，各个生产队也都响应号召办起了"耕读小学"，王忠义先生所在的栗子大队杨家屋场四队也办起了"耕读小学"，在选用教师的时候，多数社员要求王忠义出来执教，可队委会的人不同意，说"庙小容不下大和尚"。后来被栗子三队闵家庄抢了先，王忠义又被闵家庄的社员们接了去。就这样，一个教育战线的栋梁之才便戏剧般地站在了一个生产队办的"耕读小学"讲台上。用当时一句时髦的话说那就叫：高射炮打蚊子——大材小用。

然而，被苦难的人生磨砺已经磨平了棱角的王忠义，有了一种平和的心态。他热爱教育事业，他认为一满堂学生要认真去教，一个两个学生也要认真去教。或许这就是他在苦难中获取的一种人生收获，或许这正是他在苦难中找寻的而最终也找寻到了的一种心境吧!

路漫漫其修远兮，吾将上下而求索。王忠义在追求真理的同时，也在用心地去感悟人生哲理。在学习孔夫子的圣贤之书和现代科学知识的同时，也用几十年的奔波操劳在细心品读生活这本厚厚的大书。那段时间，他课堂上的学生虽然少了，教室和讲台也变小了，而他的心境却突然变得开阔了，如同钢蓝色的大海和秋后万里无云的蓝天……走几里山路回到花果坪自己家中，每天还可以与妻子说说当日的情形，为妻子煎药熬汤，他有了一种从未有过的踏实。

春天里，林间开满了美丽的山花，蜂飞蝶舞充满希望，金灿灿的油菜花乱哄哄地开着，正应了哲人的心境。他不会与油菜花同着性情，因为在他的心境中再没有蒂落与凋零般的凄楚与伤感，在他辛勤耕耘的那片田园之间，早已进入了秋天的季节。然而，连他自己也未必知道，金秋时节里，他真能收获到果实，收获惊喜吗？

人生的春天终于到来了

那是一段风雨飘摇的沧桑岁月，王忠义先生不仅饱受了奔波之苦，而且备受苦难的煎熬。他时而洗脚出田走上教育教学岗位、走上教书育人的讲台，时而又被打倒，继而走入低谷、走进田间。就这样身处逆境之中被人玩弄被人折腾，其间几上几下、几起几落，连他自己也记不清楚了。他只觉得那段苦难的岁月艰辛而漫长，一幕幕惊心动魄让人凄婉痛苦的情景，一件件触目惊心让人伤感愁肠的往事，带给他的都是刻骨铭心的伤痛。

但是，人们从王忠义先生这段苦难人生经历之中能够懂得什么？那便是毅力，那便是崇高！或许人们真的会问，在这个世界上经受过人生苦难的人实在太多太多，为什么单要从他的身上诠释“毅力”与“崇高”呢？是的，在这个世界上真有很多人经历过这样或那样的苦难，也有很多人正在经受着这样或那样的苦难，但是真正能够把“经受苦难”从理念上从心境之中转化为“享受苦难”的人能有多少？王忠义先生却是其中之一，他用二十二年的人生历练证明了他的坚强，他的毅力，他的忠肝义胆，他的崇高人格。

在这二十二年苦难中，王忠义先生用真情支撑着妻子与病魔抗争，搀扶着妻子一直往前走，渴望着妻子的病有一天能够痊愈。他的每一声安慰，他的每一次笑颜，他的每一句问候，都在向病中的妻子传递着一种温暖，彰显着一个男人的责任。尽管他备受生活的艰辛，陷入了政治上受挫、经济上受困、体力上受累、思想上受痛的困难境地，在走人生之中最为艰难的一段路程，但他仍然咬紧牙关，明明知道卧病在床的妻子是他的一个累赘，他仍然没有把妻子丢在半路上。他带着她一定要奔向人生的春天，让她也能感受到、分享到胜利的喜悦……这难道还不能证明他的崇高吗？

然而，令他向往等待的那个人生春天究竟还有多远呢？就在王忠义先生漫长的期待之中，那个春天的脚步越来越近了，那是一个“东方风来满眼春”的春天。中共十一届三中全会在北京胜利召开，之后又对若干历史问题做出了一个英明决定。王忠义永远都不会忘记，那是一个明媚的春天。王忠义与其他 14 位教育界的老同志被请到了鹤峰县委县政府，县委县政府的主要领导亲自接待他们，关心他们，并由相关单位将当初他们被划成“右派”时的所有历史材料调出并当面销毁，为他们落实了政策，恢复了公职。王忠义流下了热泪，在那个激动人心的现场，他们 14 个人相互拥抱，紧紧握手，最后向县委县政府表达了自己的态度，表示重返工作岗位后一定不负众望，再创辉煌业绩。

那是初夏的一个日子，王忠义在花果坪家中为妻子煎好了药，用瓷碗端到她的床前，递到她的手里，挪把椅子坐在妻子床前，等妻子把药喝下了，他接过碗拿在手里然后说：“这下好了，我恢复了工作，经济上就不再像从前那样受苦受穷了，等我拿到工资就给你请最好的医生，弄最好的药为你把病治好！你一定要坚强，要挺住。我相信在你生命中一定会出现奇迹的，我相信你一定能够站起来。等你病好了，我一定要带你去看看山外的景致……”王忠义把妻子的药碗顺手放在床头柜子上，然后掏出手帕为妻子擦去脸颊上的泪水接着说：“这回我出去参加工作就和从前不一样了，不会再像从前那样上上下下地折腾了。你就在家里安心治病，还是采用原来的办法，请人护理你，我每个星期都会按时回家，为你煎药熬汤，擦洗身子……”他走的那天，是一个阳光灿烂的日子。妻子郭菊英特地请护理给她梳了头，洗净了身子，穿上了一件得体的衣衫，打扮得体体面面后就叫护工把她背到塔坝里的椅子上坐下，她要用一个最庄重的仪式送丈夫登上新的征程。

一个曾经饱受风雨沧桑，受到压抑和屈辱，历经苦难的人，一旦获得解放，就会释放出常人难以比拟和想象的能量。王忠义先生再度找回了自信，并满怀激情地投身到教育教学工作中去，用自己的人格魅力感染学生，激励大家勤奋好学，拼搏奋进。他在鼓励学生树立远大理想的同时，自己也在为着理想拼搏冲刺。他开始如饥似渴地学习新的知识，强化自身的素质训练，并决心把自己的能力和水平推上一个全新的境界。

随着一届届新生从四面八方涌来，随着一届届毕业生步入社会的各个层面，王忠义再度声名远播。他的教育教学方法深受师生的欢迎，他倡导“狠抓教学质量，出成果，出人才”。经过大家的共同努力，邬阳这样一个边远贫穷的老苏区，也走出了许多名牌大学学生，使老区人民看到了春天，看到了希望。几年间增加教育投入，培养有用之才的风气逐渐形成，使广大家长和社会各界对集中精力培养人才的观念得到了深化。

1982 年，王忠义任鹤峰县邬阳民族中学教务主任。1985 年，王忠义出任邬阳民族中学校长。一块在泥土里埋得太久太久的真金子终于焕发出了耀眼的光泽，像一颗闪亮的星。至此，邬阳民族中学开始步入健康的发展轨道，教育教学质量迅速从过去的落后局面里脱颖而出，跃居鹤峰全县前列。校园里有了一种健康向上、比学赶帮超的良好教学氛围。连年中考都是扬眉吐气，捷报频传。王忠义也多次出席县里、州里的教育教学先进经验交流会，他用最朴实的语言在向外界推介邬阳民族中学的先进经验。介绍他的四字真诀：“勤学苦练。”

尽管他的工作繁忙，肩上的担子沉重，但王忠义一日也不曾忘记家中还有卧病在床的妻子。他仍然节衣缩食为妻子多方求医拿药，并搜集各种医疗信息，寻找医治妻子疾病的良方。他经常回家看望妻子，把她的生活起居安排得周到入微。还专门抽出时间与妻子交心谈心，介绍自己的工作情况，与她共同分享成功的喜悦。鼓励妻子树立信心，坚强起来战胜病魔……就这样再度坚持了八年。

1988 年 8 月中旬的一个日子，正在参加暑期教师培训的王忠义接到妻子郭菊英从家里传来的口信，说想要他抽时间回家一趟，有话要对他讲。王忠义心里一紧，妻子是个通情达理的人，他几进几出在外工作，妻子从来不曾捎口信要他回家，以免误了他的工作，可这次为何捎来口信？莫非……

王忠义有了一种不祥的预感，他连夜请假赶回栗子村花果坪家中看望妻子。当他跨进家门时，竟看见周围的亲朋也来了不少。妻子郭菊英正眼巴巴地望着他回家的那条路、那座山，等得几多吃力辛苦啊！

王忠义放下专门为妻子买的一些糖食和水果，径直来到妻子面前坐下，拉着妻子的手说：“我回来了！”

妻子郭菊英嘴边挂着一丝淡淡的笑颜，微微点了几下头，“嗯”了一声，两行晶莹的泪水就流出来了。她把一双手并在一起，紧紧地抓住丈夫的手，明明白白地说："我这几天一直盼你回来一趟，是有些压在心里多年的话要对你说说。自从嫁给你，算起来已经 32 年了，可我的命苦啊，害病就害了整整 30 年。我自己倒没什么，可把你拖苦了，这么多年你为我付出的太多太多，我却没有尽到一个妻子的责任。我今天要对你说的是：你是一个真正的君子，也是天底下最好的男人。我的一生是不幸的，但因为有了你这样一个丈夫，我却又成了天底下最幸福的女人。在我受病的 30 年间，你为我做的点点滴滴我都记在心里。你为我一共请了 24 个护工，专门安排我的生活起居，你为我弄过 6 个省的药，你为我接来了 72 个医生，其中我还住过 2 次院……这辈子真的是我拖累了你，欠你的太多太多。为了给我治病，你没穿过一件好衣，你没抽过一包好烟，你没过成一天舒心的日子。但愿老天有眼，保佑你健康长寿，让你得到幸福！你是一个大忠大义之人，一定能够得到好报的！如果人真有来世，我给你当牛做马都要报答你的恩德……我知道我早就应该上路走了，但我带信让你回来，就是想见你最后一面，一辈子也没为你做点什么，只想对你说一声对不起，真的对不起啊！对不起……"妻子郭菊英哽咽了一声，没有说下去了。王忠义紧紧地抱住了妻子，他的眼泪怎么也止不住，进了沙子似的往上涌。围拢来的亲朋们也流泪了，都被她的话感动得说不出话来。

就这样，妻子郭菊英倒在丈夫王忠义的怀里平静地走了。她留下的是一种感激，是一种祝愿，也是一种奖赏。王忠义万分悲痛，他不敢想象，一个女人卧病在床 30 年，吃过的药有几大筐，打过的针数不清，她所忍受的痛苦有谁能够知晓啊！他忍住悲痛，接来亲朋和乡邻，按照土家族人的习俗为亡妻举行了非常隆重的葬礼。

送走亡妻之后的那段日子，王忠义的心里始终难以平静。他反复在想：什么才是真正的苦难？一个病人在床上一躺就是 30 年，没有看过山外的风景，没有享受过人间的快乐，每天见到的除了医生就是药丸，不能走不能动弹。她竟然有如此坚强的毅力，能够在这种苦痛之中支撑 30 年！与亡妻的苦难相比，自己所做的一切又算得了什么哩。他的耳边常常回响着妻子临终时说过的那些话，真是让他感动啊！他觉得当初自己鼓足勇气把这个家支撑下来，并且支撑着病中的妻子坚强地活着，那是多么明智的一个选择呀！妻子郭菊英临终时的那段话，就是他最大的荣耀、就是对他最大的奖赏，那是一种用金钱无法衡量的高额回报，这也就是一个人遵从良心的好处啊！

或许有人会说，人生苦短，王忠义用30年的付出得到这份回报真的那么有价值吗？是的，这对于一个普通人来说的确不可思议，那等于是用半生的幸福来换取这份荣耀。或许这就是王忠义，在苦难之中找寻到那种心境的具体体现吧。有了这件事衬托，才使他的品德变得高尚，才使他的人格变得崇高。

拥有这种心境的人确实不可多得。现在我们应该清楚了，王忠义为什么每到一处都能迅速打开工作局面，都能做出一流的成绩来了。当教师他能抓出一流的成绩，当校长他能创出辉煌的业绩。其实这答案就在他的品质和人格之中，答案就在他所拥有的这种"心境"里。

王忠义执教三十多年，培养了一大批出类拔萃的优秀人才，要说他真有什么法宝的话，那也无非就是两点：一是关心学生疾苦，注意坚持正面教育；二是潜心教学实践，认真做好每一件事，用心上好每一节课。正所谓：认真做只能把事情做对，用心做才能把事情做好。

在王忠义老师眼里，没有读不好书的学生，只有教不好的老师。他关心学生疾苦，用博大的爱心创造出了许许多多感人至深的故事。在三十多年的执教生涯中，王忠义严守着一个规矩，那就是无论在什么样的情况下，他从来没有过体罚学生或变相体罚学生的现象。他认为教师执教是在做一份神圣的事业，一定要仁爱当先，动之以情晓之于理。如果身为师尊，连道理都给学生说不清楚，连学生心里在想什么都不知道，又怎么能够达到教学的最佳效果呢？所谓动之以情，其实就是放下师尊的架子，多与学生交谈，把学生当朋友。那么，相互信任沟通的前提就是关心学生，不能只在课堂上尽教学之责，还要在平时尽保护之责，让学生感受到你的温暖，处理好了师与生的关系，教与学的效果就会明显提高。

鹤峰邬阳乡地处鹤峰、巴东、建始三县交界之处，境内山高林密，沟涧纵横，河流交错，地理环境十分复杂，学生上学和放学途中的安全问题一直是邬阳民族中学校长王忠义心中的头等大事。每到洪水泛滥的季节，身为邬阳民族中学校长的王忠义都要亲自出马，并组织学校教职员工接送学生。1981 年，正值邬阳高中毕业班的学生要进县城参加高考时遇到雨天，几天几夜的大雨下得河水暴涨，湾潭河的公路便道被洪水冲断，进城的考生只能下水过河。但由于河水太急太猛，考生金茂秀和高向元被洪水冲走。见此情景，王忠义奋不顾身地跳入湍急的洪水之中，冒死与洪水搏斗，抢救被大水冲走的学生。当他在其他老师的协助下把金茂秀和高向元两位女生安全救上岸时，他自己却被洪水呛得吐出了血块，没有让惨痛的恶性事故发生。1985 年初秋的一个日子，天降大雨河水暴涨，王忠义等候在河边接学生返校，但因河水太急，学生被水阻隔不敢过河。王忠义观察有利地形后，便在河边的农户家里借来一根条木，然后在河道中间的深水处想办法搭起了独木桥。可是一头以巨石为墩，另一头却没有石墩可以依托。王忠义不容多想，赶快用自己的肩膀扛着条木的另一头，双腿跪在水中以肩为墩，使二十几名学生一一安全过河。当家长们在《恩施日报》上看到一篇《洪波难隔师生情》的报道后，感动得流下了热泪。在王忠义的执教生涯中像这样感人至深的故事还有许多许多。因为他的这些行为，深深地打动了学生，有些顽皮的学生一到他手下便会被他的人格魅力感染，打心眼里服他。

王忠义教高中时，班上有两名学生非常调皮，由于数学的基础差，在全班五十多个学生中轮番居倒数一、二名的位置，常遭到其他老师的责罚和同学们的讥讽。而这两个学生除了数学成绩太差之外，文科成绩却很好，不仅写得一手好字，而且还很有组织能力。王忠义没有责罚他俩，而是站在讲台上非常严肃地对全班学生们肯定地说：“大家再也不要讥讽他们两个了，他们俩虽然数学成绩差，经常考零分，但是他们很有前途，将来走向社会后一定是两个很有魄力的行政长官。”自那天起，同学们再也不去讥讽他俩了。王忠义这句简单的话语，却让这两个调皮的学生找到了自信。而奇怪的是，那个班五十多个学生毕业后走向社会都在从事其他职业，唯独这两个学生当了行政干部，而且成了很有威望、颇有政绩的行政长官。许多年后提及此事，王忠义说：“作为老师，一定要认真对待自己的每一个学生，在他们身上发现优点，发现闪光的东西。观察分析一个学生的综合素质非常重要。只要你留心，只要你用心，对你所教的每个学生的前途命运如何，大多会心中有谱。”

或许这就是王忠义经常所说的，要根据对象特征，承认差别，要使各类学生在不同程度的基础上求得进步。少一句责骂，多一句鼓励，让每个学生找到自信是为师的美德。关心学生疾苦，坚持正面教育则是教好学生、培养人才的重要前提。

王忠义在长期的教学实践中深刻地体会到了“认真做”与“用心做”的辩证关系。要为人师真不容易，仅仅尽到一个老师的职责是不够的，那还只达到孔夫子所说的“器”的境界，作为一个容器的存在是不够的，要想真正达到理想境界，还必须强调心灵融通。也就是说，只有接触学生，才能了解学生，教师只有主动创造条件，尽可能地多接触学生，处处用心才能掌握学生的思想实际，如果一个老师不熟悉自己的教育对象，又怎么能够获得满意的教育效果呢?

原来教书育人还真是一门大学问，如果不用心去感悟，难以弄懂其中的奥妙。王忠义老师之所以能够在教育界享有盛誉，在教育教学方面做出辉煌业绩，是因为他不仅认真而且“用心”。更重要的是，用心做一件事容易，用心做一辈子事难啊!

王忠义在鹤峰县邬阳民族中学担任校长期间，他身先士卒，团结全体教职员工，狠抓教育教学质量，推行科学教学方法，取得了让人瞩目的辉煌成果，深得广大师生的爱戴和社会各界的好评。他用真情凝聚人心，用心血和汗水抚育桃李，为社会输送了一批又一批优秀人才。王忠义是一位饱经生活磨难而仍然意志坚强的人，他一生热爱教书育人的职业，更爱生他养他的这片土地，并始终怀着一颗感恩的心对待世间的人和事。他用辛劳的汗水和辛酸的泪水净化了自己的人格，饱蘸心血铸就了人生的辉煌。

自 1979 年落实政策重返工作岗位后，于 1985 年 5 月经中共鹤峰县委组织部考察批准，王忠义同志光荣地加入了中国共产党。先后被鹤峰县教育委员会、恩施土家族苗族自治州科学技术管理局评审为“中学一级教师”。1985 年 9 月被恩施土家族苗族自治州人民政府授予“执教 33 年荣誉证书”。1985 年被鹤峰县人民政府表彰为“优秀人民教师”。曾先后八次被县、区、乡表彰为“优秀共产党员”、“先进工作者”。1991 年光荣退休。

莫道桑榆晚，为霞尚满天。63 岁才从中学校长的岗位上光荣退休的王忠义老师，又将孕育新的生活，创造新的故事。

应该感激生命

那是金秋时节一个阳光灿烂的日子，湛蓝的天空中有几朵飘动的白云，温暖的阳光把林间山色耀射得格外美丽。这是一个收获的季节，也正是栗子村山板栗成熟的季节，深棕色的板栗油光发亮，掉落在林间的山道之上。金黄色的板栗树叶随山谷间清凉的风飘舞着，像一只只孤单的蝴蝶在寻觅着心中的伴侣，山道上田野里到处都散发着甘栗入肺的清香。

王忠义回到了栗子村花果坪家中，他有了一种从未有过的轻松与坦然。前几次离任回家，不是被罢职就是被打倒，可这一次就完全不同了，他有一种完成了历史使命载誉而归的感觉。这次回家后他可以尽情地享受生活，终于有了一种奔波一生最终可以安定下来的平静心境了。可是当他爬上万子垭，走过那段横路到达花果坪家里，看到木屋山门上挂着的那把铁锁已经锈迹斑斑时，他的心里便隐隐地涌起了一种莫名其妙的凄楚，一种孤独的感觉袭上心来。周围的亲朋见他回来，连忙围拢来帮他打扫屋子，抹去家具上的灰尘。一个后辈的女子说："三叔这次退休回家，也不能总是一个人住在这里，得重新为我们找一个三婶娘，这样生活才有人照顾，也才算个真正的家哩！"

王忠义解嘲地笑着，没有正面回答。其实这位后辈女子的一席话说中了他的心思，因为他正在茫茫人海之中寻找那个久违的知音。

那夜，王忠义躺在自家的木屋里，望着窗外的月光失眠了。他在想：儿孙自有儿孙福，儿孙自有儿孙事。后人们有的要忙自己的工作，有的还要读书深造，哪有精力和时间来照顾我这个老者，还是应该找一个知冷知热的老伴，照顾自己的生活起居才是。他接着又想：现在退休了，还应该为村民们做一些力所能及的工作，一来可以充实自己，调整一下心态，让自己不至于过早地失落衰老；二来可以发挥余热，为社会做些贡献。

于是，回家后不久王忠义就应家长和村干部的极力请求，在家中办起了一个适龄儿童学前班。开学时他当众承诺：一是保证教学质量跟上甚至超过中心小学；二是尽量减轻家长负担。后来通过检验：凡是在王忠义办的学前班受过启蒙教育的适龄儿童，升到中心小学后的成绩均为优等以上。

他的这一举措等于是给家长们排了忧解了难，赢得了村民的敬重与好评。王忠义一生对教育事业情有独钟，一有时间就帮助放假回村的中小学生补习功课，鼓励孩子们成长成才，义务当起了孩子们的家庭教师。他不仅教给孩子们知识，还细心给孩子们传授为人处世的法则和道理。遇到家境不好的贫困学生，他会毫不犹豫地把自己省下来的钱捐助出来，伸出援助之手，并语重心长地鼓励孩子“自古英才出寒家”，让孩子们懂得“有钱难买少时贫”的道理。

在村里，当王忠义听说有五位家长不愿送学生上学，早早地给孩子派以农活，以及让孩子外出打工挣钱时，他心里难以平静了，多次上门去做家长和学生的思想工作。他翻山越岭的那份真诚打动了家长，也感化了学生，最终皆大欢喜，把辍学的学生都送进了学堂。王忠义常常感慨万千地说：“在学校跟孩子们待了大半辈子，退休了还是离不开孩子，看来这辈子与欢快活泼的孩子们有着不解的情缘哩。”

王忠义退休后，仍然保持退休不褪色，仍然保持着一个共产党员的先进性，他认真学习党报党刊，并把党的富民政策和科技致富信息认真传达到村民之中去，当起了义务宣传员。在党委政府倡导两个文明建设的过程中，他为村里做出了贡献，经常与村组干部一道走村串户，处理民事纠纷，用自己的开朗乐观感染大家，从而化解矛盾，创造一种和谐的氛围，为确保一方平安做出了贡献。

王忠义还积极投身到家乡建设中去。在乡村两级组织修筑栗子坪至咸盈河的公路时，他激动不已。这也是他和广大村民们期盼已久的一个梦想，当这个梦想将要变成现实的时候，他出力流汗，不仅天天为筑路民工送开水、送茶、送饭，还协助做好思想工作，鼓励村民积极投身到建设中去，早日修通这条致富路、幸福路，早日从肩挑背驮的痛苦中解脱出来。当修筑公路的炮声响起，飞溅的乱石将他家的木屋打得天穿地漏时，他不仅没有怨言，而且还坦然地去做其他人的工作，他说：“修通公路，功在当代，利在千秋，这是大家共同的利益，个人小家的这点损失又算得了什么?”为了鼓励村民致富，让村民们转变观念，打破“自给自足”的小农经济意识，尽快改变落后面貌，消灭贫困，奔向小康，王忠义为大家做出样板，把板栗野转家当作一个致富门路来广泛推广。1994 年，他在自己的自留山上嫁接了八百多棵优质板栗树，成活率在百分之九十以上，6 年后每年仅板栗一项就收入三千多元，从而激发了村民们致富的热情。于是他又大力发展魔芋、香菇等经济作物，启发村民搞好综合开发，发展商品经济。

几年之后，王忠义不仅在村民之中树立起了崇高的威望，而且找到了自己真正的幸福，一个顺情入理、忠厚贤淑、勤劳贤惠的女子成了他的老伴，使他过上了幸福美满的家庭生活。

真是苦尽甘来，枯木逢春！王忠义的脸面上闪烁着幸福的光泽。或许这正是他开阔的胸襟与高尚的品德感动了天地，是上苍给予他的奖赏和馈赠。当我们 2009 年的春天再次见到王忠义时，已经 80 岁高龄的他，仍然是那样洒脱，仍然是那么精神。他的家庭幸福美满，他的日子过得滋润，他的笑声仍然是那么爽朗，他的思维仍然是那么敏捷。或许是他的“心境”让他仍然年轻，已经退休二十多年的王忠义，仍然是那么光彩照人。2001 年 6 月，他还曾被中共鹤峰县委表彰为“老有所为共产党员”。

王忠义常常平静地说：“我所拥有的这一切，都应该感谢这个伟大的时代，应该感激生命！”是的，应该感激生命！他的坚毅与执着创造出了生命的奇迹。我们为他赞美，就是在赞美一种美德，我们为他歌唱，就是在歌唱生命的伟大！就让我们在为他赞美，为他歌唱的同时，衷心地祝愿他健康长寿、美满幸福！

全国最美出邬阳

——记全国最美家庭共产党员朱永翠

鹤峰邬阳关，是镶嵌在清江南岸的一颗明珠，山的雄伟、水的灵动同在这里交汇，让其巍巍磅礴，书写了万千红军凝聚起巴鹤建五的革命好汉，把理想和信念绣上党旗的一角，用热血浇灌这片红色热土的故事。春夏时节，清江水岸绿如蓝，青山绿水孕育着苍生万有的期待，托起了红色老区美丽乡村的绿色梦境。这里是民族英雄陈连升将军的故乡，英雄的家国情怀激励着全国最美家庭、金阳公司董事长、共产党员朱永翠，在这片锦绣河山之中，饱蘸心血铸就了辉煌人生，在这片红色土地之上，沿着先辈的足迹，把初心播种在了希望的田野。

人生路上她收获了坚强

1962 年，金阳公司董事长朱永翠，出生在鹤峰县邬阳乡金鸡口村一个干部家庭，父亲是党员干部，母亲在家务农，属于那个年代的“半边腿”家庭。用当年的一句话说，她便是生在新社会，长在红旗下。她的童年是在一个看得见山望得见水的边远乡村度过的。但由于交通闭塞，边远贫穷，她的童年也与同辈一样饱受生活的艰辛。

一个人无法选择自己出生的时代，但可以把握时代脉搏，活出自己别样的风采。邬阳关山水相依的风景造就了朱永翠少时的清纯，生活的艰辛和良好的家庭教育，让她从小养成了贤淑善良的品德。在家中，朱永翠是四个弟妹的大姐，从小肩负着帮助母亲料理家务及照顾弟妹的责任。每天放学回家，打猪草弄饭喂猪，弯架背篓不离身。在弟妹们的眼里，她是和蔼可亲的大姐，在父母和长辈们的眼里，她是既听话又懂事可爱的“翠儿”。

大山的阻隔，挡不住她的视线，少女的梦幻却让她无时无刻不在想象着外面世界的精彩。1978 年夏天，朱永翠在高峰中学初中毕业考到了邬阳高中，父亲高高兴兴地领着朱永翠走下山岩，过河蹚水，来到了风景秀美的邬阳关。在高中同学们的眼里，朱永翠是条件优越的干部子弟，清纯靓丽，文静善良，品性端庄。在同学之间，她仍然像个大姐，亲切友善，始终保持着灿烂的笑颜。

也许是在金鸡口村那山险水横的村庄里压抑得太久了，站在邬阳关那雄奇的大山之下，她时常一展歌喉，那声音如山泉叮咚，又如银铃奏鸣。她的才华展露出来，让同学们投去了羡慕敬佩的目光。

曾记得 1979 年庆祝中华人民共和国成立 30 周年前夕，全县文艺调演搞庆祝活动，邬阳中学组建了文艺宣传队，朱永翠是主要骨干，也是独唱歌手。当她与宣传队的同学们历尽辛苦走进鹤峰县城时，她的心情激动了，望着溇水河岸的街景，大开了眼界。她的头脑里突然想起了英雄陈连升 16 岁那年，不也是骑着一匹枣红马，走单骑走进鹤峰县城的吗？恰巧朱永翠那年也是 16 岁，她暗想：我此生未必能够成为将军，但一定要努力拼搏奋斗，巾帼不让须眉。

10 月 1 日那天晚上，在容美剧场召开庆祝大会，县委书记李忠诚发表了讲话。朱永翠和同学们都激动了，他们从邬阳关大山里走出来，看到了县委书记，听到了县委书记的声音，这对于久居深山的娃儿们来说是一种精神的洗礼。当同学们按照节目的编排顺序为她伴舞，朱永翠身穿一件土家山妹的鲜艳红衫，大声放歌《唱支山歌给党听》的时候，她的歌喉高亢甜润，震惊四座。待她唱完这支歌，走向前台施礼谢幕时，全场掌声雷动，如春雨洒过大漠……

这是朱永翠第一次走出大山，也是朱永翠第一次闪亮登台。而让朝夕相处的同学们刻骨铭心的却不是她清亮干净的歌喉，而是朱永翠的无私与善良。当年交通不便，进城参加演出的 16 位同学，好不容易挤班车到了下坪，邬阳关的公路还在全线铺开修筑，只能翻山越岭，徒步跋涉。可到了下坪之后，大家不约而同地进到了“下坪客栈”的前厅，坐下来闻见馒头的清香，顿时勾起了同学们的食欲，饥肠响如鼓。可那个年代真是穷啊，同学们你望着我，我望着你，个个囊中羞涩，掏不出几个一分钱来。

就在大家饥渴难忍的那个时刻，朱永翠从前厅的条椅上站了起来，踮起脚站在厨窗前对营业员说：“我这里只有5元钱，你给我们16个同学上馒头端米粥，又要让大家吃饱，又不能透支挂账。”营业员听明白她的意思了，拨弄了一会儿算盘珠子，把那5元钱发挥到了极致。开始用餐的时候，同学们向她投去了感激的目光。大家知道这5元钱是朱永翠从郧阳关动身的时候，她爹塞给她并叫她在县城买点喜欢的物件的，可她一直揣在身上没舍得花。朱永翠站在厅堂里慨气地对大家说：“都要吃饱，我们从下坪回郧阳，还有六十多里山路，不能饿晕在路上！”就是这5元现钞，就是朱永翠当时那个清脆的声音，四十多年后，仍然在同学们记忆里闪光。

1980年秋天，高中毕业的朱永翠以其优秀的人品，被粮食部门录用，她成了一名普通的单位职工。在那个年代，最让人羡慕的就是机关单位的“工作同志”。到单位上班工作之后，朱永翠勤奋学习，努力工作，沿着自己理想的人生目标成长进步，在18年拼搏与奋斗之中，她不仅光荣加入了中国共产党，从一名普通职工成长为一位基层单位的领导人，而且收获了爱情，结婚生子，有了自己温暖的小家。可是人生之路，就好比踏浪清江撑篙放簰，脚下的路总是坎坷不平，时而惊涛骇浪，时而险象环生。

有人曾经安慰朱永翠夫妻俩说：“改革就会有阵痛，在体制、机构改革的大潮中人人经受着考验。”就这样，当朱永翠与丈夫在改革的阵痛中双双下岗时，这么几句话似乎难以抚平他们心中的创伤。可是，阵痛后残酷的现实已经摆在了他们面前。朱永翠轻轻地叹了一声长气后，对本分忠厚的丈夫说：“挺住！我们有勤劳的双手，只要我们团结和睦、勤奋努力，一家老小就不会饿肚子。”丈夫望着她没有说什么，他懂得妻子的宽厚与仁爱，也相信一家人的衣食住行不会有什么危机。

单位职能转换，导致了职工下岗，但党的政策仍然是给出路的。经历过下岗的阵痛之后，朱永翠在严酷的现实之中很快平静了下来，她和几名下岗职工一起，在邬阳乡党委政府的支持下，重新组建了“邬阳乡粮食收储站”。

为了谋求生机，追求新的希望，朱永翠夫妻俩与同事们一道饿其体肤，劳其筋骨。在缺资金、少人力的条件下，硬是靠一股倔强的冲闯之劲，建起了酒厂、养猪场和粮油批发门市部。让下岗职工们上班有了岗位，月底有了薪酬，虽是艰难一点，但总算有了安定的生活。

可那段时间，朱永翠时常隐隐地感到一种不安，因为改革还在不断深入，私营经济正在蓬勃兴起，她担心阵痛还会随时出现。那是一个晴朗无风的下午，就当朱永翠坐在办公室，想看看邬阳乡粮食收储站近两个月的财务报表时，她接到了县粮食局的正式文件通知：“粮食企业必须彻底放开、改完。”朱永翠头脑里嗡的一声，惊悸之间差点打翻了办公桌上那杯滚烫的茶水。她感到十分无奈，这哪里是什么改革的阵痛呢？对于他们这些已经下过一次岗的职工们来说，简直就是痛彻心扉。但为了不影响职工们的情绪，她暂时把这一纸“通知”锁在了办公桌屉子里。但她心里非常清楚明白，这是他们所面临的第二次下岗，意味着端了几十年的铁饭碗就这么完全彻底地给砸了，用一句通俗的话说，那就叫彻底“断奶”了。

但朱永翠的业务能力和人品，在粮食部门系统内有目共睹，是金子总会发光。2002 年早春的一个日子，县粮食局领导与她谈了话，要她接受县粮食局返聘，前往鹤峰县容美镇粮食收储公司出任副总经理。

朱永翠心里清楚，这是组织对她的关爱与信任。一晃她就在粮食部门工作了几十年，吃苦流汗建功立业，没有功劳也有苦劳，对单位是有深厚感情的。于是她接受了返聘，重返了工作岗位。可让她万万没有想到的是，这个岗位仍然不是她的归宿，她就像一只翱翔天宇的孤雁，注定要去顶风冒雨独自飞翔。两年之后，公司在改革的浪潮之中再次被解体，正所谓“皮之不存，毛将焉附”？

既然单位都解体了，朱永翠这个副总经理不就是第三次下岗了吗？那天下午，朱永翠漫无目的地在县城街巷里走着，到处都是匆匆而过的行人，谁会理解她此时此刻的那种心情？最后，她站在溇水大桥中间，朝家乡邬阳关方向望去，心里酸酸地想哭。她觉得自己哪里还是一只单飞的孤雁，简直就是一只孤零零的鸽子，是一只再次被人放飞了的鸽子。

三次下岗，不是一般女人能够承受的痛。她多么需要一份工作，因为她要靠勤奋工作来承担起一个家庭的责任。儿子还在武汉读大学，丈夫患有先天性心脏病，家中还有年迈多病的婆子妈。这沉重的压力像一场突如其来的暴风雨，让她这只身子单薄且再次被放飞的鸽子感到无比痛心，也让她头一回真正感觉到了人生的迷茫。

那是暴风雨后一个雾散放晴的日子，朱永翠带着自己简单的行装，跌跌撞撞走进了县城车站，爬上了回邬阳关的班车。她的心情十分复杂，脑海里却在这样想着：为什么邬阳的茶叶会这么香？为什么邬阳的蜂蜜会这么甜？那是因为清江岸边的气候和土壤适合它们生长。我朱永翠就像一棵茶树，就像一只蜜蜂，注定要在邬阳关特定的气候环境里才会长得有模有样。她望着早晨的阳光，就仿佛看到了自己突出重围的希望。她终于开怀地长舒了一口气息，眉宇间那个疙瘩也终于松开了，脸面上舒展开来，顿时有了鲜活的颜色。

2005 年夏天，朱永翠硬是吃了秤砣铁了心，再也不指望端什么铁饭碗了，她决定自己当老板自己干，只要自己诚实守信，只要自己遵守市场规则，看谁还能再放我的鸽子？于是她注册成立了鹤峰县金阳特色农产品有限责任公司。为了保证原材料的品质，使公司迅速在健康的运行中发展壮大起来，她果断决定：配套成立了鹤峰县金阳农产品专业合作社。

在朱永翠的眼里，丈夫虽然有病在身，但他的确是个天公地道的好人。丈夫唯一的爱好就是喜欢看书，喜欢阅读各种各样的文学作品。在别人眼里，他就是一个三日不说两句话的书呆子。可在朱永翠的心目中，丈夫就是那种百依百顺、踏实可靠的好男人。

一天傍晚，当他们夫妻俩坐在桌前共进晚餐的时候，朱永翠突然望着憨实的丈夫问道："你读过那么多的书，还记得师傅唐僧领着徒儿们，前往西方取经的故事吗？"丈夫被问得一头雾水，抬起头来一脸凝重地望着妻子说："记得，怎么了？"朱永翠停腔落板十分镇定地说："唐僧取经历经了九九八十一难，我们可要居安思危，千万别忘了前进路上将要面临的风险与挫折！"她的话说得轻落得重，那是因为她早就感觉到自己的身体经常出现不适的现象。

在一个阴雨连绵的日子里，朱永翠感觉到自己的身体实在撑不住了，就瞒着憨实的丈夫独自前去大医院做了一个全面检查，结果真是晴天一声霹雳。她被医生告知：“你的腹腔内有一个肿瘤，必须迅速住院，做肿瘤切除手术。”

她从医院里出来，只觉得头昏眼花，一个趔趄差点栽倒在冰凉的地板上。那个日子，她的心被无情地撕成了碎片，最后是怎么浑浑噩噩去的车站，又是怎么回的家，自己一点儿也记不清楚了。丈夫从她牙关紧咬之后，下嘴唇上留下的两个深深的血印中，读懂了妻子病情的严重性。

2008 年的春上，朱永翠头一回尝到了孤立无援的滋味。儿子在学校读书，丈夫拖着病体还因公司生产繁忙而无法脱身，一向坚强的她含着悲伤的眼泪，朝恩施州中心医院走去。经过医生和专家一番术前检查会诊之后，手术的时间终于定了下来。可是，当医师拿来术前告知书，要求病人亲属签字的时候，朱永翠下意识地望了望自己身旁，除了医生之外也就是她自己，心中不免升起一丝凄凉来。最后她含着泪水自己签了字，一种孤立无援的感觉，再次袭上了她的心头。

在一个多月的住院时间里，朱永翠觉得孤独难熬。她既要忍受手术后的身体不适和伤口的剧烈疼痛，又要克服生活上的不便，开始几天她不能动弹，浑身插满了仪器的管子，嘴唇干裂枯疼，就连一个用棉签为她沾点儿水的人都没有。下床上厕所成了她的难题，只能求助科室护士帮助，她的心里十分痛苦，但她仍然咬紧牙关，并且眼里不再有泪光，望着窗外的春天，她仿佛看到了自己生命的曙光。最后她靠着顽强的毅力和坚强意志，艰难地走出了病痛的阴影，身体渐渐地好了起来。当她的意识恢复到基本正常的状态时，躺在病床上想得最多的仍然是公司的生产和丈夫长期生病的身体，还要记挂年逾古稀的婆子妈。

也正是朱永翠在医院最为艰难的那段日子里，婆子妈承担了全部家务，在早晨烧开水时不慎将脚背严重烫伤。可通情达理的婆子妈知道：儿媳妇永翠还在医院里的生死线上挣扎，怕儿媳知道后牵挂她的安危，也不想给有病在身且因公司生产十分繁忙的儿子增添压力，所以老人家一直瞒着他们夫妻俩，自己用一些土方子清洗烫伤慢慢治疗。等朱永翠拖着瘦弱疲惫的身子办完了出院手续，经过一整天颠簸回到郧阳关，见到婆子妈的时候，却闻到了一股腐肉的臭味。

婆子妈烫伤的脚背已经严重腐烂，产生了难闻的异味。朱永翠的心再一次碎了，强忍了很久很久的泪水，哗一下就从她消瘦的脸颊上滚落下来。朱永翠精神完全崩溃，就这么拉着婆子妈枯瘦粗糙的手，伤心地痛哭了一场……

也就是这一年，朱永翠的身体正处于手术重创后的恢复阶段，工作压力和家庭的事情把她牵绊折腾得面黄肌瘦，让她时常感到精神疲惫，力不从心。真是屋漏又遭连夜雨，正在她焦虑不安的时刻，丈夫的先天性心脏病明显地加重了，面色灰黑，呼吸急促困难，连二十几步楼梯都难以攀爬了。但因公司日常事务繁多，业务繁忙，丈夫咬着牙硬撑着，顽强地坚持到年底，才被强行送进了恩施州中心医院。虽然照顾丈夫的责任落在了刚放寒假的儿子肩上，但是丈夫的病情十分严重，随时都可能有生命危险。朱永翠整天愁眉紧锁，时刻揪着心，隔三岔五往返于郧阳与恩施之间。

这一年，朱永翠 46 岁，这是她历经风雨，饱经沧桑的一段人生。转眼之间人到中年，这段岁月之中她经历了太多太多的艰难困苦，让她从一个清纯靓丽的柔弱女子变成了顶天立地的女强人、女汉子。回顾这段曲折坎坷的艰难人生，她收获的是坚强。

大爱无边彰显人性光辉

人间大爱莫过于乐善好施，帮困济贫。

有人说：儿子是父亲的影子，女儿是娘长长的生命线。朱永翠是母亲的长女，在延续母亲生命的过程之中，她承袭了母亲乐善好施的良好品德。我们曾说朱永翠出生在一个干部家庭，而且受到了良好的家庭教育。父亲的慈爱与严厉造就了她端正耿直的品格，母亲乐善好施在她幼小心灵之中播下了善良的种子。

当年偏远农村，别说有多穷了，农民缺吃少穿，就连出门吃个酒送个祝米，都没有一件像样的衣裳。相比之下，朱永翠她们家毕竟有一个国家干部、财政供养人员，家庭环境要比那些普通农家优越许多。她母亲是个热心肠，哪家有难事她都会伸手相助，妇女们出门走个亲戚吃个酒，她常借新衣给别人。有些困难家庭时常称不起盐巴，打不起照明用的灯油，她给别人分，给别人送。有时候乡邻们有个头痛脑热，屋里只要有药品，她都会无私地拿出来救人家的急……

就这样日子久了，习惯成了自然，有了乐善好施的品德。母亲这种善良就在潜移默化之中影响到了女儿朱永翠，帮助别人也就自然而然成了她的一种习惯，有时候看到弱势群体生活艰难，自己却又爱莫能助时，她还感到特别难受，特别自责。

乐善好施是爱的体现，如果只是乐善好施倒也简单，尽自己的能力去做就行了。然而，当一个人不仅养成了乐善好施的习惯，而且最终把这种习惯转化成一种回报社会的责任担当，从乐善好施升华为“帮困济贫”的大爱之举时，这事也就没有那么简单了。因为这不仅要有强大的经济实力，而且还要有无私奉献、敢于担当的勇气和胆魄。

我们仅用“转化”“升华”这些简单的汉语单词，来叙写朱永翠从“乐善好施”到“帮困济贫”演变过程那是苍白无力的，因为在这个过程之中，她经历过太多太多的心灵震撼，也曾经有过多少回爱莫能助。面对那些家境贫寒、生活无助的弱势群体，她心间涌动的不只是痛情，更多是想普施大爱，尽可能给予别人帮助。

“路漫漫其修远兮，吾将上下而求索。”从鹤峰县城第三次下岗回到邬阳关的那段日子，朱永翠脑海里常常浮现出在中学课文里曾经读过的这段话。在漫漫求索路上，她好不容易找到了金阳特色农产品有限公司业务拓展与“帮困济贫”的最佳结合点。她认为只有拓展公司规模，做大做强公司业务，才能更好地普施大爱帮困济贫。

“公司加基地加农户的模式”，是深化农村改革，实施产业结构调整，发展产业之初提出的一个较为优化的方案，而起初多出现在领导讲话和各级的文件之中，干部们一级一级照本宣科跟着喊，基本不懂这种模式中的内涵到底是什么，更没有认真研究过怎样去营建这种模式，并在产业发展过程中起到积极作用。而朱永翠却是个有心人，她在创办公司之初，生产“邬阳豆豉”系列农产品过程中，就把黄豆、辣椒、紫皮大蒜这些最基础的主要原材料提档升级，如何把特色农产品做出“特色”，是朱永翠最早研究的课题。

农户是基地的最小单元，基地却是公司的依托。在基地创建的艰难进程中，朱永翠率领她的金阳特色农产品公司，始终坚持共同发展，共同富裕的理念，始终保持并长期免费为基地农户提供优质种子、有机肥料和技术支撑，极尽可能为公司生产保障了优质原材料。在企业稳步发展之中，朱永翠不骄不躁，依然保持着在国有企业当领导时沉稳冷静的作风，处处精打细算，不浮躁不冒进。始终保持富余时不挥霍，艰难时不气馁。在基地创建上舍得投入，在帮扶农户这一点上，仅“郧阳豆豉”这个特色品牌，就实打实无偿投资了近百万元，使农户巩固了基地，使基地支撑了公司特色品牌。她不仅正确理解科学运用了“公司加基地加农户”这个模式，而且在这三者之间形成了互辅互补的良性循环。在总结艰苦创业这段经历时，朱永翠面对这一笔一笔支付出去的近百万元无偿投资，只说了一个字：值！

对于一个从艰难困苦中自主创业走过来的企业家来说，亲身经历过计划经济向市场经济转变，也经受过观念冲突的痛苦，能有这样的胸怀和气魄那是十分难得的。与任正非、董明珠相比，朱永翠给基地无偿投资近百万元的事也许算不了什么。可在一个边远贫穷的乡村来说，这便是壮举，这需要舍得的精神和无私的大爱。

不得不说，朱永翠对“舍得”二字的理解是深刻的，舍之释然，得之欣慰。“舍得”中华国学中的精髓，包含着深刻哲理。

在日常生活中，朱永翠心怀大爱，一直默默为困难群众和弱势群体提供力所能及的帮助。金鸡村九组村民张华堂家地处偏远，因身体重度残疾，缺劳力缺资金，导致家境十分贫寒。看到乡邻们在党的富民政策支持下，各自都在找项目发家致富奔小康，张华堂身残志不残，也想通过自身努力发展畜猪养殖，在畜牧产业上打家庭翻身仗。

可是天有不测风云。由于张华堂一家对畜猪疾病防治知识缺乏，防护措施不到位，受到了外来猪瘟的侵袭，让张华堂梦想通过自身努力摆脱贫困的愿望彻底破灭，几天之内十几头畜猪就死空了栏，这让他一家人感到无比绝望。

就在张华堂一家人以泪洗面的日子里，金阳公司董事长朱永翠得知了他们家的具体情况，先是组织乡邻伸出援助之手，带上药物和器械，对张华堂家的猪栏畜舍进行了严格消毒杀菌，清洗了锅灶和器具。一切就绪之后，朱永翠自己花钱买了两头猪仔派车送到了张华堂家，让这个经不起风雨的家庭恢复了平静，重新看到了生活希望。

可就在第二年春上，当朱永翠领着公司职工带着肥料和种子再次来到张华堂家里时，他妻子哭泣着对他们家的恩人朱永翠说，儿子在外打工不慎受伤，急着要去看望儿子，苦于没有路费而迟迟没有动身。朱永翠望着他们家的情景心里颤抖了几下，她知道一个困难家庭的苦衷，她亲切地对张华堂妻子说："别哭了！收拾一下之后去看儿子吧。这叫十指连心啊，哪有娘不疼儿子的？路费我给你准备。"随后，朱永翠给了她足够的盘缠。不仅如此，随后几年间，在朱总授意之下，公司一直免费给张华堂家提供肥料和种子，直到他们家真正摆脱贫困。

予人玫瑰，手留余香。用这样的比喻来叙写朱永翠在创业的艰辛路上始终广施大爱的坚守与奉献仍然显得过于轻描淡写。朱永翠对弱势群体的爱、对家乡父老的爱是无边的大爱。创业之初，建设基地，石龙寨村朱庭新家就有两个残疾人，但他们很想成为基地中一户成员。可朱庭新家拿不出钱来购买黄豆种子，眼巴巴望着乡邻们发家致富。朱永翠得知他们家的情况之后，免费送去了 6 亩面积的黄豆种子。看到他家两个残疾人因缺少劳动力而抓不住播种季节时，她迅速组织劳动力帮忙整田播种。自那年春季开始，朱庭新家就成了朱永翠内心的牵挂，手把手教他们除草间苗，防虫施肥。一分耕耘就有一分收获，当年秋天，朱庭新家 6 亩黄豆就收入 5000 多元。朱庭新流着热泪感慨万千地说："我平生还是第一次看到这么多钱啊！"他拿着一叠沉甸甸的现钞，时不时送到鼻尖嗅闻钞票的油墨清香，心中升腾起了一种从未有过的幸福感。他眼含感激的泪光念着朱永翠的恩情，几年努力之后，他家就修缮了房屋，过上了舒心日子。

如果说朱庭新家的故事还只是朱永翠乐善好施的一个延续，那么她对二十多名贫困学生倾情帮扶，则彰显了朱永翠人性的光辉。

容美镇特困学生田卉的母亲患骨髓炎多年，加上父亲又是一个白内障患者，家庭生活十分艰难，导致田卉随时都有辍学的危险。朱永翠动了恻隐之心，2010 年秋季的一个晴天，她亲自登门察看了田卉家的现状。当她看到田卉天生聪明、是个可造之才时，伸出了援助之手，从此为田卉提供了足额生活保障，还给了孩子家庭般的温暖，让田卉健康成长，快乐学习。如今，田卉已经圆满完成了学业，并参加了工作，不仅让这个家庭从此摆脱了贫困，而且给了田卉人生自信，让她走出了家庭困窘的阴影，脸面上有了灿烂的阳光，骨子里透着坚毅优雅的气质。

一个人命运转折，往往就在一个邂逅，或者说一个奇遇。邬阳村二组在校学生吴静天生聪明，学习成绩较好。但由于家境贫寒，导致她每天眉头紧锁，沉默寡言，没有童年的快乐。当朱永翠来到二组发展生产基地，得知了吴静家里的情况后，当即伸出了温暖援手，不仅每年为她提供足额生活费用供她上学，而且还带领公司员工帮助她家发展产业，摆脱了贫困。

关爱一个孩子，最终改变的是一个家庭的命运。其实，在朱永翠潜意识里，一直有一件最为遗憾的事情，那就是因为当年师资力量和教育现状，她自己没有机会跨入大学校门。所以，每每当她看到一个个有出息、标致聪慧的女孩时，她就从内心里燃起激情，愿意倾其所有，让她们帮自己去弥补这个人生的遗憾，并代替自己去圆大学梦。

于是，金阳公司董事长朱永翠倾注情感关爱女孩，把教育助学视为己任，她要用自己的双手为孩子们托起一片希望的蓝天。自从朱永翠与贫困户家中女大学生方丽丽结成一对一帮扶之后，不仅每年都为她支付足额助学资金，让她消除了在校学习期间缺衣少食的后顾之忧，同时还语重心长，用自己三次下岗创业的艰难经历激励方丽丽不怕困难，砥砺奋进，将来学业有成回报社会，并教育方丽丽树立自信，增强信心。

由于朱永翠慈爱善良，和蔼可亲，对帮扶的二十多名贫困学生无微不至关怀，释放着无限的温暖，因此她在受助学生们中有了高大形象。朱永翠崇高人格魅力受到了大众敬仰，那些走出困境的学生们个个胸怀着感恩之心，亲切地称她为“永翠妈妈”。

在孩子们眼里，“永翠妈妈”不仅给了她们爱的呵护，而且是她们幸福的港湾。而在那些贫困家庭留守妇女们眼里，朱永翠就像一位慈祥的大姐，用柔骨铁肩为她们遮风挡雨，擎起一片希望的天空。

金阳诞生在邬阳，邬阳成就了金阳。金阳特色农产品有限责任公司在自身做大做强之后，自觉担起了扶贫帮困的社会责任，把大爱化作春雨，润万物于无声之中。在实施“教育助学”行动的同时，朱永翠响应妇联号召，把“巾帼扶贫”作为重点，从产业发展入手，创建无烟无污染绿色工厂，让妇女们上岗就业，走进茶园上班，领取绿色银行丰厚的薪酬。

石龙寨村地处石龙河谷，气候宜人，适应椪柑生长。茶叶是石龙寨村的主导产业，春夏采茶，秋冬就没有什么收入来源。朱永翠得知这一情况后，迅速与村支两委会商，并组织专班人员进村，帮助椪柑种植大户牵头成立水果专业合作社，并请来专业技术人员，拍摄图片设计品牌，并利用金阳公司电商平台，销售产品，让妇女们不仅有了商品意识，而且树立了品牌意识，填补了秋冬季节没有收入来源的空当。

金阳公司董事长朱永翠常对妇女们说：“我自己也是一名从大山深处走出来的普通女人，所不同的是，我经历了太多太多艰难困苦，是岁月沧桑让我有了一颗感恩的心和开阔包容的宽广胸怀。”

金阳公司的“巾帼扶贫”计划，旨在帮助广大妇女掌握生产技能，学懂商品营销。石龙寨村妇女宋元芝，她年轻的丈夫意外去世导致家庭陷入困境，一个人供养两个孩子上学，还要照顾年迈的老人，一度情绪低落，思想负担沉重，感到生活没了希望。朱永翠了解到她的情况后，与她交心谈心，以心换心，平等相待，并通过技能培训之后安排她到公司上班。这让宋元芝迅速走出了生活阴影，除每年拥有 3 万多元工资收入之外，还可以经营自家茶园获得收入，过上了体面红火的日子。从宋元芝身上可以让人们看到金阳公司实施“巾帼扶贫”的丰硕成效，她是贫困妇女从悲观失望走向阳光自信的一个缩影。

大爱如阳光雨露，大爱如和谐春风，不仅温暖了人心，而且滋润了这片红色土地，播撒了希望。田园风景里有她的足迹，乡村和谐中有她的身影。朱永翠从艰难困苦中走来，走向了成功，走向了辉煌，用高尚的情操，用无私的奉献播撒大爱，彰显了人性的光辉。

茫然中她不曾迷失

有人曾说：朱永翠三次下岗，三次茫然无措。在计划经济时代，她从一名普通职工成长为一名基层部门负责人，而突然之间，要她面对改革大潮的冲击，面对下岗的困境，谁还能泰然自若不曾茫然？所幸的是，朱永翠有一个温暖的家，在那个和谐美满的港湾里，即使有过茫然无措的时刻，但她却从未迷失过方向。

有道是：创业难，守业更难。经历近 20 年打拼，鹤峰县金阳特色农产品公司已经成为规模企业，董事长朱永翠早已成为享誉荆楚大地的民营企业家。而一时间很多人都在议论，都在研讨，朱永翠的成功秘诀到底是什么呢？结论最终只有一个：是德，是朱永翠高尚的品德和情操。

曾经在观念冲突的痛苦中，人们对封建社会强加在女人身上的“三从四德”进行过尖锐批判，提倡妇女解放。但有极少数从传统束缚中解放出来的新女性，就连东方女性应有的传统美德也不屑一顾了。改革开放初期，“男人北上，女人南下”观念的冲突如一股洪流冲击了乡村，家庭婚姻受到严重影响，离婚率一度上升，导致个别村庄几乎找不到一个完美家庭。

而在观察与思考之中人们不难发现：成功人士之中，基本上都是经得起诱惑和考验，守住了道德底线的那批人。空山新雨后，天气晚来秋。朱永翠同样也是经历了暴风雨洗礼，她不仅没有在茫然之中迷失方向，而且成了时代的榜样，在美丽乡村树立起了一面鲜艳的旗帜。

厚德诚信立家风。朱永翠始终铭记着小时候父亲常给她讲的那些话：“人勤地不懒”“天道酬勤”“人无德不立”“奢者富不足，俭者贫有余”。童年的时候，父亲的这些话，朱永翠并没有完全理解其中的意思，随着年龄的增长，知识的丰富，她不仅渐渐悟出了其中的道理，而且还有了独特的见解。

2009 年，是朱永翠家最美好的一个春天，儿子结了婚，有了一个健康可爱的孙女。朱永翠开心快乐，孙女是她心中升起的又一轮太阳，她对家的爱恋更加深厚。儿子、媳妇孝敬长辈，相敬如宾，传承了他们身上的美德。她对婆子妈更加关爱备至，邻里关系和睦。她的家庭先后被县、州、省表彰为

“最美家庭”“文明家庭”，同时得到了州级表彰的“十佳好婆媳”殊荣。

在艰辛的创业路上，朱永翠始终铭记父亲“人无德不立”的教诲，坚持成家立业靠勤俭，守成不易戒奢华的理念。儿子田鹤大学毕业之后，在省城武汉找到了一份理想的工作。但因企业发展和家乡的需要，他主动辞去工作回到了邬阳，承办金鹤农产品专业合作社，开发企业新产品，成了家庭和企业的顶梁柱，也成了母亲心中的希望与未来。

艰苦奋斗成家规，立德修身传后世。朱永翠用崇高的人格魅力感染着周围的人，也用良好家风，传统美德激励着子孙后代。

2006 年，朱永翠家庭被鹤峰县妇女联合会表彰为“五好家庭”，恩施自治州妇联表彰为“全州十佳好婆媳”；2008 年，被湖北省文明办公室、省妇女联合会表彰为“双学双比女能手”，被国家科学技术协会、财政部联合表彰为“农村科普带头人”。这些荣誉装点着朱永翠辉煌的人生，就像人生金秋里一片片火红的枫叶，为她凝聚起了生命底色。

随后的一个日子，朱永翠语重心长地对家人们说：“荣誉只能代表过去，任何人都不要炫耀曾经的辉煌。我们要始终做到才者不矜，技者不炫，富而不骄，有勇不犯。用一颗感恩的心对待他人，对待社会。”朱永翠在家人面前始终是温暖慈爱的，她的话往往说得轻落得重，而在子孙们心里那是掷地有声的教诲。

2016 年的秋天，那是一个金灿灿的秋天。朱永翠家庭自 2008 年被湖北省表彰为“文明家庭”“荆楚最美家庭”之后，又经历了八年打拼和创建，终于在这个金灿灿的秋天里，光荣地被评选为“全国最美家庭”。

这是一份沉甸甸的收获，这是一份无尚崇高的荣耀，这也是对朱永翠优秀品德的一份褒奖。“最美评选”是鹤峰县在精神文明建设中打造出的一个文化品牌。朱永翠家庭在县级“最美”评选中脱颖而出，一步一步从“州级最美”到“荆楚最美”，在经历过多年拼搏与奋斗之后，最终得到了“全国最美家庭”的殊荣，成为鹤峰县邬阳乡文明建设的一块金牌。捧回“全国最美家庭”奖牌的那个日子，朱永翠满含着热泪，向家乡这片红色热土跪施大礼。她时刻没有忘记：是家乡这片多情的土地养育了她，是家乡的灵气浸润了她，是家乡的父老乡亲成就了她。她是时代精英，在茫然中她不曾迷失。

把初心播种在田野

鹤峰县金阳特色农产品公司自注册挂牌以来，运用滚雪球的办法，赢得了自身强大。经过 13 年打拼，到 2018 年底，公司总资产达到 3700 万元，全年实现产值突破 5800 万元，拥有“鑫丰”牌茶叶商标，和“土王宫”土特产商标，两个系列产品均属于地方型标志产品，突出了“金阳特色”。公司已拥有办公场地和生产车间 1 万多平方米，在职员工 113 人，有机茶基地 961 亩，正在实施转换的有机茶叶基地 4000 余亩，中蜂 1700 多群，蔬菜基地 1500 多亩。

这组数字说明了什么？说明金阳公司的“公司加基地加农户”生产经营模式获得圆满成功。值得深刻思考的是：金阳公司为什么能够在十几年间，就由一棵弱不禁风的小苗，长成了参天大树，而且在 2020 年新冠疫情之中经受住了严峻考验？那是因为公司始终植根于邬阳这片红色土地，吸收到了充足的养分。

在一次支部主题党日活动上，共产党员朱永翠饱含深情地说：“共产党员的初心是什么？是让人民群众过上幸福安宁的日子，是让人民群众有尊严地生活在一个和谐安宁的环境里。提升人民群众的幸福指数，为人民谋幸福，为中华民族谋复兴，是我们共产党员的初心使命。作为一名民营企业领头人，怎样才能实现这一目标？只有把初心播种在希望的田野。”

961 亩有机茶园，1500 多亩蔬菜基地，4000 余亩正在实施转换的有机茶基地，把它汇聚在一起是一幅 6500 多亩的山水画卷，在那纵横阡陌的田野上孕育着希望，生长着财富。还有 1700 桶勤奋蜂群在这幅画卷里忙碌着采花酿蜜，为金阳公司成就了甜蜜的事业，也在邬阳这片红色土地上托起了绿色的梦境，为“战神故里，绿色邬阳”凝聚起了绚丽的色彩。

回顾新中国成立后的农耕历史，曾经历了一个刀耕火种、砍畲烧畲的粗放经营阶段，导致生态环境遭到严重破坏。后来人们在反思中探索，在 20 世纪 70 年代后期，开始推广“沟施垄种，良种良法”，旨在提高单产增加总产，让农民吃饱肚子，但由于抵御自然灾害的能力很差，靠天吃饭的脆弱现象仍然未能解决。到了80年代，实行家庭联产承包责任制之后，为了解决群众的温饱问题，党和政府采取了得力措施，实施“温饱工程”计划，在二高山以上区域内大面积推行“地膜覆盖”，用地膜保温进行跨季节生产，提高粮食种植单产增加总产。望着那漫山遍野的地膜，像春夏时节的人工降雪，白皑皑一片。后来人们就把“温饱工程”实施过程中的这个现象称之为“白色革命”。

这场“白色革命”成果还真是起到了增产的作用。而这个现象对时任粮管所主任的朱永翠来说印象特别深刻，因为当年农民的粮食订购任务，大多是在她直接安排下完成的。

通过回顾产业发展历史，郧阳的茶叶生产，大约经历过三个重要阶段：第一阶段是在大集体时期，生产队集体经济多半要靠“稀大蔸”茶园来承担，走的是茶粮间作模式，产量低，大多生产宜红茶。农民自己饮用的大多是些“笆笆叶”，锅炒手揉脚捻，称之为“白茶”，品质极香，加工“白茶”较多的户，还可以抽农闲时间偷偷背到巴东建始去，换些柴油和叶子烟回来，也可以卖些零花钱。第二阶段是大面积推广密植免耕，政府花大本钱调运茶种回来营造新式茶园，几年后在采摘过程中，猛施化肥农药，推行多轮次采摘，茶农以增加收入为目的，实质上还是一种粗放经营模式，只凑数量不讲质量。最后为了改变茶农的采摘习惯，开始加工名优茶系列产品，推广绿茶生产工艺，经过二十多年时间，才算真正扭转了茶叶产业中的粗放经营模式，开始探索精细采摘和加工的路子。第三阶段应该就是从2015年开始，由骑龙、金阳两家公司率先在郧阳倡导的“有机茶生产模式”。如果说前面两个阶段，金阳公司董事长朱永翠只是一个产业发展的亲历者，那么进入第三个阶段，在“全域有机”产业发展中她便是倡导者领头人之一，而在这个革命性的艰难进程中，朱永翠带领她的公司团队到底经历了什么？

郧阳境内气候好，生态环境好，森林覆盖率高达80%以上。生态环境是郧阳的优势，历史文化是郧阳的优势，产品品质也是郧阳的优势。但山无百尺屯，地无三尺坪，山如朝天之剑，林若铺地之草，沟深谷陡，地少人稀。林是九岭十三湾，地是零星小块田。办蔬菜基地，种植黄豆辣椒苞谷小籽黄，只能是广种薄收，聚少成多，盆大刮得来稀饭。办有机茶产业基地，也只能是见缝插针，集零为整。郧阳的优势明显，但劣势也让人十分头痛。

金阳公司的蔬菜基地横跨高峰村、云务村、金鸡口村、三元河村和栗子村，战线拉得长，田块藏得深，收几斤黄豆只当是在草丛里捡芝麻。虽然金阳公司有机茶基地主要分布在石龙寨村和郧阳村，但仍然较为零散。更重要的是1700多群中蜂，就像是那满天星，散落在郧阳乡十六个村的每一个角落。基地战线拉得长，户散多，这意味着什么？意味着企业的投入大，成本高，付出以常人数倍的艰辛耕耘，才能得到微薄的收获。这让朱永翠与她的金阳公司付出数倍的代价，饱尝了创业的艰辛。

有人说，郧阳的发展有三难：一是道路交通难，郧阳拥有全省乡镇一级最差的公路，运回种苗和物资，常常是大车运到乡，三轮运到村，摩的运到户，到处道坎路攻车，层层上车下车转运，豆腐盘成了肉价钱。二是融资投入难，郧阳乡地处偏远，块头小，招商引资难，上面重视不够，乡村发展不够，产业发展难以突破瓶颈。三是产业规模小，基本形不成大气候，即使电商出售，至少物流也要比其他地方多一天运程。

在这样的地方突出重围谋发展，决战贫困奔小康，需要胆魄和勇气，需要责任与担当。在这样的地方工作的干部职工是在践行初心，无私奉献。企业要发展，人民群众要脱贫致富奔小康，朱永翠没有退路，不管前面有多少坎坷，不管前面的路多么艰难，她都只能带领金阳公司的团队不畏艰难、勇往直前。

2015年以后，国家总体部署，实施扶贫攻坚。朱永翠义无反顾地向组织请战，责任上肩，参与了这场伟大的战役。并从产业扶贫、教育扶贫、智力扶贫入手，在公司加基地加贫困农户的模式运行之中，带动500多个贫困户家庭直接增收脱贫。朱永翠日夜兼程，披星戴月，配送种子，调运有机肥，送技术送温暖到贫困户家中，倾情帮扶贫困户家庭发展产业，5年时间无偿支出50多万元。

在这场向贫困宣战，最后攻坚拔寨的阶段，朱永翠饱含心血，践行初心使命，足迹遍布田间地块，遍布500多个贫困户家中。她不仅付出了辛劳的汗水，而且付出了真金白银，让奉献与付出擦亮了胸前的党徽。当朱永翠看到一个个贫困户家庭“一有两不愁三保障”的事情都有了着落，每年的收入也有了固定的产业作为支撑时，她的脸上露出了欣慰的笑颜。作为一名优秀共产党员，作为一名民营企业家，她用辛苦的耕耘为贫困户家庭筑牢了产业基石，收获到了美满与幸福。“把初心播种在了希望的田野”，这是共产党员朱永翠对人民群众的庄严承诺，她负重前行、无私奉献，在人民群众中树起了一面鲜艳的旗帜。

创建和谐的乡景

——记全国模范司法所长共产党员罗才胜

走近邬阳关，让人首先感受到的是山的那种高昂气势，高耸入云的山沐浴在晨曦的光影里，也挺立在傍晚的薄雾中。看得久了，便会觉得这大山骨子里透着一种傲气，而这种气场与生俱来，浸润着苍生万物，也造就了山里人彪悍勇猛和不屈不挠的性情。站在邬阳关上，耳边总会响起铿锵的历史回声，像是昔日的金戈铁马，又像是当下的百业逢春……邬阳关的山是邬阳人内心里的疼痛，却也是邬阳人骨子里铭刻着的关于故乡的标志。

当人们见山思人，回想起曾经在邬阳关山水田园之中，发生过的一起起惊心动魄的凶案时，却仍然不惜把罪过归结于山险水横的境地，总觉得那是“凶山恶水”惹的祸。

当人们从漠视生态平衡的噩梦中惊醒过来，停止砍畲烧畲、刀耕火种的耕作模式，逐渐从掠夺性经营向生态修复性模式转变时，一批思想者便开始思索这样一个深刻的问题：既然凶山恶水能够修复成如画一般的山水风景，为何不能寻求一种全新的乡村治理模式，建成一片平安和谐的乡村环境呢？如果说思想者头脑里闪现的只是思维火花的话，那么置身于一方平安和谐的追求者们，付出的则是心血和汗水，展现的是执着与智慧。

全国模范司法所长共产党员罗才胜，他既是最初探索乡村治理模式的思想者，也是一直坚持到最后的执着追求者，他付出的是心血，挥洒的是辛劳的汗水，收获的是一片和谐安宁的乡村环境，四方乡邻的平安与幸福。

历史的伤痛

鹤峰县邬阳乡，位于“老少边山穷”的武陵山区，东与宜昌地区五峰县接壤，西北方向与恩施自治州巴东县、建始县相毗邻，俗有“一脚踏三县”之称。西邻清江，南靠溇水，仍然由于大山阻隔，古代朝廷将此地称之为：“蛮夷之地，遐荒绝域”。为了怀柔远人，曾经在此施行羁縻政策，后发展为土司制度。在这种险峻艰难的生存环境之下，在长期历史演变过程之中，也就逐渐形成了山里人“信权威，讲死理，爱动武，不信法”的性格特征。有人曾经把它归结为“土司文化”“村寨文化”，并以此来概括和包容山民的暴力倾向。可在长期探索与实践中，罗才胜同志发现这是历史伤痛，是山民彪悍勇猛、野蛮粗放的性格展现。

土司时期，邬阳关属于容美土司管辖。邬阳关、金鸡口是“四关四口”之一，是野三关、桃符口内域的最后防线。土司在其管辖区内权力很大，掌握着政治经济、军事文化，并拥有诉讼刑罚等关乎当地民众生杀予夺的大权，建立了一整套类似于朝廷的制度体系，而这样的管辖与统治长达数百年之久。1733 年，改土归流后，土司制度被取缔，这些偏远山区真正成了“天高皇帝远”。人们信权力不信法，是长期形成的一种思想的观念，可谓根深蒂固。罗才胜同志经过多年探索分析与研究之后认为：这种观念并非人们的主观意愿，多为屈就于权势。

大山阻隔了国家统摄和公共服务进入，乡村治理中权威作用便由此滋生凸显，封闭的人文圈子之内，乃至社会范畴之中强调人治而非法治，人们常凭关系生熟，感情深浅而服从管理，在村务处理上也讲论资排辈，乡贤参与社会管理现象也是由来已久。尽管这样，乡村管理仍然难以政通人和，这是历史伤痛之中的阵痛。

山区交通不便，当年官差和长老的罗鞍马须，是山里人羡慕的景象，也是人们记忆中的光点。连绵起伏的大山，阻隔了村民与外界的联系，也阻隔了大世界的文明。村寨里曾经有两个人吵架比见识，村民甲大声吼道：“我连金鸡口都去过的，我还怕谁呢？”村民乙听了这句话立刻就被镇住了，心生胆怯而不敢再与这人斗狠，因为他是连金鸡口都去过的人，自己最远也只到过邬阳关上。村民乙甚至在想："到了金鸡口，是不是就到了天的尽头？前面还有庄户人家吗？"

这种时空阻隔，既限制了山内外资源流动，又阻隔了现代法治思想进入。早期山民多为日出而作，日落而息，凿井而饮，耕种自食，天灾人祸完全由家族承受，缺乏必要的社会保障，有了纠纷矛盾也是"族长"说了算，讲死理不讲法，"家长制"取代着社会治理体系中的法治思维、信奉"君要臣死，不敢不死；父要子亡，不敢不亡"。既然对于生死都是这样无奈，那么对于利益纷争就更没有主张权利的余地了。这便是对于"村寨文化"的解释。其实这完全不属于一种文化现象，而仍然是基层治理中的缺陷与误区。

鹤峰县邬阳乡政府所在地邬阳关，因两山对峙耸立，以自古兵家易守难攻的关口屏障而得名。境内地形险要，群山高矗，峰岭叠嶂，自古便有"以拳脚论英雄"的习俗。民族英雄陈连升少年时代为清江簰帮老大，他的一句口头禅至今还流传在民间："谁若不守规矩，不懂礼数，当心我的拳脚不长眼睛！"谁的拳脚工夫好，便能执掌一个团体，一个村寨，一个部族，这几乎是早期邬阳关一个约定俗成的规矩。用拳头不用法，采用暴力统治，这也是早期乡村治理中的产物。

到了宋代，惯称生活在此地的巴人后裔为"土人"，也称外来汉人为"客家"。"土人"是土家族先辈，人们挽草为记，搭棚而居，生活在险峻大山之中靠天吃饭，狩猎为生，造就了彪悍民风。曾经一度，土匪、山大王势力猖獗，暴力抢夺的情况时有发生，杀人越货事件也经常出现。强身习武成为邬阳关人生存的必备条件。在中国近代史后期，邬阳关被称之为"战神故里"，以此缅怀鸦片战争时为国捐躯的陈连升将军及陈长鹏、陈举鹏三父子。以村寨以家族为单元，谁的拳头硬，谁的武功高听谁的。而这个"拳头"同样具备着双重功能，对内实施管束，对外抗拒暴力。这便是"用拳头不用法"的真实情形。

1924 年左右，三县交界的土豪黄协臣，官匪曾飞武经常仗势欺人，霸占民女，抢亲夺妻，寻衅夺物，鱼肉乡里，成为邬阳关一带人人畏惧的"拳头"。1926 年秋后，陈连振、陈宗瑜、陈宗瑗三父子揭竿而起，组织农民自卫武装，举起“拳头”抗暴力。陈宗瑜亲手杀了官匪曾飞武，之后在凤凰寨设神坛操练神兵，对抗欺压，抗捐抗税，抗拒兵夫粮款，最后成为杀富济贫的革命好汉。

湘西与鄂西山水相连，民情相通。湘西兴拜“扛把子”管理村寨，照样还是拳头当先，谁的拳头硬，谁的拳脚工夫好，谁才有资格被拜为“扛把子”。而在众多的“扛把子”中又拜“大扛把子”。往往是一个“大扛把子”就管着十几个“扛把子”，也就是十几个村寨。这也是较为原始的乡村治理模式。而在鄂西南这片山地里，拜把子的形式也存在，但多为拜“龙头大哥”，每年都会设擂台比武，最后选出武功高强的“龙头大哥”，执“龙头拐杖”管理乡村的事务。陈连升的爷爷陈富就曾经是邬阳关的“龙头大哥”，他手中的“龙头拐杖”便是权力的象征。一个地方能够长出参天大树，必须要有特定的环境和土壤。鄂西邬阳关之所以能够出英雄，湘西洪家关之所以能够出元帅，一切并非偶然。

“用拳头不用法”无疑是一种暴力倾向，但在偏远乡村基层治理体系中却长期存在。而站在当下的高度，我们只能用辩证唯物主义观点去看待历史，去分析历史的伤痛，并从中吸取经验和教训。

以上这些探索与思考，正是全国模范司法所长共产党员罗才胜对乡村治理历史背景的深层分析，他把这样的背景归结为“历史的伤痛”。

路漫漫其修远兮

说起高峰这个地方，人们一定不会陌生，那里山高人为峰，百业争上游。云雾曾是高峰乡的一个村，现在下辖于邬阳乡。在那个交通不便，信息闭塞的年代，人们常以为“云雾”还在“高峰”之巅，地处十里雾中。其实不然，云雾村地处偏远不假，与五峰金山坪隔河相望，山中常年云雾缭绕，是一片物华天宝、人杰地灵的山地。在这片风景秀美，充满灵气的山地里，在党的光辉照耀下，涌现出了一大批优秀人才，全国模范司法所长罗才胜，全国最美乡村教师邓丽，都是出生在这片云雾缭绕山地风景里的精英人物。

1961 年的冬天很寒冷，大雪封了山，冰冻三尺。一个婴孩的哭声透过浓浓的雪雾飘散在了那个寒风刺骨的早晨。婴孩哭声未落，远处山地里便传来一声轰响，那是积雪压断枯树的声音。寄居在云雾村的张先生手摸胡须，望着这片朦胧雪野感慨地说："婴孩生来天出异象，看来这云雾村罗家屋场，又要出一个精英人物了。"这个婴孩就是罗才胜，张先生当年的预言果真不错。

仍然由于大山阻隔，罗才胜的童年虽然也有快乐，但更多的还是艰难困苦。到了上学读书的时候，他学唱的第一首歌便是："共产党像太阳，照到哪里哪里亮，哪里有了共产党，哪里人民得解放……"可就在他渐渐懂事的时候，老师给他们讲了龙海谷和项炳然两名土改工作队的解放军战士，牺牲在云雾村的故事，让他幼小的心灵受到了强烈震撼。由于他身体较为瘦弱，造成了他内向的性格。孩童们冲锋陷阵打闹奔跑的时候，他常常掉在后面，用眼睛观察着同伴们，就好比是在探究"彪悍烈犟"的由来。读书识字以后，他学会了矜持与文静，时常独自躲在保管室的大木缸里看书，任凭林梢间山风呼啸，也不管邻里们争吵谩骂的闲事。村庄里的鸡犬之声，山野里的云卷云舒，时常勾起他的遐想。他偶尔也会开怀大笑，那除非真是遇到了可笑之事。在他眼里最欣赏的还是张先生博学多才，还有张先生毛笔蘸墨写的那一手好字。

性格内向，不等于没有男人的阳刚；身体纤弱，不等于没有内在的傲骨。曾经有一个日子，屋场上有一个同伴讥却他，说他望着屋场上那位年轻嫂子的丰乳肥臀发愣时，他心生怒火，面露凶相，弯着腰抡起拳头就把那个同伴狠狠地揍了一顿，也头一回尝到了使用拳头的痛快与酣畅。

1968 年，刚满七岁的罗才胜便目睹了"高峰事件"捆绑吊打的血腥与残忍，在他幼小心灵之中开始憎恨暴力，渴望和期待村庄里能够拥有一片安宁和谐的景象。他爱学习，勤思考，心灵向善向美，并立志长大之后成为这片天地里顶天立地的汉子，用自己的力量和智慧阻止暴力，创建一片和谐安宁的环境。

十年寒窗，罗才胜经历了饥饿与寒冷，也经历了肩挑背驮的苦痛，饱尝了生活中的酸甜苦辣……多少个夜晚，他听着高寒地区呼啸的山风，望着窗外那一轮高悬的凉月，苦苦思考着自己的人生与未来。

1979 年，罗才胜高中毕业后回到了云雾村，他参加过"三线"建设，也从事过农业生产，最后还被优选成为村里的团支部书记。汗水浸润着他的衣衫，疲劳侵袭着他的肌体，整日劳其筋骨，苦其心智……炎炎烈日下，暴风骤雨中，他曾苦苦地寻求着命运的转机，也曾深深地思考过，苦苦地寻求过改变乡村命运的良方。可仍然由于大山阻隔，山险水横，寻求出路太难太难！但罗才胜没有沉沦，没有屈从，始终胸怀着志向，刻苦学习，等待着人生命运中的那一缕晨曦，那一片曙光。

云雾村罗家屋场，是罗才胜的家园，居住着他的族人和亲朋。山头的水井，门前的桃李，到处乱窜的鸡犬，还有那农家的粗茶淡饭，粉扎酸菜，都是他记忆里难以忘怀的乡愁。特别是家门口的那一条小河，更是他与同伴们成长的摇篮。打鱼摸虾，嬉闹戏水，是他们无比欢快的童趣。小河的流水清澈甘洌，小河的风景格外秀美，这些都是他们脑海里共同的也是最美好的记忆。

在那个贫穷落后的年代，男人们弯架打杵不离身，女人们粗布裤子几根茎，田里的庄稼因为缺肥长得好比穿着黄军装的复员军人。山上功夫烈，田里功夫苦，每天劳动收益不过几个一分子。都是穷日子过怕了，年轻人哪个又不想逃离村庄？哪个又不想到外面的精彩世界里去寻找发展机会？眼看着有的当兵走了，有的被推荐上了大学。罗才胜眼巴巴地望着心里着急，送公粮、背化肥，时常压得腰弓背驼，眼冒金星。山道上传来一声声痛苦的吆喝，庄稼地块里常能听到一声声重重的叹息。清苦的日子，辛苦的劳作，何时是个头啊？罗才胜咬紧牙关在村庄里坚持了三年。终于在 1980 年早春的一个日子，他被推荐到鹤峰县公路段湾潭河道班当了一名养路工人。虽然依旧是扛着锄头铁锨上路铲土填路，但总算有了一份按时上班下班的工作。

天晴时，奔驰的车辆在泥路上卷起一缕风尘；下雨时，过往车辆溅起的泥浆时常浇在养路工人脸上。新修的巴鹤线塌方多，为了保障畅通，道班工人时常一战就是一个通宵。但罗才胜没有叫过苦、喊过累。因为他喜欢这份来之不易的工作，也喜欢这条通向外面世界的路。他知道这条路是邬阳人历尽艰辛用钢钎二锤，挖锄铁锨凿出来的大道，是邬阳人的一条生命通道，也是邬阳人的一条希望之路。这条路，一头连着大山的深处，一头连着大世界的文明。也正是从那个时候开始，他深刻地认识到了这条巴鹤线对于邬阳人民的重要性。那是一个月明风清的夜晚，罗才胜躺在道班宿舍里，枕着轻悦如琴的河水声难以入眠。他在想：假如有那么美好的一天，能把这条路一直修到高峰，修到云雾村该多好啊。

那段时光，是他的青春年华，也是他激情燃烧的岁月。多少个夜晚，他就着昏黄的灯光刻苦学习，他期盼着能够早日从这条七弯八拐的路上走出去，也梦想着通过自身的努力，能够早一天把公路修到高峰乡，修到云雾村。虽然那段时间已不再是风餐露宿，也不再是弯架打杵不离身，但那种追求光明，期待转机的时光仍然是那样难熬，那样漫长……他始终怀揣着梦想，虽然当个养路工人同样是新时代无上光荣的劳动者，担负着维护郧阳人民这条生命线的光荣使命，但他总觉得自己应该通过知识改变命运，应该发挥自己的聪明才智，对这个社会有更大的作为。于是他更加努力学习，他相信机会一定是给有准备之人的道理。

在湾潭河道班，经历过两年集体生活之后，罗才胜迎来了一个阳光灿烂的春天。1984 年早春的一个夜晚，他躺在湾潭河道班那间简陋的宿舍里做了一个奇怪的梦。他梦见贺龙带着万千红军从湾潭河石拱大桥上开拔过来了，其中一名红军战士来到道班宿舍门口，拍打着他的房门大声喊道："罗才胜，罗才胜！你怎么还不起床赶快参加革命队伍？"在梦中，他十分清醒地记住了这句话，也十分模糊地记住了贺龙带着万千红军开过大桥的场景。一连几天，他都在暗自分析这个梦里的深意。可就在他百思不得其解的那个早晨，好消息如期而来，乡镇干部招考可以报名了，按照相关规定，罗才胜完全符合招干条件。这时他才恍然大悟，立刻明白了那个梦里的深意，参加"革命队伍"是他人生命运的转机，他顿时感到前途一片光明。

出发前，他在自己笔记本扉页上公公正正写下了一行字：路漫漫其修远兮。

心有天知上高峰

面向社会公开选拔招聘国家干部的这次招考，是备受社会关注的，这是多少年多少人久违的机遇。对照报考条件在郧阳报考的回乡知青、复员军人和基层干部就有一百多人。罗才胜总算对得起自己十几年的苦读苦熬，也对得起拼搏奋斗的艰辛和汗水，还有所耗的灯油。他在一百多人之中脱颖而出，成了同伴们眼中闪亮的星。最后经过层层把关，政审考核之后，罗才胜被择优录取成为国家干部，用梦里那位红军战士的话说：他就算光荣地“参加了革命队伍”。

在党校参加岗前培训的半年时间里，他刻苦学习，提升自身素质，但他也在不停地思索：思索过自己党校结业后的去向，也思索过自己未来的人生命运。渐渐地，罗才胜终于明白了，自己的人生命运注定是与高峰这片高寒贫困的山地分不开的，那里生存环境极其艰苦，工作环境也相对恶劣，几乎是个厕屎不生蛆、干部调不进去的地方。我是高峰人，生就是耐寒抗压的角色，我不上高峰谁上高峰？

1984 年 6 月正式入职参加工作后，罗才胜同志于 1985 年 7 月 1 日加入了中国共产党，并先后担任高峰乡人民武装部部长、副乡长、乡党委副书记、乡长。高峰乡政府办公楼仍然是原高峰公社的五间木屋，虽然并不显得高大气派，可在老百姓眼里那就是主宰一方的府衙，能够把铺盖卷儿从湾潭河道班宿舍搬进这栋木屋，那便成了能主一方沉浮的官员。

20 世纪 80 年代正值改革开放初期，乡镇干部的工作异常辛苦，上山下乡全靠一双脚板两条腿杆子，晴天一身灰和汗，雨天一身泥和水，而且工作任务极其繁重。实行家庭联产承包责任制之后，接着又是“两山并一山”，随着人民群众自我意识不断增强，山界林权纠纷到处都是。上面分兵把口，下面撮箕贯斗，中心工作一阵催着一阵，“收款子，割卵子，发烟子”，阵阵不离“穆桂英”。乡镇领导干部官不大，可是责任大，不到一年工夫，罗才胜就饱尝了基层工作的酸甜苦辣。更让他感到无奈的是：乡政府年轻干部少，文化水平普遍偏低，他时常一头扎进办公室，为那些文字材料一熬一个通宵。

可是再苦再累也要干，老话说得好：“变了牛，你就得耕田！”到了乡镇一级领导岗位上，这就叫“在其位，谋其政，思其职”。当罗才胜逐步弄清高峰乡的现状和实际情况之后，他开始认真思考和探讨彻底改变高峰乡贫穷落后面貌的根本途径。他认为是一条路，是一条通向外面世界的路。不解决路的问题，高峰乡解决温饱，摆脱贫困就没有希望。

在乡党委政府的一次工作会议上，罗才胜大胆提出了修通高峰乡公路的设想。他措辞严密，掷地有声。然而，面对他的大胆设想，乡村干部的反应却让他大失所望，心灰意冷。有的摇头，有的冷笑，有的甚至说他异想天开，不知天高地厚……说句实话，望着石龙河谷，望着朱家岩皮，望着青华山那长长的清亮如镜的石壁，他的底气也不足，心里也在颤抖。

在一次乡党委会议上，他仍然语气坚定大胆地说出了修公路的设想，并反复强调修通高峰乡公路的重要性。他说："信念值多少钱？信念二字原本是不值钱的，但只要我们能够坚持信念，它就会产生无穷无尽的效应！"修通高峰公路需要胆魄和智慧。在他的一再坚持之下，乡党委一班人最终达成了共识：修路！修一条通向外面世界的路。

为了理想和信念，为了高峰人民的幸福与发展，罗才恒、颜学松、张孝金、罗才胜等一批顶天立地的汉子站在了一起，形成了一个坚强战斗堡垒。紧接着石龙河谷间响起了隆隆炮声，那是最刚烈的语言，也是最为铿锵的吼声，开阔山体之上出现了一道闪亮的划痕，这是高峰人民心里一道最美的风景，是展亮在这片高寒山地里的希望。

贫穷并不可怕，怕的是看不到翻身的希望。随后的一段日子，罗才胜渐渐明白了：乡党委政府号令修路，就好比1968年经历过"高峰事件"的伤痛之后，李传发同志主政高峰时，带领高峰人民兴建金鸡口电场一样，让人民群众再次看到了奔向光明的希望一般。

路，是高峰人民共同的梦想，它像一把燃烧的火炬，点燃了高峰人民久违的激情。公路沿线工段上的筑路民工一度达到了两千多人，那场面激动人心。果真是：茫茫人海阔，高山起风尘。那个火热场面，许多年之后仍然在人们的记忆里闪光。

历尽天华成此景，人间万事出艰辛。历经3年苦战，一千多个日日夜夜风雨兼程，就好比演了一场精彩的电影。到了1988年秋天，从石龙寨巴鹤线接线点，经石龙寨河谷、朱家岩皮、下车头、岩湾、青华山到高峰乡政府所在地二台坪的16公里公路全线贯通。举行通车典礼的那一天，二台坪人山人海，车水马龙。鹤峰县人民政府副县长夏芝珊在通车典礼大会上，感慨万千地说："高峰公路建成通车，是鹤峰县公路建设史上又一个奇迹！"

而在这个奇迹背后，不仅有创业者们辛劳的汗水，也有创业者们辛酸的泪水，过中的艰辛与苦楚真是一言难尽。望着那条崎岖蜿蜒的大道，听着汽车爬山上行的嗡鸣之声，罗才胜激动得想哭。通过这一千多个日日夜夜劳苦奔波，也让年轻干部罗才胜明白了一个道理：只要大胆开拓，坚定信念，持之以恒，拼搏苦战，大事终究可成。

高峰公路胜利贯通，推动了高峰乡快速发展，也增强了高峰人民对共产党的崇敬与信赖，为党的方针政策进一步推进提供了保障。紧接着实施“温饱工程”，提高单产增加总产，漫山遍野的地膜覆盖，如皑皑春雪，成了这片高寒山地里耀眼的风景，也让穷怕了的高峰人民看到了填饱肚子的希望。

紧接着实施产业结构调整，大力发展商品经济，培育烟叶和药材两大支柱产业，让群众的腰包迅速鼓了起来。

知识不仅能够改变个人命运，同样也能推动一个地方发展。这时已经升任高峰乡党委副书记、乡长的罗才胜同志，大胆提出“思维方式”和“工作方式”的大转变，寻找变高峰的劣势为优势，快速形成产业支柱，赶超兄弟乡镇的方法。一是实现由传统种植自给自足的本位性农业向立体开发、集约经营的农业转变；二是实现由封闭守旧向开放开发的转变；三是实现由“等靠要”的依赖思想向自求发展、增强自身造血功能转变；四是实现由传统工作模式向把握自身特点开拓创新的工作方式转变……在工作中，罗才胜除了坚定不移地执行党在各个不同时期的路线、方针、政策之外，他从来没有停止过探索与思考。他把自己当作一块柴薪燃烧，以火热的激情投入到社会主义事业建设中去，践行了一个共产党员的初心使命。

因为有了这条路，高峰的变化有目共睹，高峰的变化举世瞩目。因为有了这条路，完全改变了人们的生活格调，人人都有了追求和梦想，人人都有了为之奋斗的目标。可是，年复一年奔波操劳，年复一年坚守与拼搏，也让罗才胜感受到了一些疲惫，一些无奈……在基层工作是一种奉献，即使你被熬得油尽灯枯，也未必能够进入高层视线，而给予你更加广阔的平台与空间，让你去施展聪明才智。

有一个晴朗无风的日子，罗才胜平静地望着自己的履历，由衷地慨叹道：“此生注定难以做大官，但是立足于这个平台，完全可以办大事。”他对自己前途和命运的判断并没有错，离开高峰，他走的仍然是一串平淡的小碎步，先后担任过鹤峰县栗子乡党委副书记、邬阳区公所宣传干事、邬阳乡社会事务办公室主任、综合治理办公室常务副主任等职，在这些平凡的岗位上一干就是许多年。

2010 年 2 月，罗才胜同志被任命为鹤峰县司法局邬阳司法所所长。走上新的岗位，他的内心却很平静。望着司法所简易的办公条件，陈旧的办公桌椅，他仍然平静地想："也许这一站便是我人生的归宿，也是最终能够让我焕发出人性光辉的地方。"

衙斋卧听萧萧竹

"衙斋卧听萧萧竹，疑是民间疾苦声。"这是清代县官郑板桥的诗句，所表达的是一个贴心为民好官的情怀。罗才胜把郑板桥这首诗公公正正写在了上任司法所长后启用的第一个崭新笔记本上，是想提醒自己沿袭一个好官的这种为民情怀，并追随其后也做一个好官的心境。

长期从事基层领导工作，而且善于分析与思考的司法所长罗才胜，对新的历史条件下乡村法治建设有着独特见解。他认为：山区法治建设需要以农村文化为牵引，文化沁润型法治治理，便是其必然选择。农民信权威、讲死理、爱动武，不信法这种土司文化，村寨文化遗风，具有侠义精神特质。而山区法治建设的特征，就是要把现代法治精神，巧妙融入到山区传统文化的特质之中，从而实现法治精神的内生，建成一种和谐适用的乡村治理模式，培育农民的法治意识，提升法治精神，这样才能真正实现山区治理法治化，推进"文化沁润型"法治落地。

当司法所长罗才胜针对基层治理问题，大胆地讲出自己的思路和设想时，很多人听得一头雾水，两眼茫然。一开始还有人误认为他是"别出心裁"，在书中找理论，讲话脱离实际，就连少数分管领导干部也不完全理解"文化沁润型"模式的真正内涵。

这期间，罗才胜感受到了一种从未有过的精神孤独，一种难以沟通、难以理解的孤独。怎样才能突破这种局面呢？说白了这是一个认识层面上的差异。那么摆在乡村干部面前的问题是：必须深入开展法德教育，不仅要提升广大村民的素质，实施系统教化，还要提高乡村干部法治意识和素质提升。用基层干部的一句行话来说，这就叫“磨刀不误砍柴工”。

“怎么教！在哪里教？”就凭司法所这简陋的办公条件？如果我们把罗才胜同志现在所处的位置视为“杠杆”，那么他现在急切需要的是一个“支点”。有人说：“给我一个支点，我能撬起地球。”而在这时，罗才胜同志也有了些许茫然，因为他正在苦苦地寻找这个“支点”。

有一个日子，罗才胜突发奇想：寻求这个支点，或许需要一个漫长的过程，或许这个“支点”就藏在郐阳乡某一个角落，就藏在郐阳乡的某一段早已尘封的历史里，只是发现这个“支点”，仍然需要敏锐的目光。

当有一天他在办公室翻阅司法所以前的一本登记台账时，罗才胜锁起了眉头。郐阳乡山大人稀，块头小人口少，可登记在册的民事纠纷就有358件，有些一压再压，成了多年调而未决的积案。仅斑竹这样一个块头较小的行政村，积压的民事纠纷就有30多起，很多遗留问题放下去轻如鸿毛，提起来牵动人心，闹得心气不顺，邻里不和，影响一个地方和谐稳定。有时候正是因为一些原本不足挂齿的民事纠纷，发生变化导致矛盾升级，引发恶性刑事案件。罗才胜在那间简陋的办公室里熬了几个通宵，他把这358件民事纠纷进行分类，然后追踪排查，凡是能够协助村里调查调解的，做到矛盾不出村；村级组织通过调处仍然不能达到调解目的，由乡级政府抽调人员组成专班进行调处。

合上这本台账，罗才胜耳边响起了一阵阵强烈的呼声。在吃饱了肚子，穿暖了身子的民众之中发出这种声音，不正是郑板桥当年在衙斋之中疑测到的“民间疾苦之声”吗？罗才胜感受到了一种压力，也感觉到了一种责任，于是他决心把化解这些民事纠纷作为工作重点，以此宣传法律政策、践行法治理念，用心血和汗水创建一片和谐安宁的文明净土，实现一个共产党员的为民情怀。

也正是从那一个时刻开始，罗才胜心里时刻想着两件事：一是如何通过自身努力，拼搏奋斗，忘我工作，使司法行政工作在郐阳这片红色土地上最大限度彰显其职能，得到社会各界广泛认可，得到人民群众理解和支持，为地方民主法治建设创建一种模式。二是寻找有利时机，把握各种机会，争取资金投入，在郛阳关建一栋像模像样的司法综合大楼，创办法德讲堂，为今后独立司法行政工程提供硬件支撑。这是一个理想，而更像是一个梦境。

在思考这两件事情的过程中，罗才胜却隐隐感觉到，他离自己苦苦寻求的那个“支点”似乎越来越近。

还是那句老话：“信念值多少钱？信念原本是不值钱的，但只要我们坚持信念，它就会产生巨大的作用，焕发出耀眼的光彩。”让很多人都没有想到的是，一度被民事纠纷缠身，捆住乡村干部手脚的民事纠纷顽症，终于在乡村干部的共同努力之下，用心血和汗水将其溶化了。曾经一度“漫天蛤蟆叫”的景象，终于变成了开怀的笑声，到处都有了握手言和的酣畅，到处都有了重归于好的开心场景。司法所曾经的那一本让人生烦的台账，而今变成了一本本整齐厚重的卷宗，在司法所办公室里整整齐齐装满了一柜子。望着这些来之不易的卷宗，罗才胜同志心里有了一丝欣慰，或许这就是他当初勇往直前，坚持信念的结果。

在具体运作过程中，司法所积极配合乡党委政府开展法治宣传，并且把民事纠纷调处与法治教育结合起来；把推进普法教育与建设法治乡、法治单位、法治村结合起来。那期间，罗才胜同志奔波在一线，苦口婆心以案说法，亲自宣讲法律知识 50 余场，受教育群众累计达到 3.2 万人次。法治思维开始潜移默化改变着人们的思维模式，融入了乡村文化生活，崇尚法律的观念已经在郛阳这片土地上悄然形成，彻底改变了过去那种“普法”流于形式的被动局面。

郛阳乡山大人稀，工作环境十分艰苦。但罗才胜不畏艰难，越是艰险越向前。在短短 5 年时间内，他亲手承办的法律援助事项就高达 350 余件，而且件件有回音。他所承办的法律援助案件 35 件，其中非诉讼代理案 23 件，办理诉讼代理案 12 件，满意率达到了百分之百，所有法律援助对象做到了应援尽援。这期间，郛阳乡社区进出矫正对象 18 名，刑释解救安置帮教对象进出 85 名，无一人脱管漏管，无一人重新犯罪。罗才胜一腔赤诚，不辞辛劳，在民事纠纷调解过程中，他接手负责承办的都是一些棘手的案件，啃的都是硬骨头。他受理调解 64 件，成功调解处理 64 件，而且无一件翻案反弹。

俗话说："没有金刚钻，别揽瓷器活。"罗才胜不是科班出身的法学人才，却在基层治理法学运用中，成了连专家学者也十分敬仰的专家。可在这些辉煌业绩背后，他付出了多少心血和汗水，的确是人们难以想象的。

2012 年 3 月的一天，一位名叫陶全清的妇女怀揣着一份由鹤峰县两位县委常委签批的公函，来到了邬阳司法所的办公室，要求解决一起已经积压 18 年之久的山林纠纷。通过耐心细致询问了解，罗才胜初步认定这是一起案中案：邬阳乡郭家村三组与四组之间因为修路引发的一起群体纠纷之中，就有一户是分得陶全清家山林之后持使用权而在其中阻止公路通行的。他迅速从这一复杂的群体纠纷案情中理出了一个头绪，找到了问题的症结。

于是，乡党委政府组建了调查处理专班，罗才胜自然而然成了专班中的核心人物。为了尽快弄清事实真相，他迅速取证，查阅历史资料，并从平息因修公路而引发的群体纠纷入手，在复杂案情之中苦熬了 23 个日日夜夜。多少次他拖着疲惫的身子从风霜雨雪中归来，浑身被汗水湿透，时常钻山入户弄得半身泥巴……而罗才胜这种耐心细致的工作态度，压倒一切困难与干扰的吃苦精神，深深地打动了当事人陶全清。

说句实在话，考虑到法律面前人人平等的基本原则，一开始罗才胜并没有在意当事人陶全清有什么来头，或者说有什么特殊的身份。

有人曾说，愚公移山可以感动上帝。却原来真诚的服务、公正执法的精神也能感化当事人。当他听到这起山林纠纷的主要当事人陶全清对邬阳乡党委政府及司法所给予高度评价时，罗才胜慨叹着讲出自己想在邬阳关建成"农民法德教育培训基地"，并与司法所合署办公的设想时，没想到陶全清慨气地说："你的这个想法好！创办农民法德教育培训基地，提升农民素质和法德意识势在必行，我出资 20 万元支持你实现这个梦想！"听到这话，罗才胜开始似乎有些不相信自己的耳朵，望着陶全清女士半晌没有说出话来。

原来这位陶全清不是别人，正是那位曾经在邬阳关支起炉灶炸油粑粑供子女上大学的陶全清。而今通过自主创业早已成为襄阳市汽车零配件制造集团公司董事长，是全国知名的民营企业家。而这位神秘人物的出现，似乎给罗才胜搭起了一块跳板，有了这块跳板，离他苦苦寻找的那个"支点"就已经越来越近。

如果说郑板桥的这首“衙斋卧听萧萧竹，疑是民间疾苦声；些小吾曹州县吏，一枝一叶总关情”讲的是一种情怀。那么在这些年的艰苦奋斗之中，罗才胜枕戈待旦、闻鸡起舞的紧张工作状态，对工作的那种兢兢业业，似乎是用这首小诗也难以表达的。

血腥重案给人警醒与启示

2013 年 3 月 9 日，是一个惊心动魄的日子，一起在郧阳乡杉树村三组已经发生了两天的血腥命案被一名过路女性发现，顿时对河两岸喊得天摇地动：“杀人了，杀人了啊！”

紧接着，村支书到了现场隔窗确认事实后向公安局、派出所报了案。司法所长罗才胜迅速与乡政府、派出所民警赶赴案发现场。可那时对于地方上发生凶杀案的事，老百姓有些司空见惯的感觉，因为从前在郧阳这片山地里杀人的事件经常发生。可是当村支书领着派出所的民警进入现场初步查勘之后，一会儿就炸锅了：“拐哒，杀了 2 个！杀了 3 个！”随着现场查勘进一步深入，出现了让人震惊的结果：“4 人被杀，杀人犯最后自杀，一下死了 5 个人！”

一时间，泥泞的山道之上挤满了人，州、县公安局的刑侦人员和解剖专家陆续赶到现场。早春的寒凉中透着杀气，天上飘着雪花，朦胧的雪雾包裹着群山，紧张惊恐的气氛弥漫在乡野，渗透在了寒凉的空气中。

基本弄清发案诱因之后，罗才胜心里感到了一阵隐隐的刺痛。因为这起血腥凶案的诱因，仍然是家庭婚姻矛盾所导致，如果能够早发现，早介入进行调解处理，或许就能大事化小，小事化了，不至于让这 5 条鲜活的生命死于伐木的板斧之下。一夜之间，一家祖孙三代七口人，只剩 2 个已经上学寄宿的孙娃儿，还不幸成了孤儿。

当夜幕降临，罗才胜陪同乡村干部守卫在案发现场，内房里的床上、地上躺着 5 具死尸，他们在火炉房里架着柴火围坐着。有些同志为了壮胆，高声大嗓、七嘴八舌地回顾着这片山地里历来发生过的一起起凶杀案的情形。但罗才胜同志一直沉默着思考着，没有发表高谈阔论。他的耳边在嗡嗡作响，心里仿佛在滴血。但是他所听说过的和他亲自前去现场处理过的几起凶案，还是从尘封的记忆里跳出来，浮现在了他的眼前。

儿时，他曾经听说过云雾村一个名叫柳花子的人，亲手杀了儿子后用一只铸铁吊炉锅煮儿肉吃的奇案。柳花子凶残可恨的形象一直是他心灵之中的阴影。常言道："虎毒不食子。"他没想到人性中还有如此凶残的一面。

1987 年 6 月间，时任高峰乡人民政府副乡长的罗才胜，只身连夜奔赴到云雾村六组狮子口河岸，去处理一起凶杀案。年轻村民曾庆凡准备修房，在父亲曾宪尧承包的田块里挖黄土踏泥做瓦坯，准备烧制土瓦盖屋。可父亲曾宪尧以儿子曾庆凡没有给他请示汇报就强行开挖田中黄土为由，开始争吵谩骂起来，最后气急败坏，父子斗狠互不相让，言语过激，父亲曾宪尧冲进柴房取下一把挖锄，扬起锄头朝儿子曾庆凡头部猛砸下去，一股殷红的鲜血喷洒了出来，争吵谩骂之声戛然而止，一起父亲用钝器击中儿子头部致死的凶杀案酿成，恶果只因争吵而起。

那是一个极其阴森恐怖的夜晚，罗才胜与公安局刑警队取得联系后，徒步从乡政府所在地二台坪出发，翻山越岭行程三十多里山路，步入狮子口的地界时已是入夜。山道崎岖陡峭，空旷的狮子口峡谷之间有夜鹰在不停鸣叫，再加上 1983 年山洪席卷而下，把狮子口两户李家的 7 口人卷入洪水丧生，真是凶山恶水的境地。罗才胜不由得打了几个寒战。

爬上曾宪尧他们家已是小半夜，汗水湿透了他的衣衫，长途奔袭之后，他的双腿抽筋发麻。可他顾不得这些，平静了一下心气之后，挺起胸膛直面这起凶案时，眼前便是一片惨景：儿子曾庆凡躺在黄土坎下的血泊中，父亲曾宪尧吓得浑身糠糠耸，知道自己这一冲动，手起锄落打死了儿子，就等于是一并打死了自己，一个完整的家顿时失去了两根顶梁柱，天就要塌下来了。好端端的一家人，就因为性子暴烈，一时冲动而酿成了难以挽回的人间悲剧，教训惨痛啊！可这世上就是买不到后悔药。

在那个无比恐怖惨烈的现场，罗才胜坚守了整整一夜，直到第二天公安局刑警队的同志赶到后，勘察了现场，掩埋了曾庆凡的尸首，然后给曾宪尧戴上手铐，这才一路返回高峰乡政府……许多年后，罗才胜仍然在想：如果当时有那么一个人及时站出来劝阻，化解这对父子之间的矛盾，或许那个惨案就根本不会发生。

在杉树村三组“3·7命案”现场的那个夜晚，那年发生在高峰村的吕宗喜杀害鄢凤珍的凶案现场情形，也浮现在了罗才胜同志眼前。他感到无比痛心，这也是一起因为恋爱婚姻纠纷未能及时化解而导致的惨案。

处理得太多，经历得太多，每一次都是警醒，每一回都有启示，但为何血腥惨案还是在继续发生？从柳花子杀子煮肉案，到这起“3·7命案”发生，在郧阳这片山地里发生的血腥惨案不下数十起，在封山堵卡抓获逃犯的过程中，耗费了多少人力物力，乡村干部吃过多少苦头，可为什么就不曾有人站出来反思一下，寻找破解之法？如果把乡村干部协助捉拿凶犯的精力和时间拿出来，在乡村治理体系中搭建一个法治体系和框架，及时发现并搜集到下面的动态信息，或许就能够有效避免凶案发生。

然而，这里面有一个关键问题是：如何及时排查矛盾纠纷的苗头，及时化解矛盾纠纷，避免矛盾升级激化。

或许这就是思想者与普通人之间的本质区别。罗才胜坐在“3·7命案”的现场，听着同事们的高谈阔论，居然能够想到这样一个深层次的问题，这是一种在黑夜中发现微光的智慧。

可是，望着那两扇虚掩着的隔门，他的脊背上掠过一阵阵寒栗，他的脸面上布满了痛苦的表情。罗才胜顿时感觉到了自己肩上的一种责任，一个构筑乡村法治建设网络的想法从他脑海里跳了出来，并一闪而过。他的眉头紧锁着，他的心里颤抖着……随着脉搏跳动的节奏，他在一遍一遍地拷问着自己的良知：老百姓需要一片和谐安宁的乡景，这是一个起码的奢望，我们能够给予吗？

屋外的浓雾仍然在不停地翻卷，天上的雪花仍然在不停地下着，柴火在燃烧……但愿一切都能在这个痛苦的春夜之后，有一个崭新的开始。

饱蘸心血成此景

一个人成功的过程，实际上就是实现人生理想，不断圆梦的过程。所幸的是陶全清女士20万元援建资金很快落实到位，罗才胜同志激动得一夜未眠。这不仅仅是一笔来之不易的基建资金，更是一份信任、理解和支持，也是一位企业家回报社会、助推乡村法治建设的责任与担当。在罗才胜眼里，这就是一架助他圆梦的云梯。

自那个时候起，罗才胜坐不住了。乡村法治建设必须加快进度尽快靠近目标，他不想悲剧在邬阳重演，他不想因为民事纠纷转化升级激化成恶性案件。加快乡村法治建设，就是构筑人民群众的生命防线，刻不容缓！

罗才胜顺应了当下那句口号："两手抓，两手都要硬。"他一手创建"四级法务网"，一手抓司法所综合办公楼建设。有道是：起屋造船，彻夜不眠。他把司法所建设当成了自己的家事，倾注着全部心血。平整地基时，大量弃土掩埋了农户的山林，遇到了阻工现象，他放下身架给人家说好话、求谅解；施工方在工程质量上稍有马虎，他对照合同据理力争，分毫不让。就连施工现场的工人们都说："这个罗所长当真火色！"

邬阳乡山大人稀，交通条件与从前相比虽然有了很大改变，但与发达地区相比仍然存在着差距。可随着人民群众法律意识的不断增强，运用法律武器维护自身权利的愿望更加迫切。但是，人民群众的诉求怎样才能找到法律渠道，得到援助，却又是摆在司法行政工作面前的一道难题。

在几年的工作实践中，罗才胜不断地研究探索，不断地追寻实践，最后一个完整方案从他的思维中跳了出来，付诸于法治建设行动中。即构建"四级法务网"，形成一个完整体系，并迅速覆盖到乡村，连接千家万户。

一是组建法律顾问团，解决矛盾纠纷靠法律。乡政府聘请四位律师作为法律顾问，印制律师信息卡，村民遇到法律方面的疑难问题，直接拨打电话咨询律师，随时咨询律师，一改过去需要乘车进城找律师，往返浪费金钱和时间不说，还时常求法"无门"的现状。

二是村级配强一名法务联络员，让百姓遇事依法律。为了让"律师进村，法律便民"的活动更直接、更优质地服务于群众，邬阳在全乡推行了"互联网"法律服务模式，依托网络化管理服务平台，将各村网格管理员配备成村级法务联络员，并掌握基本法律知识，以解答群众最基本的法律问题，使之成为村民与律师顾问交流的渠道与桥梁。

三是每个村民小组推选一名义务调解员，让群众有事找法律。按照"公道正派，群众信任，说话管用，有一定文化水平和法律素养，善于调解一般简单民事纠纷”的标准，由每个村民小组召开群众会议，公开推选一名义务调解员，协助村委会做好民事纠纷调解工作，并担当起问题线索及信息联系员的职责。

四是每一户村民家中培养一个法律明白人，让群众处理事务明法律。家庭是社会的细胞，一户有了一个法律明白人，不仅能够管好一个家，而且能够影响一大片。在工作实践中，把一户家庭培养一个“法律明白人”作为法治建设最基础的“培根”工程，通过多种形式教育培训，让群众在面对和处理各类纠纷时，首先知法律、想法律，处事时明法律。

就是这么一个层次分明、泾渭分明的“四级法务网”，写在纸上并不那么精彩厚重，可是它却展现出了罗才胜的智慧，也是郧阳乡的乡村干部用心血和汗水交织而成的一张“大网”。

这期间，最让罗才胜感到欣慰的是，一栋崭新的司法所办公综合楼像一座美丽的雕塑，高高矗立在了郧阳关风景秀丽的山坳上，这是他曾经的一个梦想。“法德教育培训基地”成功建成，给郧阳乡今后的司法行政工作提供了载体，也树立起了单位形象。房屋竣工交付使用的那段日子，罗才胜比自己家里修了新屋还高兴。他白天风雨无阻奔波在村组，夜晚他与社区矫正人员一起劳动，平整场地，清理建筑垃圾。为了让新铺的地板砖光洁明亮，他动员假期休息的妻子和正在上大学放假在家的儿子帮忙清扫擦洗……看到罗才胜白天风里雨里，夜晚当同伴们安逸地坐在桌前抹牌娱乐，他却汗流浃背一身灰尘时，有人说他就是一个傻子，单位毕竟不是你自己的家。可罗才胜嘿嘿地笑着不予理会，说大点儿那是人各有志；说小点儿，他也知道自己傻，但他愿意。当一个人把事业当作自己的人生目标，并为之拼搏与奋斗时，他的生活习惯也就会随之改变，会倾注更多心血。

曾经一度，从纷繁复杂民事纠纷调解工作中解脱出来的乡村干部，就好比扔掉了捆绑手脚的绳索。他们用敬佩的目光望着罗才胜，并亲切地称他为“总设计师”。而这个从某些人嘴里说出来就像一句戏言的尊称，其实道出了这项成果背后的艰辛与困惑……罗才胜的确就是郧阳乡这个亮点工程的总设计师，他用智慧铸就了人生辉煌，用心血和汗水赢得了人民群众的拥戴。

人间万事出艰辛

有着几十年农村基层工作经验的罗才胜同志心里非常清楚："四级法务网"只不过是一个乡村治理的总体框架，要想真正发挥作用，产生效果，必然还有一个艰苦努力的过程。在"四级"的每一个层面都要经过严格培训，只有让大家弄清楚其间的内涵和辩证关系，懂得如何运用法律武器管理乡村事务，提升法治能力，并转化成一种正能量，在乡村之中形成一种遵纪守法的氛围，在每一个人心里都设置一道难以触碰的法律底线，才能切实有效地防止恶性案件发生。

在"法德讲堂"开班的第一个课时里，罗才胜同志把自己深思熟虑的几个问题给大家进行了认真宣讲：

法治落地需要创新普法形式。法治文化的培育，务必创新形式，讲求实效。在法治宣传教育中，要从乡村的实际出发，根据村民不同需求，选取不同方式，使法治宣传更加贴近基层，贴近生活，贴近村民。要把法治教育和法治实践紧密结合起来，不失之于粗，不流于形式，多倾注心血做"法治落地"的工作。"亲民"式过细的普法，才能让村民从身边的氛围里切实感受到法治的存在，才能从点滴细微处触摸到法治的生命力，法治文化土壤才能肥沃。

法治落地务求培育法治信仰。文化的深层因素是道德观念的伦理价值，而法治文化主要解决法治运行的价值取向问题，培育全社会对法治的信仰。法治社会的基础在于：社会对法治有信念，有敬畏。法治成为大家共同的价值和行为追求。邬阳乡地处武陵山区，法治资源匮乏，仅靠单一的法律手段，无法有效处理山区纷繁复杂而且多变的社会问题。山区法治资源约束，使得山区乡村法治核心定位是运用法治思维、而非法治手段来实现乡村治理，应将法治落实为村民自觉意识和信仰，让其学会运用法治思维和话语去解决现实生活中所面临的复杂问题。

法治落地需要深耕乡土文化底蕴。寓法于治是基层法治现代化的必然要求，在传统"礼俗社会"向"利益社会"转变过程中，法治方式也需要从

“礼治”“力治”向“法治”转变。强调法治并不是否定礼治和力治，更不是简单替代，而是要将法治置于法理的最高层次和基本底线。山区农村的矛盾纷繁复杂，“公说公有理，婆说婆有理”，很多农村问题，难以通过行政和司法手段来解决，可能借助文化的力量和传统乡土的自治办法，更能行之有效地得到处理。

罗才胜把这三个问题说得很透彻，通过这三点，能够让乡村干部真切地感受到其间的文化内涵，这是对“文化沁润型”山区法治落地有效途径的深层诠释，从而点明了“四级法务网”中“四级”相互牵制、相互支撑的辩证关系。理论的丰满并形成体系，为“四级法务网”的建设提供了必要的保障。

思想的丰满，是这位“总设计师”逐渐走向成熟的具体表现。当郛阳乡乡村法治建设通过五年成为全县对标看齐的先进单位时，亮出的光点便立刻被新闻界和学术界广泛关注。通过不断地挖掘调研，把一块埋在土里太久的美玉挖了出来，并用时光的经纬越擦越亮，最终成了这个时代“乡村治理模式”的亮点。

罗才胜从丰富的实践经验中，不断提炼创新，查漏补缺，使一个近乎完美的“乡村治理模式”，在郛阳乡精准扶贫，全域有机产业发展，营商环境的健康构建，文化示范乡镇建设中发挥出了神奇的作用。

思想丰满来源于博学，来源于科学的实践。2016 年之后，罗才胜立足这个平台再度创新，大胆提出了法治、德治、村民自治“三治融合”的理念，以“四级法务网”为支点，夯实了理论基础，而且不断推出理论创新，提升新境界，使“三治融合”成了当今时代“乡村治理模式”中的品牌标签。

“法治和德治”是明代哲学家、思想家王阳明先生首先提出来的，经过了几百年发展和演变。罗才胜在读懂王阳明哲学思想的原理之后，注入了这个时代的符号，大胆融入“村民自治”的理念，并在融合中找亮点，找灵感。终于在一个极其平凡的日子里，在他思想中再次迸发出了灿烂的火花。

他大胆地说：“德治是高线，法治是底线，自治是游历于德治与法治之间起伏不定的抛物线。而这条抛物线越靠近德治上线，社会治理成本就越低，效果就越好；越跌至法治底线，社会治理的成本就越高，效果就越差。”

在深入推进“四级法务网”的建设过程中，罗才胜还大胆提出了“内修人文，外修生态”的理念，完全把一个从实践中提炼出来的“乡村治理模式”推向了高层的视野之中。华中师范大学的教授和研究生们，不远千里来到鹤峰邬阳乡，调研学习，总结探索；湖北民族大学的教授和研究生们来到了邬阳乡，一些致力于社会学研究和法学研究的专家学者，把邬阳乡视为了创新基地和经验宝库，并作为鲜活的理论跳板，借此来一次学术研究上的飞跃。

正所谓实践出真知，奇迹在实践中展现。2018 年 10 月，就是罗才胜这样一个从来没有跨进过大学校门的基层干部，走上了大学神圣的讲坛，操着一口并不标准的普通话，给满堂的教授和研究生们讲授乡村治理的法学经验，推介一种实用模式，展亮了一片全新的视野。也就是这样一个有时候连自己都不把自己当一回事的乡级司法所长，被一所一类大学聘任为法学研究员。这是一份殊荣，这也是一个人走向辉煌、走向成功的标志。

2019 年元月，已在鹤峰县司法局邬阳司法所所长的岗位上苦战了整整 10 年的罗才胜，被中华人民共和国司法部表彰为“全国模范司法所长”。桃李不言，下自成蹊，就是这么一位默默奉献的老所长，一位忠诚于党的老党员，用工作的点点滴滴，践行了初心使命，诠释了一个基层司法工作者的责任与担当。

“人生最坏的结果，不过是大器晚成。”著名作家、诺贝尔文学奖得主莫言先生在《晚熟的人》一书中说过这样一段话，“本性善良的人都晚熟，并且是被劣人催熟的……后来虽然开窍了，但他仍然善良与赤诚，不断寻找同类，最后变成了最孤独的一个人。”当人人都追求出名趁早时，莫言却说自己更喜欢晚熟：“晚熟的人，到了合适的时候，出现了能让他展示才华的舞台，他便会闪闪发光的。”

莫言先生的这些话，就好像是专门为全国模范司法所长罗才胜撰写的。他 48 岁担任所长，经历过十年艰苦打拼，58 岁得到了这个“全国模范司法所长”的国家级荣誉。辉煌来得虽迟，但终究还是来了。这世上原本就没有一蹴而就的成功，也没有一步登天的云梯。所有看似“悄然而至”的辉煌，都是沉下心来耐住寂寞，一点一滴慢慢熬，一步一步踏实积累的结果。有道是：人间万事出艰辛。

如歌的岁月

鹤峰留驾司有一道深谷叫甲马峡，这里山势雄伟，峰若轿顶，形似元宝一般，有人曾把这里称作“元宝画廊”。其间石壁如镜，飞瀑直下，青石磴上的灌木葱茏，相映成一幅幅流动的画卷。白泉河水清澈明净，纳飞瀑之水，汇条条山溪，流入浩浩溇水河，孕育出了无数生命与希望。二磴岩下，白泉滩头的点点农舍里升腾而起的炊烟和着甲马峡间弥漫的薄雾，散成轻纱一般笼罩着山民的贫困与富饶，为山地的历史和现实蒙上了一层神秘色彩。甲马峡间曾有一条人行古道，一头牵着古容美的繁荣，一头连接着下坪、邬阳关的淳朴民风。古道上曾有游匪出没，曾有乱军逃窜，曾有贺胡子率领万千红军金戈铁马挥师邬阳关、金果坪时穿越甲马峡谷的气昂与雄姿；更有劳苦大众翻身得解放时镇压恶霸地主的清脆枪声。而今这条人行古道虽已拓成一条宽阔的大道，甲马峡谷也成了鹤巴公路干线的咽喉之地，但大山没有忘记这里曾经有过的历史痕迹。

或许我们不曾留意甲马峡间、白泉滩头的风景，而对于原鹤峰县公安局下坪派出所老所长梁全春同志来说，这里的一切都与他的生命密不可分，与他的人生息息相关。当 1940 年 3 月，一个婴儿的第一声啼哭，吵醒甲马峡间的飞鸟，唤起白泉滩头一份生命的喜气时，梁全春便来到了这个悲壮而又多彩的世界，开始与命运抗争，开始拼搏与奋斗。

有人说，人生本来就是一种广义的艺术，每个人的生命史就是他自已创作出来的作品。那么，就让我们来品读一下一个平凡人的辉煌人生，回顾他生命中的如歌岁月，我们将会受到启迪，受到鼓舞。

艰辛的童年

甲马峡河谷、白泉河滩头有梁全春艰辛的童年。在他渐渐记事的时候，眼前的一切常使他惊奇不已，那条连着容美与邬阳关的人行古道上，常有三三两两的乱军经过，有的衣衫褴褛，有的伤腿断胳膊。梁全春不知多少次问父亲：这个世界上到底出了什么事呀？父亲回答说："我们穷人的苦日子就要过到头了，那些乱军就是被共产党领导的解放军打得落荒而逃的人。"虽然年纪尚小的梁全春并不完全懂得父亲话语中的含义，但他觉得穷苦的日子只要过到头了，或许光着屁股光着脚板的穷苦山娃就有裤儿穿了，就有鞋子穿了吧！

1949 年的春天里，梁全春和一群穷孩子在白泉河里捉鱼摸虾闹着玩，突然有一支整齐的队伍从官阴坡沿大路走来，那雄赳赳气昂昂的阵势与乱军形成了鲜明对比。一群调皮的山娃一窝蜂从河岸草丛中钻出来，迅速奔跑回家，各自站在自家的塔坝坎上望着这支整齐的队伍从大路走来。梁全春看得出神，父亲告诉他：那就是共产党领导的解放军，是为穷苦人闹翻身的好队伍，这次他们要穿越老官桥上的杨家垭去攻打百鸟坪的伪乡公所，听说带队的人名叫郭长启。

解放军的队伍开过了甲马峡，朝蛟蝉溪方向大步挺进。梁全春和一群光脚丫的山娃一片欢呼，一阵奔跑，兴高采烈地冲向白泉滩头，让春天的阳光沐浴着黝黑的肌肤。

梁全春望着平缓的群山，望着如帘的飞瀑，心里无比兴奋，他心里在想：幸福日子该是一种什么样的日子呢？他把目光投向官阴坡顶上的山垭，一朵飞动的彩云正向峡谷间缓缓飘来。那夜，梁全春躺在自家的木屋里，幻想着幸福的日子。当黎明的晨曦透过崖壁浸润他那张圆形的脸蛋时，他不得不一骨碌爬起来，穿着一身破烂的衣裳，光着脚丫子爬上 5 里多路上坡，到租种的稞田里帮父母亲做农活。尽管寒冷冬天落下的冻伤疤上时不时还要流出殷红的鲜血，一阵阵刺骨的疼痛侵袭着他，但他咬紧牙关，把呻吟的泪水咽进肚子里。

可是日子再穷也还得过，刚满10岁的梁全春没有能力改变家庭贫困的现状，他唯一能够做到的就是闷着心思，使出最大力气在坡地里劳作，他已经明白事理，懂得了父母的心愿，父母之所以勤扒苦做是指望秋后交齐地主的租子后还能剩些粮食养家糊口。

穷苦人盼望的好日子终于来了，1949年劳苦大众翻身得解放。1950年的一天，梁全春一个人待在田间地头的高脚野猪棚子里守野猪，突然一阵清脆的枪声震响了甲马峡河谷，在山弯里绕起了回音。枪声击碎了河谷的平静，也使梁全春这个刚满10岁的山娃惊愣不已，他一个飞蹦子跳下高脚野猪棚子，冲下山谷直奔甲马峡河谷。这时他才听乡邻们说，共产党毛主席派来的解放军在甲马峡河谷里枪毙了下坪、郧阳境内的14个大恶霸地主，穷人当家做主了，打土豪分田地，一切权力归农会。梁全春心里又一次涌起了一种莫名其妙的兴奋。

但贫穷这块历史遗留下来的肿瘤，就像一副沉重的大石磨压得大家喘不过气来。梁全春仍然穿着一身破旧的衣衫，依然赤脚两片，看到乡邻家有的孩子已经走进了留驾司的学堂，唱得好歌曲，认得到方块字的时候，他心里痒痒的，多想挂着书匣子走进学堂啊！可是家里太穷，弟妹们也相继来到这个世界，时常衣不蔽体、食不果腹，哪来的钱来送他上学？他仍然只有跟着父母在坡脚的土地里用幼小的双手去刨取生存的希望。尽管1952年土改工作队住进他们家后，给他们分得了房屋、耕牛和农具，再也不用给地主交租了，但身为穷家长子的梁全春的命运没有丝毫改变，除了跟着父母日出而作，日落而息之外别无选择。

贫穷的日子真是难熬啊！时间艰难地推进到了1955年，已经满了15周岁的梁全春有了自己的理想，他已懂得一个没有文化的人将比贫穷的人更悲哀，他想上学读书的愿望越来越强烈。有一天他终于鼓足勇气，流着眼泪对父母亲说："就让我也上学读几天书吧！不然将来我一个睁眼瞎怎么在社会上做事呀？难道你们就真的忍心让我成为可怜的睁眼瞎……"梁全春的眼泪止不住地往下流，父母的心被揪紧了，当父母看到他手上的粗壳和老茧，再看看梁全春脚上腿上的一块块伤疤，父母亲的眼泪也禁不住流了下来。母亲说："孩他爹，这娃儿讲得可怜啊！家里再穷也还是要送他到学堂里去读几天书，了却他的一个心愿，不然他会一辈子不好受的呀！”母亲的话语打动了父亲。可是真要上学去的时候，没有一件成整的衣服，半大的儿男怎么出去见得世面哩。母亲跑到邻居冉家给他借来一件旧衣服，要他仔细点，穿一段日子后再还给人家。

梁全春终于走进了学堂，看到书本的光亮，闻见油墨的清香，他感到无比幸福。可是学校的日子仍然难熬，身上没有衣服御寒，肚子里没有食物充饥，正在长身体的他多少次因为饥饿而昏倒。但他渴望知识，也盼望过上幸福的日子，因为已经进了学堂门的他相信只有知识才能够改变自己的命运。

岁月的河道里流淌着生命的呼唤，如影随形的饥饿与寒冷在山地里形成了一道难以跨越的沟壑，如同白泉河滩头乱石横空的峡谷间，洪水暴涨时如雷般的轰鸣一样恐怖。生存成了一种本能的希冀，填饱肚子成了人们一个最基本的愿望。然而这一切对于梁全春的家庭来说已经成为艰难险阻。他们姊妹 7 个都在长身体，仅靠父母拼命地劳作来维持一家人的生计。梁全春在学校里的口粮标准已经减到了一个星期 2 斤豌豆，什么苞谷粉子、大米等主粮，已是过大年才能闻见其香而藏在心底里的一种奢望。经过三年苦读，终于熬到初小毕业的梁全春，已经是 18 岁的小伙子，摆在他面前的路更加艰难了：一边是家庭缺劳力，一边是知识对他的诱惑。他多么想把小学读完啊！但家庭里已经再无能力为他提供生活保障，于是他开始一边在教室里学习，一边到留驾司街上一户姓龚的饭馆里打工谋求生机，干起推石磨、锯木柴、修建马圈的重体力活，挣得几块钱用于支付学费和生活开支。他咬紧牙关又坚持了一段时间，饥饿与寒冷仍然残忍地侵袭着他，直到有一天他再一次昏倒在学校的操场上。当他慢慢苏醒过来，艰难地爬起来时，眼里冒着金星，头重脚轻，再也支持不住了。就这样，梁全春含着泪水，一步一回头地离开了学校，回到了白泉河那个穷苦的家。

有人说：穷人的孩子早当家。身为长子的梁全春是个早熟的孩子，面对生活的艰辛，面对家庭的困境，他的思想负担十分沉重。他学会了沉默，学会了思考，他在思索自己的未来时也在思索家庭的未来。童年的磨难在他的心灵深处注入了一种不屈不挠的精神，在他的脑海里翻腾着希望与憧憬，他相信困难只是暂时的，总有一天劳动人民也要过上殷实富足的好光景。

梁全春成了一个硬劳力参加集体劳动，帮父母挣工分养家糊口。他开始在沉重的体力劳动中打发着自己的青春年华。在劳动中也曾多少次燃起过对生活的激情。普通农家的粉扎酸菜、清汤和渣，还有苞谷粉子中拌了青菜萝卜和洋芋芭蕉米子的生活使他的身体仍然十分瘦弱。但已经具有初小文化程度的他，却又展现出一种与众不同的气质，周围的人开始关注这个青年人的成长，开始注意他的言谈举止，人们从他的观点与见解中发现，这人将来还是一个可造之才。

农村是一片广阔的天地，在那里大有作为。梁全春没有把儿时的艰辛看作一种灾难，而是把它视为一种财富，因为它将成为自己走向成功的动力。他开始乐观地面对现实，用一种新思维看待农村的贫困现状，他的思索领域也不再局限于个人与家庭，他开始思索和寻求摆脱贫困，让大伙儿过上幸福日子的途径。

然而，贫困是历史遗留下来的一块肿瘤，要想深挖穷根摆脱贫困，需要时间，需要艰苦卓绝的奋斗。梁全春在农活十分艰苦的日子里，没有被艰辛折服，没有向贫困低头，往往是忙完集体的农活收工回家，又拼命地做家务，为父母分担忧愁。他爱学习，常常抽出时间翻开那些心爱的书本，那些散发着油墨清香的方块字是对他最好的安慰与寄托。他开始对甲马峡间、白泉滩头的这方山水有了深深的眷恋。每当春光无限、鸟语花香时，他会站在田埂上望着飞流而下的瀑布，望着满目青山，在心底里发出一声感叹：家乡好美！

童年的艰辛对于梁全春来说是一笔财富，一笔取之不尽的财富。

成长的历程

辍学回家对于想读书也能读书的梁全春来说是人生之中一件不幸的事，但他必须面对严酷的现实。他通过自己的这一转折也深深地感到贫穷是多么可怕。在他的灵魂深处迅速萌生出一种对家庭、对社会的责任感。他开始热爱集体，认真负责地做好领导安排的每一件事情。他以诚实稳重忠诚可靠的品格在群众之中赢得了良好的印象。1959 年 5 月间，一位大队干部带着大队党支部的一项决定来到白泉河，在全队社员大会上宣布：“经大队党支部研究决定，从现在起由梁全春担任白泉河生产队的财务会计。”自此，梁全春成了一名小队干部。

他以虚心好学的态度认真细致地做好财务管理工作，每天起得最早走得最晚，坚持和社员们一起干农活，夜间在煤油灯下认真处理财会业务。他开始关心社员们的生活，认真安排好食堂伙食，尽可能地让大家吃饱。

一个饱经风霜与苦难的人，一旦找准了自己的奋斗目标，就会焕发出夺目的光彩。梁全春的工作做得非常出色，也深得民心，他在生产队财务会计的岗位上不到半年时间就深得群众拥护，深得各级领导好评。同时以自己优秀的人品赢得了人生的机遇，争取到了命运的转折。

梁全春被择优选派到下坪区“农村财会培训班”学习 3 个月，学习文化知识，学习财会业务。走进培训班的大门，梁全春仿佛走进了梦寐以求的学堂，对文化学习和业务知识的学习，他真是如饥似渴，废寝忘食。如果把上学读书看作梁全春人生的起跑线，那么参加这个“文化、业务培训班”则是他人生旅途上的加油站。他不仅在这里学知识学业务，也在这里学习工作方法，学习为人之道。通过这个培训班，使梁全春对自己的前途和命运有了更深层次的认识。他决心用知识武装自己，用信念鼓舞自己，使自己成为一名有知识、有文化、有理想、有责任感和使命感的农村基层干部。3 个月培训很快就过去了，梁全春给各级领导留下了深刻印象。培训班结业考试时他以满分的成绩向上级领导和主办单位交了一份满意的答卷。

回到村上，按照组织安排他不再任小队财务会计，而提升为大队的专业会计，负责堰坪二队、九队的会计业务。作为当时那种体制下的专业财会，手中掌握着很大的财权，几百号人的单位，钱与粮都握在财会人员手中，而在生活极为艰苦的条件下，能够做到一身清白尤为不易。但是梁全春做到了，在连续 4 年的专业会计职务上，他不贪财、不贪粮食、不贪玩，始终保持艰苦朴素的好作风，始终把大家的利益和集体的利益放在首位。他白天协助队委会的干部指挥生产，夜间抽时间处理财会业务。由于他指导得当，建议对路，他所负责的生产队连年丰收，每年粮食增产比例均排名前列。他成了一个让各级领导放心、让广大人民群众放心的好干部。

梁全春自幼就十分看重自己的名誉和政治生命，有着一种积极进取、勤奋上进的精神。自从在学校加入少先队组织后，又于 1959 年 5 月加入了中国共产主义青年团。

在几年工作实践中，热爱学习、勤于思考的梁全春，通过自己的几次进步，总结出了为人处世的基本经验，他认为：只要踏踏实实做人，老老实实做事，为大多数人谋幸福，就是自己进步的阶梯，就是自己成功的动力。

1963 年，全国“四清”运动开始，梁全春被召到留驾公社党委办公室接受领导谈话，组织上已将他作为全县“四清”运动的工作人员，抽调去参加县委组织的工作队。谈话之中公社党委领导公正地总结了他做出的成绩，并提出了要求和希望。公社党委一位领导的话他记得十分清楚：你是一个四清干部，是一个经得起考验的干部，参加“四清”运动就是去找那些四不清干部，一定要本着实事求是的原则，做到方法得当，公正处事，对工作高度负责。梁全春记着领导的指示，背上背包离开甲马峡河谷，到中营坪参加“四清”运动。到达指定岗位后，他密切联系群众，认真吃透政策精神，耐心细致地调查摸底，在情况明的前提下大胆开展工作，仅用两个月的时间就把所到单位的工作任务出色完成，县委带队的领导十分赏识他的一套工作经验，他被树为“四清”运动中的先进典型，在全县工作队的经验交流会上，梁全春从容地走上讲台，详细介绍了自己的工作经验和体会，并受到了县工作队表彰。梁全春可谓闪亮登场，县区两级领导开始关注这个年轻干部，也认为这是一块可造之材。

中营坪的四清运动结束后，梁全春在自己人生道路上迈出了关键性的一步，得到了组织的提拔重用，他被选派到恩施地委直接组织领导的“四清”运动工作队，与那些国家工作人员一道背上背包，开往建始县开展“四清”运动，一干就是 7 个月。210 多个日日夜夜，梁全春都坚守在自己工作岗位上。远离家乡和亲人的他，把思念压在心底。7 个月对一般人来说或许是一个并不漫长的时间概念，可对于刚刚成家、新婚不久的梁全春来说那是一种信念的考验。他把领导的教诲记在心头，把工作重担压在自己的肩上，用坚强的毅力坚持到了最后的胜利。这期间他认真学习毛主席的著作，树立起了全新的世界观和人生观，他对共产党有了全面的了解，对共产党有了深厚的情谊。他不会忘记是共产党对他这样一个连好衣服都没有一件的穷孩子精心培养，使他走上了革命道路，是共产党给他贫寒的家境带来了生存的希望，是共产党给了贫苦老百姓当家做主的权力。他决心永远听党的话，牢记全心全意为人民服务的宗旨，用自己的辛劳和汗水铸就自己辉煌的人生。

就在建始县210天的“四清”运动即将结束的那段日子里，梁全春被正式考核提拔为国家干部，任下坪区留驾公社团委书记。1965年，刚满25周岁的梁全春同志光荣加入了中国共产党，并于同年被选拔为下坪区留驾公社副社长。这时梁全春就像早春时节一棵茁壮的竹笋，在阳光下、在春风里渐渐长成一株参天的傲竹。

出任留驾公社副社长后，梁全春开始思索一个现实问题：蛟蝉溪、白泉河一带的水利资源十分丰富，如果也向外地学习兴办水电，让电灯照亮乡村寂静的夜晚该多好啊！于是他把自己的想法向公社党委全体成员作了汇报，当大家认真听取他的意见后，觉得那是一个大胆的设想，也是一个造福于民的好事。公社党委最后达成了一致意见：迅速请求水电部门规划设计，准备修建留驾电厂。1968年早春，下坪区留驾公社正式成立了留驾电厂修建指挥部，由公社副社长梁全春担任指挥长。于是梁全春带领从各大队各生产队抽调出来的青壮劳动力200多人，来到了红石碑水电建设一线工地，担负起拦河筑坝和800多米引水渠道的施工任务。

望着白泉河右岸的石壁，梁全春有些胆寒，自己虽然已经在公社里工作了好几个年头，但一个人独立指挥200多人，完成一项十分艰巨的任务也还是大姑娘上轿头一回，这需要胆识需要魄力，更需要有一个科学管理的态度。梁全春全身心地投入到工程建设中去。首先他把200人的队伍编成若干个作业小组，选配好班组长，一级一级抓管理，在绝对保证施工安全的前提下，加快施工进度；其次是严格操作规程，严把工程质量关，本着对工程负责、对历史负责的态度进行施工；第三是在周密安排部署好施工队伍的前提下，自己带领攻坚班组在关键部位组织施工。

隆隆炮声在白泉河谷炸响，硝烟升腾弥漫，震荡着沉睡的大山。河谷里抬岩石筑水坝的劳动号子此起彼伏，800米水渠线上红旗招展，欢歌阵阵，在青山绿水之间形成一种征服自然的浩然气势。

梁全春在紧张繁忙的工作中感受到了创业的艰辛，也体会到了创业的幸福。在工作中，梁全春也更加强烈地感受到“留驾电厂”工程建设对于他本人来说也是一个难得的锻炼机会。在这里进一步培养了他的组织能力，锤炼了他驾驭全局指挥全局的能力。工程建设在紧张地推进，梁全春在实践与探索之中变得更加成熟，同时在共同战斗中与民工们结下了深厚情谊，在大家心目中树立起了良好的形象。梁全春很好地把握住了这样的机会，为今后的人生道路夯实了基础。

由于工程量巨大，200 多人的施工队伍在甲马峡河谷间，一干就是整整一年。早春时节，大家迎着春光，甩开膀子干得热火朝天。用毛泽东思想武装起来的这支队伍有着坚强的战斗力，他们把汗水洒在工地，把理想放飞在春风里，他们在一轮一轮的冲刺中创造希望，创造收获。烈日炎炎的夏天，他们顶烈日，攻坚石，修长渠，在山地里，在青石岩壁之上筑起一道风景。劳动号子是他们喊出的呼唤，隆隆的炮声是峡谷间最刚烈的语言，钢钎二锤的叮当之声与山泉叮咚之声融为一体，形成一种和谐美妙的韵律，在吟诵着一首反映创业者艰辛的叙事长诗。秋高气爽、菊花飘香的季节，他们仍然战斗在建设工地，拾岩砌渠的号子，开山弃土的乐趣，都随着工程进展不断加快，珍藏在了建设者们的记忆里。冬天来临的时候，寒风凛冽，梁全春指挥这支建设队伍仍然坚守在前沿阵地，在冰天雪地间不屈不挠地作光明行。枯水的冬季是修筑拦河大坝的最佳时节。就在冬季来临时，留驾电厂的建设也进入了最后的攻坚阶段。梁全春与民工们并肩战斗，手里搬着冰凉如铁的石块，再加上水泥石灰的侵蚀，手心里一层一层的肉皮脱落下来，10 个指头磨成大眼小眼，一遇冰凉的冷水就钻心地疼痛。他们咬紧牙关忍着疼痛，仍然不下火线，一干就是 60 多个日日夜夜。就在工程接近尾声的阶段，由于拦水坝通向水渠的入水口还未疏通，整个水渠不能进水，呼啸的寒风夹着雪花，路面上起了牛皮凌，梁全春带着十几名挑选出来的勇士开始潜水作业，他们轮流钻入水底搬运石块，一天要在冰凉的河水里淘上几十个来回，在没有任何潜水设施的前提下，一斤白酒暖身子，一腔热血献忠诚。

水坝筑起了，800 多米引水渠全面完工，工程建设已进入机房安装调试阶段。可是交通不便，3000 多斤重的发电机、水轮机还分别搁在鹤峰城里，要想把这两个庞然大物运到留驾来必须徒步翻越官阴坡，谈何容易呀！但是，梁全春没有辜负公社党委的希望，他带领几十号民工，身背干粮，扛着木杠绳索进了鹤峰县城，硬是架起“千脚虫”的阵势，一步一挪，把沉重的机械设备，翻越官阴坡山顶安全地运到了机房的安装位置上。在梁全春精心组织之下，尽管山险水横，道路狭窄，但没有一个人受伤，也没有一个人有怨言，大家一路兴高采烈，谈笑风生，起步的号子一路唱响，为了一个共同目标并肩前行。通过这件事，梁全春真切地体会到了“人心齐，泰山移”的力量所在。

当留驾人民终于在一个欢快的夜晚，扔掉了松明子、桐油煤油灯盏时，白泉河两岸的万家灯火与满天星斗相辉映，明亮的电灯光交织在一起，旋转着迷人的光环。人民群众感到高兴，处在无比欢快与幸福之中。梁全春站在白泉滩头，望着峡谷间美丽的夜景，心里感到无比幸福与坦然。当黎明的晨曦照亮白泉河谷，当徐徐的春风迎面吹来时，梁全春又踏上了新的征程。

1970 年，国家的三线建设进人高潮时期，湖北宜昌铁路建设工程会战全面展开，大兵团形式的建设大军从四面八方涌向宜昌。各公社也将派出基干民兵连队前去宜昌完成会战任务。因此经留驾公社党委研究决定，由梁全春担任基干民兵连队指导员，叶金阶担任连长，他俩带领由 159 个基干民兵组成的建制连队，与兄弟单位一道开赴鹤峰县城集结，一路浩浩荡荡开往宜昌。

梁全春知道自己肩上担子的分量，159 人的队伍远离家乡，还要完成十分艰巨的施工任务，不是一件简单轻松的事。启程的前几天他就仔细想过：队伍开到会战前线后，一是要加强管理，严明纪律，杜绝安全事故发生，要保证带多少基干民兵出去带多少基干民兵回来；二是发扬拼搏进取的精神，苦干大干，坚决完成上级分配的施工任务，向建设兵团和地方党委交一份满意的答卷；三是安排好大家的生活，搞好后勤保障，创造拴心留人的环境，让大家住得下、留得住、吃得饱、不想家，特别能战斗。梁全春的确是一个十分细致的人，考虑问题十分周密，每一项工作他都会认真思索，充分估计它的困难，寻求解决问题实现奋斗目标的最佳方案。

那是一个激动人心的场面，铁路沿线人如潮涌，旗似海洋。梁全春被这宏大的气势震撼了，他没想到外面的世界竟是这样精彩。他们在简易工棚里安营扎寨，每天整队开饭，高举红旗开向施工地段，过着一种团结紧张又严肃活泼的军营生活。在大战跨线桥工地时，他们几乎有一半时间都是头天早晨进入施工地段，战斗到第二天晚上才能收工回营，一干就是36个小时。由于工地上硝烟升腾，灰尘弥漫，尽管大家糊得像白毛女，但走路喊口令，集合有歌声，俨然一队胜利之师。

火热的连队生活把大家的心凝聚在一起，加上指导员梁全春深入细致地做好大家的思想政治工作，这一干就是270多个日日夜夜，没有一个人临阵退缩，没有一个人说怪话、发牢骚。

在顶固堡路段施工时已经进入冬季，刺骨的寒风如刺条子扫来，大家的耳朵被寒风撕开了一道道血口子，像一朵朵裂开花纹的香菇，大家的双手冻得像发得泡松松的馒头。梁全春的身体累垮了，吃不下饭睡不好觉，但他心里十分清楚，身为连队指导员的他，是队伍里的顶梁柱，他不能倒下，只能与大家同甘共苦，身体累垮了但精神不能垮。梁全春凭着一个共产党员的坚定信念，和不屈不挠的坚强毅力支撑着自己，也支撑着连队的全体基干民兵。

梁全春又一次完成了上级交给他的光荣任务，在长达9个多月的鸦关铁路大会战结束后，他与连长叶金阶带领全连基干民兵坐着火车在自己参加修筑的铁路上一路顺风来到江城宜昌，然后坐汽车整整齐齐回到鹤峰县城。当大家一路兴高采烈翻越官阴坡的山顶时，家乡就在眼前了。甲马峡河谷间的山水草木是那样的亲切，白泉滩头的五色卵石是那样美丽耀眼。当梁全春看着自己带领的队伍排着纵队一路行进时，他想起了儿时曾经看见过的那支解放军队伍，顿时从心底里升起一种胜利的豪情。

由于全连同志们的共同努力，留驾公社抽调的基干民兵连队在鸦关铁路会战中成绩突出，被评为先进连队，受到了总团表彰。

但是，要奋斗就会有牺牲，要进取就要讲奉献，这是梁全春在成长过程之中最深刻的体验。在从事基层行政干部工作的12年间，自任公社团委书记开始，到公社副社长、公社管委会副主任，他一直严格要求自己，坚定党员的信念，牢记全心全意为人民服务的宗旨，以党和人民的利益为重，对工作兢兢业业踏踏实实，坚守在自己工作岗位上，履行一个共产党员、一个人民公仆的神圣职责。

为了工作，他欠妻子和女儿们太多太多。大女儿出生时他在建始参加

“四清”运动，工作担子重，路程远，没有回家迎接女儿的到来；1968 年，妻子王早英为他生下第二个女儿时，他工作去了乡下，几天后家里才派人把他找回来；1971 年第三个女儿出生时，他还在鸦关铁路建设工地。人生的三件大事，他都因为工作而没能抽出时间来照顾好妻子，尽一个丈夫的责任。

为了工作，岳母因患急性肝病医治无效去世，作为男到女家落户的梁全春没有尽到孝心，他一直感到特别愧疚。

但作为一名共产党员、基层干部，他只能以工作为重，因为梁全春的理想就是做一个全心全意为人民服务的好公仆。在他自己的人生哲学里，党员是信念，干部是职责，他要用辛劳和汗水书写自己的成长历史，他要兢兢业业地工作，用默默无私的奉献托起自己生命之中如歌的岁月。

当好人民的卫士

1974 年，恩施专区进行了一次行政机构改革：撤区并社，将原来的县级派出机构区撤除，将原先的小公社合并为大公社。按照改革的总体设计，大公社里要设立公安特派员，负责本公社辖区内社会治安和安全保卫工作。原下坪区的七个小公社合并为下坪大公社和邬阳大公社。

由于公安工作的特殊性，对公安特派员的配备也就有了更高要求。首先必须是政治上可靠，忠于党、忠于人民、忠于事业，作风正派；其次是要有一定的文化素质，业务能力强。通过鹤峰县委组织部认真考核考察，梁全春最终成为下坪公社公安特派员的合格人选，调任下坪公社公安特派员职务。作为一名拥有 12 年工作经验的基层行政干部，他走上了新的工作岗位，面临的是新的工作范畴，又有了一个重新学习不断探索进取的过程。梁全春进入角色后很快就有了新的感悟。他认为：在人民警察队伍中，自己还是一名新战士，他决心起好步，努力提高自身的素质，依照党和国家制定的公安工作路线、方针政策，认真做好公安工作，树立起一个人民警察的尊严与形象。

让梁全春没有想到的是，他进入公安战线，人民警察便成了他的终身职业，一干就是 22 年，他成了一名深受广大人民群众爱戴的老公安。然而，下坪公社地处鄂西南山地一角，信息不灵，交通不便，境内沟深谷陡、地少人稀，山如朝天之剑，林若铺地之草，这给公安保卫工作带来了极大的难度。

但自幼经历过生活磨炼的梁全春没有被困难吓倒，22 年如一日，亲自办理治安案件、刑事案件和调处各类民间纠纷 2000 多件，受处罚的各类案件当事人 3000 余人。他深入调查，耐心细致，公正执法，牢记宗旨和职责，所承办的案件经过时间和历史的检验，无一起冤假错案。梁全春认为：搞好公安工作不仅要办案，缉拿罪犯同社会上的黑恶势力做斗争，同时，还要多做法治宣传教育工作，普及法律知识，教育广大人民群众增强法律意识，预防犯罪。办案是一项十分艰苦的工作，要历尽千辛万苦，跋涉千山万水，不但有它的特殊性，而且还有它的危险性。无论是调查询问、取证，还是押解，只要是接触人犯或当事人的都需要百倍警惕。

1979 年 4 月，下坪石堡村供销分店发生特大盗窃案。公安特派员梁全春接到报案后，迅速赶赴发案现场进行勘察，找寻破案线索。他只身一人深入展开调查，先后爬上有 12 里上下坡的九连山 10 多次。他钻山沟钻树林，爬岩檐找洞穴，终于在一个青石岩磴上的一株刺树上发现了与被盗布匹颜色一致的布纱线，他以此为线索侦破了此案，人赃俱获让犯罪分子得到了应有的惩罚。

梁全春把自己在公安特派员的岗位上艰苦奋斗的 8 年，比作自己人生的 8 年抗战。工作环境艰苦，工作任务繁重，盗窃案件频发，治安情况不容乐观。但由于他不畏艰难，积极努力，每年破案率均在 85%以上。在一次全县公安系统的总结大会上，老公安局长赵光辉问梁全春："你破盗窃案件到底有哪些经验？为什么总能十拿九稳，捷报频传？"梁全春的回答是诚恳的，他说："我也没有什么经验可言，就是不怕苦，不怕累，抓住线索死找硬寻，就跟在山上打猎一样，不获取猎物就不出刺蓬。"梁全春的回答使赵光辉局长明白了一点：梁全春之所以能够捷报频传，是因为他吃的苦比别人多，当然这也是一条不是经验的经验。

8 年时间对于一个人的人生旅途来说不算太长，但也不算太短。梁全春同志在这人生的 8 年抗战中，付出的是艰辛，流出的是汗水，收获的却是老百姓的安宁，他自己得到的是人民群众的信任与拥戴，是一个人民警察的威信和荣耀。

党的十一届三中全会召开后，全党把工作的重点转移到了经济建设上。改革开放政策如强劲的东风，吹绿了万水千山。于是公安工作的担子加重了，按照新时期公安工作的路线、方针、政策，肩负着为改革开放和经济建设保驾护航的历史使命。根据工作需要，一个基层行政单位配备一名公安特派员已经不能适应新的要求，要设立公安派出所，每所需配 3～4 名公安干警。1984 年，在下坪派出所挂牌成立时，已经在人民警察岗位上战斗了 8 年的梁全春出任所长，开始了他人生道路上辉煌的所长生涯。

梁全春站在下坪的街口，望着起伏的群山曾经发出过这样的感慨：但愿我的汗水能够换得老百姓的安宁，但愿我的奉献能够换得人民群众的幸福。

那年 2 月，下坪派出所接到鹤峰公安局指令："北佳辖区发生了特大盗窃案，犯罪嫌疑人罗某已逃至两凤乡云梦山中躲藏，你所要迅速组织警力协助抓捕。"接到指令后，所长梁全春与副所长田有清两同志，迅速乘车赶赴两凤乡，并徒步奔袭到云梦山附近的山林里进行搜查。云梦山山高坡陡，沟深林密。2 月间的天气仍然十分寒冷，他俩经过一天一夜紧张搜查却毫无线索。直到第二天清晨，根据一个到校学生提供的情况，他在深山老林之中发现了一个陌生人。梁全春和田有清两同志迅速赶赴那个学生提供的方位，并组织当地民兵协助围捕，"陌生人"终于露面，经盘查此人正是重大盗窃案犯罪嫌疑人罗某。他俩忘记了几天几夜搜捕犯罪嫌疑人的疲劳，内心充满了胜利的喜悦。但他俩没有时间休息，要迅速将罗某押解到两凤乡政府交县公安局刑警大队突审。一路上嫌疑人罗某作着激烈的思想斗争。当他俩把罗某押解到两凤溪大桥上坡处时，犯罪嫌疑人罗某一个闪电式的动作，飞步跳入两凤溪水库里，企图畏罪自杀。梁全春先是一愣，接着一个箭步跳入水中，刺骨的凉水浸湿了衣服，像死神的绳索向梁全春袭来。他不顾自己的安危，拼命冲向嫌疑人罗某，要把他救出水库接受应有的制裁。这时嫌疑人罗某冲着他高喊："梁所长，你不要逼近我，我俩前世无冤今世无仇啊，你再来我俩就都要死在这里。"梁全春继续向前冲去，当他快要接近罗某时，罗某已经沉入水底了。梁全春在副所长田有清和岸上群众的劝说下返回岸边，爬上岸来就昏迷过去。梁全春所长的这一举动震撼了围观群众的心，当等候在两凤乡政府的公安局长和刑警大队的同志们赶到现场时，都被梁全春同志的英勇壮举所感动。

梁全春不会忘记，在他22年的公安工作中，像这样危及个人生命安全的事一共经历过13次。而每一次都使他更加懂得一个人民警察的职责和使命，同时他也在其中总结出了公安工作的经验和教训。梁全春就是这样一个在不断探索中前进，在不断学习中进取的人。1985年10月的一天，梁全春与副所长田有清，公安干警梁全清、柳文乐一行4人乘坐警车前往鹤峰县城出差办案，当警车行至本辖区白泉河电站门前不远处，突然发现两名行迹可疑的男青年分别挑着两玻纤袋子东西匆匆赶路。梁全春心里生疑：这两个男青年挑着东西匆匆赶路，为何不坐车呢？他认识这两个人，也知道他俩平时就喜欢干点偷鸡摸狗的下贱事。于是他以公安干警特有的警惕，从警车的反光镜里观察两人的表情。接着把警车停在路边，对两名男青年进行询问，并将他们挑着的东西进行查验清点，发现全部是从农户家里偷来的公鸡母鸡，总共30多只。后经传唤审讯，一举破获了一个大型的盗窃作案团伙，这伙害群之马先后在下坪、留驾、两凤等地公路沿线作案30多起，价值8000多元，严重扰乱了人民群众的正常生活，扰乱了社会治安。案件告破后，在留驾小学操场上召开了数千人的公开处理大会，对团伙的4名主犯执行逮捕，震慑了犯罪分子，确保了一方平安，深得广大人民群众拥护，树立起了人民公安的形象。

1992年农历正月初七晚，下坪派出所接到本辖区吴家包村三组村民李凡林报案称：当晚深夜，他家一栋价值2万余元的新木房，被坏人纵火烧毁，请求派出所立即立案侦破，缉拿纵火凶犯。接警如接命令，梁全春带领下坪派出所的干警作出快速反应，立即赶赴现场，并把现有警力分为三个组：一组进行现场勘察，二组查找破案线索，三组追击堵卡。经现场勘察的结果表明：此案是一起故意杀人纵火的特大刑事案件，梁全春所长迅速向县公安局值班室作了案情汇报。紧接着二组经过深入调查，查找到案犯线索：犯罪嫌疑人系下坪村四组24岁的男青年朱某，是一起因婚姻纠纷而导致报复杀人放火的恶性案件。犯罪嫌疑人深夜窜入室内，用铁锤杀死未婚妻的一个哥哥和另一名男青年后，纵火烧毁房屋，然后逃离现场。三组在追击堵卡的过程中发现：案犯朱某已潜入阴坡的大山老林之中躲藏。

梁全春果断决策，迅速组织围山搜查。但由于山大林深，给围捕工作带来了极大的难度。鹤峰县公安局刑警大队数十名干警赶赴现场协助搜查，经过两天两夜持续战斗，在大山深处找到一具死尸，系案犯朱某畏罪服毒自杀。

1989年农历五月十二清早，下坪乡椒园村一组村民储昌兵来到下坪派出所所长梁全春家喊门。梁全春听到叫喊后知道又有特殊情况，立刻披衣爬起，经了解得知：前一天晚上储昌兵族房的妹妹被其未婚夫向康西杀害在家中，28岁的向康西身强体壮，体重100多公斤，身高1.78米，如不将其火速捉拿归案，他会狗急跳墙，继续伤及无辜。

梁全春立即组织全所干警，向案发地点猛冲，20多里山路仅用了一个多小时的时间。但向康西早已经逃离现场，梁全春、田有清、柳文乐、梁全清4人分兵两路，一路坚守现场勘察，进行尸检；一路依靠当地干部群众组织力量设卡围捕，发现线索跟踪追击。

经过艰苦奋战，在第一天的围捕之中发现向康西已经逃往下坪集镇对门马老岩最高处躲藏，但在继续围捕的两天两夜之中没有发现他的踪迹。后经调查发现：向康西已经离开马老岩从两凤云梦山方向逃往中营高原署子坪。梁全春迅速与县公安局刑警大队取得联系。公安局长赵光辉亲自带领刑警大队全体干警驾车快速赶赴高原署子坪。天上下着蒙蒙细雨，高原雾大，公安人员经过搜查，发现向某正躲在一个农户家中吃食物。公安干警迅速展开包围，几名勇士冲了进去，将这个体重100多公斤的彪形大汉一举捕获，给他戴上了脚镣手铐。

警车从高原顶上呼啸而过，蒙蒙细雨渐渐停了下来，浓雾缓缓散去，一束阳光透过薄薄的云层射向五月的群山，展现出一片片绿油油的景致。草丛中盛开的鲜花在阳光下更加鲜艳，好似一张张胜利的笑脸。

回顾22年的从警历程，一个个惊心动魄的场面，一片片鲜血淋漓的惨景，一次次缉拿凶犯的长途奔袭，一回回错综复杂的办案经历，一阵阵案件告破的胜利喜悦，充实了梁全春所长22年的人生旅途，就像一部厚厚的大书，在向人们讲述着一个老公安的传奇故事。他是人民信赖的忠诚卫士，他是罪犯害怕的克星。

两凤的云梦山、下坪的马老岩、小元的皇砚台、邬阳的凤凰寨、高峰的狮子口、栗子的舒家垭，还有红岩河、三岔溪、轿顶山、九连山，这些边远角落里都有梁全春洒下的热汗，都有他奔袭的足迹。几十年风里来雨里去，奔波操劳，无私奉献，实现着一名共产党员的理想与信念，使一名人民警察的人格变得崇高。他与战友们一道，把幸福与安宁给予千家万户，把辛劳与疾苦留给了自己，在血与火的考验之下，在生与死的一念之间，用胆识与魄力铸就了自己辉煌的人生。

在22年的从警生涯之中，梁全春亲自侦破或参与侦破的重特大刑事案件300余起，每一起都是正义战胜邪恶的大写真，每一次都是一个传奇故事。随着时间的流逝，梁全春把它们珍藏在记忆里，让其成为生命中如歌的岁月里跳动的音符。

梁全春没有忘记：在栗子乡政府所在地栗子坪，杀人纵火焚尸的惊天大案，那一个个惊心动魄的日日夜夜，那一幕幕紧张激烈的侦破场面，都在梁全春所长记忆深处打下了深刻的印记。

梁全春没有忘记：在打击拐卖妇女儿童的专项斗争中，查获鹤峰县燕子区大岩村柳某将栗子乡栗子村十四组一名6岁的男孩梁威拐走后几经周折，转移到福建省福州市，标价1.5万元出售，正在犯罪分子与买方议价时，被公安机关一举抓获，将男孩梁威解救出来。当下坪派出所将6岁男孩送归栗子村十四组交还给孩子的父母时，父母亲友望着从千里之外被公安机关解救回来的孩子放声痛哭，表达了对共产党、对人民警察的无限感激。

梁全春没有忘记：一次次严打斗争开展，一项项专项斗争向前推进，那种风扫残云的阵势，那种战胜邪恶的激情，转化成了老百姓脸上的一丝微笑，转化成山乡之间一片和谐的宁静时，他是多么幸福与满足，那是对一名人民警察历尽千辛万苦之后最大的奖赏和心灵抚慰。

梁全春之所以深受辖区老百姓的拥戴，是因为他始终保持着劳动人民的本色，当官不忘本，进步不变质；是因为他始终牢记党员是信念、干部是职责的朴实理念，密切联系群众，全心全意为人民服务，把人民群众的安宁与幸福记在心间；是因为他在严格要求自己的同时也严格要求自己的同志、自己的家人，始终保持着良好的生活习惯，从不沾染坏的生活习气，有健康向上的世界观和人生观；是因为他孝敬父母，爱护女儿们，倾情教育投入，让她们都成为社会的有用之材；是因为他虚心好学，吃苦耐劳，热爱党、热爱人民，忠于事业，用真情撰写自己的人生历史，用生命维护大家的安宁。

人生的转折

1996年，56岁的梁全春做了胆结石胆囊切除手术，身体受到严重损害，组织安排他提前退休，保养身体，安度晚年。人老退休，对于一个国家工作人员来说是一个必然的规律。可是，以一种什么样的心态来面对这样一次人生的转折呢？是倚老卖老，还是老有所为？梁全春选择了后者。他认为虽然自己退休告老还乡了，但干部的本色不能褪，共产党员的身份没有变，仍然要用党员的标准严格要求自己，仍然要保持一个人民公仆、一个人民警察的形象，不仅多做对子女有利的事，多做对家庭有利的事，更要多做对社会有利的事，真正做到老有所为。

梁全春退休后并没有那份闲下来的失落感，他仍然用自己的勤劳营造着自己丰富的人生。自参加工作的那天算起，他已风里来雨里去，奔波操劳了35个年头，该是歇下来轻松一下的时候了。他要用自己的双手创造一个清洁优美的环境，把自己的晚年置身于一个风景优美、花香四溢、神清气爽、健康宜人的美好环境里，以一种良好的心态抗拒衰老，消除寂寞。

梁全春认为：家庭就是国家的一个细胞，如果把自己的家庭比作一个枝繁叶茂的盆景，将其融入到祖国大花园中时，能够产生和谐的美感，那就是一种幸福，那就是一种荣耀。他坚持不参赌、不贪杯、不贪玩，以勤劳为本锻炼自己的身体，陶冶自己的情操，用真情敬养85岁的母亲、78岁的岳父，与58岁的老伴相濡以沫，以此作为许多年来因为工作而淡漠亲人的一种补偿。在他看来，退休对于一个具有良好心态的人来说，并不意味着走向生命的终结，而是一种新的开始，是人生的第三起跑线。

回到自己安在下坪街头的家，他有了一种到达最终归宿的感觉。坐在自家的塔坝角上，回顾自己在35年的拼搏进取之中始终坚持做到了“一热爱，二坚持，三不贪，四忠于”，那也算是自己人生的一大成就。就让我们来了解一下他对自己的人生总结：一热爱就是热爱祖国，把自己的青春和汗水融入祖国的建设之中；二坚持，就是坚持以先进的思想和科学的理论武装自己，坚持本色不变质，严格要求自己，走好前进中的每一步；三不贪，就是勤奋努力不贪玩，清正廉洁不贪财，注重形象不贪杯；四忠于，就是忠于党，忠于人民，忠于事业，忠于神圣的法律。这是他对自己工作35年的一个基本评价。但他认为这只是过去岁月的写照，退休后的路该怎么走？

梁全春同志围绕“老有所为”的思想，为自己设计了美好的未来，他决心保持晚节，做到“一退一不退，二不二要，三乐三利”，其内容是：一退一不退就是保持退休不褪色，永葆共产党人的青春与活力，多为人民谋幸福。二不二要即为不参赌，要保持政治上健康，不沾染生活中的坏习气，不做影响党的形象，影响干部形象的事；不贪玩，以勤奋为本，要保持劳动人民的本色，适度劳动，锻炼身体，使自己身体健康，精力充沛，不给国家和单位添麻烦。三乐三利，就是知足常乐，多做有利于社会与他人的事，发挥余热；助人为乐，多做有利于人民群众的事，多关心体谅一下弱势群体，为社会献上一片爱心；自得其乐，多做有利于家庭的事，为后代创造一个健康向上的家庭环境，不给后人添麻烦。梁全春是这样严格要求自己的，也正是这样去做的。

假如你有机会去鹤峰下坪一游，穿越雕崖经甲马峡谷过白泉滩头，在蛟蝉溪拐弯前行跨过东竹口大桥能看到清亮石壁之上的张号洞时，下坪那条清新洁净的街道就在眼前了。新楼如雨后春笋，一棵棵散落在街头巷尾路旁院中的楠树恰似立于街头的遮阳伞四季常青，蓄积着山水间千古不朽的灵气，如同这方水土的绿色标志。再往前行走到街头，便有一栋石木结构的别墅式小楼映入眼帘，院内繁花似锦，绿叶苍翠，在那藤蔓缠绕枝叶相拥之中，你能觉出其中的奇妙与快乐。这便是退休老干部梁全春的家。一个清爽的花团锦簇的庭院，好似人间仙境。这里拥有自然的绿色，也拥有自然的美，那是常青常绿的生命之树，是主人梁全春用勤劳的双手、用良好的心智集聚起来的展示生命之美的无穷财富。

这是一个用200盆花木盆景装点起来的优美环境：新春到来时在大山厚重的绿影之中有一排排造型各异、姿态优雅的翠绿点缀在庭院之中，把春的气息，把春的希望传递到主人的心间；当蒙蒙春雨随风潜入的宁静夜晚，浇开一盆盆鲜艳的春花时，主人平静的心境之中又有了新的希望、新的憧憬，脸面上那盛开的甜笑在花与绿叶的间隙中显得饱满成熟，有一种融入春光并在春光里化去的雅怀。夏季的炎热给了绿色之树、绿色之草生命的源泉，它们茁壮成长，在烈日下争奇斗艳，在蜂飞蝶舞的环境里展现自己的风姿，它们生机盎然，根系处湿漉漉的泥土，早晨挂在绿叶上的晶莹露珠，和那一副副精神抖擞的模样，都在向人们展示着主人的勤奋。秋天里的花木红得鲜艳，绿得深沉，更应和了主人感怀收获的心境。冬天是一个休养生息、孕育力量的季节，形态各异的花木挺立在寒风之中仍然风姿不减，就像它们的主人一样遇到艰难困苦时的那份傲骨。它们的主人不是别人，正是本文的主人翁，一位饱经风霜的好干部，一位忠于职守的人民警察，一名光明磊落的共产党员——退休不褪色的梁全春同志。

所谓“老有所为”，这是一门值得许多老龄朋友学习或研究的课题，随着生活水平的不断提高，随着医疗条件的不断改善，小康社会的幸福生活孕育了老龄社会的到来，我们如何站在自己的第三起跑线上走好一段幸福的人生，梁全春为大家探索出了一条光明的路，为大家做出了榜样。

在退休后已经走过的 6 年时间里，梁全春同志没有放松政治学习，党报党刊是他必备的读物。他时刻以一名共产党员的标准严格要求自己，积极参加组织活动，按时交纳党费。他发挥余热积极参加小康社会的建设，自己省吃俭用节约资金支持电网整改和路网整改，帮助贫困农户排忧解难做实事 20 多件，协助司法部门办理各类案件 15 件，接待群众来信来访并调处民事纠纷 80 多起，帮助调解说服教育当事人就地消化矛盾 65 次，为促进安定团结、社会稳定，防止矛盾激化引发各类案件做出了很大的贡献。

在家里，退休不褪色的梁全春是全家的主心骨，他是女儿们的表率。面对新的形势，在改革开放的大环境里，全家人都能严格要求自己，积极要求进步，自觉抵制不良生活习气。三个女儿都有了自己幸福的家庭，有了一份满意的工作，大家都在各自的工作岗位上“以父为镜”，积极进取，默默奉献，在改革开放的大潮中行得稳走得正，女儿、女婿 6 个人当中没有一人受到过党纪政务或治安处罚。每当谈及这些，女儿们都会感慨地说：“是父亲的崇高人格感染了我们，是父亲这面旗帜照亮了我们。”

老干部退休后的“老有所为”，已经引起了社会的普遍关注，被当地党委、政府和社会各界的有志之士总结为精神文明建设的新成果。梁全春培育的花木盆景也引起了许多文人墨客和商家的注意。因为这些盆景设计精当，造型美观，品种齐全多样，不仅具有很好的观赏价值，也有很大的经济价值。有文人墨客慕名而来，观后诗兴大发，为其写诗作画、填词作赋，分享这幽静之处、绿荫美景之中的奇妙与韵律。有商家观后爱不释手，只想把这些奇根怪枝间生出的妙景，运往城市的花卉市场，卖个好的价钱。于是梁全春同志开始思索一个深层次的问题：大山之中的奇树异木比比皆是，只要稍作雕琢加工，或许都能成为大雅堂中的装饰佳品，如果那样，不是又给山乡的百姓拓出了一条致富的门路么。

梁全春没有停止思索，也没有停止追求。虽然他已是 80 多岁高龄的人了，人生的旅途已经进入到了金色的秋天，但他决心把握好秋天的时光，开展人生的第二次创业，沿着自己在人生的第三起跑线上的良好开端，走向更加灿烂的明天，让生命之树常青，让生命的激情燃烧。就让我们共同祝愿大家尊重爱戴的退休老干部梁全春同志，健康长寿，永葆青春，愿他生命之中如歌的岁月在大山深处闪亮，耀射出更加夺目的光彩。

生命中如歌的岁月

读过《羊皮卷》的人都知道：心变大，事就变小。心胸宽广了，烦恼就没有了。如果要问梁全春老人健康长寿秘诀的话，他会坦诚地说：拥有良好的心态，是最好的养生。他在人生的第三起跑线上，不追求个人有多少财富，面对诱惑他不为所动。心底无私天地宽，天地宽了，心胸也就更加宽广了。

退休后的几十年间，他不追求个人享受，不为物欲所动，坚守着共产党员的信念和初心，对革命英雄常怀敬畏之心，追思之意。

2004 年春天，当梁全春了解了当年跟随红军“五路指挥”陈连振一路出生入死的红军营长龚芳清同志的英雄事迹之后，感到无比震惊。通过深入了解，龚芳清是陈连振夫人龚玉兰的亲侄子，从小受姑父陈连振的影响，曾经多少次跟随表兄陈宗瑜、陈宗瑗出生入死，并肩战斗。陈连振的夫人龚玉兰被国民党反动派抓去中营穆家台之后，承受了用铁丝穿透肩胛骨的残忍酷刑。

龚芳清闻声而起，带领红军战士夜闯中营穆家台，救出了被敌人折磨得九死一生的龚玉兰和姑父陈连振的一位兄长。可是，就是这样一位经历过多次战斗，最后光荣牺牲的红军营长龚芳清，长眠于邬阳乡龚家垭村甘溪坪 80 余年，却没有烈士的名分。

梁全春得知这一情况后，踏上了漫长的“追烈”之路，逐级反映情况，调查历史材料，最后在县史志办、县委组织部和县博物馆的通力协作之下，将龚芳清出生入死的感人事迹搜集整理，逐级上报，最终获得湖北省人民政府批准，于 2020 年 12 月行文，同意评定龚芳清同志为革命烈士。

6 年的劳苦奔波，6 年的艰辛付出，只因对英雄的敬仰。梁全春同志克服年岁已高的困难，自己从退休金之中开支差旅费，多少次进县城到州城去省城。在自己搜集整理相关材料确有困难的情况下，梁全春找到了下坪籍退休教师龚明隆，一路前行，踏上艰辛的“追烈”之路，他们的无私奉献感动了各级各部门，给予了支持与配合。

为了敬仰英雄，鹤峰县退役军人事务局做出决定，将烈士龚芳清的遗骸迁往满山红烈士陵园安放，让烈士归了队，让英灵回了家，这是对红军营长龚芳清的告慰，也是对梁全春、龚明隆这两位“追烈”人心灵的抚慰。在安放仪式上，梁全春及烈士的家属流下了激动的泪水。

2021 年是建党 100 周年的伟大时刻，“七一”前夕，中组部给梁全春这位在党 56 年党龄的老党员颁发了“七一”勋章，这是一份奖赏，更是一份荣耀。梁全春同志轻轻地抚摸着胸前的勋章，望着家乡的山水立下大誓：生命不息，奋斗不止！永葆共产党人的青春，为党和人民鞠躬尽瘁，为退休老干部做一个榜样，树一面旗帜。

后 记

著名作家、诺贝尔文学奖得主莫言先生在《晚熟的人》一书中说过这样一段话："本性善良的人都晚熟，并且是被劣人催熟的……后来虽然开窍了，但他仍然善良与赤诚，不断寻求同类，最后变成了最孤独的一个人。"当人人都追求出名趁早时，莫言却说自己更喜欢晚熟。"晚熟的人，到了合适的时候，出现了能让他展示才华的舞台，他便会闪闪发光的"。

每每记起莫言先生的这句话，都会让我想起一件非常感动的事情。2021年9月底，邬阳乡召开人代会，我本应列席参加会议，但因接到通知，我要去省文联参加一个会，所以向主席团请了假。从省城武汉散会后赶回来的时候，参加了忠翔公司一个招商活动。新当选的乡长游钊同志给我讲，新任乡党委书记王浩隽同志，在讨论文化建设时的一段讲话很感人。王浩隽书记说："文化是一个地方的根脉，文化人是一个地方文化建设的灵魂。像宋福祥同志这样已经较有成就的作家，是我们乡域、县域文化建设的招牌。而他到了现在这个程度和境界之后，就变成了最孤独的一个人，需要得到理解和尊重。"

当然，谁听到领导讲出这样的话都会无比激动。后来通过与王浩隽书记多次接触与交谈，他对文化的认识和理解是非常深刻的，有独到的见解。这让我更加坚定了"文化示范乡镇"建设的信心。邬阳是我们共同热爱的一片红色热土，也是我从事文学创作的源泉。《陈连升传》的创作是如此，《村庄三部曲》正是以鹤峰邬阳乡为背景的南方农村题材的长篇系列小说。王浩隽书记的话说到了我心里，是对文化的理解与支持，也是对文化人的关心与尊重，让我感到温暖，更是邬阳乡村振兴、事业发展的福音与希望。

出版《岁月留痕》这部作品，只是我文学创作中的一个枝叶、一个插曲，这个系列中还有两部作品将分时段陆续推出。我的主要创作方向还是“村庄”系列，写山乡巨变、写农村改革成果、写精准扶贫成就、写基层党员干部决战贫困的决心和勇气，写乡镇领导在乡村振兴中付出的心血和汗水，展露的坚强与智慧。

记得2021年春季，鹤峰县委常委、宣传部长阳如海同志，在郛阳原任乡党委书记刘迪成同志的陪同下，代表县委到铁敞坪凝霜书斋里慰问我时曾说：“要不要争取一笔文化项目扶持资金，把你所有的作品归类之后出一套个人文集?”我很诚恳认真地说：“不了！把所写的一些文章进行归类，陆续出版付梓，没必要花那么巨额的投资。作家的作品是否能够流传后世，需要岁月的洗礼和筛选，有价值和生命的东西才能留下来。”阳部长和刘书记对我的态度很赞赏，对我的关心与温暖也自然而然地转化成了我努力从事文学创作的动力。

在此，对所有关心支持我从事文学创作的老师和前辈，领导和同志们，以及家人一并致谢！

作者

2023年4月15日，写于铁敞坪凝霜书斋